Dr. STEFAN FRANK

Zeig mir den Weg ins Paradies, Dr. Frank

Seite 3

Wenn all meine Träume sterben müssen...

Seite 109

Liebe, die meine Angst besiegt

Seite 219

WELTBILD VERLAG

Lizenzausgabe mit Genehmigung des
Bastei Verlages G. Lübbe GmbH & Co.
für Weltbild Verlag GmbH, Augsburg 1997
Einbandgestaltung: Peter Engel, München
Titelfoto: Bastei Lübbe Verlag
Gesamtherstellung: Presse-Druck Augsburg
Printed in Germany
ISBN 3-7951-1456-X

Dr. STEFAN FRANK

Zeig mir den Weg ins Paradies, Dr. Frank

Das laute Krachen, das aus der Rezeption drang, ließ Dr. Frank von seinem Stuhl hochfahren. Die Patientin, die vor ihm saß, riß ebenfalls vor Schreck die Augen auf.

»Moment, ich schaue kurz nach«, sagte der Arzt knapp und lief aus dem Behandlungszimmer nach vorn.

Der Anblick, der sich ihm bot, war im ersten Moment so komisch, daß er sich ein Lachen verkneifen mußte. Martha Giesecke lag auf dem Rücken und strampelte wie ein Käfer mit Armen und Beinen. Glücklicherweise trug sie eine lange Hose.

Marie-Luise Flanitzer, ihre weitaus jüngere Kollegin, stand neben ihr und war starr vor Schreck.

Dr. Frank ging zu seiner grauhaarigen Sprechstundenhilfe hinüber und half ihr vorsichtig wieder auf die Beine. Natürlich bestand die Möglichkeit, daß sie sich bei ihrem Sturz verletzt hatte, deshalb erkundigte er sich jetzt auch besorgt, ob sie Schmerzen habe.

»Wat jibt det da zu kieken?« fauchte sie jedoch erst einmal in Richtung Wartezimmer.

Vier Köpfe verschwanden schuldbewußt hinter dem Türrahmen.

»Was ist denn überhaupt passiert, Martha? War Ihnen schwindelig? Haben Sie das Gleichgewicht verloren?«

»Nee, ick doch nicht! Dieser dämliche Stuhl hier war schuld! Ick setz' mir uff die Kante, und det Mistding rollt einfach weg! Ich gloobe, ich hab' mir den Steiß jeprellt!«

Sie massierte mit schmerzverzogenem Gesicht die entsprechende Stelle. In ihren Augen blitzte Wut. Dr. Frank war nur froh, daß diese Wut nur dem Stuhl galt. Martha in Rage war eine Gefahr für ihre Umgebung. Sie konnte die Sprengkraft einer 5-Zentner-Bombe entwickeln, wenn man nicht aufpaßte. Sonst war sie »eijentlich eene Seele von Mensch«, Originalton Martha Giesecke.

»Sie können wieder rinjehen. Ick fall' schon nich gleich tot um«, knurrte sie ihren Chef jetzt an, weil er sie noch immer besorgt ansah.

»Wollen Sie lieber nach Hause fahren und sich hinlegen? Wir kommen schon zurecht, Schwester Martha.«

»Wejen so 'nem dämlichen Stuhl? Da muß aber mehr passieren, bevor ick uffjebe!«

Besser, man ließ sie jetzt in Ruhe. Das hatte sich wohl auch Marie-Luise Flanitzer gedacht, die jetzt klammheimlich im Labor verschwand.

Mit einem letzten, leicht zweifelnden Blick wandte sich auch Dr. Frank wieder um. Schwester Martha war vernünftig genug, sich zu melden, falls sie doch noch stärkere Beschwerden haben sollte – hoffte er jedenfalls.

Seine Patientin, Johanna Schmidtchen, wirkte ein wenig ängstlich, als sie ihm jetzt entgegensah. Sie regte sich leicht auf und sah in allem zunächst das Negative.

»Was ist denn nur passiert? Ist jemand verletzt?« hauchte sie und verkrampfte die Hände über der braunen Handtasche.

»Nein, nein, alles in Ordnung. Schwester Martha war von ihrem Drehstuhl abgerutscht. Sie ist nicht verletzt.«

»Aber weiß man das so schnell? Es könnten doch innere Verletz…«

»Wirklich nicht. Wir haben das alles im Griff. Beruhigen Sie sich, Frau Schmidtchen. So, wir sprachen gerade über Ihr Herzstolpern. Ich kann Sie wirklich beruhigen, es hat keine medizinisch relevanten Gründe. Ihr Herz ist gesund. Ich habe alle Untersuchungsergebnisse vorliegen. Sie müssen versuchen, sich ein wenig zu entspannen. Legen Sie sich jeden Tag nach dem Essen hin, und kochen Sie den Kaffee ein wenig dünner. Das bekommen wir schon in den Griff. Ich kann Ihnen auch ein leichtes pflanzliches Beruhigungsmittel verschreiben.«

»Ach ja, das hätte ich doch ganz gern im Haus. Ich muß es ja nicht regelmäßig nehmen.«

Natürlich hätte Stefan Frank ihr jetzt sagen können, daß es dann auch nicht wirken würde. Doch sie gehörte zu den Patienten, die stark auf Placebo-Effekte reagierten. War das nicht ebenso gut? Wenn sie glaubte, eine Wirkung zu verspüren, warum sollte er ihr den Glauben nehmen? Wäre sie wirklich krank, würde er anders verfahren, doch in diesem Fall lächelte er nur zustimmend und schrieb das Rezept aus.

Frau Schmidtchen brauchte, wie die meisten Menschen in dieser immer kälter werdenden Zeit, ein paar Streicheleinheiten, Aufmerksamkeit und Zuwendung. Das war ihre »Krankheit«. Bei ihm bekamen die Patienten davon reichlich, das war bekannt. Dr. Frank schonte sich nicht, doch er sah in seinem Beruf eine Berufung, die ihm überwiegend Freude machte.

Im Moment hatte er allerdings selbst »Trost« nötig. Solveig war verreist, erst zu einer Tagung des Hotelfachverbandes, dann für eine weitere Woche zum Relaxen. Und das ohne ihn! Natürlich hatte sie ihn gefragt, ob er sie begleiten wolle, doch diese Frage war rein rhetorischer Art gewesen, wie sie beide wußten. Er konnte unmöglich weg.

Solveig Abel, die Besitzerin des wunderschönen Waldhotels, wollte sich die Gelegenheit jedoch nicht entgehen lassen, denn ihr Hotel war für eine Woche wegen dringend notwendiger Verschönerungsarbeiten geschlossen. Dafür hatte Dr. Frank natürlich Verständnis, trotzdem sah er unentwegt tausend Gefahren auf sie lauern – natürlich in From von heißblütigen italienischen Männern, die seine schöne blonde Solveig belagern würden...

Schnell konzentrierte er sich wieder auf seinen nächsten Patienten. Herr Meiser hatte seit Wochen Kopfschmerzen. Bisher hatte der Arzt den Grund dafür noch nicht herausfinden können. Alle einschlägigen Untersuchungen waren veranlaßt worden. Nun hielt er das Problem für seelisch bedingt. Doch Herr Meiser war sehr wenig mitteilsam, was das anging.

»Sie waren beim Augenarzt, zur Computertomographie, beim Orthopäden und beim Neurologen. Alle Untersuchungen waren ohne Befund, Herr Meiser. Ehrlich gesagt, bin ich mit meinem Latein am Ende. Es könnte noch eine Empfindlichkeit auf Wetterschwankungen sein, aber die kommt gewöhnlich nicht so plötzlich.«

»Und was soll ich nun machen?« fragte sein Patient mit leicht aggressivem Unterton.

»Ich möchte nicht, daß Sie dauernd diese Schmerzmittel nehmen. Könnten Sie vielleicht Urlaub machen und sehen, wie es dann ist? Möglicherweise liegt Ihnen ja doch etwas auf der Seele, was Sie nicht erkennen können?«

»Ich bin nicht verrückt!«

»Aber nein, das sagt doch niemand. Fühlen Sie sich beruflich überfordert?«

Das hatte er zu Beginn schon einmal gefragt, doch da hatte Herr Meiser diesen Verdacht weit von sich gewiesen. Jetzt bemerkte Dr. Frank ein kurzes Zucken im Gesicht des Mannes. War er doch auf der richtigen Spur? Die meisten Menschen konnten sich gar nicht vorstellen, welche Auswirkungen ein – wenn auch leichter – seelischer Druck im Laufe der Zeit haben konnte.

»Nein.«

»Hat sich in der Firma etwas verändert? Ein neuer Chef, ein neuer Kollege, neue Projekte?«

»Da ist doch dauernd etwas? Seien Sie froh, daß Sie als Arzt selbständig sind und das nicht mitmachen müssen.«

»Mein Gott, meint der wirklich, daß ich keine Belastungen habe?« fragte sich Dr. Frank leicht empört, ohne sich jedoch etwas anmerken zu lassen.

»Es wäre also immerhin möglich, daß es um eine Belastung durch den Arbeitsplatz geht. Denken Sie einmal in Ruhe darüber nach. Wenn Ihnen das Problem klar wird, verschwinden vielleicht auch die Kopfschmerzen.«

Herr Meiser war sehr unzufrieden, als er ging. Stefan Frank konnte es nicht ändern, er war leider kein Zauberer. Dabei bemühte er sich schon mehr, als es seiner Tätigkeit als Allgemeinmediziner und Geburtshelfer oblag.

Seufzend wandte er sich dem nächsten Patienten zu. Heute war mal wieder so ein Tag, der gar kein Ende nehmen wollte. Draußen regnete es, und oft hatte er den Verdacht, daß manche Patienten nur aus Langeweile in seinem Wartezimmer saßen. Wie war es sonst möglich, daß bei schönem Wetter viel weniger Menschen seine Hilfe benötigten?

Seine philosophischen Betrachtungen brachten ihn nicht so recht weiter. Also schob er sie beiseite. Am Abend, bei einem schönen Glas Rotwein, ließe sich darüber auch viel besser nachdenken.

Heute bekam er es nur noch reichlich mit Hämorrhoiden, Krampfadern und offenen Beinen zu tun, so daß er um halb sieben, als der letzte Patient gegangen war, ziemlich frustriert die Praxis verließ. Hausbesuche standen nicht an.

Auch heute würde er das zärtliche Geplauder vermissen, das er normalerweise jeden Abend mit Solveig am Telefon führte. Noch über eine Woche, bis sie wieder bei ihm war...

Um wenigstens noch eine andere Stimme zu hören, die ihm nichts von Kopfschmerzen oder anderen Beschwerden erzählen würde, rief er seinen Freund Ulrich Waldner an. Uli war ebenfalls Arzt und leitete die Waldner-Klinik am Englischen Garten in München. Sie waren fast immer auf einer Wellenlänge, insofern versprach ein Telefonat Ablenkung und ein angenehmes Viertelstündchen.

»Ja?« meldete sich Uli knapp.

»Hier Stefan. Hast du einen Moment Zeit?«

»Gibt es bei dir auch Probleme? Dann lieber nicht.«

»Nanu, was ist dir denn für eine Laus über die Leber gelaufen?«

»Willst du das wirklich wissen?«
»Naja, vielleicht hilft's dir, Dampf abzulassen.«
»Kaum. Ich koche nämlich ziemlich. Ich sage nur ›Kai‹!«
»Kai? Das ist doch so ein netter Junge! Hat er eine Arbeit verhauen? Mehr kann es doch wohl kaum sein.«
»Hah! Hast du eine Ahnung! Er hat eine... was? Moment mal, Stefan.«

Dr. Frank hörte, daß Ruth sich aus dem Hintergrund zu Wort meldete. Gleich darauf sprach sein Freund weiter.

»Ruth meint, ich soll dir nicht den Feierabend mit meiner schlechten Laune verderben. Du wärest sicher sehr einsam, weil deine Solveig nicht da ist.«
»Stimmt. Aber nun sag schon: Was ist mit Kai?«
»Mein Sohn Kai hat uns mit einer Freundin überrascht.«
»Na und? Ist das alles? Er ist doch immerhin schon über sechzehn. Irgendwann fängt's halt an.«

Dr. Frank verstand die Aufregung wirklich nicht ganz.

»Richtig. Soweit bin ich auch aufgeklärt. Aber du hast sie noch nicht gesehen. Sie singt in einer Punk-Band oder wie die heißen. Und so sieht sie auch aus. Grüne Haarsträhnen, ein vorlautes Mundwerk und abgebrochene Schule. Nun sag mir bitte mal, wie er an so ein Mädchen kommt!«

Dr. Frank grinste. Sieh an, der stille Kai, der eher ein wenig schüchtern wirkte!

»Vielleicht ist sie ganz nett hinter ihrer Maskerade? Die jungen Leute heute sehen doch alle mehr oder weniger abenteuerlich aus. Ihr habt bisher einfach Glück gehabt mit euren Kindern. Je mehr Widerstand du leistest, desto mehr wird er zu ihr halten. Wahrscheinlich läuft sich das sowieso tot.«

»Du redest wie Ruth. Aber dieses Mädchen – sie nennt sich Coco wie ein Papagei, und so sieht sie ja auch aus – hat mich bereits frank und frei gefragt, ob ich ihr nicht die Pille geben könnte, wo ich doch Arzt bin. Ich dachte, ich falle vom Stuhl!«

Uli Waldner hörte ein Glucksen am Ohr, das verdächtig nach einem unterdrückten Lachen klang.

»Wenn du dich so darüber amüsierst, kann ich sie ja zu dir schicken. Dann haben deine Patienten mal was zu gucken«, sagte er schlechtgelaunt.

»Wetten, daß du in zwei Wochen auch darüber lachst? Du bist sowas doch nur nicht gewöhnt von Kai. Da haben andere Eltern aber größere Probleme, mein lieber Uli. Solange Kai sich nicht grundlegend verändert, solltest du hübsch auf dem Teppich bleiben. Du bist doch sonst so souverän.«

Diese Einschätzung schien seinen Freund zu besänftigen, so daß sie ihr Gespräch freundlich beenden konnten.

Wieder hatte Stefan Frank etwas, über das er gern mit Solveig gesprochen hätte. Naja, irgendwann war ja auch diese Zeit überstanden!

Auch ein anderes »Kind« war damit beschäftigt, seinen Eltern Kopfzerbrechen zu bereiten. Nicoletta de Leuw, aufregende zwanzig Jahre alt, hatte sehr eigene Ansichten darüber, was ihr Leben interessant und schön machte.

Leider ging sie dabei ziemlich rücksichtslos über ein paar grundsätzliche Dinge hinweg. Chantal de Leuw, ihre Mutter, versuchte immer wieder, es ihr zu erklären. Natürlich war Nicoletta erwachsen, zudem hatte sie den Fehler gemacht, ihren Mann nicht zu bremsen, der Nicoletta immer sehr verwöhnt hatte. Ihre Bemühungen, ihrer Tochter ein wenig Rücksichtnahme auf andere, Ehrlichkeit und ähnliche Werte zu vermitteln, schienen alle umsonst gewesen zu sein.

Im Moment war Chantal ziemlich verzweifelt. Nicoletta war mündig – dem Gesetz nach. Sie durfte ihr nichts mehr verbieten. Mußte sie zusehen, wie ihre bildhübsche Tochter ihr Leben ruinierte? Konnte man das einer Mutter wirklich abverlangen?

Gestern abend war Nicoletta überraschend hier zu Hause erschienen. Ihr Gesicht, blaß und verstockt, wirkte verheult, und sie hatte Schatten unter den Augen. Ohne weitere Erklärung war sie in ihr Apartment hinaufgegangen, hatte die Tür hinter sich zugeknallt und war keiner Bitte, die Tür zu öffnen, zugänglich gewesen. Erst heute vormittag war es Chantal gelungen, den angeblichen Grund für ihr Auftreten zu erfahren. Sie zweifelte daran, daß es die ganze Wahrheit war.

»Biggi hat mir zwei Aufträge vermasselt. Sie haßt mich. Wir hatten einen Riesenzoff.«

»Das tut mir leid. Meinst du, es kommt wieder in Ordnung?«

»Weiß ich nicht. Ist auch egal. Kannst du mir zweitausend Mark geben, Mum?«

»Das ist eine Menge Geld und...«

»Wir haben doch genug, oder? Nun sei nicht so. Ich fliege morgen nach Paris, da bin ich dann wieder flüssig.«

Chantal zögerte trotzdem. Natürlich war genug Geld da. Aber sie hatte Angst, daß Nicoletta das Geld für Dinge ausgeben könnte, die in ihren Kreisen sehr »in« waren. Kokain und andere Drogen waren in ihrer Vorstellung so ziemlich das Schlimmste.

Nicoletta hatte zwar noch mit Mühe und Not überredet werden können, ihr Abitur zu machen, aber dann war ihre Karriere als Model nicht mehr aufzuhalten gewesen. Jetzt reiste sie seit zwei Jahren durch Europa, hatte hier und da einen Termin und war sogar schon als Titelbild erschienen. Zu ihrem Leben gehörten Partys und ziemlich ausgeflippte Leute.

Chantal erfuhr nicht allzu viel darüber, denn Nicoletta ließ sich nur noch sehen, wenn es irgendwelchen Ärger gegeben hatte und sie für ein paar Tage »untertauchen« wollte, um sich ihre Wunden verbinden zu lassen – mit mütterlicher Zuwendung und den Komplimenten ihres stolzen Vaters, in dessen Augen Nicoletta nichts falsch machen konnte.

Eigentlich verdiente Nicoletta eine Menge Geld. Wenn sie so

dringend zweitausend Mark brauchte, was tat sie dann damit? Chantal wußte, daß ihr Mann seiner Tochter das Geld sofort geben würde. Sie wäre dann wieder die »Böse«. Ach, irgendwie hatte sie das alles so satt...

»Komm, Mum, mach nicht so ein Gesicht. Ich habe ein Auto angefahren. Keine Angst, es ist nicht viel passiert. Ein bißchen verbeultes Blech. Der Fahrer ist einverstanden, wenn ich ihm den Schaden so bezahle. Okay? Ich bin grad nicht flüssig.«

»Ist dir etwas passiert?«

»Nein, natürlich nicht.«

»Wie kam es denn dazu?«

Nicoletta stand auf und machte ein leicht angewidertes Gesicht. Selbst so sah sie noch wunderschön aus. Ihre roten langen Haare, ein Erbe des Vaters, glänzten wie ein seidiger Helm. Sie waren exakt zu einem Pagenkopf geschnitten und schwangen bei jeder Bewegung des Kopfes mit. Ihre grünen Augen leuchteten, ihre Haut war wie Milch und Honig, auch wenn das kitschig klang. Chantal war immer wieder ganz erstaunt, daß sie diese Schönheit in die Welt gesetzt hatte. Sie war auch hübsch – gewesen, fügte sie in Gedanken hinzu –, aber weit entfernt von dieser Perfektion.

»Mummy, hör doch auf! Das ist doch egal. Ich muß gleich los. Also, rück schon einen Scheck raus, ja? Ich gebe es dir zurück, ganz bestimmt.«

Chantal stand auf. Sie bewegte sich sehr vorsichtig, denn die Schmerzen waren wieder schlimmer geworden. Niemand wußte davon, aber sie fürchtete sich vor der Erkenntnis, daß es Nicoletta auch nicht besonders interessieren würde. Auch diese Oberflächlichkeit, diese Unfähigkeit, sich in die Gefühle eines anderen Menschen hineinzuversetzen, erschreckte sie bei ihrer Tochter.

Sie schrieb einen Scheck aus und gab ihn dem Mädchen. Nicoletta hauchte ihr einen Kuß auf die Stirn, wedelte die Unterschrift trocken und stopfte den Scheck in die Tasche ihrer knapp geschnittenen Lederhose.

»Ciao und danke, Mum. Ich melde mich wieder.«

Und schon lief sie hinaus.

Chantal ging zu der Ottomane hinüber und breitete sich wieder die Cashmere-Decke über die Beine. Sie müßte eigentlich endlich einmal zum Arzt gehen. Aber davor fürchtete sie sich. Die Schmerzen saßen jetzt schon überall im Rücken. Zuerst hatten sie sich auf den Bereich unter dem linken Arm begrenzt, dort waren die Lymphknoten auch tastbar. Wahrscheinlich fühlte sie sich so schwach, weil sie eine vor Wochen durchgemachte Erkältung gar nicht wieder richtig loswurde...

Sie schloß die Augen und lauschte auf das gleichmäßige »Tick-Tick-Tick« der schönen alten Uhr an der Wand. Henry hatte sie aus Amsterdam mitgebracht, seiner Heimatstadt. Jetzt lebten sie schon seit gut zehn Jahren hier in Hamburg. Die schöne große Villa mit Blick auf die Elbe war ein Traum, und doch fühlte sich Chantal immer verlorener hier. Henry war fast genauso selten zu Hause wie Nicoletta. Niemand schien sie noch zu brauchen.

Halt, sie wollte nicht klagen. Es lag ja wirklich bei ihr, mehr aus ihrem Leben zu machen. Sobald sie sich wieder wohler fühlte, wollte Chantal endlich einmal ihre alte Freundin Sandra in München besuchen. Wie oft hatte Sandra schon angerufen! In letzter Zeit war sie dessen vermutlich müde geworden. Chantal hatte ihr gegenüber ein schlechtes Gewissen. Sie dankte diese Freundschaftsbeweise auch nicht auf die Art, die sie Nicoletta zu vermitteln versuchte. Wenn sie nur nicht immer so hinfällig und müde wäre...

Das Telefon klingelte. Chantal hatte den Anrufbeantworter eingeschaltet, um nicht immer aufstehen zu müssen. Sie wartete darauf, daß sich der Anrufer zu erkennen gab.

»Chantal? Bist du zu Hause?«

Es war Henry. Chantal stand auf und holte sich den Apparat, den sie noch auf der Ladestation liegen hatte.

»Ja?«

»Hallo, Darling. Wie geht es dir?«

»Danke gut.«

Frage und Antwort wie immer. Wie würde Henry wohl reagieren, wenn sie ihm die Wahrheit sagte?

»Wunderbar. Ich bin noch ein paar Tage länger hier in Paris. Ich habe wunderschöne alte Möbel angekauft. Du wirst begeistert sein.«

»Wie schön!«

»Gut, du weißt also Bescheid. Spätestens in einer Woche bin ich zurück. Unternimmst du etwas? Sitz nicht immer nur zu Hause, lad dir doch jemanden ein.«

»Damit du kein schlechtes Gewissen haben mußt?« dachte sie müde.

»Ja, sicher, das werde ich machen. Auf Wiedersehen, mein Lieber.«

Ach Gott, wie höflich sie miteinander umgingen! Es war einfach schrecklich! Was war nur aus ihrer Ehe geworden, die vor einundzwanzig Jahren so vielversprechend angefangen hatte?

Chantal hatte Henry bei Sotherby's kennengelernt. Er war schon damals ein gutbeleumundeter Antiquitätenhändler gewesen und hatte später noch alte Schmuckstücke in sein Programm aufgenommen, womit er dann sehr erfolgreich gehandelt hatte, weil er auf der ganzen Welt reiche Kunden – zum Teil waren sie seine Freunde – hatte.

Chantal, die in München geboren und aufgewachsen war, hatte nach dem Abitur zuerst ein paar Semester Medizin studiert, bis sie feststellen mußte, daß es nicht das Richtige für sie war. Ihre französische Mutter hatte das von Anfang an erkannt, doch Chantal hätte alles getan, um ihrem Vater zu gefallen, der sich immer einen Sohn gewünscht hatte. Er war Professor der Medizin gewesen.

Als sie ihr Studium dann endgültig abgebrochen hatte, war es ihr nicht mehr möglich gewesen, seine verächtlichen Blicke zu ertragen. Es war ihm sicher nicht einmal bewußt gewesen, daß er sie aus dem Haus getrieben hatte. Bald darauf hatte sich ihre Mutter scheiden lassen.

Chantal war erst für zwei Jahre nach Paris gegangen und hatte die Sprache bis zur Dolmetscherreife erlernt. Aufgewachsen war sie sowieso zweisprachig, doch jetzt lernte sie die letzten Finessen. Danach hatte sie London gereizt, um auch in dieser Sprache zur Vollkommenheit zu gelangen. Bei Sotherby's war sie schließlich gelandet, weil ein Freund von ihr dort arbeitete.

Die Antiquitäten hatten Chantal sehr fasziniert. Sie nahm an Versteigerungen teil, beobachtete die Interessenten, lernte viel über Menschen und ihr Kaufverhalten. Einige waren richtig süchtig nach den schönen alten Stücken.

Henry war ihr sofort aufgefallen, denn er wirkte ungeheuer kühl und sachlich und verzog niemals eine Miene beim Bieten. Bei ihm wußte sie nie, ob er noch mitgehen würde oder nicht, bei den meisten Interessenten gelang es ihr, das vorher zu sagen. So war er ihr aufgefallen.

Sie waren später ein paarmal zusammen ausgegangen. Als er London wieder verlassen wollte, hatte er ihr erklärt, daß er sie liebe und sie gern heiraten wolle. Er war fünfzehn Jahre älter als Chantal. Seine männliche Ausstrahlung, seine ungeheure Selbstsicherheit... all das hatte Chantal an ihren Vater erinnert. Sie hatte nicht lange überlegen müssen und ja gesagt.

Die Hochzeit war *das* gesellschaftliche Ereignis in Hamburg gewesen. Die Bilder des Brautpaares gingen durch die Presse. Über achthundert Gäste tanzten im Hotel Atlantik und wünschten ihnen Glück.

Chantal hatte natürlich auch Mutter und Vater eingeladen. Ihr Vater hatte es vorgezogen, nicht einmal zu antworten. Aber ihre Mutter war gekommen. Zum ersten Mal hatte sich Chantal Gedanken über ihr Leben gemacht. Offenbar war sie sehr zufrieden mit ihrem Alltag. Sie hatte jedenfalls deutlich entspannter ausgesehen und eine Menge Verehrer unter den Hochzeitsgästen gefunden.

Anfangs hatte Chantal ihren Mann auf viele Reisen begleitet. Doch als sie schwanger wurde, wollte Henry das nicht mehr, damit sie sich schonen konnte. Und dann war ihre zauberhafte Tochter geboren worden...

Wann hatten sie sich auseinandergelebt? Das war so unmerklich gegangen, daß Chantal den Zeitpunkt gar nicht bestimmen konnte. Die Reisen wurden länger, die Anrufe seltener. Und immer blieben sie ausgesprochen höflich miteinander. Kein böses Wort, keine Klage kam über Chantals Lippen, auch nicht, als sie entdeckte, daß Henry Freundinnen hatte, die er großzügig mit Geld und Geschenken versorgte. Es hatte ein bißchen weh getan, aber nicht so wie die Tatsache, daß sich auch Nicoletta zu einem oberflächlichen Partygirl entwickelte, wie Henry sie als Freundinnen bevorzugte.

Was hatte sie falsch gemacht? Chantal hatte sich bemüht, Nicoletta viel Liebe und Aufmerksamkeit zu geben. Sie hatte Mutter und Vater für ihre Tochter sein müssen. Doch wann immer Henry da war, hatte er sich ebenfalls gekümmert. Nicoletta hatte nie diesen enttäuschten, resignierten Blick von ihrem Vater erleben müssen wie Chantal.

Das Buch glitt von der Decke und fiel auf den Boden. Chantal wollte sich bücken und es aufheben. Der Schmerz schnitt ihr dermaßen heftig durch den Arm, daß sie leise aufschrie.

»Hast du schon wieder an Chantal geschrieben? Sie will doch offensichtlich gar keinen Kontakt mehr haben.«

»Ich habe nicht ›schon wieder‹ geschrieben, liebe Schwester, weil ich sonst immer anrufe. Und außerdem entscheide ich das doch wohl. Sei nicht so neugierig.«

»Hilfe, erschieß mich nicht gleich«, antwortete Monika gutgelaunt und hob die Hände zu einer Geste der Ergebung.

Die Schwestern Sandra von Holst und Monika Bergmann betrieben in München zusammen eine Galerie und waren gerade damit beschäftigt, die neuen Skulpturen richtig auszuleuchten. Beide liebten ihre Arbeit.

Die eine, Sandra, war für die Entdeckung neuer Künstler verantwortlich und hatte sie auch von Anfang bis zum Ende zu betreuen, was oft einer Löwenbändiger-Tätigkeit, manchmal auch der eines Psychiaters, gleichkam. Sie war die Richtige dafür, denn sie liebte ihre »Verrückten«.

Monika bearbeitete ganz allein und eigenverantwortlich den kaufmännischen Bereich und behielt die Konten im Auge. So waren sie erfolgreich geworden. Kein Mann konnte ihre Einigkeit sprengen, obwohl es schon viele versucht hatten. In die Galerie ließen sie niemanden hinein. Privat war Monika mit einem Arzt verheiratet, während Sandra wechselnde Freunde hatte. Zur Zeit war sie solo.

»Ich mache mir Sorgen um Chantal. Es sieht ihr einfach nicht ähnlich, sich nicht zu melden.«

»Vielleicht ist sie mit ihrem Mann unterwegs. Er reist doch immer noch herum. Neulich habe ich gerade wieder über ihn gelesen, als es ihm gelang, ein Diadem anzukaufen, das angeblich einer russischen Großfürstin gehört hat.«

»Ich glaube nicht, daß sie noch mit ihm reist. Er hat doch meistens irgendein G'spusi bei sich. Ich begreife einfach nicht, wie man sich das gefallen lassen kann. Dreh den Spot noch mal etwas hier herüber... halt, gut so.«

»Chantal war schon immer so fixiert. Schon damals. Ich werde nie vergessen, wie sie von ihrem Vater sprach. Ihre Augen leuchteten mindestens so, als wenn du eine neue, diesmal aber ganz bestimmt große Liebe gefunden hast.«

»Moni, du hast ein Schandmaul, weißt du das?«

Monika lachte. Sie wußte, wie ihre Schwester es meinte.

»Trotzdem, ich bleibe dabei: Sie war ihrem Vater hörig. Und ihrem Mann ist sie bestimmt ebenso hörig.«

»Das glaube ich nicht. Nein, Chantal ist zwar ein sehr harmoniebedürftiges Wesen, aber blöd ist sie ganz bestimmt nicht. Ihr Leben ist einfach zu langweilig, das ist es. Sie müßte uns mal besuchen, eine Weile bei mir wohnen. Dann würde ich sie schon wieder auf Vordermann bringen. Mein Gott, sie ist doch auch erst fünfundvierzig! Offenbar weiß sie gar nicht, daß das Leben jetzt erst richtig anfängt!«

Monika kicherte, weil Sandra mit den Augen rollte und ihre nicht gerade dezent ausgeschnittene Bluse noch ein wenig weiter öffnete. Sie sah nämlich, was Sandra entgangen war. Im Eingang stand ein gutaussehender Mann, der Sandra fasziniert betrachtete.

Jetzt räusperte er sich. Sandra fuhr herum. Aber sie wurde nicht etwa rot, nein, sie lachte.

»Oh, guten Tag. Ich hoffe, Sie glauben jetzt nicht, daß Sie sich in der Adresse geirrt haben. Was können wir für Sie tun?«

Dr. Frank lächelte. »Ich interessiere mich für das kleine Bild dort im Ausstellungsfenster. Darf ich es mal näher betrachten.«

»Aber sicher. Warten Sie, ich nehme es heraus und stelle es auf die Staffelei.«

Monika stieg von der fast raumhohen Leiter und ging ins Büro hinüber. Sandra war gern mit den Kunden allein, und sie war überdies ein Verkaufsgenie.

»Es ist wirklich wunderschön. Ich glaube, ich nehme es, wenn es nicht gerade ein Vermögen kostet.«

»Oh, da haben Sie Glück. Der Künstler ist noch nicht so sehr bekannt. Es kostet... Moment... eintausendfünfhundert.«

»Hmm. Nun, dann frage ich lieber nicht, was das dort kostet.«

Er zeigte auf ein Bild von gut zweieinhalb Quadratmeter Fläche.

»Da haben Sie recht. Fragen Sie lieber nicht«, antwortete Sandra lachend.

»Ich nehme das Kleine hier. Können Sie es ins Waldhotel an Frau Abel schicken? Ich lege eine Karte bei.«

»Natürlich, das machen wir gern.«

Er reichte ihr erst einmal seine Visitenkarte und bat darum, über Vernissagen unterrichtet zu werden. Dann füllte Stefan Frank einen Scheck aus und schrieb anschließend die kleine Karte, die er vorher besorgt hatte. Nachdem er sie in den Umschlag gesteckt hatte, wandte er sich wieder der Galeristin zu.

»Ihre Galerie wurde mir von einem Freund empfohlen, Dr. Waldner.«

»Oh, Sie kennen Dr. Waldner? Er ist mit dem Mann meiner Schwester befreundet. Er ist auch Arzt – Dr. Bergmann.«

»München ist ein Dorf. Ich kenne Dr. Bergmann auch recht gut und schätze ihn.«

»Wunderbar, dann sind wir alle gute Bekannte.«

Sie lachten sich an. Dr. Frank war von ihrem Charme bezaubert. Wenn er nicht seine Solveig hätte, könnte ihm diese Frau gefallen. Ihre Frische war sehr anregend.

Sie blinzelte ihm zu, als erriete sie seine Gedanken. »Sie sind Allgemeinmediziner? So etwas suche ich gerade. Nehmen Sie noch Patienten an?«

»Aber sicher, doch ich hoffe, Sie sind nicht krank?«

»Nein, nicht direkt. Ich habe nur hin und wieder Probleme mit meinen Allergien. Mein Schwager ist Orthopäde, und dem vertraue ich mich lieber nicht an. Er würde mir einreden, daß das alles von Platt- oder Spreizfüßen kommt und mir vermutlich Einlagen verschreiben.«

Dr. Frank lachte. Dr. Bergmann war tatsächlich ein Arzt, der jede Erkrankung zumindest in den Bereich der Orthopädie rückte, wenigstens rhetorisch.

»Kommen Sie gern vorbei. Lassen Sie sich aber bitte einen Termin geben. Sonst müßten Sie vielleicht zu lange warten.«

»Das mache ich. Demnächst, wenn ich wieder Zeit habe. Im Moment bereiten wir gerade eine neue Ausstellung vor, wie Sie sehen. Sehr begabt, der Künstler.«

Sie machte eine weite Geste mit dem Arm, die alle Objekte einbezog.

»Sicher, aber nicht so ganz mein Geschmack. Ein Auge am Knie und die Brüste am Rücken... nein. Aber das muß es wohl auch geben.«

Sie schmunzelte, sagte aber nichts dazu.

Als er wieder gegangen war, brachte sie den Scheck zu ihrer Schwester ins Büro.

»Hier, Schwesterherz. Zahl mir meine Prozente gleich aus, dann kann ich mir die sündhaft teure Bluse kaufen, die ich gestern in der Boutique nebenan gesehen habe.«

»Noch eine Bluse? Wieviel hast du eigentlich? Hundert?«

»Mag sein. Ich habe sie noch nicht gezählt, weil ich soviel arbeiten muß.«

»Du bist unmöglich, Sandra. Nimm dir, was du brauchst. Steck bitte auch gleich die Post in den Kasten, wenn du dort vorbeigehst.«

»Ach ja, und meinen Brief an Chantal. Übrigens, Dr. Frank kennt deinen Göttergatten.«

»Ach ja? Wer ist Dr. Frank?«

»Na, der Kunde, der eben hier war. Attraktiver Mann, nicht wahr?«

»Ja, und nicht leicht zu erschüttern. Sonst wäre er sicher gleich wieder gegangen.

Monika lachte über Sandras Gesicht.

»Schon gut, ich meine es nicht so. Du bist nur eine ganz kleine Katastrophe.«

»Also, jetzt gehe ich. Wenn du mich noch weiter demontierst, kaufe ich mir vielleicht noch einen neuen Rock zu der Bluse. Halt die Stellung, Moni.«

Erst als Sandra die Galerie verlassen hatte, dachte sie wieder über das Schweigen ihrer Freundin Chantal nach. Sie machte sich wirklich Sorgen, aber leider konnte sie zur Zeit nicht aus München weg, um nach Hamburg zu fahren. Wenn sich Chantal auch auf ihren Brief hin nicht melden würde, müßte sie sich allerdings etwas einfallen lassen.

Vier Tage später bekam sie Antwort.

»Liebe Sandra, vielen Dank für Deinen lieben Brief. Ich muß mich entschuldigen, daß ich so lange nicht angerufen oder mich anderweitig gemeldet habe. Henry und ich waren unterwegs, und dann war Nicoletta ein paar Tage zu Besuch. Es geht mir gut, keine Sorge. Sobald ich wieder ein wenig mehr Zeit habe, werde ich Dich in München besuchen. Ich melde mich vorher an. Alles Liebe, Deine Chantal.«

Sandra las den Brief ihrer Schwester vor. Sie war sehr erleichtert, daß es Chantal gut ging.

»Komisch« murmelte Monika.

»Was ist komisch?«

»Ich habe gerade vor ein paar Tagen gelesen, daß Henry in Paris mit einer aufregenden jungen Schauspielerin gesichtet worden ist. Meinst du, Chantal macht das gar nichts aus?«

»Ach, du weißt doch, wie diese Zeitungsleute oft übertreiben oder sich etwas aus den Fingern saugen!«

»Du kennst doch Henry!«

»Chantal würde es mir sagen, wenn sie unglücklich wäre.«

»Ich weiß nicht, Sandra, ich habe irgendwie ein ungutes Gefühl. Versuch doch noch mal, sie anzurufen.«

»Verdammt, Monika, jetzt habe ich mich gerade etwas entspannt, und nun machst du mir doch wieder Angst um Chantal.«

»Tut mir ja auch leid. Normalerweise bist du es ja, die das Gras wachsen hört. Aber dieser Brief klingt so steif... so würde ich einen Brief an eine entfernte Verwandte schreiben, aber nicht an eine enge Freundin, wie du es bist. Es sei denn, ich hätte etwas zu verbergen.«

»Gewonnen. Ich versuche heute abend noch mal, sie zu erreichen. Und sonst fliege ich kurz nach Hamburg. Vielleicht am Wochenende. Dann bringe ich sie mit Gewalt hierher, und wenn ich sie vorher betäuben und fesseln muß.«

»Soweit wird es wohl nicht kommen. Nun mach nicht so ein Gesicht, vielleicht täusche ich mich ja auch.«

Monika täuschte sich nur insofern, als daß alles noch viel schlimmer war. Aber das wußten sie noch nicht...

»Papa! Wieso bist du denn noch hier in Paris? Ich dachte, du bist schon wieder zu Hause!«

»Wie du siehst, habe ich meinen Aufenthalt noch etwas verlängert. Ich bin an ein paar sehr schönen Sachen dran.«

Nicoletta lachte spöttisch. Ihr Vater drohte ihr scherzhaft mit dem Finger.

»Du wirst doch all den Unsinn nicht glauben, der in der Zeitung steht, Schatz. Laß dich ansehen! Wunderschön bist du. Gehst du heute abend mit mir aus?«

»Tut mir leid, Papa, das geht nicht. Aber morgen hätte ich Zeit.«

»Na schön. Klar, daß du deine Abende nicht mit deinem alten Vater verbringen willst.«

Sein Ton klang amüsiert, doch Nicoletta wußte, daß er jetzt ein Kompliment hören wollte. Sie tat ihm den Gefallen.

»Niemand wird glauben, daß du mein Vater bist. Jeder wird dich für meinen Lover halten.«

»Sei froh, daß deine Mutter dich nicht so reden hört. Wie geht es ihr? Warst du zu Hause?«

»Ja, aber nur kurz. Es geht ihr gut, wie immer.«

»Sie klang ein wenig erschöpft, als ich anrief.«

»Nein, den Eindruck hatte ich nicht. Sie langweilt sich wohl höchstens.«

»Naja, in ein paar Tagen bin ich ja wieder bei ihr. So, mein Schatz, dann amüsier dich gut. Morgen um zwölf? Ich hole dich hier im Hotel ab.«

»Gut, Papa. Amüsier du dich auch gut mit deinen... Antiquitäten.«

Sie machte die kleine Pause ganz bewußt, um ihm zu zeigen, daß sie von seinen Aktivitäten durchaus wußte, ohne sie zu verurteilen. Wenn ihre Mutter nie Lust hatte, ihn auf seinen Reisen zu begleiten, mußte sie sich ja nicht wundern, daß es andere gab, die ihrem gutaussehenden Vater gern Gesellschaft leisteten. Etwas Ernstes war das sicher nicht. Letztendlich konnte sie sich nicht vorstellen, daß ihre Eltern sich einmal trennen würden.

Sie hatte sich damit schon wieder genug Gedanken gemacht. Viel lieber beschäftigte sich Nicoletta mit sich selbst. Heute sollte sie den neuen Fotografen kennenlernen, von dem ihre Kolleginnen so schwärmten. Pieter Magnusson hieß er. Chris, eine Freundin, war schwer in ihn verliebt, doch er hatte offenbar ein eisernes Prinzip, nämlich nie etwas mit den Models anzufangen, die er beruflich traf. Pech für Chris.

Nicoletta war auch schon ein paarmal verliebt gewesen, aber eigentlich liebte sie nur sich selbst. Deshalb gingen ihr Gefühle auch nie besonders nahe. Wenn ein Mann nicht bereit war, sie anzubeten, interessierte er sie nicht weiter. So einfach war ihr Lebensprinzip.

Auch jetzt stand sie im Fahrstuhl, der sie nach oben in ihr Hotelzimmer brachte, vor dem Spiegel und bewunderte den

Schwung ihrer perfekt gezupften Augenbrauen. Sie sah wirklich blendend aus...

Der Fahrstuhl hielt sanft auf ihrer Etage. Nicoletta stieg aus und steckte die Karte in den Schlitz an der Tür. Sie öffnete sich geräuschlos. Von ihren Kolleginnen wohnte niemand in diesem First-class-Hotel. Obwohl sie alle sehr gut verdienten, überstieg es doch ihre finanziellen Möglichkeiten. Chantal aber hatte das Geld ihrer Mutter! Die Geschichte mit dem Auto stimmte natürlich nicht. Sie war nur gerade mal wieder ein bißchen knapp gewesen...

Nicoletta schleuderte ihre eleganten Slipper in die Ecke, die Hose warf sie über einen Sessel, und dann ließ sie sich auf das breite Bett mit der Seidendecke fallen. Was für ein Leben! Ihr taten alle jungen Frauen leid, die sich Tag für Tag irgendwo in ein Büro schleppen mußten, um acht Stunden hinter Computer oder Schreibmaschine zu versauern. Wenn sie dann noch Ehemann und Kinder hatten, war ihr Leben doch gelaufen!

Nein, so würde sie es keine Sekunde aushalten. Sie wollte bis mindestens dreißig so weitermachen wie bisher, und dann... Nun, das würde sich finden. Vielleicht gründete sie eines Tages ihre eigene Model-Agentur in New York oder Paris. Diese beiden Städte liebte sie am meisten.

Sie schaute auf ihre zierliche goldene Cartier-Uhr. Für solche Dinge gab sie ihr Geld aus. Das waren Dinge, an denen Nicolettas Herz hing: schöne Wäsche, kostbarer Schmuck von Tiffany oder Cartier, exklusive Mode. Alles mußte vom Feinsten sein, damit es ihre Schönheit noch unterstrich...

Es war noch Zeit, um ein bißchen zu schlafen. Um drei mußte sie in der Agentur sein. Eine Stunde brauchte Nicoletta, um sich herzurichten. Sie stand noch einmal auf, nahm die kleine feste Nackenrolle aus ihrem Koffer, ohne die sie niemals unterwegs war, und legte sich dann wieder ins Bett. Nicoletta schlief nie auf der Seite, weil das frühzeitig Falten verursachte.

Nach dem einstündigen Schlaf fühlte sie sich frisch und unternehmungslustig. Sie duschte, cremte sich sorgfältig ein und schlüpfte in einen Body aus weißem Satin. Ihre Figur war makellos, das verdankte sie ihrer Disziplin im Essen und dem Aerobic, die sie jeden Tag machte, egal, ob sie Lust hatte oder nicht. Nicoletta verachtete Frauen, die in dieser Hinsicht nachlässig mit ihrem Körper umgingen. Das Kostüm aus weißer Wildseide, dazu dir roten Pumps, fertig. Die anderen würden Augen machen!

Mit dem Taxi ließ sich Nicoletta zu der Agentur bringen. Chris und noch ein paar andere Mädchen, die sie kannte, waren bereits da. Die Begrüßung verlief ziemlich stürmisch, wie immer, wenn sie sich nach längerer Zeit wiedersehen.

»Kommst du heute abend mit zu Pierre? Er gibt eine Party für uns.«

»Na klar. Wo ist denn nun dieser sagenhafte Pieter?«

»Er läßt sich nicht gern mit dem Vornamen ansprechen, weil er immer auf Distanz hält. Glaub bloß nicht, daß du weiter kommst als wir«, antwortete Angie spitz.

»Bist du auch in den verknallt? Ihr spinnt doch, Mädels! Er ist doch nur ein Fotograf.«

»Aber was für einer«, seufzte Chris.

»Also, mir wird er jedenfalls nicht gefährlich werden. Ich weiß, was ich will.«

»Warte, bis du ihn siehst.«

Sie tranken Selter, rauchten wie die Schlote – viele Models setzten das als Appetitzügler ein – und warteten. Schließlich bat die Agenturchefin sie in ihr Büro.

»Ich freue mich, daß ihr alle pünktlich seid. Es geht diesmal um ein sehr schönes Projekt. Abendkleider aus einer neuen Kollektion. Wir haben allerdings nur drei Tage.«

»Oh, immer nur so kurz! Ich wollte gern diese Woche in Paris bleiben.«

»Vielleicht habe ich noch etwas anderes für dich, Chris. Aber erst einmal hierzu. Die Sachen sind drüben. Karin wird sie euch zuteilen. Ist Magnusson schon da?« fragte sie ihre Assistentin.

»Ja, er ist gerade gekommen.«

»Gut, dann kann es in einer halben Stunde losgehen. Wir machen erst die Innenaufnahmen, morgen geht es in den Bois de Bologne.«

Der Arbeitsablauf war allen bekannt. Es war überall gleich. Nicoletta lief nicht gleich mit den anderen mit. Sie wollte nicht den Eindruck erwecken, daß sie es kaum erwarten konnte, den Fotografen kennenzulernen.

Nachdem sie die Damentoilette verlassen hatte, ging sie durch den langen Gang zur Garderobe hinüber. Drinnen hörte sie die anderen laute Rufe der Bewunderung ausstoßen. Die Abendkleider gefielen ihnen offensichtlich.

»Wollen Sie sich nicht etwas beeilen? Ich warte nicht gern.«

Nicoletta drehte sich um. Hinter ihr ging ein Mann, der einen Belichtungsmesser in der Hand hielt. Er sah sie an, ohne daß seine Augen sich vor Bewunderung weiteten, wie sie es von Männern kannte und erwartete.

Nicoletta wußte sofort, daß sie Pieter Magnusson vor sich hatte. »Auf mich muß niemand warten. Ich bin Profi. Sie sind doch auch noch nicht fertig.«

»In zwei Minuten fangen wir an«, erwiderte er ruhig und ging an ihr vorbei.

Er ließ sich also nicht einmal provozieren! Nicoletta sah ihm nach. So aufregend fand sie ihn gar nicht. Seine Augen hatten allerdings etwas, das mußte sie zugeben. Sie waren ganz hellblau, mit einem dunkleren Ring um die Iris. Ansonsten war er blond und recht gut gebaut. Aber solche Männer gab es wie Sand am Meer.

Trotzdem überlegte Nicoletta, während sie sich das erste

Kleid anzog, wie sie ihn ein bißchen herausfordern könnte. Nur ein Spiel natürlich, mehr nicht...

Chantal fühlte sich etwas besser, nachdem sie fast zwanzig Stunden geschlafen hatte. Auch die Schmerzen schienen heute nicht mehr so intensiv.

Den Brief ihrer Freundin hatte sie noch nicht weggelegt. Sie las ihn noch einmal durch. Es klang so, als mache sich Sandra wirklich Sorgen um sie. Dieser Gedanke rührte sie. Es gab also doch noch Menschen, denen etwas an ihr lag.

Ob sie nicht doch nach München fliegen sollte? Mit dem Auto traute sich Chantal die Fahrt in ihrer derzeitigen Verfassung nicht zu, doch der Flug war von Hamburg nach München ja wirklich nicht lang. Vermutlich würde ihr die Abwechslung guttun.

In ein paar Tagen kam Henry zruück. Er würde wieder ein wenig Action machen wollen, Freunde treffen, ausgehen – alles Dinge, zu denen sie einfach keine Kraft hatte. Wenn sie aber Sandra erzählte, sie habe gerade eine kleine Grippe durchgemacht und käme, um sich zu erholen, würde ihre Freundin Rücksicht nehmen. Sandra wußte es zwar nicht, aber an ihr war eine richtige Krankenschwester verlorengegangen. Sie blühte förmlich auf, wenn sie sich um jemand kümmern konnte. Eigentlich merkwürdig, daß sie es bisher vermieden hatte, zu heiraten und Kinder zu bekommen. Die flippige Art war doch nur äußerlich, die echte Sandra war ein viel ruhigerer Typ, aber das wußten vermutlich nur sehr wenige Menschen.

Der Gedanke, Sandra wiederzusehen, ließ Chantal nicht mehr los. Nicoletta hatte sich nicht mehr gemeldet, obwohl sie das versprochen hatte. Von Henry wußte sie, daß er wieder einmal eine neue junge Freundin hatte. Sie war gar nicht wild darauf, ihn wiederzusehen. Seine Worte, daß er nur sie liebe, waren gelogen. Und doch gebot es ihr die Höflichkeit, so zu tun, als glaube sie alles, was er sagte. Das war anstrengend...

Bevor sie es sich anders überlegen konnte, griff sie zum Telefonhörer und wählte die Nummer der Galerie.

»Galerie von Holst, Bergmann.«

»Monika, hier ist Chantal.«

»Oh, Chantal! Wie schön, von dir zu hören. Wie geht es dir?«

»Ach, danke, es geht. Ich bin noch ein bißchen müde, weil ich eine... Erkältung hatte. Und wie geht es euch?«

»Gut, danke. Du möchtest sicher Sandra sprechen? Sie ist gerade nicht da. Kann ich ihr etwas ausrichten?«

»Ich hatte überlegt, ob ich zu euch kommen soll...«

»Oh, das ist wunderbar! Tu das unbedingt. Sandra wird sich riesig freuen. Und ich auch, Chantal.«

Daß auch Monika so herzlich war, konnte Chantal kaum verkraften. Sie war wirklich nicht gut beieinander, daß sie jetzt mit den Tränen kämpfen mußte.

»Wenn du meinst... Habt ihr denn ein bißchen Zeit?«

»Aber Chantal, du hast doch noch mehr Freunde hier in München! Du warst schon viel zu lange nicht hier. Außerdem reißt Sandra mir den Kopf ab, wenn ich dich jetzt wieder vom Haken lasse.«

»Na gut. Ich fliege morgen zu euch und komme dann in die Galerie.«

»Das ist prima. Bis dann. Soll dich Sandra nicht vom Flughafen abholen?«

»Nein, nein. Das ist nicht nötig. Ich weiß noch nicht, welchen Flug ich nehme.«

»Gut. Dann bis morgen. Ich freue mich.«

Chantal legte auf. Plötzlich bekam sie Angst. Sie hatte sich vielleicht doch ein wenig viel vorgenommen. Allein der Gedanke, ihren Koffer packen zu müssen, war schon anstrengend. Doch jetzt konnte sie nicht mehr zurück, ohne Sandra aufzuschrecken. Also wählte sie die Nummer des Flughafens, buchte einen Flug für den Vormittag und stand dann auf, um noch ein paar notwendige Dinge zu erledigen. Vor allem mußte sie Henry Bescheid geben. Es würde ihm nichts ausmachen, wenn sie nicht hier war, wenn er kam.

Am Abend ging Chantal früh schlafen. Sie hatte sich vorher lange im Spiegel betrachtet und war erschreckt gewesen, wie müde und welk ihre Haut wirkte. Ihre Augen hatten allen Glanz verloren und sahen verschwommen aus. Vielleicht hätte sie doch erst einmal zum Arzt gehen sollen...

Der Wecker riß sie aus einem unruhigen Schlaf. Chantal wäre gern liegengeblieben, aber sie hatte nicht mehr allzuviel Zeit. Allein das Make-up würde einige Zeit in Anspruch nehmen, denn sie mußte unbedingt verbergen, wie elend sie aussah.

Als sie duschte, fühlte sie, daß die Lymphknoten jetzt auch in der Leistengegend geschwollen waren. Plötzlich überfiel sie die Erkenntnis, daß sie keineswegs eine harmlose Erkältung verschleppt hatte. Sie mußte ernsthaft krank sein.

Für einen Moment riß ihr dieses Gefühl fast die Beine weg. Chantal ließ sich auf den Wannenrand sinken und versuchte, ihr rasendes Herzklopfen wieder in den Griff zu bekommen.

Nur nicht nachdenken! Es war sicher nicht so gefährlich, daß sie wirklich Angst haben mußte. Die Nerven mußten sich erholen, das war wichtig. Nur keine Panik jetzt. Es war gut, daß sie sich die Reise gönnte. Sandra mit ihrer Fröhlichkeit, ihrer Herzlichkeit würde es im Nu schaffen, daß sie wieder mehr Kraft gewann...

Bis sie endlich ins Taxi stieg, das sie zum Flughafen brachte, war Chantal schon in Schweiß gebadet. Den Koffer konnte sie kaum tragen. Der Fahrer bemerkte es und nahm ihn ihr sofort ab.

Dankbar ließ sie sich in die Polster sinken. Die Fahrt zum

Flughafen dauerte über eine halbe Stunde, Zeit genug, sich ein wenig zu erholen.

Der Flug war angenehm. Chantal schöpfte Hoffnung, daß ihre Entscheidung doch richtig war. Während sie aus dem Fenster schaute, ohne die interessierten Blicke ihres Sitznachbarn zu beachten, dachte sie an ihre schönen Münchner Jahre zurück.

Sie hatte eine Menge Freunde gehabt. Zum Teil lebten sie immer noch hier. Sobald es ihr besserginge, wollte Chantal sie anrufen.

Ein Name kam ihr in Erinnerung, Stefan... Stefan Frank. Er war ein junger Mann gewesen, in den sie ernsthaft verliebt gewesen war. Ihn hatte sie beim Medizinstudium kennengelernt. Wie oft hatte er ihr Mut zugesprochen, als sie aufgeben wollte! Aber letztendlich hatte sie es dann doch getan. Sie waren nie mehr zusammengetroffen, weil Chantal kurz darauf ins Ausland gegangen war.

Ob er noch in München lebte? Warum hatte sie eigentlich nie daran gedacht, einmal im Telefonbuch nachzuschauen, wenn sie dort zu Besuch gewesen war, und wieso kam sie gerade jetzt auf ihn? Vielleicht, weil sie sich noch nie so einsam gefühlt hatte wie jetzt im Augenblick?

Chantal machte sich nichts vor. Ihre Ehe war zerbrochen, sie war zu einer Farce geworden. Ihre Tochter brauchte sie nicht mehr, hatte sie vermutlich schon nicht mehr gebraucht, seit sie fünfzehn war. Und nun?

»Kann ich etwas für Sie tun, gnädige Frau?«

Chantal drehte sich zur Seite. Der gutaussehende Mann lächelte sie an.

Hatte sie etwa laut gesprochen? Nein, das sicher nicht, vermutlich hatte sie aber geseufzt.

»Vielen Dank, nein.«

Er sah ein wenig enttäuscht aus, doch Chantal wandte den

Kopf gleich wieder ab. Was sie jetzt am wenigsten brauchte, war ein Verehrer.

Auf dem Flughafen mußte sie einen Moment warten, bis sie ihren Koffer in Empfang nehmen konnte. Mit einem Rollwagen brachte sie ihn zum Taxistand und ließ sich in ein Hotel in der Nähe des Englischen Gartens fahren, wo sie schon öfter abgestiegen war. Sandra würde natürlich wieder Zeter und Mordio schreien, weil sie nicht bei ihr wohnen wollte, doch Chantal war es so gewöhnt, ganz allein zu sein, daß sie darauf nicht verzichten wollte. Wenn es ihr ganz schlecht ginge, konnte sie sich verkriechen.

Im Hotel legte sie sich zunächst einmal hin. Sie mußte sich von der Reise erholen, bevor sie Sandra traf.

Als sie erwachte, war die Sonne schon weitergewandert. Es war später Nachmittag. Sie hatte viereinhalb Stunden geschlafen!

Entsetzt fuhr sie hoch. Es wurde offenbar immer schlimmer mit ihrer Schwäche. Auch jetzt fühlte sich Chantal keineswegs erholt und ausgeschlafen. Am liebsten wäre sie gleich liegengeblieben. Doch Sandra und Monika würden sich Sorgen machen, das wußte sie. Also raffte sich Chantal auf und richtete sich wieder her, bevor sie beschloß, zu Fuß zur Galerie zu gehen.

Chantal sah ihre Freundin gerade mit einem Herrn sprechen. Sie wartete einen Moment vor dem Ausstellungsfenster, doch dann ging sie hinein, weil sie das Gefühl hatte, sich setzen zu müssen.

»Chantal! Da bist du ja!«

Sandra unterbrach ihr Gespräch ohne Hemmungen und lief auf die Freundin zu. Schon fühlte Chantal sich umarmt und geküßt.

»Laß dich ansehen! Oh, du siehst ziemlich erschöpft aus. War der Flug anstrengend?«

»Als ich das Flugzeug vom Boden hoch hatte, ging es eigentlich«, antwortete Chantal mit einem Anflug ihres alten Humors.

Sandra lachte. »Ach, ich freue mich so, dich zu sehen!« Warte, ich beende nur mein Gespräch. Geh doch schon zu Moni ins Büro. Sie freut sich auch sehr.«

Dort gab es sicher einen Stuhl für sie...

»Das mache ich. Laß dir ruhig Zeit. Ich bin ja länger hier.«

Auch Monika begrüßte Chantal nicht minder herzlich. Sie allerdings betrachtete die Besucherin etwas länger. Chantal fühlte sich unbehaglich unter ihrem prüfenden Blick.

»Du mußt aber ziemlich krank gewesen sein. Siehst wirklich erschöpft aus.«

»Naja, es geht schon wieder«, gab Chantal etwas unbestimmt zurück.

»Du mußt Sandra bremsen, wenn sie zu viele Pläne macht. Sicher brauchst du erst einmal nur Ruhe, oder?«

»Ja, könnte nicht schaden. Es war wohl ein bißchen viel in letzter Zeit.«

Zum Glück fragte Monika nicht danach, was sie denn alles so Anstrengendes unternommen hätte. Gleich darauf kam Sandra hereingewirbelt und griff nach den Händen der Freundin, um sie vom Stuhl hochzuziehen. Chantal schrie leise auf. Erschrocken hielt Sandra inne. Auch Monika sah alarmiert aus.

»Chantal, was ist los mit dir? Was tut dir weh?« fragte Sandra besorgt.

»Ach, es ist sicher nichts weiter...«

»Raus mit der Sprache. Mir ist gleich aufgefallen, daß du sehr elend aussiehst, auch wenn du das Make-up ziemlich geschickt aufgetragen hast. Wir sind deine Freundinnen, vergiß das nicht.«

»Ich habe nur ein wenig Schmerzen in den Muskeln. Das stammt wohl noch von einer verschleppten Erkältung. Hoffentlich seid ihr nicht sauer, daß ich hier als halbe Leiche eintreffe.«

»Ich werde dich schon wieder auf Vordermann bringen. Du kommst jetzt gleich mit zu mir. Ich arbeite nur halbe Zeit, solange du da bist. Und keine Widerrede, deinen Koffer holen wir auf dem Weg vom Hotel ab.«

»Aber ich habe mich schon eingecheckt.«

»Na und? Dann checken wir dich eben wieder aus. Kein Problem. Du brauchst eine richtige Aufbau-Freundinnen-Seelen-Kur. Und die kriegst du nirgends so gut wie bei mir«, entschied Sandra selbstbewußt.

Chantal brach in Tränen aus und schämte sich schrecklich, daß sie sich so gehenließ. Aber diese echte Herzlichkeit konnte sie kaum aushalten, die Tränen ließen sich nicht zurückdrängen.

Monika und Sandra warfen sich über ihren Kopf hinweg einen sehr besorgten Blick zu. Es sah nicht so aus, als würde es eine lustige Zeit werden. Aber noch glaubten sie daran, daß ein paar Tage gute Behandlung Chantal schon wieder aufmöbeln würden. Sicher lastete das Verhalten ihres Mannes auf ihr, was ja auch wirklich kein Wunder wäre...

Chantal fügte sich allem, was Sandra vorschlug. Sie holten den Koffer, fuhren in Sandras schöne Penthousewohnung, sie wurde in ein herrlich heißes Entspannugnsbad gesteckt, während ihre Freundin ein Omelette zubereitete, und dann lag Chantal mit einer Decke über den Beinen auf dem Sofa und wurde von hinten und vorn bedient.

Sie wußte nur nicht, was sie antworten sollte, als Sandra sie fragte, was sie denn nun so bedrücke.

»Eigentlich ist alles in Ordnung...«

»Und deshalb geht es dir so schlecht? Chantal, wir kennen uns nun schon so lange! Das kannst du mir nicht erzählen. Ist es Henry? Seine Affären?«

»Nein, nein, das geht ja schon seit Jahren so.«

Chantal merkte, daß es stimmte. Es machte ihr wirklich nichts mehr aus. Erstaunlicherweise konnte sie Sandra gegenüber jetzt sogar davon sprechen.

»Ist es dann Nici? Machst du dir ihretwegen Sorgen?«

Diese Frage war schon schwieriger zu beantworten. Sie überlegte, wieviel sie von ihrer Enttäuschung über ihre Tochter preisgeben konnte, ohne Nicoletta in ein schlechtes Licht zu rücken.

»Weißt du, diese jungen Hüpfer sind krasse Egoisten, alle. Das ist ganz normal. Kränke dich nicht deswegen. Sie wird auch schon noch lernen, daß das Leben nicht nur Sonnenseiten hat.«

»Nicoletta ist eigentlich recht nett zu mir«, verteidigte Chantal ihre Tochter nicht sehr überzeugend.

»Nett! Das ist auch der Milchmann! Ach, Chantal, wenn du nur nicht immer so höflich wärest! Kannst du eigentlich mal richtig fluchen und wütend sein? Ich habe das noch nie erlebt bei dir, soweit ich mich erinnern kann.«

»Es bringt ja auch nichts, nicht wahr?«

»Oh doch, du bekommst zumindest kein Magengeschwür! Ich finde es herrlich befreiend. Habe ich dir schon erzählt, was ich mit meinem letzten Freund erlebt habe? Das war ein Ding!«

Und dann erzählte Sandra eine Weile von sich. Sie machte das so anschaulich, daß Chantal ein paarmal lachen mußte. Gleich ging es ihr besser. Es war doch richtig gewesen, hierherzukommen.

»Herr Doktor Frank, das kann nicht sein!«

Seine Patientin sprach mit soviel Überzeugung, daß der Arzt noch einmal genauer hinschaute, um sicherzustellen, daß er sich nicht geirrt hatte.

»Doch, Frau Sander, Sie sind mit absoluter Sicherheit schwanger. Ich täusche mich nicht.«

»Ich habe aber immer diese Minipille genommen, die mein Frauenarzt mir verschrieben hat!«

»Auch ganz genau auf die Stunde? Sie wissen sicher, daß man sie nicht beliebig nehmen darf.«

»Halten Sie mich für zu dumm? Natürlich habe ich sie genau nach Vorschrift eingenommen. Ich will keine Kinder haben. Mein Geschäft habe ich gerade ein halbes Jahr!«

»Ja, ich weiß. Aber nun ist es so: Sie sind schwanger.«

»Das ist eine Katastrophe! Ich kann das Kind nicht bekommen. Es gibt sicher nur einen, der das ganz gut finden wird – meine Mutter. Sie will immer Enkel haben. Aber ich werde nicht diejenige sein, die ihr welche zur Welt bringt.«

»Bevor Sie solche Entscheidungen treffen, sollten Sie in Ruhe nachdenken. So etwas bricht man nicht über's Knie.«

»Ich habe nie etwas anderes gesagt. Wozu soll ich also die Entscheidung erst hinausschieben?«

»Meinen Sie nicht, daß Sie wenigstens erst einmal mit Ihrem Mann sprechen müssen?«

»Was hat der damit zu tun? Ich muß das Kind doch bekommen!«

Dr. Frank war selten sprachlos, doch jetzt fiel ihm für Sekunden keine Antwort ein. Sie war wirklich eine sehr entschiedene Person.

»Nun...«

»Was kann ich machen? Wohin muß ich gehen, um einen Abbruch durchführen zu können?«

»Sie brauchen zwei Beratungen. Aber ich würde sie nicht jetzt machen, sondern in... nun, sagen wir mal, einer oder zwei Wochen. Ich bin sicher, Sie würden Ihre Entscheidung irgendwann bereuen, wenn Sie sie ad hoc treffen. Bitte, Frau Sander.«

Er trat zurück, so daß sie vom Untersuchungsstuhl heruntersteigen konnte. Während sie sich hinter dem Paravent ankleidete, schwiegen beide. Als Sigrid Sander hervorkam, war ihr Gesicht womöglich noch entschlossener.

»Ich werde also erst einen Kollegen aufsuchen und nächste Woche wieder zu Ihnen kommen. Und glauben Sie nicht, daß ich dann etwas anderes sage. Bis dann.«

Leicht irritiert schaute Dr. Frank ihr nach. Sie hatte vor einem halben Jahr eine Buchhandlung eröffnet und war sehr erfolgreich damit. Bücher waren ihre »Kinder«, und andere wollte sie nicht. Letztendlich mußte er es wohl akzeptieren, aber es fiel Dr. Frank noch immer ausgesprochen schwer, das zu tun. Er war ausgebildet worden, Leben zu retten und nicht, es zu zerstören. Glücklicherweise mußte er das ja auch nicht selbst machen. Soweit war es noch nicht, daß man sich als Arzt nicht verweigern durfte.

Seine nächste Patientin war Sandra von Holst. Erfreut bat Stefan Frank sie, sich zu setzen. Er hatte bei Solveig großen Eindruck hinterlassen mit seinem Geschenk, das zu ihrer Begrüßung bereits in ihrer Wohnung über der Couch hing.

»Hallo, Doktor! Ich bin also wirklich hier. Ich hoffe, Sie können mir helfen.«

»Ja, ich werde es gern versuchen, Frau von Holst. Sie sagten, daß Sie Allergien haben? Welche denn?«

»Das haben Sie nicht vergessen? Donnerwetter, Sie haben doch so viele Patienten. Können Sie sich das alles merken?«

»Nun, hin und wieder brauche ich schon meine Karteikarten« antwortete er schmunzelnd.

»Klar. Ich bewundere trotzdem jeden, der sich etwas merken kann. Ich habe nämlich an dieser Stelle im Gehirn, wo die Merkfähigkeit sitzt, ein Sieb eingebaut. Deshalb brauche ich immer tausend Zettel, die ich dann natürlich auch wieder vergesse.«

Sie lachten. Sandra von Holst war eine wahre Labsal nach Frau Sander.

»Naja, ich will Sie nicht unnötig aufhalten. Also, ich habe Heuschnupfen, eine Nickelallergie, vertrage einige Obst- und Käsesorten nicht und hatte auch schon mal Nesselfieber. Das war vielleicht gräßlich! Als wäre ich in Brennesseln gefallen.«

»Dann sollten wir erst einmal eine genaue Blutanalyse vornehmen. Dazu müßten Sie allerdings noch einmal morgens nüchtern erscheinen.«

»Ich bin jetzt auch nüchtern. Vor fünf trinke ich nie«, verstand sie ihn absichtlich falsch.

»Wie beruhigend. Ich fange erst ab acht an.«

»Rotwein?«

»Woher wissen Sie das?«

»Sie wirken so distinguiert, da konnte es nur Rotwein sein.«

Wieder lachten sie. Dr. Frank hätte bei ihr auf Champagner getippt und damit sicher auch nicht falsch gelegen, aber er wollte die Richtung des Gespräches nicht vertiefen. Schließlich saßen sie hier in der Sprechstunde.

»Also, Schwester Martha wird Ihnen einen Termin geben. Dann werden wir weitersehen. Vielleicht müssen wir Ihr Immunsystem ein bißchen auf Vordermann bringen.«

»Einverstanden. Ach, übrigens, ich habe gerade eine Freundin zu Besuch. Sie macht auf mich einen total erschöpften Eindruck und hat wohl auch Schmerzen. Aber sie will einfach nicht darüber sprechen. Könnte ich sie nicht einfach mitbringen, so als Begleitung, und Sie werfen mal einen kurzen Blick auf sie? Sie haben doch mehr Ahnung als ich.«

Von solchen Tricks hielt Dr. Frank eigentlich nicht allzuviel. Aber er konnte es ihr kaum abschlagen, da sie wirklich besorgt wirkte.

»Versuchen wir es. Aber Diagnosen gebe ich nicht ab auf diese Weise.«

»Natürlich nicht. Das verlange ich auch nicht. Vielleicht kann ich ihr dann vorschlagen, sich auch von Ihnen untersuchen zu lassen, wo wir schon da sind.«

»Dann soll Martha Ihnen einen Labor-Termin geben, in dessen Anschluß ich Ihre Freundin auch untersuchen könnte. Haben Sie es sich so vorgestellt?«

»Ja, genau. Vielen Dank, Sie sind wirklich ein Schatz.«

»Danke.«

»Übrigens, wie hat Ihrer Freundin denn das Bild gefallen?«

»Sehr, sehr gut. Sie war wirklich begeistert.«

»Das freut mich. Sie ist zu beneiden, daß Sie solche Geschenke machen.«

»Es war ein besonderer Anlaß«, erwiderte er mit einem kleinen Lächeln.

»Ich bin nicht neugierig, auch wenn es so scheint. Bis später, Doktor.«

Sie lächelte noch einmal strahlend, bevor sie hinausging. Ein Hauch ihres dezenten Parfüms hing noch in der Luft.

Schwester Martha gefiel die flotte Frau ebenfalls gut. Ob ihr solch gelbe Jacke auch stehen würde? Ein bißchen auffallend war sie ja, aber auf dem Fahrrad könnte sie dann wenigstens niemand übersehen...

»So, denn will ick ma kieken. Sie können am Donnerstag kommen, jeht det?«

»Und der Doktor hat hinterher einen Termin frei?«

»Ja, det wär' zu machen.«

»Gut, dann nehme ich den Donnerstag. Danke, Schwester Martha. Sie schmeißen hier wohl die Praxis, oder?«

»Det kann man sagen«, antwortete Martha Giesecke selbstzufrieden.

Eine nette Patientin, sie schien sofort zu wissen, was Sache war!

»So ein Talent brauchten wir in unserer Galerie auch. Wenn Sie mal umsatteln möchten...«

»Uff moderne Kunst? Nee, nee, det wäre nischt für mich! Damit können sie mich jagen. Wo keener weeß, wo oben und unten ist – damit kann ich nischt anfangen.«

»Sie haben es ziemlich genau getroffen. Na gut, dann werde ich mal wieder weitermachen und Chaos stiften, wie meine Schwester immer behauptet. Bis Donnerstag.«

»Bis Donnerstag. Hübsche Jacke.«

»Och die? Ja, ganz nett, aber ich habe viel zuviel dafür bezahlt. Man zieht sie sich schnell über.«

»Wat kostet denn so'n Teil?«

»Die hat Tausenddreihundert gekostet. Ist eine ganz gute Qualität, deshalb mochte ich sie auch noch nicht aussortieren.«

Martha Giesecke war fast sprachlos, ein seltener Anblick. »Eintausenddreihundert! Für eine Jacke! Nee, wat det nich allet jab! Dabei tat es ihre jelbe Öljacke doch jenauso jut!«

Die Sprechstunde ging weiter. Im Grunde wiederholten sich die Erkrankungen immer wieder, doch die Menschen waren sehr unterschiedlich und gingen daher auch verschieden damit um. Es war immer wieder ein Lehrstück in Charakterkunde für den Arzt.

Schwerkranke nahmen ihre Krankheit oft besser an als solche, denen eine Bronchitis in die Quere kam und vielleicht eine Reise verhinderte. Dann fiel es Stefan Frank nicht immer leicht, sie nicht zur Ordnung zu rufen, weil sie unentwegt darüber lamentierten, wie unpassend dieses Leiden gerade jetzt kam.

Aber nach Feierabend schob Stefan Frank solche Dinge von sich. Er hatte inzwischen besser gelernt, abzuschalten, so daß Solveig sich bereits wunderte, warum er ihr kaum noch von den Sorgen der Patienten erzählte. Jeden Abend telefonierten sie, wenn sie sich nicht sehen konnten.

»Jetzt beschwer dich aber nicht, Solveig! Du sagst doch immer, ich nehme mir alles viel zu sehr zu Herzen!«

»Ich beschwere mich nicht, Liebling! Ich möchte nur nicht, daß du den Eindruck hast, mir nichts sagen zu dürfen, weil ich mich vorher darüber beschwert habe.«

»Ich habe verstanden, und ich verspreche, daß ich mir wieder mehr Sorgen machen werde.«

»Ach, Stefan, du alberner Kerl! Wann sehen wir uns denn?«

»Freitag?«

»Heißt das, daß du vielleicht ein Wochenende frei hast?«

»Ja, das könnte es bedeuten.«

»Wie schön! Ja, komm am Freitag. Vielleicht haben wir noch mal Glück mit dem Wetter und können ein bißchen spazierengehen.«

Daran hatte er weniger gedacht, doch das sagte er jetzt nicht. Sie plauderten noch eine Weile über dies und das, bevor er auflegte und sich der Lektüre seiner Zeitschriften widmete. Rosenzüchterzeitschriften, nicht etwa medizinische, die seinen Beruf betrafen. Die lagen in einem vorwurfsvollen Stapel hinter seinem Sessel.

Am Donnerstag kam Sandra von Holst wie verabredet zum Blutabnehmen. Doch sie erschien allein.

»Nanu, wo haben Sie denn Ihre Freundin gelassen? Ist sie schon wieder abgereist?«

»Nein, sie hat sich mit Händen und Füßen gewehrt. Also, ehrlich gesagt, verstehen tue ich Chantal im Moment nicht.«

»Sie heißt Chantal? Was für ein aparter Name. Ich kannte auch einmal eine Chantal. Sie war eine Medizinstudentin, die aber aufgegeben hatte, weil ihr das Fach wirklich nicht lag.«

»Hieß sie vielleicht zufällig Chantal Baumeister?« fragte Sandra wie aus der Pistole geschossen.«

»Ja, richtig! Kennen Sie sie?«

»Natürlich, das ist ja meine Chantal! Nur heißt sie jetzt de Leuw. Das ist ja ein ulkiger Zufall!«

»Chantal ist bei Ihnen? Dann muß ich sie unbedingt einmal

sehen! Könnten Sie ihr das ausrichten? Ich würde mich wirklich wahnsinnig freuen.«

»Das sage ich ihr gern. Vielleicht wird sie das ein wenig aufheitern. Das hat sie nämlich dringend nötig. Ich merke doch, daß es ihr nicht gutgeht. Dabei reiße ich mir wirklich ein Bein aus!«

»Hat sie keine Familie? Ich meine, wenn sie jetzt de Leuw heißt...«

»Ihr Mann ist ein Miststück, wenn auch ein charmantes. Sie können über ihn lesen, wenn er sich gerade mit jungen Frauen in der Welt herumtreibt.«

»Ist er etwa ein Playboy?« fragte Dr. Frank enttäuscht.

»Nein, nein, beruflich macht er schon etwas Seriöses. Er ist Antiquitätenhändler, einer von den großen. Und sehr vermögend. Aber er kümmert sich wohl kaum noch um seine Frau. Und die ist viel zu liebenswürdig, um ihm eine der kostbaren Ming-Vasen, oder was sie so haben, über den Kopf zu hauen. Eine Tochter hat sie auch. Bildschön, sehr egoistisch und überall, nur nie zu Hause.«

Dr. Frank brauchte eigentlich kaum mehr zu hören, um sich Chantals Leben vorstellen zu können. Die süße, zarte Chantal mit den wunderschönen Händen! Er erinnerte sich gut daran, wie sein Herz manchmal geklopft hatte, wenn er neben ihr im Sezierraum gestanden hatte...

Zu mehr als ein paar Küssen war es allerdings nie gekommen, weil sie dann plötzlich das Studium aufgegeben hatte und ins Ausland gegangen war. Er hatte eine Weile Liebeskummer gehabt und sich dann einer anderen zugewandt. Aber vergessen hatte Stefan Frank Chantal nie. Sie war ein besonderer Mensch.

»Wissen Sie was, Doktor? Sie kommen einfach heute abend vorbei. Trinken wir ein Glas Wein zusammen? Dann können sie Chantal überraschen.«

»Meinen Sie denn, daß ihr das recht ist?«

»Chantal braucht jede Menge Freude. Sonst befürchte ich, daß sie mir noch in eine Depression abrutscht. Und das würde ich als persönliches Versagen empfinden.«

»Das kann ich natürlich nicht zulassen. Gut, dann nehme ich Ihre Einladung sehr gern an. Heute abend um acht?«

»Prima. Ich werde aber vorher nichts verraten. Ich möchte ihr Gesicht erleben, wenn sie eine alte Liebe wiedersieht.«

»Wie kommen Sie denn auf Liebe?« fragte Stefan Frank vorsichtig.

»Na, das ist doch klar. Wenn ein vielbeschäftigter Mann so reagiert, muß es eine alte Liebe sein. Ich warne Sie, Chantal sieht noch immer wunderschön aus, wenn auch etwas elend. Man muß sie einfach liebhaben.«

»Ich habe damals tatsächlich für sie geschwärmt. Aber aus uns ist nie ein Paar geworden.«

Er hatte schon fast befürchtet, daß sie etwas wie »Dazu ist es nie zu spät« sagen würde. Doch Sandra tat es nicht. Sie konnte erstaunlich taktvoll sein. Dieses war ihrer Meinung nach so ein Augenblick.

Chantal hatte wirklich keine Ahnung, welcher »alte Freund« sich hinter dem angekündigten Besuch verbarg.

Sandra hatte es aus irgendeinem Grund versäumt, Dr. Franks Namen vorher zu erwähnen. Chantal war nicht bereit gewesen, sie zum Arzt zu begleiten, weil sie sich schrecklich davor fürchtete. Inzwischen konnte sie nämlich gar nicht mehr ohne Schmerzen gehen oder die Arme heben. Das Kämmen und Anziehen war eine Tortur. Andererseits war sie sicher, daß sie schon zu lange gewartet hatte, um nicht zumindest mit wirklichen Problemen rechnen zu müssen. Immerhin hatte sie vor Jahren einmal Medizin studiert. Ständig geschwollene Lymphdrüsen, starke Müdigkeit und Erschöpfung... nein, harmlos war das sicher nicht!

Fatalistisch wartete sie ab, wie es weitergehen würde. Henry hatte einmal hier angerufen und seine Freude geäußert, daß sie sich zu diesem Besuch entschlossen hatte, aber kein Wort davon gesagt, einen Abstecher nach München machen zu wollen, obwohl er hier auch Geschäftsfreunde hatte.

Chantal hatte es registriert, mehr nicht.

»Willst du dich nicht ein bißchen zurechtmachen, Chantal?« forderte Sandra ihre Freundin am Abend unverblümt auf. »Du bist so blaß. Ein bißchen Rouge und Lippenstift würden dich sicher auch selbst aufmuntern.«

»Du meinst, ich soll nicht herumhängen wie eine Vogelscheuche?«

Wie gelang es ihr nur immer noch zu lächeln, wenn sie mit Sandra zusammen war? Vielleicht, weil sie bei ihr keine Zweifel haben mußte, geliebt zu werden, auch wenn sie blaß aussah und keine Lust zum Ausgehen hatte?

»So ungefähr. Obwohl du die hübscheste Vogelscheuche bist, die sich denken läßt. Aber du könntest es bedauern, wenn du es nicht tust.«

»Willst du mich verkuppeln?«

»Nein, natürlich nicht! Also wirklich, Chantal! Seit wann bin ich dafür bekannt, daß ich anderen Männern zuschanze, die ich selbst reizvoll finde?« fragte Sandra lachend.

»Es ist also ein Mann. Macht es dir viel aus, wenn ich mich in mein Zimmer zurückziehe? Ich bin etwas müde und möchte nicht stö…«

»Dagegen habe ich allerdings etwas! Es wird kein langer Besuch, das verspreche ich dir. Okay? Zieh doch das schöne Seidenkleid an, das du mitgebracht hast. Es steht dir so gut.«

Chantal widersetzte sich nicht länger. Gegen Sandra hatte sie keine Chance. Sie würde solange bohren, bis sie doch nachgab.

Um acht klingelte es. Sandra lief mit geheimnisvollem

Lächeln zur Tür. Gleich darauf hörte Chantal ihre Stimme, wie sie den Besucher begrüßte.

»Wie schön, Doktor, und dann noch ganz pünktlich. Oh, sind die schön!«

»Die sind für Sie, Frau von Holst. Und die für Chantal.«

»Dann kommen sie herein. Chantal weiß noch immer nicht, wer mein Gast ist!«

Doch, Chantal wußte es. Und ihr Rouge hätte sie nun nicht mehr gebraucht, denn die Röte, die ihr ins Gesicht gestiegen war, ließ ihre Haut gleich leuchten, wie es kein Make-up der Welt zustande bringen würde.

Sie erhob sich und ging ein paar Schritte Richtung Tür. Als Sandra mit Stefan Frank hereinkam, sahen sich der Arzt und Chantal einige Sekunden lang stumm an. Sogar Sandra merkte, daß hier eine Menge Erinnerungen hin- und herschwangen.

»Chantal! Ich bin so glücklich, dich einmal wiederzusehen!« brach Stefan Frank schließlich das Schweigen und ging zu ihr hinüber, um sie zu umarmen.«

»Lieber Stefan! Ich freue mich auch sehr!«

Sie schauten sich in die Augen und lächelten sich zu. Dann überreichte er ihr mit einer Verbeugung die cremefarbenen Rosen.

»Sind die schön, Stefan! Vielen Dank!«

Sie verbarg einen Moment ihr Gesicht in den Blüten und sog ihren Duft ein. So konnte sie wenigstens einen kurzen Augenblick ihre Nervosität verbergen. Sein Anblick hatte etwas in ihrem Innern zum Klingen gebracht, das lange geschwiegen hatte – und das sie erschreckte.

»Gib die Blumen mir, Chantal, ich stelle sie in eine Vase. Setzt euch doch wieder. Doktor, würden Sie bitte den Wein öffnen? Nein, halt, das ist doch eigentlich eher eine Gelegenheit für Champagner. Ich hole die Flasche gleich«, brachte sich Sandra wieder in Erinnerung.

»Setz dich, Stefan. Wie geht es dir? Sehr gut, denke ich, wenn ich dich so ansehe.«

»Ja, danke, mir geht es wirklich gut. Aber jetzt möchte ich erst einmal alles über dich wissen. Was hast du gemacht, als du aus München weggegangen bist? Ich hatte immer gehofft, du würdest dich noch einmal melden...«

»Das hatte ich auch vor, aber mein Leben war dann so... anders geworden, daß es nicht mehr dazu kam. Ich habe...«

Sandra stellte zufrieden fest, daß ihre Freundin so lebhaft wie schon lange nicht mehr war. Ihre Augen strahlten, ihre Haut glühte, und mit ihrer Art bezauberte sie den Arzt auf der Stelle.

Konnte es sein, daß hier eine Romanze ihren Anfang nahm? Sie wünschte es Chantal, wenn sie auch nicht ganz sicher war, ob der Arzt zu den Männern gehörte, die eine Freundin so einfach auswechselten. Gerade noch hatte er ja dieser Solveig Abel ein teures Bild geschenkt...

Sie überließ ihren Gästen das Gespräch. Hin und wieder erinnerten sich die beiden daran, daß sie auch noch da war und fragten sie irgend etwas, doch schnell hieß es wieder »Weißt du noch?«.

Sandra spielte selten die zweite Geige, aber in diesem Fall war sie damit zufrieden. Es war einfach schön zu sehen, wie die Freundin aufblühte.

Es wurde ein ziemlich langer Abend. Dr. Frank blieb, bis er bemerkte, daß Chantal ruhiger wurde, ihre Bewegungen deutlich langsamer und erschöpfter wirkten. Erst jetzt erinnerte er sich voller Selbstvorwürfe daran, daß sich Sandra von Holst Sorgen um Chantal gemacht hatte und er, genaugenommen, dazu eingeladen worden war, sich Chantal aus ärztlicher Sicht anzusehen.

Wenn er jetzt genau hinschaute, erkannte er tatsächlich ein paar besorgniserregende Kleinigkeiten. Zum Beispiel vermied sie es, den linken Arm allzusehr zu bewegen. Außerdem waren die Schatten unter den Augen jetzt deutlich sichtbar, während die Augen selbst ziemlich verschwommen wirkten. Dabei hatte sie höchsten zwei Gläser Champagner getrunken...

»Ich glaube, ich sollte gehen. Du bist müde, Chantal, nicht wahr?«

»Na ja, ein wenig müde fühle ich mich schon.«

»Bist du oft erschöpft? Auch tagsüber?«

»Kehrst du jetzt den Arzt hervor, Stefan?« fragte sie lächelnd, doch ihre Stimme zitterte leicht.

»Nein, der und ich sind eins. Wenn du irgendwelche gesundheitlichen Probleme hast, kann ich dir gern einen sehr guten Arzt empfehlen, falls du mich nicht konsultieren möchtest. Er ist...«

»Es macht mir nichts, dich zu konsultieren. Tatsächlich wäre es vielleicht ganz gut, wenn du einmal mein Blut untersuchst. Möglicherweise habe ich eine kleine Anämie.«

»Dann komm doch gleich morgen früh in meine Praxis, liebe Chantal. Ich wäre sehr glücklich, wenn ich dir helfen dürfte.«

»Danke, das mache ich. Es war schön, dich zu sehen.«

»Ich habe mich auch sehr gefreut. Guten Abend, meine Damen. Frau von Holst, danke, daß Sie mir die Gelegenheit gegeben haben, Chantal wiederzusehen.«

»Gern geschehen.«

Sie schmunzelte vergnügt, als sie ins Wohnzimmer zurückkam, nachdem sie ihn hinausbegleitet hatte.

»Na, Chantal? War das eine Überraschung?«

»Ja, das war es wirklich. Ich hatte keine Ahnung, daß du Stefan Frank kennst.«

»Ich kenne ihn auch erst seit kurzem. Wie das Leben so spielt.«

»Er ist ein wunderbarer Mensch. Das war er damals schon.«

»Kann es sein, daß da alte Gefühle wieder aufleben? Ich meine, es geht mich ja nichts an, aber er scheint dir gut zu tun.«

Chantals Gesicht verschloß sich. Sie schaute ihre Freundin nicht an, als sie antwortete: »Du vergißt, daß ich verheiratet bin. Und Stefan hat eine Lebensgefährtin, wie dir nicht entgangen sein dürfte.«

Fast hätte Sandra »Na und?« gesagt. Doch sie verkniff es sich schnell und begann den Tisch abzuräumen.

Chantal ging ins Badezimmer, schminkte sich ab und wusch sich. Dabei rasten ihre Gedanken hin und her.

Stefan... er war wirklich ein wunderbarer Mann! Seine wohltuend herzliche Ausstrahlung, die Freude, mit der er sie begrüßt hatte! Mein Gott, warum war sie damals nicht in München geblieben? Sie hätten...

Schluß. Das war vorüber und vergessen. Heute war heute – und heute war sie verheiratet und er ebenfalls in festen Händen. Außerdem war sie krank, vermutlich sehr krank.

Aber plötzlich spürte Chantal ein neues Gefühl in sich aufkeimen. Sie wollte leben. Sie wollte nicht einfach aufgeben und wie eine Kerze verlöschen. Vielleicht hatte das Leben auch für sie noch schöne Seiten, wenn sie den Mut finden würde, nach ihnen zu suchen und sich aus alten Mustern zu lösen. Warum mußte sie eigentlich immer still und duldend abwarten, bis ihr etwas gegeben wurde? Sandra, Monika und viele andere Frauen, die sie kannte, würden nicht im Traum daran denken, eine so altruistische Haltung einzunehmen. Auch Nicoletta tat das nicht.

Und sie würde es ab heute auch nicht mehr machen! Chantal sah sich im Spiegel in die Augen und gab sich das Versprechen, ab jetzt mehr am Leben teilzunehmen. Zunächst mußte sie gesund werden. Dabei würde ihr Stefan helfen. Das waren wunderschöne Aussichten...

Stefan Frank konnte nicht leugnen, daß er ein wenig durcheinander war. Chantal mit ihrem Charme und ihrer Schönheit hatte alte Erinnerungen zum Klingen gebracht, die er nun erst einmal dringend sortieren mußte.

Natürlich bestand für ihn nicht der geringste Zweifel daran, daß es nur eine Frau in seinem heutigen Leben gab, die er liebte, und das war ohne Zweifel Solveig. Daran sollte sich natürlich auch nichts ändern. Doch Chantal hatte etwas an sich, das ihn schon irritieren konnte. War es das alte Gefühl, die damals so junge Liebe, die er für sie empfunden hatte?

Stefan Frank wußte, wie gefährlich es sein konnte, das zu verwechseln. Er war nicht mehr der unbeschwerte Student, der recht mit der Liebe experimentiert hatte. Einige schöne Frauen hatten seinen Weg gekreuzt, und bei manchen waren seine Gefühle ohne Zweifel tiefer gegangen als bei anderen. Doch das war Vergangenheit und sollte es auch bleiben.

Mit Chantal könnte ihn eine schöne Freundschaft verbinden. Allerdings machte er sich keine Illusionen darüber, ob Solveig sich darüber genauso freuen würde. Im umgekehrten Fall wäre er zutiefst beunruhigt. Da mußte er sich nur seine Sorge wegen ihres letzten Urlaubs ins Gedächtnis rufen. Das hieße also, sehr vorsichtig in seinen Äußerungen zu sein. Solveig war toleranter als er, aber wenn er von Chantal schwärmte, konnte sich das ganz schnell ändern.

»Alter Esel«, murmelte er vor sich hin, als er im Badezimmer stand und sich die Zähne putzte. Dann grinste er. Es war trotzdem schön, sich ein paar kleine Episoden in Erinnerung zu rufen. Die Gedanken waren frei, solange sie nicht zu Handlungen führten, die andere Menschen eventuell verletzen könnten.

Ohne Zweifel war Chantal keine glückliche Frau. Sie hatte ihre Ehe im Gespräch nur kurz gestreift, dafür mehr von Nicoletta, ihrer Tochter, gesprochen, über deren Entwicklung sie allerdings auch nicht so ganz zufrieden schien. Offenbar hatte sie es immer noch nicht gelernt, mehr ihre eigenen Wege zu gehen und zu ergründen, was sie eigentlich wollte. Vielleicht konnte er ihr dabei etwas helfen. Und vor allem mußte erst einmal geklärt werden, woran sie litt. Gesund war sie sicher nicht.

Fast wäre es ihm lieber gewesen, wenn sie seinen Vorschlag aufgegriffen hätte, sich einem anderen Arzt anzuvertrauen. Er hatte dabei natürlich an Uli Waldner gedacht. Doch vielleicht war ja gar keine längere Behandlung notwendig, dann machte er sich jetzt schon wieder ganz umsonst Sorgen.

Zunächst sollte er vielleicht erst einmal schlafen. Die Nacht war nicht mehr lang. Morgen mußte er fit und ausgeruht sein, wie seine Patienten es von ihm erwarten konnten.

Als der Wecker klingelte, riß er Stefan Frank aus den schönsten Träumen. Solveig und Chantal hatten sich gerade bemüht, ihn mit ihren Reizen zu locken... Stefan hatte sich wie ein Pascha gefühlt. Dabei war er sicher, daß er sich als Harembesitzer sehr bedingt eignen würde. Dummer Traum!

Er sagte Schwester Martha gleich Bescheid, daß heute morgen eine neue Patientin kommen würde, die er nicht gern warten lassen würde.

»Sie ist eine alte Kommilitonin von mir. Allerdings hat sie damals ihr Studium abgebrochen«, erklärte er ungewöhnlich mitteilsam.

Martha Giesecke entging so schnell nichts. Sie zog die Brauen ein Stück in die Höhe und schaute in das Bestellbuch.

»Wird det lange dauern?«

»Was denn?«

»Na, die Untersuchung, Chef. Ick muß sonst janz schön schieben.«

»Nein, nein, ich möchte nur einen ersten Eindruck gewinnen. Ich werde ihr Blut abnehmen und sie kurz abhorchen, Blutdruck und so weiter messen. Vielleicht schaffen Sie es ja, noch ein EKG zu machen. Und dann möchte ich einen Termin für sie, am Montag oder Dienstag.«

»Jeht in Ordnung. Ick sage Bescheid, wenn sie kommt.«
»Danke, Martha. Auf Sie ist eben immer Verlaß.«

Marie-Luise Flanitzer sah auch etwas erstaunt aus. Doch da Martha Giesecke keine weitere Bemerkung machte, zog sie sich ins Labor zurück.

Als Chantal de Leuw dann hereinkam, mußte sie nicht einmal ihren Namen nennen. Martha Giesecke war im Bilde. Nur das konnte die »alte Kommilitonin« sein, für die ihr Chef seine Grundsätze – ein Patient ist zu behandeln wie der andere – über den Haufen warf.

»Frau de Leuw? Dr. Frank wird Sie gleich empfangen. Würden Sie bitte einen Moment Platz nehmen?« bat die grauhaarige Sprechstundenhilfe in bestem Hochdeutsch.

»Oh, vielen Dank. Woher wissen Sie, wer ich bin?«

»Det weeß ick nicht. Äh, ich meine, ich habe es mir gedacht.«

»Sind Sie Schwester Martha? Dr. Frank sagte mir, wie sehr er Ihre Arbeit schätzt. Er habe Glück mit seinen Damen.«

»Det is wohl wahr. Marie-Luise und ick haben allet fest im Griff«, bestätigte Martha Giesecke in schöner Bescheidenheit.

Sie war wirklich sehr angetan von dieser eleganten und so freundlichen Frau. Allerdings entging ihr auch nicht, daß sie unter ihrem Make-up sehr elend aussah.

Gleich darauf mußte Martha ihre Beobachtungen abbrechen, weil Dr. Frank Chantal de Leuw ins Sprechzimmer bat.

Bei Tageslicht und ohne rosarote Brille erkannte er sofort, daß Chantal Schmerzen hatte. Sie setzte sich vorsichtig, ihre Bewegungen waren nicht fließend, sondern äußerst sparsam. Außerdem wirkte die Haut welk, zu welk für eine Frau von fünfundvierzig Jahren!

Besorgt schaute er sie an.

»So, Chantal, nun wollen wir mal vergessen, wie gut wir uns kennen und einfach von Patientin zu Arzt sprechen. Bitte sag mir, was dich beunruhigt.«

»Ach, es ist wirklich dumm. Ich hätte wohl längst zum Arzt gehen sollen. Jetzt bereue ich es, daß ich so lange gewartet habe. Aber du wirst mir sicher helfen können.«

»Ich werde mich sehr bemühen, aber dazu muß ich erst einmal wissen, worum es geht«, entgegnete er lächelnd.

»Entschuldige. Ich bin es einfach nicht gewöhnt, über mein Befinden zu sprechen.«

Diese Bemerkung drückte klar aus, wie sehr sie sich von ihrer Familie im Stich gelassen fühlte. War sie je auf die Idee gekommen, deren Aufmerksamkeit zu fordern? Wahrscheinlich nicht.

Abwartend sah er sie an.

»Ich hatte eine Erkältung, aber das ist schon länger her. Eine Zeitlang dachte ich, die geschwollenen Lymphknoten unter dem Arm kämen daher. Aber inzwischen sind sie auch in der Leistengegend ziemlich schmerzhaft, und ich fühle mich meistens sehr müde und erschöpft. Ich erhole mich zwar immer wieder einigermaßen, wenn ich mich ausruhe, aber gut geht es mir nicht.«

»Hast du noch andere Schmerzen?«

»Ja, unter den Rippen... aber ich trinke kaum Alkohol. Eigentlich könnte meine Leber gar nicht vergrößert sein. Und die Milz? Ach, Stefan, ich habe Angst...«

Sie legte eine Hand vor die Augen und holte tief Luft, wohl um die Tränen zurückzudrängen.

Stefan Frank empfand großes Mitleid mit ihr. Jetzt war er nur noch ein Arzt, der eine Kranke vor sich hatte.

»Wir werden dich gründlich untersuchen, Chantal. Unter Umständen schicke ich dich in die Klinik meines Freundes Ulrich Waldner. Sie liegt am Englischen Garten. Ich habe dort Belegbetten. Vertrau mir, wir müssen das alles gründlich abklären, einverstanden?«

»Ich tue, was du sagst. Wenn ich nur wieder gesund werde.«

Sie schaute ihn hoffnungsvoll wie ein kleines Mädchen an. Dr. Frank wurde ziemlich unbehaglich zumute, denn Versprechungen konnte und wollte er nicht machen. Ihre Symptome wiesen in eine bestimmte Richtung. Er konnte nur hoffen, daß er sich irrte.

Schon bei der körperlichen Untersuchung konnte er diese Hoffnung fallenlassen. Sie hatte sowohl eine geschwollene Leber und Milz als auch überall zum Teil stark vergrößerte Lymphknoten. Stefan Frank hatte eine schwerkranke Frau vor sich. Weiter getraute er sich nicht zu denken.

Er hatte größte Mühe, sein Erschrecken zu verbergen.

Nachdem sie sich angekleidet hatte, bat er sie, sich wieder zu setzen.

»Paß auf, Chantal, ich werde dir etwas anderes vorschlagen. Natürlich könnte ich jetzt Blut abnehmen und dich wieder herbestellen. Ich glaube jedoch, daß wir schneller und effektiver sind, wenn ich dich gleich in die Klinik einweise, zu einem großen Check-up. Erstens liegen die Ergebnisse schneller vor, zweitens erspare ich dir doppelte Untersuchungen, und gegebenenfalls sind wir dann auch eher mit der Behandlung dran.«

»Würdest du mir bitte sagen, ob das wirklich nötig ist?«

Er versuchte, sich seine Erleichterung nicht anmerken zu lassen. Wenn Chantal ihn gebeten hätte, ihr zu sagen, was er vermutete, wäre er in arge Bedrängnis geraten, da er grundsätzlich keinen so schwerwiegenden Verdacht aussprach, es sei denn, der Patient war schon selbst zu dem Schluß gekommen, daß es sehr schlecht um ihn stand.

»Ja, ich denke schon, Chantal. Und wie gesagt, es geht alles viel schneller.«

»Ich vertraue dir, Stefan. Gut, ich gehe in die Klinik.«

Wenn sie ihn nur nicht so ansehen würde! Stefan Frank fühlte sich schrecklich dabei. Am liebsten hätte er sie wie ein Kind in den Arm genommen und die Angst fortgepustet.

»Ich rufe Ulrich gleich an. Er wird sich persönlich um dich kümmern. Es ist wirklich eine ausgezeichnete Klinik.«

»Wirst du einmal vorbeikommen?«

»Natürlich, Chantal, welche Frage. Heute abend bin ich bei dir.«

»Ich danke dir, Stefan. Es tut gut, solche Freunde wie dich und Sandra zu haben.«

»Sag... willst du nicht deinen Mann anrufen? Er könnte dich schon besuchen, finde ich.«

»Das werde ich später tun.«

Ihre Miene signalisierte ihm, daß er verbotenes Terrain berührt hatte mit dieser Bemerkung.

Erst als sie die Praxis verlassen hatte, fiel ihm ein, daß Solveig ihn heute erwartete. Verdammt! Das mußte er absagen, denn er war sicher, daß sein Freund Uli nicht warten würde, bis Chantal sich ein wenig akklimatisiert hatte, sondern noch heute die ersten notwendigen Untersuchungen vornehmen würde. Und das hieß, daß Chantal dringend jemand an ihrer Seite brauchte, der ihr Mut machte und Kraft gab. Daß nur er derjenige sein konnte, war Stefan Frank bewußt. Davor wollte er sich auch nicht drücken. Wer wußte schon, wieviel Zeit ihr noch blieb?

Nicoletta hatte so etwas noch nie erlebt. Sie konnte nicht mehr essen, nicht mehr schlafen, ja, noch nicht einmal mehr denken. Ihr ganzes Sein wurde nur von dem Gedanken beherrscht, daß sie Pieter Magnusson besitzen wollte.

Es hatte sie wie ein Blitzschlag getroffen, gleich beim ersten Fototermin. Kaum hatte er angefangen, sie zu fotografieren, hatte sie seine ungeheure Ausstrahlung zu spüren bekommen. Er erzwang sich ihre Präsenz, und Nicoletta wußte, daß sie noch nie so gut gewesen war.

Pieter besaß die Gabe, sie alles Gekünstelte vergessen zu lassen. Er lockte Seiten an ihr hervor, die sie selbst nicht kannte. Und dann diese unglaublichen Augen, mit denen er sie ansah, als wolle er ihre Seele ausleuchten! Dabei verzog er sein Gesicht nicht einmal zu einem Lächeln. Er tat ausschließlich seine Arbeit, alles andere schien ihn nicht zu interessieren. So einen Mann hatte sie noch nie getroffen!

Nicoletta war völlig verrückt nach ihm. Doch eines war ihr trotz dieses Rauschzustandes bewußt: Es hätte wenig Sinn gehabt, ihn wie die anderen dummen Gänse anzuhimmeln. Darauf würde er sicher nicht reagieren. Da mußte sie sich schon etwas Besseres einfallen lassen. Aber was, um Himmels willen?

Chris war schon furchtbar sauer auf sie, weil Nicoletta all das, was sie hatten tun wollen, absagte. Sie, die sonst immer die erste war, die die bekannten Pariser Flohmärkte abgraste, saß in ihrem Hotelzimmer und grübelte verzweifelt darüber nach, was sie tun könnte. Pieter war nur noch drei Tage hier in der Stadt, und auch sie hatte bereits neue Termine. Wann würde sie ihn dann wiedersehen? Und wenn inzwischen eine andere käme, die ihn ihr wegschnappte? Das wäre schier unerträglich!

Morgen vormittag würde sie ihn wiedersehen. Es standen noch ein paar Außenaufnahmen an. Sollte sie vielleicht stolpern und in seine Arme fallen? Blöd, gab es schon in allen alten Filmen. Oder ihm kühl erklären, daß sie ihm für seine Arbeit danke und dann darauf hoffen, daß sie sich dadurch von den anderen abhob? Er würde vermutlich nur mit dem Kopf nicken und gehen. Also was?

Plötzlich kam ihr ein Gedanke. Sie wußte von der Agenturchefin, daß Pieter noch eine Leidenschaft hatte. Er fotografierte nicht nur Frauen, sondern auch schöne Landschaften. Ein Fotoband seiner Arbeiten war so schon entstanden. War er je in Hamburg gewesen? Sie könnte ihn einladen, mit coolem Lächeln natürlich, damit er auf keinen Fall den Eindruck gewann, es stecke persönliches Interesse dahinter. Und wenn sie ihn erst einmal dort hatte, würde sie schon Mittel und Wege finden, ihn in ihr Bett zu bekommen.

Eine leichte Gänsehaut kroch über ihren Rücken, so, als berührten sie seine Hände bereits. Diese Augen! Ob sie Leidenschaft darin entfachen könnte? Natürlich könnte sie das! Sie mußte nur fest daran glauben!

Irgendwann schlief Nicoletta schließlich ein. Sie träumte tolle Sachen, aber leider waren es nur Träume. Welchen Mädchentyp er wohl bevorzugte? Oder war er... oh nein, das durfte nicht sein! Das wäre pure Verschwendung! Aber sicher hätte sich das auch schon herumgesprochen, solche Dinge blieben in ihren Kreisen nicht geheim. Also, nur nicht bangemachen lassen!

Am nächsten Morgen richtete sie sich mit noch mehr Sorgfalt her als üblich. Ihre Haare schimmerten wie Seide, der Hauch Rouge auf der weißen Haut betonte ihre Wangenknochen. Er mußte sie doch einfach schön finden! Sie sah um Klassen besser aus als ihre Kolleginnen, das war doch überhaupt keine Frage!

Als Nicoletta ihre Handtasche umräumte – zu einem blauen Wildlederanzug gehörte natürlich die passende Tasche –, fielen ihr die Fotos ein, die ihre Mutter ihr immer aufdrängte.

Nicoletta suchte sie schnell aus allen möglichen Taschen zusammen, wo hinein sie sie achtlos gestopft hatte. Es waren zum Teil sehr schöne Aufnahmen von der Villa, der Elbe bei Nebel oder Sonnenaufgang und dem Hafen. Ihre Mutter war der Meinung, daß man immer ein Stück Heimat bei sich haben mußte, um in trüben Momenten darauf zurückgreifen zu können. Hatte die eine Ahnung!

Aber jetzt war Nicoletta trotzdem froh. Sie würde behaupten, daß sie die Fotos gemacht habe, eine heimliche Leidenschaft. Wenn sie das mit einem verschämten Augenaufschlag erzählte...

Lächelnd ging sie in die Hotelhalle hinunter und erklärte dem Portier, daß sie ein Taxi wünsche. Er bat sie zu sich.

»Was ist denn, ich habe es eilig!«

»Da ist gerade ein Telegramm gekommen, Mademoiselle.«

»Gut, geben Sie her. Und jetzt bitte das Taxi.«

Sie stopfte das Telegramm unbeachtet in die Handtasche. Lesen würde sie es später. Nichts sollte sie jetzt von ihrem Plan ablenken. Sicher kam das Telegramm von der Agentur, ein neuer Auftrag oder etwas ähnlich Belangloses.

Die Aufnahmen verliefen reibungslos. Nicoletta posierte mit soviel Andacht, daß sie sogar ein Lob von Pieter einheimste, was ihre Kolleginnen mit bissigen Bemerkungen und scheelen Blicken quittierten. Sie schwebte auf Wolken.

Danach mußte sie sich beeilen, denn Pieter packte bereits seine kostbaren Apparate zusammen. Sie ging zu ihm hinüber, nachdem sie ihre Tasche aus dem großen Wohnmobil geholt hatte, das ihnen zum Umziehen diente.

»Magnusson?«

»Hmm?«

»Ich weiß, daß sie hervorragende Landschaftsaufnahmen machen. Das ist auch mein Hobby, aber ich bitte Sie, es niemandem zu sagen. Ich weiß, daß ich das nicht gut mache, aber könnten Sie trotzdem mal einen Blick darauf werfen? Ich möchte wissen, ob es sich für mich lohnt, weiterzumachen. Bitte.«

Es gelang ihr, ziemlich sachlich zu sprechen. Da Nicoletta ihre Sonnenbrille aufgesetzt hatte, konnten sie auch ihre Augen nicht verraten.

»Bitte kurz, ich muß gleich weg.«

Sie zog hastig den Umschlag aus der Tasche, in den sie die Fotos gestopft hatte. Er betrachtete sie eingehend. Dann gab er sie ihr zurück.

»Ganz hübsch. Ich hätte gar nicht gedacht, daß Sie die Geduld aufbringen, ein Motiv wirklich zu sehen.«

»Was soll denn das heißen?«

»Daß Sie auf mich ziemlich oberflächlich wirken. Okay, bis irgendwann.«

Er drehte Nicoletta den Rücken zu. Sie hätte ihn am liebsten geschlagen, so wütend war sie. So ein eingebildeter Affe! Wie konnte er es wagen, so von oben herab mit ihr zu sprechen? Das hatte ihr noch kein Mann geboten!

Wutschnaubend lief sie zum Mobilheim hinüber. Sie riß sich das Modellkleid so heftig herunter, daß eine Naht einriß. Egal, dann bezahlte sie den Fummel eben. War doch sowieso alles egal!

Ohne mit ihren Kolleginnen noch ein Wort zu wechseln, schnappte sie sich ein Taxi und fuhr ins Hotel zurück.

Nicoletta mußte ihre Niederlage erst einmal verarbeiten. Aber irgendwann würde ihr schon eine Rache einfallen für diesen ignoranten Macho!

Zwei Stunden später rief der Portier sie an.

»In der Halle wartet ein Herr Magnusson auf Sie. Er möchte Ihnen etwas zurückgeben.«

»Zurückgeben? Fragen Sie ihn... nein, lassen Sie, ich komme herunter.«

Wie gut, daß sie noch nicht geheult hatte. Sonst würde sie jetzt schön aussehen!

Er sah sie merkwürdig an, als er einen Briefbogen aus der Tasche zog.

»Tut mir leid, Nicoletta. Das haben Sie verloren, wohl, als Sie die Bilder aus der Tasche zogen.«

»Und was soll das sein?«

»Der Text eines Telegramms. Ich habe es gelesen, weil ich ja nicht wußte, was es ist und wem es gehört. Glücklicherweise hatte der Portier es auf dem Hotelbriefbogen notiert.«

Warum machte er so ein Getue um ein blödes Telegramm? Nicoletta nahm das Blatt entgegen und las.

»*Deine Mutter schwer erkrankt. – Ist bei mir in München. Bitte melde Dich umgehend. – Sandra.*«

»Oh...«

»Wenn ich irgendwie helfen kann?«

Nicolettas Herz klopfte schneller. War das ihre Chance? Normalerweise wäre sie jetzt total genervt. Sandra übertrieb prinzipiell, das wußte sie aus den Erzählungen ihrer Mutter. Aber wenn es bei Pieter soviel Gefühl auslöste, kam dieses Telegramm wie ein Geschenk des Himmels.

»Ich... oh Gott, ich weiß gar nicht, was ich machen soll...«

»Anrufen. Wissen Sie, wer diese Sandra ist?«

»Ja, eine Freundin meiner Mutter.«

»Soll ich es für Sie übernehmen?«

»Würden Sie das tun? Ich bin ganz durcheinander...«

Ihre Stimme zitterte, ihre Augen waren weit aufgerissen. Sicher bot sie ein Bild des Jammers.

Und es funktionierte. Pieter begleitete sie nach oben in ihr Zimmer. Sie ließ sich auf den Rand des breiten Bettes nieder, während sie ihm mit schwacher Stimmte die Nummer diktierte.

Dr. Frank hatte die traurige Aufgabe, Chantal über die Schwere ihrer Krankheit aufzuklären. Dabei war er selbst noch wie gelähmt von der Nachricht, die sein Freund Uli Waldner ihm telefonisch übermittelt hatte.

Bereits am Sonnabend stand fest, daß Chantal an Brustkrebs erkrankt war, aber bereits überall im Körper Metastasen hatte. Ihr Blutbild war eine Katastrophe. Eine Operation würde keinen Sinn mehr haben. Dr. Waldner lehnte sogar den Gedanken an eine intensive Chemotherapie ab. In seinen Augen war es bereits zu spät dazu. Wozu sie noch quälen? Was bliebe, wäre ihr die Schmerzen, die immer heftiger werden würden, zu nehmen.

Doch das wollte Stefan Frank nicht gelten lassen.

»Ulrich, es gibt immer noch Hoffnung! Wir können sie doch nicht einfach so aufgeben!«

»Das tun wir ja auch nicht, denn dafür hat sie längst selbst gesorgt. Selbst wenn sie den Ursprungskrebs nicht erkannt hat, so muß sie doch bemerkt haben, daß es ihr immer schlechter ging und die Lymphknoten anschwollen. Ich sage dir, Stefan, sie wollte sterben, so schwer das auch zu akzeptieren ist.«

»Nein, sie will leben! Und wir werden, verdammt nochmal, alles tun, damit sie lebt!«

»Wunschdenken, Stefan. Bitte, sei vernünftig. Wir können ihr helfen, das zu akzeptieren. Denn eines ist sicher: Jetzt hat sie Angst davor. Jetzt will sie tatsächlich leben. Aber leider ist es zu spät, davon bin ich überzeugt.«

»Hast du ihr das etwa so gesagt?«

»Nein, wo denkst du hin? Das würde sie im Moment gar nicht verkraften. Aber ihre Familie sollte Bescheid wissen.«

»Ihre Freundin hat sie meines Wissens bereits informiert, daß Chantal in der Klinik liegt. Bisher hat sich niemand gemeldet?«

»Nein, sie hatte noch keinen Besuch – außer der Freundin.«

»Vielleicht konnten sie noch nicht weg. Auf jeden Fall sollte einer von uns vorher mit ihnen sprechen.«

»Ich lasse auf der Station Bescheid sagen. Stefan, es tut mir leid, aber viel Zeit bleibt Chantal nicht mehr. Im Grunde können wir nicht mehr tun, als ihre Schmerzen zu lindern und ihr Beistand zu geben. Ich bin gern bereit, sie hier in der Klinik zu behalten, falls ihre Familie sie nicht in Frieden zu Hause…«

»Hör bitte auf! Ihre Familie! Die scheren sich einen Dreck um Chantal!« stieß Dr. Frank hervor.

So aufgelöst hatte Ulrich Waldner seinen Freund nur selten erlebt. Chantal de Leuw mußte ihm einmal viel bedeutet haben – und tat es vielleicht heute noch. Er empfand Mitleid mit Stefan, doch damit würde er ihm nicht helfen können. Also mußte er es anders versuchen.

»Stefan, nun reiß dich aber mal zusammen! Du bist Arzt, und zwar ein verdammt guter! Vergiß das nicht über deinem persönlichen Engagement. Es ist am wenigsten Chantal de Leuw damit gedient, wenn du sie in Illusionen wiegst. Warst du nicht immer derjenige, der für die Selbstbestimmung der Menschen eintrat? Auch und gerade, wenn es zu Ende geht? Willst du ihr diese Chance nicht auch gewähren?«

Stefan Frank senkte den Blick. Es war ihm peinlich, daß er sich hatte hinreißen lassen. Doch Chantals Zustand ging ihm sehr nahe.

»Ja, entschuldige, Uli. Ich weiß, daß du alles tun wirst. Natürlich hast du recht. Es ist nur so... verdammt ungerecht!«

»Wann ist der Tod je gerecht? Darüber haben wir doch schon oft philosophiert. Es muß mehr dahinterstehen, sonst dürften Kinder ja schon gar nicht sterben.«

»Stimmt. Ich bin wohl der beste Beweis dafür, daß man all diese klugen Betrachtungen vergißt, wenn man mehr oder weniger selbst betroffen ist.«

»Bist du denn selbst betroffen, Stefan?« fragte Uli Waldner leise.

Für einige Sekunden sah es so aus, als wolle sein Freund auffahren. Doch dann zuckte Stefan Frank nur resigniert die Schultern.

»Insofern schon, als daß ich große Zuneigung für Chantal empfinde. sie ist ein wunderbarer Mensch.«

»Das ist sie sicher. Geht es jetzt wieder?«

»Ja, Uli. Danke.«

»Bitte. Ich mag es gar nicht, wenn du so von den Füßen bist. Wirst du jetzt zu ihr gehen?«

»Ja, das muß ich wohl.«

Er verließ Ulrich Waldners Büro. Die Sekretärin schaute ihn mitleidig an. Ute Morell entging nur selten etwas von dem, was wichtig war. Stefan Frank bemerkte ihren Blick nicht.

Er ließ sich noch einen Moment Zeit, um sich zu fangen. Bevor er zu Chantal auf die Station ginge, mußte er noch Solveig anrufen. Sie würde hoffentlich Verständnis dafür haben, daß er dieses Wochenende nicht kommen konnte. Solange Chantal weder Mann noch Tochter in ihrer Nähe hatte, brauchte sie ihn und natürlich ihre Freundin Sandra.

Bisher hatte er keine Ahnung, ob sie schon spürte, wie unabänderlich ihr Schicksal war.

Er bat Oberschwester Charlotte Besserdich, ihn von ihrem Apparat aus telefonieren zu lassen. Natürlich wurde es ihm gestattet. Er kam mit der ruhigen, aber autoritären Frau sehr gut zurecht und bewunderte die Art, wie sie mit Personal und Patienten umging.

»Solveig? Hier Stefan«, meldete er sich, nachdem seine Freundin den Hörer abgenommen hatte.

»Oh, Stefan...« kam es ziemlich verhalten zurück.

»Es tut mir leid, Liebes, aber heute werde ich nicht kommen können. Ich habe gerade mit Uli gesprochen. Chantal liegt... nun ja, sie wird nicht mehr gesund werden. Von ihrer Familie ist noch niemand hier. Vielleicht schaffe ich es morgen.«

»Ist gut. Stefan, es tut mir leid.«

»Danke Solveig. Du bist sehr verständnisvoll. Schade, daß du Chantal nicht kennst, sie ist eine wunderbare Frau. Sie würde dir gefallen.«

»Ich glaube nicht, daß ich sie besuchen möchte.«

Ihm entging der vorsichtig-zurückhaltende Tonfall. Stefan Frank schob die ablehnende Antwort auf die Schwere der Erkrankung, mit der Solveig sich nicht auseinandersetzen wollte. Dafür hatte er Verständnis.

»Nein, nein, das mußt du auch nicht. Es würde Chantal auch zu sehr anstrengen. Sie wird nur vertraute Menschen um sich haben wollen.«

Wenn er in diesem Moment Solveigs Gesicht hätte sehen

können, hätte er einen Schreck bekommen. Doch er sah es nicht und hatte so kein Empfinden dafür, was sie durchmachte.

Natürlich tat ihr die fremde Frau, von der Stefan so gefesselt war leid, sehr leid. Aber sie fürchtete um Stefans Objektivität der Krankheit gegenüber. Merkte er denn gar nicht, wie sehr er im Begriff stand, sich in etwas zu verstricken, daß für sie beide zur Katastrophe führen könnte? Sie mußte sich darauf verlassen, daß Ulrich Waldner ihn im Auge behalten und rechtzeitig eingreifen würde. Schließlich hatte die Kranke einen Ehemann. Warum kümmerte er sich nicht um sie? Warum war es immer Stefan, der sich weit über seine eigene Kraft für andere einsetzte? In diesem speziellen Fall ging es ihr besonders an die Nieren.

»Gut Stefan, dann sieh zu, daß du ihr helfen kannst. Ich höre dann von dir.«

»Ja, Solveig, danke.«

Es folgte auch nicht der übliche Kuß durch die Leitung, mit dem sie normalerweise jedes Gespräch beendeten. Solveig legte den Hörer so sanft auf, als könne er in ihrer Hand explodieren, wenn sie ihren Gefühlen nachgab.

Stefan Frank war in Gedanken schon wieder bei Chantal. Was sollte er ihr sagen? Durfte er ihr schon jetzt die Wahrheit mitteilen, oder brauchte sie noch etwas von der kostbaren Zeit, die ihr blieb, um sich weiter in Illusionen wiegen zu können? Er wollte alles tun, um es ihr so leicht wie möglich zu machen.

Die Kranke lag in ihrem Zimmer und schaute aus dem Fenster. Draußen leuchteten die Bäume in herbstlicher Farbenpracht. Es war ein schöner Sonnentag. Wie gern würde sie jetzt draußen im Park herumspazieren, die letzte Wärme der Sonnenstrahlen genießen, vielleicht mit Stefan über alte Zeiten plaudern! Aber sie fühlte sich nach den vielen Untersuchungen so schwach, daß es ihr sogar schwerfiel, sich ein wenig herzurichten, um ihre Besucher nicht gar so erschreckend blaß begrüßen zu müssen.

Ihr Blick fiel auf den Tropf, der in gleichmäßiger Geschwindigkeit die Medikamente in ihre Vene schleuste. Die Schmerzen waren dadurch glücklicherweise nur gering.

Es klopfte. Sie bat den Besucher herein und lächelte, als sie Stefan erkannte.

Sandra lief im Wohnzimmer auf und ab und wartete, daß endlich das Telefon klingelte. Nicoletta und Henry mußten ihre Telegramme doch längst erhalten haben! Sie hatte sogar noch mehrere Male versucht, beide telefonisch zu erreichen. Im Hotel in Paris hatte man ihr versichert, daß das Telegramm übergeben worden sei, bei Henry in Hamburg meldete sich nur der Anrufbeantworter.

Da! Endlich klingelte es! Sandra riß den Hörer ans Ohr. Sie war so nervös, daß sie sich kaum ordentlich melden konnte.

»Guten Tag, Frau von Holst, hier spricht Pieter Magnusson. Ich bin hier bei Nicoletta de Leuw. Sie sitzt neben mir und ist so aufgeregt, daß sie mich bat, Sie anzurufen. Was ist mit ihrer Mutter?« fragte eine sympathische Männerstimme.

»Sie liegt in der Klinik. Die Ärzte wissen noch nicht genau, was ihr fehlt, aber es ist ohne Zweifel ernst. Kann ich jetzt bitte mit Nicoletta selbst sprechen?«

»Selbstverständlich, einen Moment.«

Sandra hörte eine leise Diskussion. Pieter Magnusson hatte die Hand auf den Hörer gelegt, so daß sie nichts verstehen konnte. Schließlich meldete sich Chantals Tochter.

»Sandra? Hier ist Nicoletta.«

»Na endlich! Du mußt mein Telegramm doch schon vor Stunden bekommen haben!«

»Ja, ich hatte es nur nicht gleich gelesen. Tut mir leid. Was hat Mum denn?«

Die Stimme des jungen Mädchens klang nicht übermäßig besorgt. Eher hörte Sandra einen leicht genervten Tonfall heraus. Es ärgerte sie sehr, denn eigentlich hätte es diesem reizenden Kind schon vorher gar nicht entgangen sein können, daß ihre Mutter krank war. Sie hätte nur einmal richtig hinsehen müssen!

»Deine Mutter ist schwer krank. Was es genau ist, wissen wir noch nicht. Aber auf jeden Fall wirst du deinen süßen Hintern jetzt in Bewegung setzen und herkommen! Haben wir uns verstanden?«

Sie hörte, wie Nicoletta empört nach Luft schnappte.

»Aber das geht jetzt unmöglich! Ich habe noch zu tun!«

»Nicoletta, ich halte dich zwar für ein kleines, egozentrisches Biest, aber das ist im Moment egal. Doch deine Mutter liebt dich sehr – und jetzt braucht sie dich. Ich möchte darüber nicht diskutieren. Ist das klar?«

Offenbar hatte ihr Ton Nicoletta doch ein wenig eingeschüchtert. Gut so. Sandra tat es nicht leid, so deutlich geworden zu sein. Chantal hätte das längst einmal selbst tun sollen.

»Na gut, ich will sehen, was ich machen kann. Ich melde mich.«

»Heute, nicht irgendwann!«

»Ja, ja, schon gut.«

Es klickte im Hörer. Nicoletta hatte aufgelegt.

Sandra holte ein paarmal tief Luft, um sich zu beruhigen. Diese kleine verwöhnte Göre würde ja nun wohl kommen! Aber wo steckt Henry? Die Vorstellung, daß er sich irgendwo mit einer seiner zahlreichen Freundinnen herumtrieb, würgte sie förmlich. Wie konnte Chantal ihr Leben nur mit diesen zwei Menschen verbringen, die doch nur sich selbst liebten? Sie hätte wahrlich etwas Besseres verdient! Aber vielleicht trug die Krankheit ja dazu bei, sie zur Vernunft zu bringen.

In Paris saß Nicoletta noch immer auf ihrem Bett. Sie preßte ein Taschentuch an die Augen, obwohl die trocken waren. Doch es tat so gut, wie Pieter versuchte, sie ein wenig aufzurichten.

»Nun reg dich nicht so auf, Nicoletta. Der Portier wird dir einen Flug buchen. Schon heute abend bist du in München. Dann kannst du dich selbst überzeugen, wie es deiner Mutter geht.«

»Aber ich habe doch noch meine Jobs zu erfüllen...«

Sie warf ihm einen schnellen Blick zu. Sicher gefiel es ihm, wie ernst sie ihre Arbeit nahm. Schließlich waren sie beide Profis.

»Hier sind wir doch durch. In deiner Agentur hat man sicher Verständnis, wenn du ein paar Tage freinehmen mußt.«

»Ich glaube, ich fliege lieber morgen. Kannst du mir nicht noch ein bißchen Gesellschaft leisten, bis ich mich beruhigt habe? Es tut so gut, nicht allein zu sein.«

Er zögerte, nickte zu ihrer Freude dann jedoch. Nicoletta legte sich hin und rollte sich wie ein Kätzchen zusammen.

Er stand auf. »Ich muß dann allerdings noch mal telefonieren. Länger als eine Stunde kann ich jedoch nicht bleiben.«

»Das ist so lieb von dir...«

Er schaute sie mit einem Blick an, den Nicoletta nicht deuten konnte, allerdings fehlte ihm mit Sicherheit die Leidenschaft, die sie gern in seinen Augen gesehen hätte.

Um zu telefonieren, verließ er das Zimmer. Nicoletta sprang auf und lief ins Badezimmer. Sie überprüfte ihr Make-up, ihre Haare und legte noch ein wenig hellen Puder auf. Eine Stunde nur, um ihn davon zu überzeugen, daß sie eine wunderbare, leidenschaftliche Frau sein konnte und genau die Richtige für ihn...

Sandra war sicher, daß sie Nicoletta genug eingeschüchtert hatte, um ihr schnellstmögliches Kommen zu garantieren. Wieder versuchte sie, Henry zu erreichen. Diesmal wurde der Hörer abgenommen.

»Henry, endlich! Hier ist Sandra. Hast du mein Telegramm und die Anrufe nicht bekommen?«

»Doch, doch, ich wollte mich auch gleich melden. Was ist denn los mit Chantal? Hatte sie einen Unfall?«

»Nein, keinen Unfall. Sie ist sehr krank – und das muß sie schon länger sein«, schleuderte Sandra ihm um die Ohren. Sie machte gar keinen Hehl daraus, wie wütend sie auf ihn war.

»Da mußt du dich täuschen, meine Liebe. Sie war etwas erkältet, aber das ist schon eine ganze Weile her. Ich werde morgen nach München kommen. Wo liegt sie?«

»In der Waldner-Klinik am Englischen Garten. Wie reizend, daß du dich herbemühen willst. Darf ich es ihr schon sagen, oder ist es noch gar nicht sicher?«

»Sandra, ich bitte dich. Es gibt keinen Grund, in diesem Ton mit mir zu sprechen. Hast du Nicoletta informiert? Ich hoffe nicht. Die Kleine muß nicht unnötig aufgeregt werden.«

»Unnötig, sagst du? Sag mal, hast du nicht begriffen? Chantal wird mit allen modernen Geräten untersucht, die es gibt. Glaubst du, das machen die Ärzte aus Lust und Laune? Und wenn man fragt, was los ist, geben sie ausweichende Antworten! Chantal ist sehr schwer krank, verdammt noch mal! Natürlich habe ich Nicoletta informiert. Sie hat die Güte, ebenfalls zu kommen. Also, wenn ich sehe, wie ihr Chantal behandelt, dann...«

»Du warst schon immer ein sehr emotionaler Mensch, deshalb nehme ich es dir auch nicht übel. Also, wir werden uns ja dann wohl oder übel sehen.«

Klick. Aufgelegt. Sandra schäumte vor Wut. Dieser eingebildete Affe! Und so was liebte Chantal! Oder vielleicht doch nicht mehr? Wenn Sandra sich die Blicke in Erinnerung rief, die ihre Freundin Dr. Frank zugeworfen hatte...

Es wurde Zeit, in die Klinik zu fahren. Monika mußte den Galeriebetrieb für eine Weile allein aufrechterhalten, doch das machte ihr glücklicherweise nichts aus.

Als sie Chantals Zimmer betrat, verabschiedete sich gerade Dr. Frank von ihrer Freundin.

»Ich will Sie nicht vertreiben, Herr Dr. Frank.«

»Das tun Sie nicht, Frau von Holst. Aber ich glaube, es ist zu anstrengend für Chantal, wenn wir beide hier sind. Ich komme heute abend noch einmal wieder.«

»Danke, Stefan. Du bist sehr gut zu mir.«

Als er hinausging, fing Sandra den Blick des Arztes auf. Er wirkte fast verzweifelt. Es erschreckte sie zutiefst. Waren seine Gefühle für Chantal so stark?

»Sandra, setz dich zu mir ans Bett...« bat Chantal leise. Ihre Stimme klang erschöpft.

»Ich möchte dich aber nicht zu sehr anstrengen. Wie geht es dir? Haben sie heute wieder alles mögliche untersucht?«

»Ja, aber Dr. Waldner hat noch nicht mir mir gesprochen. Es wird wohl etwas dauern, bis sie Näheres wissen.«

»Aber irgend etwas muß man dir doch schon sagen können!«

»Ach, ich habe Geduld. Ich fühle mich ganz wohl hier. Die Ärzte wollen eben gründlich sein.«

Sandra hatte das Gefühl, daß ihre Freundin sich etwas vormachte. Sie glaubte nicht daran, daß die Ärzte noch gar keine Ahnung hatten, warum es Chantal so schlechtging. Wollte Chantal es vielleicht gar nicht wissen? Das würde zu ihrer Verdrängungstaktik passen.

»Du, dein Mann kommt morgen. Und Nicoletta wird auch bald hiersein.«

»Warum hast du sie informiert?« fuhr Chantal auf.

»Aber ich bitte dich, sie müssen doch wissen, daß du in der Klinik liegst!«

»Warum denn? Schließlich bin ich ja nicht so krank, daß sie hier wachen müssen! Sandra, du hättest mich fragen müssen, bevor du sie informierst! Ich brauche niemanden außer dir und... Stefan.«

»Er bedeutet dir wohl ziemlich viel?« fragte Sandra vorsichtig.

»Er wird mich wieder gesund machen. Stefan ist ein hervorragender Arzt.« Chantals Stimme klang fast trotzig.

Sandra hatte ein eigenartiges Gefühl, als sie ihre Freundin betrachtete. Es würde große Schwierigkeiten auf sie zukommen...

»Soll ich dir ein bißchen vorlesen? Dann mußt du dich nicht so anstrengen, als wenn wir uns unterhalten.«

»Oh ja, das wäre lieb. Ich habe hier ein schönes Buch. Stefan hat es mir mitgebracht.«

Sandra lehnte sich etwas bequemer zurück und begann zu lesen.

»Ich werde erst morgen fliegen. Das ist noch früh genug. Heute abend möchte ich dich zum Essen einladen, weil du mir so geholfen hast.«

Pieter Magnusson hätte sich jetzt eigentlich freuen sollen, doch Nicoletta merkte, daß er eher überrascht war.

Er war nach seiner Verabredung noch einmal ins Hotel gekommen, um Nicoletta zum Flughafen zu bringen. Sie hatte ihn darum gebeten und war schon sehr erleichtert gewesen, daß er zugestimmt hatte. Sonst war nämlich noch nichts weiter passiert, das sie in die gewünschte Richtung geführt hätte. Von ihrer »Hilfloses-kleines-Mädchen-Nummer« hatte er sich nicht verführen lassen.

»Meinst du nicht, daß deine Mutter dich braucht?«

»Ach, sie macht wahrscheinlich ein bißchen viel Aufhebens, weil sie uns mal wieder bei sich haben möchte. Das sieht mir ganz nach einem Plan von Sandra, ihrer Freundin, aus. Weißt du, mein Vater hat sich in den letzten Monaten nicht viel um sie kümmern können.«

»Und du?«

»Ich? Wie meinst du das?«

»Hast du dich um sie gekümmert?«

»Ich habe schließlich meinen Beruf! Meine Mutter ist ja kein hilfloses Wesen, das man an die Hand nehmen muß! Sie kann reisen, Freunde besuchen... und überhaupt, wie stellst du dir das vor?«

Ihre Stimme war ein bißchen lauter geworden. Sein unausgesprochener Vorwurf machte sie wütend. Einige Gäste in der Hotelhalle schauten zu ihnen hinüber. Schnell setzte Nicoletta wieder ein Lächeln auf.

»Entschuldige, ich bin ein bißchen nervös. Gehen wir essen?«

»Tut mir leid, aber das kann ich nicht. Ich habe andere Pläne.«

»Ach, Pieter, nun sei doch nicht so! Ich habe mich so darauf gefreut, noch mit dir zusammenzusein. Du bist so lieb zu mir gewesen«, verlegte sich Nicoletta aufs Schmeicheln.

»Du bist es wohl gewohnt, immer deinen Willen zu bekommen, was? Tut mir leid, aber da spiele ich nicht mit, Nicoletta. Du magst vielleicht eines Tages eine nette junge Frau werden, aber im Moment halte ich dich für ziemlich egoistisch. Du mußt noch viel lernen.«

Sprachlos starrte sie ihn an. Er wagte es, ihr so etwas zu sagen?

»Mach's gut. Und gute Besserung für deine Mutter. Du solltest es dir noch einmal überlegen, ob du nicht doch zu ihr fliegst. Mir klang die Sache ziemlich ernst.«

»Das geht dich überhaupt nichts an, du... du... Obermacho! Kümmer' dich doch um deine eigene Mutter, wenn du einen Mutterkomplex hast!«

»Das würde ich gern. Aber sie ist vor zwei Jahren gestorben.«

Das hatte er ganz ruhig gesagt, doch zu einer Erwiderung ließ er ihr keine Zeit mehr. Pieter Magnusson drehte sich um und verließ die Halle. Nicoletta fühlte sich, als hätte er sie geohrfeigt.

Fünf Minuten später war sie wieder oben in ihrem Zimmer. Mit fliegenden Fingern wählte sie Chris' Telefonnummer und atmete erleichtert auf, als sich ihre Freundin meldete.

»Hier Nicoletta. Wollen wir heute abend essen gehen? Ich lade dich ein.«

»Tut mir leid, ich habe schon etwas vor.«

»Kannst du das nicht absagen?«

»Nein, warum? Nur weil dir gerade einfällt, daß es mich auch noch gibt?«

»Bitte, dann eben nicht! Ich weiß ja, daß du eifersüchtig auf mich bist! Aber komm gar nicht erst wieder an. Dann habe ich nämlich keine Zeit mehr!«

Chris legte ohne Erwiderung auf. Nicoletta versuchte es bei Angie, aber die war nicht da. Was war plötzlich los, daß alle sie wie eine Pestkranke behandelten? Die Sache mit Pieter hatte sie gründlich versiebt, aber nach seinen Vorwürfen vorhin wollte sie sowieso nichts mehr mit ihm zu tun haben. Wozu brauchte sie einen Mann, der an ihr herumerzog? Das hatte ja nicht mal ihr Vater getan!

Trotzdem brannte der Schmerz um die Ablehnung in ihr. Sie ließ sich auf ihr Bett fallen und vergoß ein paar Tränen des Selbstmitleids. Gleichzeitig wuchs der Zorn auf ihre Mutter, der sie diesen Schlamassel verdankte. Wahrscheinlich saß sie morgen ganz vergnügt im Bett, zufrieden darüber, daß ihre Masche Mann und Tochter nach München gelockt hatte! Aber dann würde sie ihr etwas erzählen!

Nicoletta hatte heimlich doch damit gerechnet, daß sie noch einmal von Pieter hören würde, aber er meldete sich nicht. Am Vormittag ließ sie sich zum Flughafen bringen und konnte eine Stunde später einchecken. Ihre Laune war so schlecht, daß jeder einen Bogen um sie machte.

In München herrschte scheußliches Regenwetter. Auch das noch! Nicoletta schnappte einer Frau ein Taxi vor der Nase weg und ließ sich zum Krankenhaus bringen.

»Kann ich meinen Koffer hier stehenlassen? Ich bin gerade aus Paris eingetroffen.«

Die Schwester in der Halle der Klinik lächelte freundlich. Nicoletta machte sich diese Mühe nicht.

»Natürlich. Zu wem möchten Sie?«

»Meine Mutter soll hier liegen. Chantal de Leuw.«

»Oh, Sie sind die Tochter… ja, Ihre Mutter ist bei uns. Fahren Sie in den dritten Stock hinauf, Zimmer 17.«

Nicoletta bemerkte den mitfühlenden Blick der Empfangsschwester nicht. Gerade war ein junger Arzt vorbeigegangen, der sich nach ihr umdrehte. Sie lächelte ihm zu, und er rannte fast einen Besucher um.

»Haben Sie gehört, Fräulein de Leuw?«

»Wie? Ja, natürlich.«

Der Fahrstuhl brachte sie in das dritte Stockwerk hinauf. Nicoletta fühlte sich mulmig. Krankenhäuser gehörten nicht zu ihren bevorzugten Aufenthaltsorten. Als ihre Freundin Biggi damals am Blinddarm operiert worden war, hatte sie sich tausend Ausreden einfallen lassen, um sie nicht besuchen zu müssen. Aber das war jetzt auch egal, mit Biggi würde sie sowieso kein Wort mehr sprechen. Sie hatte ihr neulich kurz und knapp mitgeteilt, daß sie sich verloben würde, und zwar mit einem Mann, den Nicoletta ebensowenig ausstehen konnte wie er sie. Biggi würde natürlich unglücklich werden, das stand für Nicoletta jetzt schon fest.

Da war die Nummer 17. Nicoletta klopfte. Ihre Mutter antwortete.

»Nicoletta…«

»Hallo, Mum.«

Ein gutaussehender Mann erhob sich höflich, als Nicoletta

näherkam. Was machte er bei ihrer Mutter am Bett? Sie sah ihn neugierig an.

»Nicoletta, das ist Dr. Stefan Frank, ein alter Freund von mir. Er ist Arzt.«

»Guten Tag, Nicoletta. Ich darf Sie doch so nennen? Ihre Mutter und ich kennen uns noch aus der Zeit, als sie hier in München Medizin studiert hat.«

»Du hast Medizin studiert?« fragte Nicoletta überrascht, während sie dem Mann die Hand gab.

»Ja, das habe ich dir doch erzählt…«

»Ich erinnere mich gar nicht. Und wie geht es dir? Was hast du überhaupt? Warum liegst du im Krankenhaus?«

»Ich glaube, ich verabschiede mich jetzt erst einmal, Chantal. Jetzt hast du ja deine Tochter hier. Wir sehen uns morgen wieder, ja?«

»Danke, Stefan. Es war lieb von dir, daß du gekommen bist.«

Wie klang die Stimme ihrer Mutter denn? Sie schmolz ja förmlich dahin vor diesem Mann! Nicoletta musterte ihn jetzt kühl, doch er beugte sich schon über ihre Mutter und küßte sie auf die Wange. Na sowas! Sollte er so etwas wie ein alter Verehrer sein? Irgendwie konnte sich Nicoletta gar nicht vorstellen, daß ihre Mutter früher einmal einen anderen Mann als Henry de Leuw geliebt haben könnte.

»Auf Wiedersehen, Nicoletta. Wir sehen uns sicher noch einmal, solange Sie hier sind.«

»Ich kann nicht lange bleiben. Ich habe noch Termine.«

»Wir werden sehen.«

Was gab es da zu sehen? Nahm sie denn neuerdings niemand mehr ernst? Nicoletta drehte ihm den Rücken zu und wartete, bis er die Tür hinter sich schloß. Dann umfaßte die trockene heiße Hand ihrer Mutter die ihre und zog Nicoletta ein Stück näher. Sie hätte sich am liebsten losgerissen, weil sie jetzt erst bemerkte, wie komisch ihre Mutter aussah. Ihr Gesicht war gänzlich ungeschminkt. Die Augen wirkten sehr groß, dunkle Schatten lagen darunter. Die Lippen waren fast blutleer.

»Was hast du denn eigentlich?« fragte sie aggressiv, um die aufkeimende Angst zu unterdrücken.

»Ich weiß es nicht, Schatz. Wahrscheinlich eine Anämie. Die Ärzte hier sind sehr bemüht. Weißt du, wie sehr ich mich freue, daß du gekommen bist? Ich war zwar böse mit Sandra, weil sie dich informiert hat, aber jetzt bin ich doch sehr glücklich darüber.«

»Es war sehr schwierig für mich herzukommen. Morgen muß ich schon wieder zurück.«

»Ich weiß, daß du viel zu tun hast. Setz dich doch, Liebes. Es strengt mich an, wenn ich so hochschauen muß.«

Nicoletta biß auf ihren Lippen herum. Alles hier ging ihr auf die Nerven. Warum richtete sich ihre Mutter nicht ein bißchen her? Gefiel es ihr vielleicht, allen einen Schrecken einzujagen mit diesem gespenstischen Aussehen? Ach, wäre sie doch bloß in Paris geblieben! Pieter war sicher auch nicht mehr lange dort und... ach nein, an ihn wollte sie nicht mehr denken.

»Erzähl mir ein bißchen Schatz. Was hast du in Paris gemacht?«

»Modeaufnahmen. Das weißt du doch.«

Ihre Mutter verzog leicht das Gesicht, als habe sie Schmerzen. Nicoletta überlegte, was sie ihr noch erzählen könnte, doch da ging die Tür auf, und ihr Vater kam herein. Erleichtert sprang sie auf und umarmte ihn heftig.

»Papa! Da bist du ja!«

»Hallo, meine Süße! Das sieht ja ganz nach einem Familientreffen aus.«

Er erwiderte ihre Umarmung herzhaft. Dann wandte er sich seiner Frau zu.

»Na, Chantal, was machst du denn für Sachen? Ich habe vielleicht einen Schreck bekommen! Du siehst blaß aus!«

»Guten Tag, Henry. Ich fühle mich nur etwas schwach. Es wird schon nicht schlimm sein.«

»Heißt das, die Ärzte wissen gar nicht, was dir fehlt?«

»Noch nicht.«

»Ich möchte erst einmal den Chefarzt hier sprechen. Das gibt es doch nicht, daß sie keine Ahnung haben. Mit all den modernen Geräten...«

»Dr. Waldner ist sehr bemüht um mich.«

»Das will ich auch hoffen. Sonst nehme ich dich nämlich gleich wieder mit nach Hamburg.«

»Ich glaube nicht, daß Mum damit einverstanden ist. Sie hat hier nämlich eine alte Liebe getroffen. Dr. Frank heißt er.«

Nicoletta merkte, daß ihre Mutter scharf die Luft einsog, dabei hatte sie eigentlich nur einen Scherz machen wollen. Lag sie etwa richtig mit dem, was sie gesagt hatte? Unvorstellbar! Einen Mann wie ihren Vater betrog man doch nicht!

»So? Und wer ist das, Chantal? Ich kann mich nicht erinnern, daß du den Namen je erwähnt hast.«

»Er ist ein alter Kommilitone von mir, aus meiner Studentenzeit. Aber keine alte Liebe...«

»Na, dann bin ich ja beruhigt. So, ich gehe jetzt erst einmal zu diesem Dr. Waldner. Er soll mir sagen, was er eigentlich vorhat. Als ich dich das letzte Mal sah, hast du doch noch ganz gesund gewirkt.«

Chantal schwieg. Sie hätte vieles dazu sagen können, doch das wäre müßig.

»Ich komme mit, Papa. Gibt's hier einen Kaffee? Ich bin direkt vom Flughafen hergerast, weil Sandra es so dringend gemacht hat.«

»Geh nur, Liebes. Die Cafeteria soll sehr schön sein.«

Sie verließen erleichtert das Zimmer. Henry de Leuw schien sich genauso unbehaglich zu fühlen wie seine Tochter. Als sie den Gang zum Fahrstuhl hinuntergingen, kam ihnen eine Schwester entgegen und blieb vor ihnen stehen.

»Herr de Leuw? Ich bin Oberschwester Charlotte. Dr. Waldner würde gern mit Ihnen sprechen.«

»Das trifft sich gut. Das will ich auch.«

»Würden Sie mir bitte folgen?«

»Können Sie mir vorher noch sagen, wo die Cafeteria ist?« wollte Nicoletta wissen.

»Ich denke, Sie sollten sich auch anhören, was Dr. Waldner zu sagen hat.«

»Muß das sein? Meine Tochter wollte einen Kaffee trinken.«

»Ich denke, es muß sein«, entgegnete die Oberschwester bestimmt.

Nicoletta spürte, wie sich ihr Magen verkrampfte. Sie wollte nicht hören, was der Chefarzt zu sagen hatte. Doch die Oberschwester drückte bereits den Fahrstuhlknopf, und ihr Vater machte keine Anstalten, dagegen zu protestieren.

Der Chefarzt begrüßte sie mit ernstem Gesicht und bat sie, Platz zu nehmen.

»Ich bin froh, daß Sie gekommen sind und möchte Ihnen gleich sagen, daß Frau de Leuw offenbar nicht einmal ahnt, wie krank sie ist. Es tut mir leid, daß ich Ihnen das so schonungslos sagen muß. Aber es bleibt meines Erachtens nicht viel Zeit, um das irgendwie schonender zu machen. Ihre Frau... Ihre Mutter... ist sehr schwer krank. Sie hat...«

»Was reden Sie denn da? Vor kurzem war sie noch ziemlich vergnügt und munter! Von einem Tag auf den anderen wird man wohl nicht so krank!«

»Ich verstehe Ihre Aufregung, Herr de Leuw, aber leider ändert das nichts an den Fakten. Wir haben alle Untersuchungen gemacht, die notwendig waren, und sind ebenfalls sehr geschockt gewesen. Sie hätte es viel eher merken müssen. Ihr Körper hat bereits eine Menge Metastasen gebildet. Leider wird sie nicht mehr... viel Zeit haben. Eine Chemotherapie hat genausowenig Aussicht auf Erfolg wie eine Operation. Es tut mir sehr leid, aber Frau de Leuw wird... sterben.«

Entsetztes Schweigen. Henry de Leuw wurde eine Spur blasser. Nicoletta versuchte krampfhaft, nicht zu schreien, obwohl ihr genau danach zumute war. Ihre Mutter sterben? Nein, das war einfach unmöglich. Das war sicher nur ein Trick, mehr Aufmerksamkeit zu erlangen. Ja, genauso mußte es sein...

»Ich möchte, daß ein paar Kapazitäten zugezogen werden! Ich glaube es einfach nicht!« meldete sich schließlich ihr Vater zu Wort. Seine Stimme klang brüchig.

»Das steht Ihnen selbstverständlich frei. Sie können alle Untersuchungsergebnisse einsehen. Aber ich möchte Ihnen zu bedenken geben, daß Ihre Frau bereits sehr geschwächt ist und große Schmerzen hat. Ersparen Sie ihr zuviel Quälerei. Wollen Sie es ihr sagen? Oder sollen wir es tun? Unser Eindruck ist, daß sie sich verzweifelt gegen die Wahrheit wehrt, was unter diesen Umständen nicht ungewöhnlich ist. Aber Dr. Frank hat offenbar das Vertrauen Ihrer Frau. Er würde es übernehmen, wenn Sie es nicht selbst tun wollen.«

»Wer ist dieser verdammte Dr. Frank? Ich höre seinen Namen jetzt das zweite Mal«, polterte Henry de Leuw.

»Er ist ein alter Freund von früher und ein hervorragender Arzt.«

»Dann soll er es doch machen! Ich kann es ihr unmöglich sagen!«

»Gut, ich werde ihn unterrichten. Er kommt morgen wieder. Bitte, schonen Sie Ihre Frau. Sie darf sich nicht aufregen.«

»Was glauben Sie eigentlich von mir? Halten Sie mich für herzlos?«

Darauf antwortete Dr. Waldner nicht. Seine Meinung hätte weder Ehemann noch Tochter von Chantal de Leuw gefallen, denn er hatte aus kleinen Einzelheiten ein ziemlich klares Bild über das »Familienleben« seiner Patientin gewonnen. Diese Frau hatte sich seiner Meinung nach schon vor langer Zeit aufgegeben, was man natürlich nicht allein ihrer Familie anlasten konnte. Doch mit etwas mehr Liebe und Aufmerksamkeit hätten die beiden, die hier vor ihm saßen, es sehen und eingreifen können.

»Ich werde telefonieren und auf jeden Fall noch einige andere Meinungen einholen.«

»Selbstverständlich, Herr de Leuw. Die Unterlagen stehen zur Verfügung.«

Die beiden Männer nickten sich höflich zu. Nicoletta war noch immer wie in Trance, als sie sich ebenfalls erhob und ihrem Vater aus dem Raum folgte.

»Papa? Muß Mama wirklich… sterben?« fragte sie draußen mit ganz fremder Stimme.

»Unsinn, das glaube ich einfach nicht. Die Ärzte übertreiben doch immer maßlos. Laß dir nichts anmerken. Geh erst einmal einen Kaffee trinken, dann sehen wir weiter.«

»Und du?«

»Ich hänge mich im Hotel gleich ans Telefon. Wo bist du denn abgestiegen?«

»Ich habe noch kein Zimmer.«

»Dann komm mit zu mir ins Hotel. Ich bin im ›Sheridan‹!«

»Gut. Aber jetzt gehe ich in die Cafeteria. Ich muß unbedingt einen Cognac trinken. Nimmst du meinen Koffer mit? Er steht an der Rezeption.«

»Gut, Kleines. Bis später. Ich hole dich wieder ab. Es wird schon werden.«

Er küßte sie fast flüchtig auf die Wange.

Nicoletta fand die Cafeteria und ließ sich auf einen Stuhl sinken. Ihre Beine zitterten, in ihren Augen brannten Tränen.

Das konnte doch alles gar nicht wahr sein! Ihre Mutter konnte doch nicht einfach so sterben! Warum tat sie ihr das an?

»Nicoletta? Deine Mutter sagte mir, daß du hier bist.«

Sie hob den Kopf. Sandra von Holst stand neben ihrem Tisch und schaute sie prüfend an.

»Sandra! Warum hast du mir nicht gesagt, daß Mama sterben muß? Das ist doch nicht wirklich wahr, oder? Die Ärzte irren sich doch?«

Sandra schien zusammenzusacken. Sie sah ganz entsetzt aus. »Was sagst du da? Sie... stirbt?«

»Du weißt es nicht? Hat der Arzt es dir nicht gesagt?«

»Nein, ich... ich hatte keine Ahnung! Ich wußte nur, daß sie ziemlich krank ist. Mein Gott, das tut mir so leid, Nicoletta! Wie furchtbar! Chantal... sie ist so... wunderbar.«

Nicoletta schlug die Hände vor die Augen und begann wie ein Kind zu weinen.

Stefan Frank wirkte unkonzentriert und nervös. Das war bei ihm so ungewöhnlich, daß nicht einmal Martha Giesecke es wagte, eine Bemerkung zu machen.

Am Sonntag war er noch zu Solveig hinausgefahren, doch das war keine gute Idee gewesen. Sie hatten sich fast gestritten, weil er unentwegt nur von Chantals Krankheit gesprochen hatte, bis Solveig ihn bat, doch auch einmal ihr zuzuhören. Natürlich wußte er, daß sie im Recht war. Aber diese Sache ging ihm wesentlich mehr zu Herzen als üblicherweise.

Chantal hatte zwar alle materiellen Güter, die sie sich wünschen könnte, aber offenbar keinen Menschen, der sie wirklich liebte. Das tat ihm sehr weh, denn ihr blieb keine Zeit mehr, daran noch etwas zu ändern.

Natürlich war ihm klar, daß sie Hoffnungen in ihn setzte, die er niemals erfüllen konnte. Er konnte sie nicht heilen, das würde niemand schaffen. Uli Waldners Diagnose war unanfechtbar. Diese Tatsache mußte er hinnehmen. Ihm blieb nichts weiter zu tun, als ihr das Sterben zu erleichtern, vielleicht auch noch die Tochter soweit zu bringen, daß sie nicht gleich wieder abreiste, sondern sich um ihre Mutter kümmerte.

Wie hatten Chantals Augen aufgeleuchtet, als sie ihn mit Nicoletta bekanntmachen konnte! Und diese kleine bildschöne Kröte hatte nichts Eiligeres zu tun gehabt, als zu betonen, daß sie keine Zeit habe...

Naja, vielleicht war er ein wenig ungerecht. Vermutlich war sie noch nie mit etwas Schlimmerem als einem Schnupfen konfrontiert worden.

Seine Patienten mußten sich heute damit abfinden, daß er zwar sorgfältig seine Arbeit tat, aber darüber hinaus nicht sehr mitteilsam war.

Sigrid Sander hatte sich, wie nicht anders zu erwarten, entschlossen, einen Abbruch vornehmen zu lassen. Er versuchte noch einmal, sie zur Annahme des Kindes zu überreden, doch es gelang ihm nicht. Dr. Frank stellte ihr die entsprechenden Papiere aus und war froh, als sie wieder hinausging. Auch Herr Meiser erschien ausgerechnet heute. Seine Kopfschmerzen waren wieder schlimm.

»Ich weiß wirklich nicht, was ich noch machen soll, Herr Doktor.«

»Versuchen Sie es mit Autogenem Training, Herr Meiser. Das hat schon vielen geholfen. Ich schreibe Ihnen einen Psychologen auf, der das sehr gut beherrscht. Vielleicht sollten Sie auch ein paar Gespräche mit ihm führen. Ich bin sicher, daß wir dann auf der richtigen Spur sind. Die körperlichen Untersuchungen sind alle ohne Ergebnis gewesen, und wenn Sie jetzt nicht eine Weile abschalten können, müssen wir uns so behelfen.«

»Na gut, aber ich glaube nicht, daß es etwas nützen wird.«

»Machen Sie sich klar, daß Sie nicht körperlich krank sind. Etwas ›bedrückt‹ Sie. Denken Sie einmal in dieser Richtung nach. Mehr kann ich im Moment nicht tun.«

Auch dieser Patient verließ ihn nicht gerade zufrieden.

Manchmal wünschte sich Dr. Frank, Gärtner zu sein. Seine Rosen widersprachen ihm wenigstens nicht, und mit Blattläusen wurde er auch im Nu fertig. Etwas grüne Seife mit Wasser gemischt, und aus. Den Rest schafften die Marienkäfer.

Mittags hatte er ein paar Hausbesuche zu machen. Im Anschluß daran ließ Stefan Frank sich mit Dr. Waldner verbinden.

»Gibt es etwas Neues, Uli?«

»Der Ehemann und die Tochter wissen Bescheid. Sie haben nichts gesagt, das wollen sie dir überlassen. Herr de Leuw will noch ein paar Ärzte einschalten, ich habe nichts dagegen. Du solltest allerdings heute mit Chantal de Leuw sprechen, Stefan. Sie muß es jetzt wissen.«

»Dann bleibt es also an mir hängen? Verflucht nochmal!«

»Stefan, ich habe das Gefühl, du hast dich da ganz schön verstrickt. Bedeutet sie dir soviel?« »Nein, oder doch – ja, als Mensch und alte Freundin! Sieh bloß keine Dinge, die nicht existieren! Das tut Solveig nämlich bereits!«

»Stefan, sei wenigstens dir selbst gegenüber ehrlich. Solveig ist sehr mitfühlsam und verständnisvoll, aber vielleicht hat sie wirklich Angst, dich zu verlieren.«

»An eine Sterbende? Ich bitte dich, Uli!«

»Schon gut, ich will es nur zu bedenken geben. Natürlich geht es einem nahe, wenn so ein Mensch wie sie sterben muß. Aber vergiß nicht: mein Eindruck ist, daß sie es genau so wollte. Sonst hätte sie die eindeutigen Zeichen nicht übersehen können. Das halte ich für unmöglich. Wir wollen ihr helfen, daß sie sich mit sich selbst aussöhnen kann. Ich wüßte niemanden, der das besser kann als du, zumal sie dir vertraut. Stefan, das ist eine schwere Aufgabe, aber du schaffst es.«

»Ja, ich hoffe es. Tut mir leid, wenn ich dich angeblafft habe. Weißt du zufällig, wo ihre Familie abgestiegen ist? Ich würde gern mit ihnen sprechen.«

»Ja, ich weiß es. Hotel Sheridan.«

»Sind sie beide noch da? Die Tochter wollte wieder weg.«

»Ach, sie ist noch so jung und ein bißchen egoistisch wie alle Kinder. Sei nicht so streng mit ihr. Sie ist noch hier.«

»Was macht eigentlich Kai?«

»Daß du daran denkst! Seine Coco verdreht ihm den Kopf, wie ich schon sagte. Ruth hat mir allerdings verboten, irgendwelche Bemerkungen zu machen, und wenn er sich die Haare auch grün färbt. Ich soll froh sein, daß er weiter zur Schule geht.«

»Das sehe ich auch so.«

»Naja, angesichts dessen, was ich hier in der Klinik so zu sehen bekomme, habt ihr wohl recht. Vielleicht habe ich ein bißchen überzogen. Aber eine Schwiegertochter stelle ich mir eben anders vor.«

»Mein Gott, der Junge ist sechzehn! Er wird noch eine Menge Mädchen anschleppen, Uli?«

»Ja, Stefan?«

»Danke, daß du mich wieder auf den Teppich gebracht hast. Ich lege jetzt auf. Ich muß noch mit Solveig sprechen.«

»Tu das, mein Freund. Wir sehen uns.«

Stefan Frank wählte Solveigs Nummer und wartete ungeduldig, bis er mit ihr verbunden worden war.

»Ja, Stefan?« klang ihre ruhige Stimme an sein Ohr.

»Solveig, ich liebe dich. Bitte denk nicht, daß ich mehr für Chantel empfinde als Freundschaft und tiefes Mitleid.«

»Aber Stefan! Deshalb rufst du extra an, um mir das zu sagen?«

»Ja, ich hatte das Gefühl, daß ich mich gestern ziemlich dumm benommen habe. Sei nicht böse, es kommt nicht wieder vor. Wir holen das Wochenende bald nach.«

»Denk mal darüber nach, ob man immer alles nachholen kann, was man versäumt.«

Das traf ihn ziemlich hart. Und sogleich erkannte Stefan Frank die Berechtigung dieses Vorwurfs. Chantal, zum Beispiel, blieb keine Zeit mehr, alles nachzuholen. So schnell konnte es gehen. Erlebte er das nicht auch fast täglich in der Praxis? Wie konnte er das nur so aus den Augen verlieren?

»Oh, Solveig, es tut mir leid...«

»Schon gut, Stefan. Ich liebe dich trotzdem. Ich vertraue dir, daß du es schon richtig machen wirst.«

Jetzt klang ihre Stimme wieder so weich und liebevoll, wie er sie kannte. Aufatmend und sich sehr dessen bewußt, was für ein wunderbarer Mensch sie war, versicherte Dr. Frank ihr noch einmal, daß sie die einzige Frau in seinem Herzen sei und legte auf. Er fühlte sich besser, viel besser.

Deshalb machte er auch gleich noch einen Termin mit Henry de Leuw aus. Chantals Ehemann schlug vor, daß sie sich im Hotel treffen sollten, bevor der Arzt am Abend in die Klinik fahren würde. Dr. Frank war einverstanden und bezwang einigermaßen erfolgreich die Abneigung, die er gegen den anderen nachempfand. Auch Chantal war sicher nicht unschuldig am Verlauf ihrer Ehe. Es gab immer Möglichkeiten, etwas zu verändern, aber man mußte es auch wollen.

Die Nachmittagssprechstunde absolvierte Dr. Frank schon wieder mit etwas mehr Engagement. Schwester Martha schlich um ihn herum wie eine Mutter, die ihr Kind vor Unheil bewahren wollte, doch er verkniff sich jede Bemerkung, weil er dann vielleicht auch eine ihrer unübertroffen deutlichen Antworten riskiert hätte.

Als der letzte Patient gegangen war, atmete Dr. Frank trotzdem erleichtert auf. Er ging rasch in seine Wohnung hinauf, aß, was Frau Quandt, seine Haushälterin, ihm bereitgestellt hatte, duschte, zog sich um und mußte auch schon wieder los, um pünktlich zu seiner Verabredung zu kommen, die ihm ganz schön auf dem Magen lag.

Henry de Leuw war ein blendend aussehender Mann, der ihn mit dem gebotenen Ernst begrüßte.

»Ich habe uns einen kleinen Raum reservieren lassen. Ist Ihnen das recht?«

»Ja, danke. Ihre Tochter nimmt nicht an dem Gespräch teil?«

»Nein, sie ist bei der Freundin meiner Frau. Nicoletta ist gestern völlig zusammengebrochen. Da verstehen Frauen es besser, so ein Kind zu trösten.«

Aha. Dr. Frank registrierte, daß dieser Mann es sich auch als Vater ziemlich einfach machte. Leid und Kummer wurden delegiert. Aber Sandra von Holst war vermutlich wirklich die Geeignetere, um Nicoletta ein paar unbequeme Dinge zu sagen und sie gleichzeitig zu stärken, damit sie ihrer Mutter helfen konnte.

Sein Gespräch mit Henry de Leuw verlief überraschend ruhig. Dr. Waldner hatte den von ihm angerufenen Ärzten, alles Kollegen mit bekannten Namen, ausgiebig Auskunft gegeben. Und sie wiederum hatten dann Chantals Ehemann erklärt, daß in der Waldner-Klinik alles getan würde, was noch zu tun sei. Es war zu spät, um Chantal zu heilen.

»Ich bin erschüttert, Herr Dr. Frank, das können Sie mir glauben. Ich weiß nicht, wie ich es Chantal sagen soll. Dr. Waldner bot an, daß Sie das übernehmen würden.«

»Ja, das werde ich im Anschluß an unser Gespräch tun. Chantal hat ein Recht darauf, die Wahrheit zu wissen. Sie wird ihre persönlichen Dinge klären wollen. Ihr bleibt nicht mehr viel Zeit.«

»Wir haben eine gute Ehe geführt, auch wenn Sie es vielleicht nicht glauben. In den letzten Jahren waren wir... Freunde.«

Der selbstsichere Henry de Leuw wirkte jetzt gar nicht mehr so stark und kämpferisch. Dr. Frank empfand fast Mitleid mit ihm. Er würde mit seinem Gewissen leben müssen, aber man durfte ihm nicht allein die Schuld geben. Chantal hätte sich trennen oder ebenfalls kämpfen können, um die Ehe entweder auf eine harmonischere Grundlage zu stellen oder zu beenden. Es war nie so einfach, Schuld zuzuweisen...

»Sie haben noch Zeit, mit Chantal über alles zu sprechen. Ich glaube, daß sie sich im Unterbewußtsein durchaus klar ist über die Schwere ihrer Erkrankung. Chantal hat ein paar Semester Medizin studiert. Die Anzeichen waren klar.«

»Aber warum ist sie dann nicht zum Arzt gegangen? Warum hat sie nie ein Wort gesagt?« fragte Henry de Leuw erschüttert und blinzelte ein paarmal, um dann den Kopf abzuwenden.

»Sie hat sich aufgegeben. Vielleicht bedeutete ihr der Luxus in Wirklichkeit gar nichts. Sie hat etwas anderes gesucht.«

»Ja... das mag sein...«

»Nun, ich denke, wir haben alles besprochen. Ich möchte nicht, daß es zu spät wird. Chantal braucht viel Ruhe.«

»Selbstverständlich, Herr Dr. Frank. Wie kann ich Ihnen danken, daß Sie mit ihr sprechen wollen?«

»Ich tue es nicht für Sie, Herr de Leuw, ich tue es für Chantal. Sie hat mir einmal viel bedeutet, es ist für mich selbstverständlich, ihr jetzt beizustehen.«

Sie reichten sich die Hand. Dr. Frank verließ das Hotel und fuhr zur Klinik.

Chantel hatte geschlafen. Doch als Stefan Frank das Krankenzimmer betrat, öffnete sie sofort die Augen und sah ihn erwartungsvoll an.

»Stefan, du kommst jetzt noch? Gibt es etwas Neues?«

»Chantal, Liebes, wir müssen uns unterhalten.«

In ihren Augen las er Abwehr. Sie wußte also, worum es ging, genau wie er es sich gedacht hatte.

»Muß das sein? Kannst du nicht einfach ein wenig neben mir sitzen? Es tut so gut, dich zu sehen, Stefan.«

»Liebe Chantal, du mußt aufhören, dich zu verstecken. Das hast du so lange getan, daß es dich hierher gebracht hat. Du weißt doch, wie krank du bist, nicht wahr?« fragte er sehr sanft.

Ihr Kopf fuhr herum, so daß sie an die Wand schaute. Ihre Hände zuckten unruhig über die Bettdecke. Stefan nahm die rechte Hand in seine und hielt sie auch gegen Chantals Widerstand fest, bis sie ruhiger wurde.

»Chantal, du wirst nicht wieder gesund werden... dafür ist es zu spät. Aber du kannst noch viel tun, um Frieden mit dir und allem zu schließen«, sprach er die Worte aus, die gesagt werden mußten.

»Aber... du mußt dich irren! Du kannst mir bestimmt helfen! Jetzt, wo ich dich wiedergefunden habe, möchte ich wieder gesund werden«, jammerte sie plötzlich wie ein Kind.

»Ich würde mir das auch sehr wünschen, daß du wieder gesund werden könntest und wir Freunde werden. So aber bleibt mir nichts zu tun, als dir zu helfen, Ruhe zu finden. Chantal, hast du je über... den Tod wirklich nachgedacht?«

»Nein, und das will ich auch nicht!«

»Ich habe schon viele Menschen begleitet. Fast alle haben es geschafft, zum Schluß Frieden zu schließen und den Tod anzunehmen. Und diese Menschen wirkten unglaublich ruhig und... ja, ich möchte sagen, fast freudig. Sie bekamen zum Schluß eine Ahnung davon, daß sie etwas erwartete, was schöner und tiefer ist als unser Leben hier.«

»Wovon redest du? Ich will davon nichts hören! Glaubst du etwa an ein Leben im... Paradies?«

Sie wollte wohl höhnisch klingen, doch es gelang ihr nicht, die leise Hoffnung zu unterdrücken, die er aus ihrer Stimme heraushörte.

»Ja, so ähnlich glaube ich es wirklich. Sonst hätte das alles doch keinen Sinn. In der Natur gibt es keine Verschwendung. Alles ist in einen Kreislauf eingebettet. Warum ausgerechnet der Mensch nicht? Der Körper stirbt, aber die Seele lebt weiter, in einer anderen Dimension. Davon bin ich überzeugt. Und eines Tages wird sie sich vielleicht wieder einen neuen Körper suchen. Ich kann dir wunderbare Bücher geben, in denen du mehr darüber lesen kannst.«

»Ich will aber leben«, antwortete Chantal kläglich. »Ich will doch jetzt erst richtig leben! Meine Tochter und mein Mann... sie brauchen mich nicht. Das hat mir sehr weh getan, aber es gibt doch andere Menschen...«

»Dein Mann und deine Tochter lieben dich – auf ihre Weise. Nicoletta ist noch so jung, sie ist noch nie mit Traurigem konfrontiert worden. Diese Erkrankung wird sie reifen lassen. Sie wird ihr einen Impuls geben, auch ihr Leben zu überdenken. Dein Mann ist erschüttert, ich habe vorhin mit ihm gesprochen. Ihr könnt sicher noch manches miteinander klären, Chantal, soviel Zeit bleibt dir noch.«

»Und du, Stefan? Welche Rolle spielst du dabei? Soll ich dich getroffen haben, um dich gleich wieder zu verlieren?«

Er beugte sich vor und küßte sie zart auf die Wange.

»Ach, Chantal, liebe Chantal! Wir werden uns wiedersehen, dort oder später. In diesem Leben ist es für uns zu spät. Ich habe eine wunderbare Partnerin, du würdest sie mögen. Solveig und ich sind schon lange zusammen. Weißt du, daß du auch mich etwas Wichtiges lehrst? Man kann nicht immer auf morgen warten. Man muß sein Leben heute leben.«

Sie schloß erschöpft die Augen. Dr. Frank blieb bei ihr sitzen, um zu warten, ob sie noch etwas sagen würde. Doch sie schlief ein, ohne seine Hand loszulassen.

Für heute war es genug. Er wußte, daß noch viele Gespräche folgen würden. Ihre Reaktion hatte ihm aber gezeigt, daß Chantal noch lernen würde, ihr Sterben anzunehmen. Sie hatte ihre Kraft verbraucht.

»Wer war das, Sandra?«

Sandra hatte ihr Telefonat eben beendet und drehte sich wieder zu Nicoletta um, die wie ein Häufchen Unglück auf der

Couch lag und sich das Wollplaid bis an die Nasenspitze hochgezogen hatte. Ihr Gesicht war verquollen und verweint.

»Das war Dr. Frank. Er hat mit deiner Mutter gesprochen. Sie hat es ruhig aufgenommen, sagt er.«

»Oh nein! Ich will nichts hören«, schluchzte sie auf.

»Nicoletta, es wird nichts nützen, den Kopf in den Sand zu stecken. Du bist kein Kind mehr. Jetzt braucht deine Mutter dich!«

»Aber sie kann mich doch nicht einfach allein lassen!«

Sandra verzichtete darauf, das junge Mädchen darauf aufmerksam zu machen, daß bisher sie ihre Mutter alleingelassen hatte.

Ihr Schweigen sagte allerdings genug.

»Ich weiß, du wirfst mir vor, ich hätte mich einfach gar nicht mehr um sie gekümmert! Aber das stimmt nicht! Sie hat ja nie gesagt, ich soll das tun! Wie soll ich denn wissen, daß sie das will?«

So und ähnlich drehten sich ihre Gespräche seit gestern abend im Kreis. Aber Sandra hatte viel Geduld, was sie selbst überraschte. Nicoletta hatte Angst und keine Ahnung, wie sie damit umgehen sollte.

»Nico, das nützt jetzt nichts. Du mußt es einfach als Tatsache hinnehmen und versuchen, eine Möglichkeit zu finden, damit umzugehen. Versäumt nicht die Zeit, die euch noch bleibt. Ich kenne deine Mutter schon lange und weiß, wie liebevoll sie ist. Sie wird dir noch Dinge sagen wollen, die du wissen mußt. Also gib ihr die Chance dazu. Du bist erwachsen. Du kannst dich nicht unter der Decke verkriechen und sagen, es sei alles gar nicht wahr und warten, bis alles vorbei ist.«

»Aber warum ist das Leben so gemein? Bisher war immer alles so toll! Ich habe Erfolg, kenne tolle Leute, und jetzt…«

»Das Leben war auch vorher nicht anders, du hast davor nur fest beide Augen zugekniffen. Trauer, Krankheit, Unfälle, Arbeitslosigkeit, Mißerfolg... all das gibt es, und nicht nur für andere. Wir müssen lernen, damit angemessen umzugehen. Es geht nämlich immer weiter. Eines Tages wirst du wieder fröhlich sein, aber dann hast du das Leid kennengelernt und wirst die Freude nicht mehr als selbstverständlich hinnehmen, sondern sie als etwas Kostbares begreifen.«

»Aber Mama wird keine Freude mehr haben...«

»Wissen wir das wirklich? Es gibt soviel Berichte über Menschen, die das anders erfahren haben.«

»Du meinst, daß es ein Leben nach dem Tod gibt?« fragte Nicoletta mit weit aufgerissenen Augen.

»Ich glaube schon irgendwie daran. Und wenn es nur eine Hoffnung ist, so ist es doch nicht schlimm, daran zu glauben, oder?«

Nicoletta mußte darüber nachdenken. Sie schloß die Augen und versuchte, ruhiger zu werden. Sandra warf ihr einen zärtlichen Blick zu. Sie hatte Chantals Tochter ins Herz geschlossen, so schnell war das gegangen. Wenn Chantal nicht mehr wäre, würde sie dem jungen Mädchen vielleicht zur Seite stehen können.

Es klingelte an der Tür. Sandra schaute überrascht auf die Uhr. Hoffentlich war es nicht Henry. Ihn zu sehen, hatte sie heute keine Lust mehr, wenn ihr auch klar war, daß sie um ein Gespräch mit ihm auf Dauer auch nicht herumkommen würde. Ihre Gefühle für ihn waren allerdings ziemlich verhärtet. Er hätte sehen müssen, was Nicoletta hätte sehen können.

Vor der Tür stand ein interessant aussehender Mann mit unglaublich ausdrucksvollen Augen. Er wirkte im Moment allerdings etwas verlegen.

»Frau von Holst? Ich bin Pieter Magnusson. Wir hatten telefoniert...«

»Magnusson? Ach ja, Sie sind der Mann, der mich aus Paris angerufen hat, als Nicoletta sich nicht ans Telefon traute?«

»Ja, der bin ich. Ich wollte fragen, wie es Nicoletta geht. Sie war ziemlich durcheinander, und ich habe mich wohl nicht ganz freundlich benommen.«

»Kommen Sie herein. Nicoletta weiß, daß ihre Mutter sterben wird. Sie hat große Angst davor.«

»Das tut mir leid...«

»Sie wird damit fertigwerden.«

»Glauben Sie wirklich?«

»Ja. Ich bin davon überzeugt.«

Sandra führte Pieter Magnussen ins Wohnzimmer. Sie wußte, daß es für Nicoletta ein Schock sein würde, ihn jetzt zu sehen. Sicher war sie ihm bisher nur aufgestylt entgegengetreten. Jetzt könnte er sie sehen, ohne daß sie sich hinter einer Maske aus Make-up und aufgesetztem Benehmen verbarg.

»Pieter!«

Sie sprang von der Couch hoch und sah aus, als wolle sie fliehen. Pieter Magnusson ging auf sie zu und legte ihr die Hände auf die Schultern.

»Ich komme, um mich zu entschuldigen. Ich glaube, ich war etwas grob zu dir.«

»Aber... woher wußtest du, wo du mich finden würdest?«

»Ich hatte doch hier angerufen! Und im Hotel hatte man noch den Text des Telegramms vorliegen. Ich habe mir die Adresse zu der Nummer heraussuchen lassen.«

»Du bist extra meinetwegen gekommen?«

»Nun, ich wollte mich entschuldigen.«

»Ach, Pieter, es ist alles so schrecklich...«

»Ja, ich habe schon gehört. Ich weiß, was du durchmachst.«

Sie sank an seine Brust. Sandra ging leise aus dem Zimmer. Die beiden brauchten sie jetzt nicht.

Es war wirklich erstaunlich, dachte Sandra, als sie in der Küche stand, um ein paar belegte Brote herzurichten. Nicoletta schien völlig vergessen zu haben, daß sie im Moment keine

Ähnlichkeit mit der atemberaubenden Schönheit hatte, die Pieter Magnusson kannte. Und trotzdem störte es sie überhaupt nicht, als er hereingekommen war. Das war sicher ein gutes Zeichen, denn daß er ihr viel bedeutete, war klar. Chantals schwere Krankheit setzte allerhand in Bewegung...

Als sie mit den Broten ins Wohnzimmer zurückkam, verabschiedete sich Pieter Magnusson gerade.

»Oh, Sie wollen schon gehen? Ich dachte, Sie essen noch eine Kleinigkeit mit uns.«

»Tut mir leid, ich muß morgen schon in Berlin sein. Vielen Dank, daß Sie mich empfangen haben.«

»Bitte, das ist doch selbstverständlich. Ich bringe Sie noch zur Tür.«

Nicoletta saß auf der Couch wie ein geprügeltes Hündchen. Sie rührte sich nicht und machte auch keine Anstalten, Pieter Magnusson hinauszubegleiten.

»Sie ist sehr durcheinander« sagte er zu Sandra, als sie draußen waren.

»Ja, das ist doch verständlich. Sie hat bisher sehr behütet gelebt.«

»Darf ich mich mal wieder melden? Wird sie hier bei Ihnen bleiben, bis...«

»Ich nehme es an, aber ich habe darüber noch nicht mit ihr gesprochen. Vielleicht hat ihr Vater ja auch andere Pläne. Aber Sie können gern nachfragen.«

»Danke, Frau von Holst. Sie...«

Doch Sandra wartete vergebens, daß er seinen Satz zu Ende sprach. Er drehte sich um und ging hinaus.

»Hat Pieter angerufen?«

Das war jeden Tag Nicolettas erste Frage, wenn sie aus dem Krankenhaus von ihrer Mutter zurückkam. Doch jedesmal schüttelte Sandra den Kopf.

»Verdammt! Warum ist er denn erst hergekommen, wenn er sich jetzt nicht mehr meldet? Meinst du nicht, daß er in mich verliebt ist?«

Sandra wußte nicht, was sie darauf antworten sollte. Zuerst hatte sie das wirklich angenommen, doch inzwischen war sie nicht mehr sicher. Und komischerweise erleichterte sie das.

»Nicoletta, er wollte wohl freundlich sein. Leg nicht zuviel in sein Verhalten hinein. Ist er nicht auch ein bißchen zu alt für dich?«

»Er ist fünfunddreißig, ja, aber er sieht doch einfach umwerfend aus, findest du nicht? Du solltest ihn mal sehen, wenn er Aufnahmen macht! Du glaubst ja nicht, wie präsent er dann ist!«

Oh doch, das glaubte Sandra aufs Wort. Sie hatte sogar schon überlegt, ob sie ihm nicht eine Ausstellung in ihrer Galerie anbieten sollte. Nicoletta hatte ihr den Fotoband Pieter Magnussons gezeigt. Ohne Zweifel war er ein Künstler.

»Ruh dich jetzt aus, Nico. Ich fahre in die Galerie und anschließend zu deiner Mutter. Wie geht es ihr denn heute?«

»Wie immer. Sie ist ziemlich schwach, aber sie hat eine Weile mit mir gesprochen.«

»Ich bewundere sie. Sie hat soviel Kraft.«

Nicoletta antwortete nicht. Sie wich noch immer ein wenig aus, wenn es um die Krankheit ihrer Mutter ging. Aber wenigstens besuchte sie sie jeden Tag in der Klinik.

Henry de Leuw war wegen unaufschiebbarer Geschäfte abgereist und wurde am Wochenende zurückerwartet. Sandra war froh, ihn nicht sehen zu müssen. Er war in ihren Augen ein Feigling. Lange, intensive Gespräche führten Dr. Frank und sie mit Chantal, aber Henry wich dem aus.

Als sie Chantal am Abend besuchte, wirkte ihre Freundin sehr müde. Es war erschreckend, wie sehr sie sich in den letzten Tagen verändert hatte. Sandra mußte an eine Kerze denken, die langsam verlöschte...

»Guten Abend, Sandra. Setz dich...« flüsterte Chantal.

»Guten Abend, Liebes.«

»Was ist das für ein Mann, von dem Nicoletta immer spricht? Sie sagt, du kennst ihn?«

»Du meinst Pieter Magnusson?« fragte Sandra unbehaglich.

»Ja. Magst du ihn nicht?«

Offenbar war Chantals Ohr für Zwischentöne geschärft. Doch daß Sandra ihn nicht mochte, stimmte ganz und gar nicht. Nur wollte sie nicht gern über ihn sprechen.

»Doch, doch, er ist sehr nett, soweit ich das sagen kann. Und sehr begabt«, antwortete sie schnell.

»Sandra? Was ist los?«

Chantals Augen musterten sie so eindringlich, daß Sandra ihrem Blick am liebsten ausgewichen wäre.

»Gar nichts, Chantal, wirklich nicht.«

»Wir wollen nicht anfangen, uns etwas vorzumachen. Dazu bleibt mir keine Zeit mehr.«

Sandra gab ihren Widerstand auf.

»Entschuldige, liebe Chantal. Ja, es ist etwas. Aber das ist alles ganz unmöglich.«

»Sag's mir.«

»Ich... glaube, ich habe mich verliebt. Ist das nicht lächerlich? Er ist doch sicher in Nicoletta verschossen und würde sich nicht für eine alte Frau wie mich interessieren.«

Chantal lächelte. Sie strich weich über Sandras Hand.

»Du dumme Sandra. Du bist doch erst zweiundvierzig und keine alte Frau! Wie alt ist er denn?«

»Fünfunddreißig, sagte Nicoletta.«

»Na also. Für Nicoletta ist er im Moment ein Held, aber das wird sich geben. Sie ist noch so jung! Wenn ich... nicht mehr da bin, wird sie bald wieder ihr altes Leben aufnehmen, warum auch nicht, wenn sie ein wenig mehr auf sich aufpaßt und nicht mehr so oberflächlich ist. Meinst du, das schafft sie?«

»Ja, das glaube ich ganz bestimmt.«

»Na also. Und wenn dieser Pieter Magnusson dir gefällt, warum solltes du ihn dann nicht lieben dürfen? Du bist eine tolle Frau, jeder Mann könnte stolz auf dich sein. Die paar Jahre Altersunterschied! Du solltest unbedingt ein Kind haben, denn du wärst eine wunderbare Mutter, Sandra.«

Sandra wurde rot. Sie hatte auch schon daran gedacht, wenn sie verbotene Träume von Pieter und sich träumte... Wie albern! Da schwärmte sie wie ein Teenager von einem sieben Jahre jüngeren Mann, der sich gar nicht mehr meldete!

»Sandra, pack dein Leben mit beiden Händen. Mach es nicht wie ich! Ich weiß jetzt, wie dumm es war, einfach abzuwarten, daß jemand merkt, wie unglücklich ich bin. Es war dumm und egoistisch. Ich bin froh, daß ich noch Gelegenheit hatte, meinem Mann und Nicoletta das zu sagen. Sie sollten später nicht mit einem schlechten Gewissen oder Zorn an mich denken. Stefan hat mir soviel zu denken gegeben. Er hat mir mit seinen Worten klargemacht, daß ich sogar in meinem Sterben eine wichtige Aufgabe erfülle, für mich und meine Familie. Tu du es im Leben!«

»Chantal, sprich doch nicht so...«

»Doch. Ich möchte, daß du es weißt. Du mußt ehrlich mit dir sein und etwas wagen. Ich werde es im nächsten Leben besser machen.«

Sandra sah, daß Chantal sich sehr angestrengt hatte, um all das loszuwerden. Jetzt hielt sie die Augen geschlossen. Ihr Atem ging schwer, weil sich auch Metastasen in der Lunge angesiedelt hatten. Über kurz oder lang würde sie wohl beatmet werden müssen.

Sandra blieb noch eine Stunde an Chantals Bett sitzen und bewachte den Schlaf ihrer Freundin. Dabei dachte sie an Pieter Magnusson. Ob sie ihn wiedersehen würde? Warum rief er nicht wenigstens an, um mit Nicoletta zu sprechen?

Als sie nach Hause kam, war Nicoletta nicht da. Sie hatte ihr einen Zettel hinterlegt, daß sie ins Kino gegangen sei, um auf andere Gedanken zu kommen.

Das Telefon klingelte um kurz nach neun. Sandra wußte schon, daß es Pieter war, bevor sie den Hörer abnahm.

»Hier Pieter Magnusson. Frau von Holst?«

»Ja. Leider ist Nicoletta nicht da...«

Ihr Herz klopfte so stürmisch, daß sie Angst hatte, er könne es hören.

»Ich wollte sie gar nicht sprechen. Wissen Sie, Nicoletta glaubt, daß sie in mich verliebt sei. Aber sie weiß noch gar nichts von der Liebe. Wie geht es ihrer Mutter?«

»Sehr schlecht. Es wird nicht mehr lange dauern.«

»Und wie werden Sie damit fertig?«

Sandra dachte an Chantals Worte. Ehrlich sein...

»Ich bin furchtbar traurig. Wir sind so gute Freundinnen, ich liebe Chantal sehr. Es tut weh, sie sterben zu sehen.«

»Ja, das weiß ich. Meine Mutter starb vor zwei Jahren, auch an Krebs. Ich finde es wunderbar, wie Sie helfen...«

»Aber das ist doch normal«, gab sie leise zurück.

»Nein, das ist es nicht. Die meisten Menschen haben große Angst davor und wollen nichts damit zu tun haben. Kann ich Ihnen irgendwie helfen?«

»Wenn Sie sich mal wieder melden würden...«

Sandra hielt den Atem an. Hätte sie das lieber nicht sagen sollen?

»Ja, das werde ich machen. Ich würde auch gern kommen, aber ich möchte Nicoletta nicht so gern treffen. Ich will ihr nicht wehtun, aber ich erwidere ihre Gefühle nicht.«

»Dann kommen Sie doch in die Galerie. Ich würde sowieso gern einmal über eine Ausstellung mit Ihnen sprechen. Im Moment bin ich jeden Tag von eins bis fünf dort.«

»Geben Sie mir die Anschrift?«

Sandra tat es. Sie hörte an seiner Stimme, daß er ebenfalls ein wenig aufgeregt war, aber sie verbot sich, daraus irgendwelche persönlichen Hoffnungen abzuleiten. Vielleicht freute ihn nur die Vorstellung einer eigenen Ausstellung.

Doch auch er schien das Gespräch nicht gern zu beenden. Seine Stimme klang sehr weich, als er sich verabschiedete.

Sandra stand noch eine Weile neben dem Apparat. Sie hatte ein schlechtes Gewissen dabei, war aber fest entschlossen, Nicoletta nichts von diesem Anruf zu sagen.

Zwei Tage später erschien Pieter in der Galerie. Sandra ging auf ihn zu und wußte zum ersten Mal nichts zu sagen. Sie, die immer so beredt und temperamentvoll war, stand mit klopfendem Herzen vor ihm und sah ihn nur an.

»Guten Tag, Frau von Holst«, begrüßte er sie schließlich.

Sandra riß sich zusammen. Das gab es doch gar nicht, daß ein Mann sie derart verwirrte! Schließlich war sie kein Teenie mehr! Aber diese Augen...

»Guten Tag...«

»Wie geht es Ihnen?«

»Es geht... so. Chantal wird jeden Tag schwächer.«

Die Erwähnung ihrer Freundin brachte sie wieder zu sich. Sie schüttelte sich leicht, als wäre ihr kalt, und sie konnte wieder normal denken. Als hätte sie unter Trance gestanden...

»Bitte enschuldigen Sie, Herr Magnusson. Ich glaube, ich bin ein wenig durcheinander durch die ganze Sache. Kommen Sie doch bitte mit ins Büro. Wir können einen Kaffee zusammen trinken. Oder wollen Sie sich erst einmal umsehen?«

»Sie haben sehr schöne Skulpturen hier...«

»Ja, nicht wahr? Der Künstler ist allerdings noch nicht so bekannt, wie er es verdienen würde.«

Sie führte ihn herum. Anschließend setzten sie sich ins Büro. Monika war heute schon früher gegangen, so daß Sandra mit Pieter allein war.

Wieder begann Sandra sich unsicher zu fühlen. Er schien es zu spüren und lächelte.

»Ich würde sehr gern hier ausstellen. Ihre Galerie gefällt mir. Und man spürt, wieviel Ihnen die Arbeit bedeutet. Das geht mir auch so, wenn ich fotografiere. Sie haben ein schönes Gesicht, darf ich Sie aufnehmen?«

»Mich?«

Sandra war ehrlich überrascht. Sie sah gut aus, sicher, aber er hatte täglich mit so viel schöneren Frauen zu tun...

»Ich weiß genau, was Sie denken. All die Models, nicht wahr? Aber sie haben glatte Gesichter, ohne Ausdruck dessen, was sie erlebt haben. Und die meisten sind ja auch noch so jung. Mich interessieren Menschen aus Fleisch und Blut, wirkliche Gesichter, in denen man sieht, daß sie Erfahrungen gemacht haben, daß sie Schmerzen und Leid und Freude erlebt haben.«

Sandra schluckte. Er sah sie an, als wolle er jedes Gefühl, jeden Gedanken, den sie hatte, ergründen. Ihr wurde ganz schwummrig unter seinem Blick.

»Ich... fühle mich geschmeichelt«, würgte sie heraus.

Er lachte. Sandra zögerte einige Sekunden, dann lachte sie ebenfalls. Es war befreiend und wunderbar. Alle Spannung fiel für einen Moment von ihr ab.

»Sie sind eine wundervolle Frau, Sandra. Ich habe es gleich gewußt, als ich Sie das erste Mal sah. Darf ich Sie Sandra nennen?« fügte er etwas verspätet hinzu.

»Ja, natürlich. Sehr gern.«

»Sandra, wenn das alles vorüber ist... ich meine, wenn Sie den Kopf wieder frei haben, darf ich dann wiederkommen? Ich möchte Sie gern besser kennenlernen...«

»Ja. Das möchte ich auch«, antwortete sie schlicht.

Er ergriff ihre Hände und zog sie vom Stuhl hoch. Dann küßte er sie. Der Kuß war zart und liebevoll, ganz anders als die vielen, die sie schon bekommen hatte. Aber er unterschied sich so sehr von diesen, daß Sandra wußte, wie ernst er gemeint war. Er beinhaltete ein Versprechen und zeigte ihr, daß der Mann ihre Gefühle erwiderte.

Dr. Frank und Sandra waren in Chantals letzter Stunde bei ihr. Nicoletta hatte es nicht aushalten können. Sie hatte sich bereits am Vormittag von ihrer Mutter verabschiedet. Henry de Leuw war gestern abend zuletzt hiergewesen. Chantal verzieh es ihm, wie sie auch Nicoletta verzieh. Sie hatte die Menschen, die ihr soviel gegeben hatten, bei sich, und das war mehr, als sie zu hoffen gewagt hatte.

»Zeig mir den Weg ins Paradies, Stefan«, flüsterte sie als letztes. Ihr Lächeln war fast überirdisch schön, sie hatte keine Schmerzen mehr in dieser letzten Minute.

»Du wirst es finden, Chantal. Ganz bestimmt«, gab der Arzt ergriffen zurück.

Chantal warf ihrer Freundin einen letzten, ganz klaren Blick zu und lächelte noch einmal. Dann schloß sie die Augen und seufzte leise auf. Stille.

»Oh Gott…« stieß Sandra hervor.

»Sie hat es geschafft. Sie hat den Weg gefunden«, sagte Dr. Frank leise und strich Chantal über das Gesicht, eine zärtliche Geste des Abschieds. Dann sah er Sandra an, für die er größte Hochachtung empfand.

»Sie sind eine sehr gute Freundin für Chantal gewesen. Ohne Sie hätte sie es nicht so gut geschafft«, sagte er herzlich und drückte ihr die Hand.

»Ohne mich? Sie waren es, Stefan, Sie haben ihr so viel Kraft gegeben!«

»Einigen wir uns darauf, daß sie uns beide brauchte. Und hoffen wir, daß ihre Familie doch noch etwas daraus lernt.«

Beide betrachteten das ruhige Gesicht mit dem leichten Lächeln in den Mundwinkeln. Dann kam Oberschwester Charlotte herein, erfaßte die Situation sofort und ging wieder hinaus, um Dr. Waldner zu holen.

Stefan Frank und Sandra wollten zusammen noch einen Kaffee trinken. Die Oberschwester stellte ihnen dazu das Schwesternzimmer zur Verfügung, weil sie nicht in die gut besuchte Cafeteria gehen mochten.

»Ich würde gern an der Beerdigung teilnehmen.«

»Aber natürlich, Stefan. Ich sage Ihnen Bescheid, wann sie stattfinden wird, sobald ich mit Henry gesprochen habe.«

»Seien Sie nicht so streng mit ihm. Er kann nicht anders. Er ist eigentlich ein schwacher Mensch, trotz seines Erfolges und seiner Eloquenz.«

»Ja, das ist er wohl. Nicoletta wird mehr aus ihrem Leben machen, hoffe ich.«

»Oh ja, sie wird es schaffen. Sie hat mir erzählt, daß sie jetzt studieren möchte.«

»Aber sie will doch nicht etwa Ärztin werden?« fragte Sandra überrascht.

»Nein, das nicht. Sie möchte Kunst studieren. Aber das ist doch auch schon etwas, oder? Chantal hat der Gedanke gefallen«, antwortete Dr. Frank lächelnd.

»Ja, das ist gut. Das müßte ihr liegen. Ach, Stefan, es ist so traurig, aber irgendwie war es auch… anrührend. Als habe sie zum Schluß etwas gesehen, das unseren Augen verborgen geblieben ist.«

»So war es sicher auch. Ich habe das schon mehrfach erlebt. Hoffen wir darauf. Es ist ein schöner Trost.«

Sandra fuhr nach Hause. Sie mußte Nicoletta nun sagen, daß ihre Mutter gestorben war.

Nicoletta wußte es. Sie sah Sandra mit großen, tränennassen Augen entgegen.

»Sie ist…«

»Ja, Kleines. Sie ist ganz friedlich eingeschlafen.«

»Oh, Sandra... ich hatte sie so lieb! Ich bin froh, daß ich ihr das noch sagen konnte!«

Sandra umarmte das junge Mädchen fest. Nicoletta hatte tatsächlich etwas gelernt. Sie würde mit dem Kummer fertigwerden.

»Ach übrigens, vorhin hat Pieter angerufen.«

Sandra erstarrte. Nicoletta machte sich los und sah Sandra aufmerksam an.

»Du magst ihn sehr, oder? Das ist schon okay, ich weiß, daß er in mir nur ein kleines Mädchen sieht. Ich habe mich blöd benommen. Er ist wirklich zu alt für mich. Mama hat mir erzählt, daß du ihn gern hast. Zu dir paßt er, Sandra.«

»Es... macht dir nichts aus?«

»Nein, ich glaube, ich will mich noch gar nicht binden. Und jetzt, wo Mama nicht mehr da ist, muß ich wohl selbst auf mich aufpassen. Papa ist dafür nicht der Richtige, das weiß ich jetzt. Die wirklich Starke war eigentlich Mama. Schade, daß ich das erst so spät begriffen habe.«

»Wenn du es überhaupt begriffen hast, hat sie doch geschafft, was sie sich so gewünscht hat. Du wirst ihr alle Ehre machen. Stefan Frank erzählte mir, daß du jetzt studieren möchtest?«

»Ja, ich habe es noch mit Mama besprochen. Ich werde in Italien Kunst studieren. Mama hat Italien so geliebt, und ich mag das Land auch sehr. Aber erst einmal muß ich ein paar Semester hier studieren, damit ich die Sprache besser lerne.«

»Wenn du willst, kannst du bei mir bleiben, bis du soweit bist.«

»Danke, Sandra, das ist lieb von dir. Aber ich muß jetzt auf eigenen Füßen stehen. Mama hätte es so gewollt.«

Wieder umarmten sie sich. Nicoletta begann zu weinen, und auch Sandra ließ ihren Tränen freien Lauf. Chantal war tot, sie durfte nun für einen Moment auch einmal schwach sein und den Schmerz zulassen.

Die Beisetzung fand in München statt, wie Chantal es sich gewünscht hatte. Alle kamen, die sie gekannt hatten. Stefan Frank und Sandra standen Seite an Seite mit Dr. Waldner und Monika hinter Henry de Leuw und Nicoletta am offenen Grab und warfen dann jeweils eine cremefarbene Rose auf den Sarg, Chantals Lieblingsblume.

Nach der Trauerfeier flog Henry de Leuw sofort nach New York. Nicoletta blieb noch eine Nacht bei Sandra, bevor sie nach Hamburg zurückkehrte.

Sandra war wieder allein in ihrer schönen Wohnung. Sie wußte, daß sie noch ein wenig Zeit brauchte, bis sie sich bei Pieter melden konnte.

»Nee, wirklich, det kann doch einfach nicht wahr sein!«

Martha Giesecke hielt sich an der Kante der Rezeption fest, weil sie so lachen mußte. Auch Dr. Frank konnte sich nur mühsam beherrschen.

»Doch, er sagte, er habe das erst bemerkt, nachdem seine Frau ihm den Hut weggenommen habe, weil sie ihn nicht ausstehen konnte.«

»Det is jut! Det is wirklich een Knüller! Daran müssen Sie in Zukunft aber denken, Chef, wenn wieder mal eener hartnäckige Koppschmerzen hat!«

»Wie stellen Sie sich das vor? Soll ich etwa fragen, ob er auch einen zu engen Hut trägt?«

»Oh Jotte, nee, wat et nich allet jibt! Daruff hätte Herr Meiser aber ooch schon selbst kommen können!«

Dr. Frank ging lächelnd in sein Sprechzimmer hinüber. Es war in der Tat sehr komisch gewesen, als er heute morgen den Anruf von Herrn Meiser bekommen hatte. Fast verschämt hatte sich Herr Meiser für Dr. Franks Mühe bedankt. Inzwischen hatte er auch das autogene Training absolviert, ohne daß es an seinen Kopfschmerzen etwas geändert hatte. Aber nun, seit einer Woche ohne den gewohnten Hut, waren die Kopfschmerzen wie weggeblasen. Der neue war zwei Nummern größer ausgesucht worden, denn der Verkäufer hatte den Kopfumfang gemessen und darauf hingewiesen, daß ein Hut, der zu eng ansäße, zu Kopfschmerzen führen könne. So war das Geheimnis gelüftet worden.

Stefan Frank setzte sich an seinen Schreibtisch und überlegte, ob er Solveig gleich von dieser »Spontanheilung« erzählen sollte oder lieber erst heute abend, wenn er zu ihr fuhr. Seit Chantals Tod vor einem Vierteljahr hatte er sich sehr bemüht, mehr Zeit mit ihr zusammen zu verbringen, wodurch sie sich noch nähergekommen waren. Sie erkannte seine Bemühungen an und war äußerst liebevoll. Stefan wußte, daß er sie ziemlich vernachlässigt hatte und nichts von dem selbstverständlich war, was sie ihm so großherzig an Liebe und Verständnis gab.

An Chantal dachte er immer noch viel. Ihre Tochter hatte ihn schon zweimal angerufen. Sie hatte einen Studienplatz in Hamburg bekommen und war eifrig dabei, Italienisch zu lernen, um baldmöglichst nach Florenz überwechseln zu können. Ihr Vater lebte jetzt in New York, wo sie ihn bald besuchen wollte. Über Freundinnen gab es nichts mehr in der Zeitung zu lesen, er sei ziemlich still geworden.

Doch Stefan Frank ahnte schon, daß das nur einige Zeit anhalten würde, bevor Henry de Leuw eine andere Partnerin hätte. Für Nicoletta freute er sich. Sie war nicht nur schön, sie war auch viel reifer geworden seit dem Tod ihrer Mutter. Chantal hätte das sehr gefreut. Oder... wußte sie es?

Von Sandra von Holst hatte er vor kurzem eine Einladung zu einer Vernissage bekommen. Ein Fotograf stellte seine Bilder aus. Stefan war schon sehr gespannt darauf, denn die Galerie war für ihre Qualität bekannt. Solveig würde ihn zur Eröffnung in zwei Tagen begleiten.

Doch bis dahin hatte er noch eine Menge zu tun. Rechtzeitig zu Weihnachten hatte sich eine Grippewelle über München und das Umland ausgebreitet. Besonders seine alten Patienten waren stark gefährdet, aber jetzt klang die Grippewelle ganz langsam wieder ab.

Nachdem er am Abend noch drei Hausbesuche absolviert hatte, fuhr er zum Waldhotel hinaus. Solveig hatte ein Abendessen vorbereiten lassen, das sie oben in ihren Räumen einnahmen. Dr. Frank erzählte ihr die Geschichte von dem zu engen Hut.

»Nein, du willst mich auf den Arm nehmen, Stefan«, vermutete sie lachend.

»Wirklich nicht, Solveig. Es ist genauso, wie ich dir sage.«

»Aber hättest du das nicht sehen können? Er muß doch einen Rand um den Kopf gehabt haben, wenn er ihn abnahm.«

»Nein, der verschwand ja nach einiger Zeit, und er kam immer ohne Hut zu mir herein.«

»Armer Stefan. Da hättest du ja noch ewig suchen können.«

»Allerdings. Übrigens, denkst du an die Vernissage übermorgen? Wollen wir uns bei mir treffen, oder soll ich dich abholen?«

»Ich komme zu dir. Ich freue mich darauf, Sandra von Holst kennenzulernen.«

»Und ich freue mich, sie wiederzusehen. Sie war wirklich beeindruckend.«

Solveig lächelte. Sie würde sich nicht mehr verunsichern lassen. Auch für sie war die Erkrankung von Chantal de Leuw eine wichtige Erfahrung gewesen. Sie hatte sich in die Irre führen lassen, hatte Angst gehabt, Stefan zu verlieren und nicht daran gedacht, daß er Chantal nur einen Freundschaftsdienst leistete, der zu seinem Wesen paßte. Nicht jeder hätte die Kraft dazu gehabt. Sie war sehr stolz auf ihn.

Zwei Tage später fuhren sie abends gemeinsam zur Galerie

und bekamen nur mühsam einen Parkplatz in der Nähe. Die Ausstellung schien eine Menge Menschen anzulocken.

Zuerst entdeckte Dr. Frank inmitten der ganzen Gäste Nicoletta. Sie hatte sich sehr verändert, obwohl sie natürlich noch immer genauso schön war wir früher. Doch ihr Gesicht hatte einen neuen Ausdruck gewonnen, eine neue Reife schimmerte hindurch. Sie sah ihn fast gleichzeitig und kam strahlend auf ihn zu.

»Herr Dr. Frank! Ich freue mich, Sie zu sehen!«

»Nicoletta, wie schön, daß Sie auch gekommen sind. Darf ich dir Nicoletta vorstellen, Solveig? Das ist Chantals Tochter. Nicoletta – Solveig Abel, meine Lebensgefährtin.«

Die beiden reichten sich die Hand.

Solveig lächelte. »Stefan hat mir sehr viel von Ihnen und Ihrer Mutter erzählt.«

»Und uns von Ihnen. Schön, daß ich Sie kennenlerne. Sie müssen sehr stolz auf Ihren Freund sein.«

»Oh ja, das bin ich.«

»Meine Mutter sagte, daß sie ohne ihn überhaupt nichts über sich begriffen hätte. Wenn sie ihn eher getroffen hätte, wäre sie vieleicht gar nicht gestorben.«

Einige Sekunden schwiegen alle drei und hingen ihren Erinnerungen nach. Dr. Frank wußte, daß Chantal sehr früh hätte kommen müssen, um ihre Erkrankung überstehen zu können. Solveig rieselte ein Schauer über den Rücken, weil sie sich des Gefühls nicht erwehren konnte, daß Chantal ihre Beziehung zu Stefan vielleicht doch hätte gefährden können. Nicoletta dachte voller Liebe und leiser Trauer an ihre Mutter.

Plötzlich lächelte sie jedoch.

»Kommen Sie, sicher wollen Sie Sandra und Pieter begrüßen. Die beiden sind wie zwei Turteltauben. Wie gut, daß ich inzwischen weiß, daß ich ihn gar nicht wirklich geliebt habe, sondern es nur glauben wollte. Sonst würde ich vor Eifersucht platzen.«

»Ach, so ist das! Sandra und dieser begabte Fotograf sind ein Paar?«

»Ja, und was für eines. Sie wollen bald heiraten, stellen Sie sich das vor, Dr. Frank! Diese Ehe hat meine Mutter gestiftet, denn ohne sie hätten sie sich nie getroffen.«

Sandra und Pieter Magnusson waren von Menschen umringt. Als Sandra Dr. Frank entdeckte, entschuldigte sie sich bei ihren Besuchern und zog Pieter mit sich.

»Stefan, ich freue mich, daß Sie gekommen sind! Sie müssen Solveig sein. Guten Abend und herzlich willkommen. Darf ich Ihnen Pieter Magnusson vorstellen?«

Nach der Begrüßung bat Sandra sie einen Moment mit in ihr Büro, wo es wunderbar ruhig war.

»Ich möchte Sie zu unserer Hochzeit einladen, Solveig und Stefan. Wir heiraten am 10. Februar hier in München. Werden Sie kommen?«

»Ja, natürlich, gern sogar. Ich freue mich sehr für Sie«, antwortete Stefan Frank spontan.

Solveig betrachtete das Paar mit einem Lächeln. Zwar sah sie den Altersunterschied, doch das Glück, das Sandra von Holst aus den Augen strahlte, zusammen mit den unglaublich liebevollen Blicken, die er ihr zuwarf, ließ sie sicher sein, daß sich hier zwei Menschen gesucht und gefunden hatten, wie sie besser nicht zueinander passen konnten.

»Danke Stefan. Chantal hat mir den Rat gegeben, mutig etwas zu wagen und nicht ängstlich zu sein. Ich hätte nie geglaubt, daß ich so eine Aufforderung nötig hätte. Aber ohne sie wäre ich vermutlich nicht so verwegen gewesen, daran zu glauben, daß aus Pieter und mir ein Paar werden könnte.«

»Ich hätte nicht lockergelassen, Liebling«, sagte Pieter und küßte ihren Ringfinger, an dem ein wunderschöner Ring mit einem Saphir steckte. Er war ganz rund und schlicht in Weißgold gefaßt. Sandra schaute erst den Ring an, dann Pieter.

»Ja, das glaube ich dir. Ach, es ist einfach verrückt, nicht wahr? Pieter, zeig Frau Abel doch schon mal mein Lieblingsfoto. Wir kommen gleich nach. Ich wollte Dr. Frank noch etwas fragen.«

Pieter schien zu wissen, worum es ging. Er lächelte und reichte Solveig den Arm.

Stefan Frank schaute Sandra neugierig an. Was kam wohl jetzt?

»Ich habe nur eine Frage, weil ich weiß, daß Sie auch Geburtshelfer sind, Stefan. Meinen Sie, ich bin zu alt, um ein Kind zu bekommen?«

»Sie sind wie alt?«

»Zweiundvierzig. Ich bin drei Jahre jünger als Chantal war.«

»Nein, so fit wie Sie sind, schaffen Sie das auch. Ich kann Ihnen einen guten Gynäkologen empfeh...«

»Aber Stefan! Ich komme natürlich zu Ihnen. Oder wäre Ihnen das peinlich?«

»Mir? Nein, natürlich nicht! Ich würde mich freuen, wenn ich Ihnen eines Tages eine Schwangerschaft bestätigen kann.«

»Eines Tages? Ich glaube, das können wir nächste Woche klären. Ich habe zwar noch nie ein Kind bekommen, aber wenn einem morgens übel wird, wenn man Kaffee trinkt, wenn man keinen Rauch mehr riechen mag und ständig Appetit auf Gürkchen mit Schokoladeneis hat, könnte das nicht schon so aussehen, als hätte es geklappt?« Sie lächelte verschmitzt.

»Das klingt mir aber wirklich sehr seltsam. Kommen Sie vorbei, Sandra, dann wissen wir es bald.«

Sandra lachte und klopfte dreimal kurz auf den Schreibtisch. »Toi, toi, toi. Ich habe heute morgen einen Test gemacht, und der war positiv. Wehe, Sie sagen mir etwas anderes.«

Zwei Tage später erschien sie in seiner Praxis. Dr. Frank bestätigte ihr, was sie bereits wußte und stellte außerdem fest, daß ihr körperlicher Zustand ausgezeichnet war. Sie umarmte ihn vor Freude und nahm ihm das Versprechen ab, sie zu entbinden, wenn es soweit war. An der Tür drehte sie sich noch einmal um.

»Wissen Sie, wieviel ich Chantal verdanke? Ohne sie hätte ich weder Pieter noch würde ich ein Baby bekommen. Sie hat mir gesagt, daß sie in mir nie nur die wilde, verrückte Sandra gesehen habe, sondern daß ich viele Qualitäten hätte, die ich an ein Kind weitergeben könnte. Und jetzt wird es wahr!«

»Sie haben auch bei Nicoletta Wunder gewirkt. Ihr und Pieters Kind ist zu beneiden. Ich bin schon sehr gespannt darauf.«

»Und wir erst! Pieter wird hier in München bleiben. Er sagt, er hat genug davon, Models zu fotografieren. Er wird nur noch das machen, was ihm soviel bedeutet. Und ich bleibe weiter in der Galerie mit meiner Schwester zusammen.«

»Ich kann mir gut vorstellen, daß das Baby dort gut mit hineinpaßt. Es wird noch mehr Besucher anziehen...« antwortete Dr. Frank schmunzelnd.

»Aber nur, wenn es ein Mädchen ist! Männer haben bei uns in der Geschäftsleitung nichts zu suchen«, gab Sandra zurück und lachte laut, als sie Dr. Franks Gesicht sah. »Ach, das können Sie nicht wissen, Stefan. Aber Monika und ich haben unseren Freunden beziehungsweise sie ihrem Ehemann nie erlaubt, uns da hineinzureden. Ich könnte nicht so abhängig von einem Mann sein wie Chantal. Mein Harmoniebedürfnis ist geringer ausgeprägt als mein Selbstbewußtsein. Das hat Chantal zu spät begriffen, und das hat sie letztendlich auch krank gemacht, nicht wahr?«

Sie war unversehens wieder ernst geworden.

Dr. Frank nickte nachdenklich. Sandra von Holst hatte es auf einen einfachen Nenner gebracht. Diesen Satz wollte er sich merken, denn es gab sicher auch in Zukunft wieder Patientinnen, die von dieser Erkenntnis profitieren konnten.

Dr. STEFAN FRANK

Wenn all meine Träume sterben müssen…

»Recht so, Herr Doktor?« Anja hielt den Spiegel so, daß er die frischgeschnittene Frisur von allen Seiten kontrollieren konnte.

»Bestens, Frau Turgau. Wie immer. Ich danke Ihnen. Seit wann sind Sie selber im Herrensalon tätig?«

»Seit Holger beim Bund ist und ich noch keinen Ersatz für ihn habe. Eigentlich soll sich ja das Lehrmädchen um die männliche Kundschaft kümmern, aber sie ist heute in der Berufsschule. Deshalb müssen Sie schon mit mir vorliebnehmen.«

»So ein Glück aber auch«, schmunzelte der Grünwalder Arzt Dr. Frank. »Ihre Hände sind eine echte Wohltat. Danke – und bis bald mal wieder.« Mit einem Lächeln auf den Lippen verließ er den Salon ›Anja‹, bestieg seinen auf dem Parkstreifen abgestellten Wagen und fuhr Richtung Stadt davon.

Stefan Frank kannte die Turgaus seit langem, Frau Anja besser als ihren Mann Wolf. Er war seit Jahren ihr Kunde im Salon, und sie kam regelmäßig in seine Praxis, wenn es nötig wurde. Mit dem Programmierer Wolf Turgau verhielt es sich ein wenig anders. Den sah der Arzt bestenfalls einmal im Jahr, wenn er sich dem fälligen Check stellte. Oder gelegentlich zwischendurch, so wie damals, als er sich durch Unachtsamkeit eine Blutvergiftung an der linken Hand zugezogen hatte. Sie wohnten, wie er wußte, in einer gemieteten Etagenwohnung und galten als rechtschaffenes, fleißiges, zufriedenes Ehepaar, kinderlos noch, aber jung genug, um daran einiges zu ändern. Zwei Menschen, denen man ansah, wie gut sie harmonierten. Beide ausgestattet mit einem passablen Äußeren. Sie nicht allzuviel kleiner – und auch nicht unbedingt gertenschlank, sehr weiblich, charmant und immer bereit, auf ihre Kundschaft einzugehen. Eine ins Leben passende Geschäftsfrau, die wußte, was sie wollte – und erst recht das, was sie nicht wollte.

Als Stefan Frank sie nach zweieinhalb Wochen wiedersah, kam sie ihm allerdings ziemlich verändert vor.

»Frau Turgau!« meldete ihm seine Helferin. Sie tat es nuschelnd, so daß er den Namen nicht sogleich verstand.

»Frau – wer?«

»Ihre Friseuse.«

»Ach so. Naja – herein mit ihr. Ich lasse bitten.«

Dann kam sie auch schon. Mit neuer Frisur – Kurzhaarschnitt, Fransenpony in Rehbraun, genau passend zum schicken Herbstkostüm. Eine erfreuliche Erscheinung, die seinen Praxisnachmittag sanft erhellte.

»Hallo, Frau Turgau!« Er reichte ihr die Hand, führte sie höflich zum Besuchersessel. Er wartete, bis sie darin Platz genommen hatte. Dann erst nahm er den eigenen wieder ein. »Wie geht es Ihnen? Gut natürlich. Man sieht es Ihnen ja an. Die Frisur ist neu, nicht wahr? Steht Ihnen vortrefflich. Was aber nicht heißen soll, daß Sie mir mit schwarzem Mittelscheitel nicht gefallen hätten.«

Sie ging nicht darauf ein. Sie war heute alles andere als eine verbindliche Geschäftsfrau. Apart und attraktiv, ja, das wohl. Aber verschlossen bis zur Halskrause und offenbar sehr wenig gesprächsbereit. Als sie dann endlich mit der Sprache herausrückte, hörte es sich nach sehr viel Überwindung an.«

»Ich bitte Sie um eine – eine gynäkologische Untersuchung, Herr Doktor.«

Er nickte. Nein, er mochte sie nicht fragen, ob es dafür spezielle Gründe gab. Frauen reagieren mitunter seltsam in so intimen Angelegenheiten. Der letzte Test dieser Art, konnte er rasch von der Karteikarte ablesen, lag elf Monate zurück. Es mochte also gut sein, daß sie dies als jährliche Vorsorge betrachtete.

Während sie sich im Untersuchungszimmer entkleidete, schaute er schnell mal nach dem Patienten im Bestrahlungsraum. Hernach wusch er sich gründlich die Hände und konzentrierte sich dann auf Anja Turgau.

Was er fand, richtete ihn gleich wieder auf. Aber noch sagte er nichts, sondern tat was getan werden mußte. Es freute ihn ungemein, ihr nachher sagen zu können, daß sie sich in bestem körperlichen Zustand befand. Eine Frau in der Blüte ihrer Jahre, bereit und imstande, ein Kind zur Welt zu bringen, ein Wunschkind garantiert. Genauso wirkte sie nämlich auf ihn: Wie eine glücklich verheiratete Frau, die nach sieben oder acht Jahren nun endlich ein Baby bekommen würde.

Er wartete damit, bis sie wieder im Sprechzimmer vor ihm saß: Dann erst lächelte er warm und sagte: »Ich gratuliere, liebe Frau Turgau.«

Was nun geschah, war einigermaßen seltsam. Sie zuckte zusammen. Sie wurde blaß, und ihr Mund, eben noch erwartungsvoll und heiter, verzog sich zu einem schmalen Strich.

»Wozu?«

»Nun, zu Ihrer Schwangerschaft. Es gibt keinen Zweifel – Sie werden Mutter. Aber ich vermute, daß Sie ja bestens informiert waren. Wozu sonst sind Sie zu mir gekommen. Es ist alles in schönster Ordnung und –«

»Nichts ist in Ordnung. Gar nichts ist in Ordnung, Dr. Frank. Mein Mann und ich haben vor einiger Zeit beschlossen, uns zu trennen. Nicht aus einer Laune heraus, aus einer vermeintlichen Wut oder so. Sondern ganz bewußt und in Erkenntnis der Umstände. Ich kann nicht länger mit Wolf verheiratet bleiben.«

»Aber wieso denn nicht?« entfuhr es dem Arzt. »Sie gelten im ganzen Umkreis als glückliches, harmonisches Paar, das es geschafft hat.«

»Wie man sich doch irren kann«, erwiderte Anja, und der Mund war dabei noch immer ein schmaler, blutleerer Strich. »Sagte ich schon, daß ich es nicht länger ertrage? Wolf hat mich mindestens viermal betrogen. Und sich dummerweise dabei erwischen lassen. Dreimal habe ich ihm verziehen. Notgedrungen, sozusagen. Ich wollte solche Affären nicht aufbauschen, nicht zum Stolperstein aufwerten. Das vierte Mal war genau einmal zuviel. Jetzt ist Schluß. Er kann nicht anders, er wird es immer wieder tun. Von jedem Ladenmädchen muß er sich seine Männlichkeit, seine überraschende Anziehungskraft beweisen lassen. Na schön, das ist seine Sache. Ich kann nämlich auch nicht anders. Ich kann es nicht ertragen, wenn er gurrt wie ein verliebter Täuberich, sobald nur eine einigermaßen attraktive Weiblichkeit in sein Blickfeld gerät. Vor sechs Wochen, an seinem zweiunddreißigsten Geburtstag, habe ich es ihm gesagt: ›Schluß damit, Wolf. Wir sollten als Freunde auseinandergehen, nicht um Besitz streiten, sondern uns verhalten wie vernünftige Menschen, die eine gehörige Wegstrecke gemeinsam zurückgelegt haben! Er war geschockt, dann aber einverstanden. So wenigstens schien es. Zwei Tage später gebärderte er sich als reuiger Rosenkavalier und schwor mir ewige Treue. Ich dumme Gans ging darauf ein. Naja, und deshalb sitze ich jetzt hier vor Ihnen und muß mir sagen lassen, daß ich schwanger bin. Meine Schuld. Ich hätte es besser wissen müssen.«

»Was, Frau Turgau? Daß Sie nicht schwanger werden können? Sie sind es. Es steht Ihnen natürlich frei, noch einen Kollegen zu konsultieren...«

»Ach was! Natürlich bin ich schwanger! Und ich werde es auch bleiben. Dieses Kind soll eine lebendige Erinnerung werden an fast zehn Ehejahre. Man könnte sie als durchaus glücklich bezeichnen, wenn Wolf nicht immer wieder fremdgegangen wäre. Von vier Seitensprüngen weiß ich. Wieviel mögen es tatsächlich gewesen sein? Ich will das gar nicht wissen. Ich will nur das Kind – und ansonsten meine Freiheit. Daheim werde ich ausziehen. Hinter dem Salon gibt es noch zwei ungenutzte Räume, die ich vorerst für mich einrichten werde. Das Trennungsjahr soll mir nichts anhaben können. Die Wohnung überlasse ich meinem Mann. Später werde ich mir etwas Eigenes suchen, das geeignet ist für eine alleinerziehende Mutter mit

Kind. Solange aber das Trennungsjahr läuft, gebe ich mich mit einem Provisorium zufrieden. Werden Sie meine Schwangerschaft überwachen, Dr. Frank, oder lehnen Sie die Behandlung aus Solidaritätsgründen ab?«

»Aber ich bitte Sie, Frau Turgau!

»Nicht? Na, dann ist ja alles in bester Ordnung.« Sie stand auf, zog sich den Rock glatt und strich sich ordnend übers rehbraun gefärbte Haar. Jetzt war sie wieder die attraktive, selbstsichere Friseurmeisterin, als die sie im weiten Umkreis bekannt und beliebt war.

Nein, er mochte nicht fragen, ob sie nicht noch einmal gründlich, sehr gründlich über ihr privates Problem nachdenken wollte. Höflich geleitete er sie zur Tür, schaute ihr nach, bis sie Schwester Martha erreicht hatte, um mit der alles weitere zu vereinbaren.

Vier Tage später traf er auf Anjas Ehemann Wolf. Er betrat das Restaurant des Waldhotels Abel, und ihm blieb gerade noch Zeit, sich auf den Konflikt einzustellen.

Turgau stand am Tresen und genehmigte sich offenbar einen Abendschoppen. Kein Weg führte an ihm vorbei, ohne bemerkt zu werden.

»Hallo, Doktor...«

»Grüß Gott, Herr Turgau.« Stefans Lächeln mochte etwas vekrampt ausfallen, aber mehr brachte er einfach nicht zustande. Dann ging er zielstrebig auf seinen Platz am Stammtisch zu. Das jedoch vermochte den anderen nicht zurückzuhalten.

»Darf ich mich auf zwei Minuten zu Ihnen setzen?«

»Gewiß doch! Bitte sehr.«

Ja, und dann saßen sie einander gegenüber, und Dr. Frank ahnte, was kommen würde.

»Meine Frau ist also schwanger«, faßte Turgau mit nicht mehr ganz fester Stimme zusammen. »Oder nein, lassen Sie mich das korrigieren. Meine von mir getrennt lebende Ehefrau ist schwanger. Komisch, nicht?«

»Was soll daran komisch sein, Herr Turgau?«

»Na, daß so etwas heutzutage noch passiert. Keine Frau muß in dieser Zeit ungewollt schwanger werden. Das wissen doch schon Sechzehnjährige. Oder verschreiben Sie denen etwa nicht die Pille oder all das, was sich sonst noch zur Verhütung eignet? Was sagen Sie als Arzt einer Patientin, die muntere drei Jahrzehnte hinter sich hat und zu Ihnen kommt, auf daß Sie ihr eine Schwangerschaft bestätigten, na?«

»In den weitaus meisten Fällen pflege ich zu gratulieren«, entgegnete Stefan Frank trocken.

»Hört! Hört! Und was haben Sie Anja gesagt! Auch gratuliert? Werden Sie die Abtreibung selber vornehmen oder ist das zu kompliziert für Sie?«

»Abtreibung? Es wird keine Abtreibung geben. Warum denn auch? Ihre Frau freut sich auf das Kind. Sie sollten es auch tun.«

»Pfff!« schnaufte Turgau. »Wir leben getrennt! Hat sich das noch nicht rumgesprochen bis zu Ihnen? War Anja zu feige, Ihnen die Wahrheit zu sagen? Wir befinden uns bereits in dem gesetzlich vorgeschriebenen Trennungsjahr. So, nun wissen Sie es genau. Und zwar aus sicherer Quelle. Die Turgaus werden sich scheiden lassen, jawohl!«

»Na und? Was hat das mit der Tatsache zu tun, daß Ihre Frau schwanger ist?«

»Gute Frage! Erstklassige Frage!« höhnte der Programmierer Wolf Turgau, nun schon erheblich angetrunken. »Wer nicht hören will, muß fühlen. Wenn sie das Kind unbedingt haben will – bitte sehr. Ich habe damit nichts zu tun. Wir sind schon vor Wochen übereingekommen, uns zu trennen, und daran wird sich auch nichts mehr ändern, mit oder ohne Kind. War das deutlich genug für Sie?«

»Wieso für mich, Herr Turgau? Ich bin Arzt. Als solcher

werde ich die Schwangerschaft meiner Patientin sorgfältig überwachen. Alles andere ist ein juristisches Problem, mit dem sich der Familienrichter befassen muß. Ich denke, das leuchtet ein. – Und wenn Sie nichts dagegen haben, würde ich mir jetzt gerne mein Abendessen bestellen. Leopold – bitte die Speisekarte!«

Seinen zweiunddreißigsten Geburtstag würde Wolf Turgau garantiert nie, niemals vergessen. Er hatte so vielversprechend begonnen! Anja hatte die Feier mit Freunden auf das Wochenende verlegt. Was angesichts der vielen Arbeit in ihrem Salon durchaus verständlich erschien. Urlaubszeit, Krankheit einer langjährigen Angestellten, weitere personelle Engpässe. Also hatte er sich mit einem Abendessen zu zweit einverstanden erklärt. Das war dann auch geliefert worden, von einem Partyservice, den sie des öfteren in Anspruch zu nehmen pflegten. Für nur zwei Personen war das keine aufwendige Sache gewesen. Aber falls Anja erst selber und nach Feierabend alles hätte vorbereiten müssen, wäre wohl nicht viel daraus geworden. Auch so noch war es spät genug gewesen. Aber darin bestand nun mal der Preis, den man bezahlen mußte für das Verheiratetsein mit einer beliebten, erfolgreichen Geschäftsfrau.

Um halb neun endlich hatten sie sich zu Tisch setzen können. Kerzen flackerten im Silberleuchter. Im Rosenpokal schwamm eine einzelne, voll entfaltete Blüte, deren leuchtendes Gelb hervorragend zur Tischdekoration paßte.

Forellenfilets dufteten auf den edlen Porzellantellern.

Wolf hatte gerade den ersten Bissen davon zu Munde geführt. Bevor er dazu kam, ihn zu loben oder zu tadeln, sagte Anja:

»Dies ist unweigerlich das allerletzte Mal!«

Was meinte sie wohl damit? Die Forelle als Vorspeise? Wieso denn? Sie roch doch ganz frisch und sah auch so aus!

»Wieso? Hast du einen anderen Partyservice gefunden, der's billiger macht oder noch besser?«

»Daß wir gemeinsam deinen Geburtstag feiern«, sagte sie mit Eis in der Stimme. »Daß wir überhaupt irgendwas feiern. Gemeinsam. Künftig kannst du das alles nach eigenem Ermessen gestalten.«

Verflixte Gräte! Er hatte doch schon auf der Zungenspitze gespürt, daß noch eine Gräte im Fischfleisch war. Jetzt saß sie ihm in der Kehle, und er mußte schrecklich husten.

»Huste nur, huste!« giftete seine Angetraute.

Er hustete tatsächlich. Es ging gar nicht anders. Seine Augen tränten, und von irgendeinem Geschmack konnte überhaupt keine Rede sein. Lag das an der Meerrettichsahne, die er zur Forelle genommen hatte?

»Ich habe mir heute mittag die Roswitha vorgeknöpft«, verkündete Anja betont ruhig, wie es ihm schien. »Sie hat alles zugegeben.«

Wolf räusperte sich umständlich. »Wer hat was zugegeben?« röchelte er.

»Roswitha. Mit dir im Bett gewesen zu sein. Dieses Eingeständnisses hätte es zwar gar nicht bedurft, denn ich wußte es ohnehin schon, aber es ist gut so.«

»Dummes Zeug! Alles Getratsche! Du willst mir nur meinen Geburtstag verderben!«

»Den hast du dir schon selbst verdorben, du mein teurer Göttergatte, du. Zum letzten, zum allerletzten Mal. Ich will nicht mehr. Ich kann nicht mehr. Es ist Schluß, aus und vorbei. Du warst mit ihr im ›Hirschen‹. Ich habe die Rechnung über ein Doppelzimmer für Herrn und Frau Turgau. Genügt dir das?«

»Zeig her!« verlangte er zornig.

Anja zog etwas unter dem Tischtuch hervor und ließ es flattern.

»Das ist eine miese Fälschung!«

»Keine Fälschung, nur eine Fotokopie. Das Original befindet sich bereits bei meinem Anwalt.«

Ihm wurde heiß und kalt. Er wußte, daß sie recht hatte. Er wußte, daß er verloren war, wenn nicht noch irgendein Wunder geschah. Für Wunder jedoch brauchte er Zeit. Aus dem Ärmel schütteln ließen die sich nicht. Also hielt er den Mund und zwang sich, auch die anderen Gänge des Menüs vom Partyservice in sich reinzuschieben. Einer schmeckte so fad wie der andere. Aber das war wohl einzig und allein seine Schuld.«

Nach dem Essen sagte Anja all das, was es aus ihrer Sicht sonst noch zu sagen gab. Daß sie es satt hatte, mit ihm verheiratet zu sein. Daß sie sich nicht länger von ihm betrügen lassen wollte. Daß sie die Scheidung anstrebte. Und daß mit dem heutigen Tag das Trennungsjahr beginnen würde.

Auweia!

Immerhin schien die Lösung glimpflich auszusehen. Die Wohnung sollte er allein behalten. Von ein paar Möbelstücken, die sie gleich mitnehmen wollte, mal abgesehen. Sie selber wollte fürs erste im Salon Quartier beziehen. Und nach Ablauf des gesetzlichen Trennungsjahres würde die endgültige Teilung erfolgen. So hatte jeder von ihnen Zeit, seine Zukunft zu formen. Was sich im Grunde ja ganz vernünftig anhörte.

Als denkwürdige Geburtstagsparty konnte man diesen Abend wahrhaftig nicht bezeichnen. Aber, fand Wolf, es hätte schlimmer, viel schlimmer kommen können. So viele seiner Bekannten hatten bereits eine Scheidung hinter sich, und längst nicht jede der Ehefrauen war so freigebig gewesen wie Anja.

Wolf brauchte achtundvierzig Stunden, um seine Gedanken zu sortieren. Dann nutzte er die Gunst des Augenblicks und überfiel Anja am späten Abend und in reichlich erschöpftem Zustand. Zwei Dutzend roter Rosen drückte er ihr in den Arm, und die Champagnerflasche hatte er bereits geöffnet.

Wie ein ganz junger, feuriger Liebhaber benahm er sich. Und

so landeten sie schließlich gegen Mitternacht im bisherigen Ehebett, und zwar mit allen Konsequenzen. Er sprach von damals, von den wunderschönen Aufbaujahren, die sie doch gemeinsam durchwandert waren. Er sagte ihr obendrein, daß sie die einzige Frau wäre, die er je geliebt hatte und lieben könnte. Er sagte ihr noch soviel mehr und hatte überdies eine zweite Flasche Champagner bereit.

Als sie beide wieder nüchtern waren, bestand Anja auf der zuvor eingefädelten Trennung und drohte ihm mit einer Anzeige wegen seiner Beziehung zu der noch nicht ganz sechzehnjährigen, aber wesentlich älter, reifer, erfahrener wirkenden Roswitha, deren Mutter es garantiert nicht gerne sehen würde, wenn er ihrer Tochter den Kopf verdrehte.

Nun denn – das Schicksal seiner Ehe war also besiegelt. Er hatte mitansehen müssen, wie Anja ein paar einzelne Möbelstücke aus der Wohnung ebenso entfernt wie ihren gesamten persönlichen Besitz. Danach sah alles kahl und leer aus. Aber was machte das schon? Mädchen mit Geschmack und Ideenreichtum gab es allenthalben. Und eine Rückkehr ins Junggesellendasein erschien ihm sogar recht verlockend. Finanzielle Ansprüche hatte Anja bisher nicht gestellt. Dazu, wußte er, war sie viel zu stolz. Außerdem warf der Salon genügend ab. Es ging jetzt wirklich nur um den Ablauf des Trennungsjahres. Er würde sich nach einer anderen, besser geeigneten Wohnung umsehen. Sie selber gedachte vermutlich etwas ganz ähnliches zu tun. Na schön, man hatte also fast zehn Ehejahre sozusagen verschwendet. Aber es gab schlimmere Dinge auf dieser Welt.

Und nun wußte er, daß Anja schwanger war, und das veränderte die Situation natürlich total!

Nein, er wollte nicht Vater werden, jetzt nicht mehr. Vor ein paar Jahren noch wäre es eine Freude und sozusagen selbstverständlich gewesen. Aber nun lebten sie doch getrennt. Wo war da Platz für ein Kind? Abstreiten konnte er jene irre Nacht natürlich nicht. Eine leibliche Vaterschaft war ja schließlich auch nachzuweisen. Aber mit vernünftigen Argumenten war bei Anja auch nichts anzufangen, wenn sie erstmal auf stur geschaltet hatte. Was aber sonst?

Als sie kam, um sich die Kommode abzuholen, für die sie in ihrer neuen Behausung erst hatte Platz schaffen müssen, erfuhr er es.

»Hör zu!« sagte sie auf diese ganz neue, völlig unpersönliche Art, die er nicht mochte. »Ich erwarte ein Kind. Jene verrückte Nacht nach deinem Geburtstag – sie hat also Folgen gehabt. Anfangs war ich total geschockt deswegen, aber jetzt bin ich froh darüber. Eines jedoch sollst du wissen. Es wird *mein* Kind sein. Dich geht es nicht soviel an.«

Sie schnippte dabei mit Daumen und Mittelfinger ihrer rechten Hand. Es war in diesem Zusammenhang eine fürchterlich obszöne Geste, die ihm gewaltig auf den Magen schlug.

»Ich in meiner Eigenschaft als Mutter werde keinerlei Angaben über den Erzeuger machen, ist das klar? Du wirst nicht die geringsten Rechte an diesem Kind haben. Aber natürlich auch keine Pflichten. Ich verlange weder Anerkennung noch Unterhalt von dir. Du brauchst dich lediglich fernzuhalten aus unserem Leben.«

Wolfs Kehle wurde eng. So, nein, so hatte sie noch nie mit ihm gesprochen, nicht mal in Stunden berechtigten Zorns. Er fühlte sich so erniedrigt, daß ihm beinahe die Hand ausgerutscht wäre. Aber man schlägt nun mal keine schwangere Frau – auch oder erst recht nicht, wenn es sich um die Immernoch-Gattin handelt. Also schluckte er seinen Grimm herunter und sagte nichts dazu.

Um so mehr redete Anja. Kühl, knapp, sachlich.

»Ich werde über meinen Anwalt versuchen, das vorgeschriebene Trennungsjahr abzukürzen. Angesichts der besonderen Umstände wird vielleicht eine Ausnahme gemacht. Ich will so schnell wie möglich von dir geschieden werden, und es wäre mir sehr lieb, wenn du aus der Gegend wegzögest. Dann brauchen wir uns nicht mehr zu begegnen.«

Wolf spürte, daß er immer mehr schrumpfte, kleiner und kleiner wurde. Was war nur in sie gefahren? So viele Jahre lang hatten sie eine gute, eine glückliche Ehe miteinander geführt. Warum denn auf einmal dieser Haß, diese klaftertiefe Abneigung?

Sie sagte ihm, warum.

»An deinem Arm wäre dann womöglich meine Auszubildende. Was ist dir bloß eingefallen, sowas in dein Bett zu zerren!«

»Hör auf damit, Anja. Ich bitte dich!«

»Ich fange ja gerade erst an. Vor Roswitha waren es andere. Sabrina. Liane, Dorothee. Versuch bloß nicht, es abzustreiten. Ich kann es beweisen, und du weißt, womit. Garantiert waren es weit mehr als nur diese vier. Aber die reichen mir absolut. Die werden auch dem Familienrichter reichen. Falls aber nicht...«

Die Drohung in ihrer Stimme war nicht zu überhören.

»Falls aber nicht...«, wiederholte Wolf müde.

»Kann ich noch mit ganz anderen Dingen aufwarten. Roswitha, die Minderjährige. Dorothee, die Ehefrau. Sabrina, deine ehemalige Kollegin.«

»Seit wann ist es verboten, mit einer Kollegin ins Bett zu gehen?« schniefte Turgau. »Du, meine Frau, warst ja meistens zu müde für sowas. In unserer Ehe hat es Zeiten gegeben, da passierte nur das, was dir gefiel. Oft genug hast du mir das Gefühl gegeben, ein dreckiger Straßenköter zu sein, der um einen Knochen betteln muß. Alles war dir wichtiger als ich, dein Mann. Und solche Weiber wundern sich dann, wenn ihre Partner fremdgehen. Eine neue Trockenhaube für deinen Salon war dir doch entschieden wichtiger als ein Wochenende mit mir – oder auch nur ein gemeinsamer Kinobesuch.«

»Ohne meine Sparsamkeit hätten wir heute noch keine tausend Mark auf dem Konto, und von einem eigenen Salon mit allem drum und dran hätte ich nur träumen können.«

»Nun hast du ihn«, nuschelte Wolf deprimiert. »Bist du deswegen glücklicher geworden?«

»Hätte ich mich mit einem von dir festgesetzten Wirtschaftsgeld zufrieden geben sollen?« höhnte Anja. »Oder als Angestellte bei irgendwem arbeiten? Mein größter Fehler war, dich geheiratet zu haben. Aber das kann ja nun endlich korrigiert werden. Wie lange gedenkst du, diese Wohnung noch beizubehalten?«

»Weiß ich nicht. Warum interessiert es dich?«

»Nun, ich habe immerhin den Mietvertrag mitunterschrieben. Falls du nicht pünktlich die Miete zahlst, wird man sie bei mir einfordern.«

»Darüber brauchst du dir keine Gedanken zu machen. Ich bin noch nie jemandem etwas schuldig geblieben.«

»Einmal ist immer das erstemal. Um solchen Schwierigkeiten vorzubeugen, habe ich dem Vermieter inzwischen mitgeteilt, daß ich ausgezogen bin, daß du also künftig der alleinige Vertragspartner bist.«

»Wie gemein von dir!«

»Ich bin nicht gemein. Ich bin nur vorsichtig«, konterte Anja und lächelte eisig dabei. Er hätte hineinschlagen mögen in dieses schöne, kalte Gesicht, das seiner Frau gehörte. Einer Frau, die von ihm ein Kind erwartete und schon jetzt verlangte, daß er, der Vater, der Erzeuger, darauf verzichtete.

Am Rande seiner Beherrschung angelangt knurrte er:

»Nimm jetzt deine dämliche Kommode und geh. Du verpestest mir die Atemluft. Ich kann deinen Anblick einfach nicht länger ertragen.«

Da lachte Anja höhnisch auf, ging zur Tür, öffnete diese und gebot irgendwem da draußen: »Kommt, Jungs! Da steht sie, die

Jungendstil-Kommode, von deren Wert Herr Turgau keine Ahnung hat. Seid vorsichtig damit. Ich will nicht, daß sie auch nur den kleinsten Kratzer abbekommt.

Zwei junge, kräftige Männer traten ein, nickten Wolf zu, grüßten linkisch und bemächtigten sich sodann der Kommode. Er wußte nicht, wer sie waren. Er wollte es auch gar nicht wissen. Wieder entschwand ein Stück Vergangenheit aus seinem Leben. Anja schloß sich den Kommodenträgern an. Die Tür fiel ins Schloß. Ihre Schritte verhalten.

Wolf schaute auf seine Hände, und es kam ihm vor, als entglitte ihnen all das, was er einst geliebt hatte, rinnenden Wassertropfen nicht ganz unähnlich.

Es war die Hölle. Wenn sie morgens nach bleiernem, unerquicklichem Schlaf erwachte, war ihr übel, und sie hatte Mühe, den neuen Tag halbwegs normal zu beginnen.

Anja hatte zwar das Rauchen aufgeben wollen, aber völlig war ihr das nicht gelungen. Zum Frühstückskaffee brauchte sie unbedingt eine Zigarette. Sonst klappte es nicht mit der Verdauung. Obst auf nüchternen Magen mochte sie nicht. Am einfachsten war es noch, überhaupt nichts zu essen, wohl aber zwei Tassen sehr starken Kaffees zu trinken. Gelegentlich schleckte sie einen Löffel Honig dazu.

Seit einigen Tagen mußte sie erbrechen, alles wieder von sich geben. Die Übelkeit wich nicht, sondern hielt über Stunden hinweg an. War das normal? Schadete es womöglich dem Kind? Und schwach fühlte sie sich, so schwach!

Mittags machte sie sich einen Suppendrink aus der Tüte oder aß ein aufgetautes Fertigprodukt. Die beiden Räume hinter dem Salon stellten jetzt ihre Wohnung dar. Anja hatte sie spärlich möbiliert. Der Schrank zur Aufnahme ihrer Wäsche und Garderobe war eingebaut. Ein Bett mitsamt Nachttisch stand gleich daneben. Und nun auch noch die Kommode, die sie sich aus der einstigen ehelichen Wohnung geholt hatte. Der Platz reichte gerade noch für einen winzigen Tisch und einen Stuhl. Aber brauchte sie denn mehr? Die weitaus meiste Zeit hielt sie sich doch ohnehin vorn im Salon auf.

Der zweite zweckentfremdete Raum war eine Art Wohnbüro. Ein irgendwo mal ausrangierter Schreibtisch nahm den meisten Platz ein. Hier erledigte sie alle schriftlichen Arbeiten, geschäftliche wie auch private. Hier empfing sie, wenn es gar nicht mehr anders ging, Vertreter und andere Besucher. Hier ließ sie sich nieder, wenn die Beine nicht mehr mitmachten. Hier stand das Telefon und die Kaffeemaschine für zwischendurch. Im untersten Schubfach ruhte die hochprozentige Wodkaflasche, Wodka deshalb, weil irgendwer ihr mal erzählt hatte, daß man nach dem Genuß nicht nach Alkohol roch.

An diesem stressigen Vormittag wurde Anja so übel, daß sie schleunigst nach hinten laufen mußte. Die Kundin, die sie eben noch bedient hatte, hüstelte empört. Nach zweieinhalb Minuten fragte sie mit hoher, schriller Stimme:

»Was ist denn eigentlich los? Wo bleibt Frau Turgau? Ich kann doch nicht ewig weiter warten!« Den halben Kopf hatte sie voller Lockenwickler, die andere Hälfte des Haares hing feucht und traurig herab.

Elke, die älteste Mitarbeitern im ›Salon Anja‹, wurde gerade mit einer anderen Kundin fertig und erwiderte:

»Ich komme sofort zu Ihnen, Frau Stemmler.«

»Nein, wieso denn…« moserte die Dame. »Ich will von Frau Turgau persönlich bedient werden. Schließlich bin ich seit Jahren ihre Kundin!«

»Der Chefin geht es nicht sonderlich gut«, versuchte Elke zu vermitteln. »Wenn Sie nicht warten können oder wollen, bis es ihr bessergeht, werden Sie sich also mit mir zufriedengeben müssen. Ich weiß doch auch, worauf es bei Ihnen ankommt. Sie haben sehr feines Haar und legen Wert darauf, daß es besonders schonend gewickelt wird.«

»Das ist aber wirklich eine Zumutung...« nörgelte die Stemmler weiter. »Wenn Frau Turgau nicht mehr bereit ist mitzuarbeiten, muß sie das ihre Kundinnen wissen lassen.«

»Natürlich. Aber bisweilen kommt eben mal was dazwischen. – Soll ich Ihnen nun weiter aufdrehen oder wollen Sie auf Frau Turgau warten?«

»Ich habe meine Zeit schließlich nicht gestohlen. Um eins muß ich fertig sein.«

»Das ist nur zu schaffen, wenn ich mich jetzt einschalte, liebe Frau Stemmler.«

Ungnädig zwar, aber immerhin überließ die Dame sich den flinken Händen der Friseuse. Gerade als die ihr das Netz ums Haar schlang, kehrte Anja in den Salon zurück.

Schaurig sah sie aus, blaß, elend. Was sie sagte, war kaum zu verstehen:

»Entschuldigung. Ein kleiner Schwächeanfall...«

»Ein ziemlich langer kleiner Schwächeanfall. So sollten Sie mit Ihrer Kundschaft aber nicht umgehen, meine Liebe.«

Elke schaltete die Haube ein und zog eine Grimasse dabei. Dann wandte sie sich Anja zu. »Das hier schaffen wir bis Mittag allein. Sie sollten sich wirklich hinlegen. Oder noch besser zum Arzt gehen. Aber wieso gehen? Man kann ihn ja auch anrufen und herbitten. Soll ich?«

»Unsinn! Ich bin schon wieder okay. Man wird ja nochmal schlecht dran sein dürfen. Irgendwas gestern abend scheint mir nicht bekommen zu sein.« Sie griff nach Kamm und Bürste, die nicht auf ihrem angestammten Platz lagen. Prompt entfiel der Kamm ihrer Hand. Als sie sich danach bücken wollte, ruschte ihr das rechte Bein regelrecht unterm Körper weg, und sie fiel zu Boden.

»Frau Turgau!« entfuhr es Elke. Da war aber schon die Kollegin zur Seite, und gemeinsam richteten sie Anja auf, schleppten sie ins Büro – und Elke griff zum Telefon. Sie schlug das neben dem Apparat liegende Verzeichnis auf. Und sie fand, was sie suchte.

»Willst du etwa...?« wisperte die Kollegin.

»Ich muß«, sagte sie entschlossen und tippte die Rufnummer des Grünwalder Arztes Dr. Stefan Frank ein.

Fünfzehn Minuten später war er da.

»Das wird ein Mordsdonnerwetter geben, aber ich meinte, es nicht länger verantworten zu können, Herr Doktor. Die Chefin ist zusammengebrochen. Relativ schnell erholte sie sich zwar davon, aber wenige Augenblicke danach war es fast schon wieder soweit. Schauen Sie sich Frau Turgau doch bloß an. Wie ein Gespenst sieht sie aus. Da hilft kein starker Kaffee, keine Zigarette und kein Schnaps. Sie sollten ihr mit allem Nachdruck sagen, daß sie so nicht weitermachen darf.«

»Wo ist sie denn?«

»Im Büro.«

Dort fand er sie tatsächlich. Sie kauerte am Schreibtisch, hatte die Unterarme auf die Platte und den Kopf auf die Hände gelegt. Es roch nach Qualm und Chemikalien, denn der Raum diente so ganz nebenbei auch noch als Lager für alles mögliche. Sogar ein ganz gesunder Mensch mußte hier Schwierigkeiten mit dem Atmen bekommen. Es gab kein Fenster, keine direkte Frischluftzufuhr. Aber es gab jede Menge abgestandene, sauerstoffarme Luft. Und mittendrin eine werdende Mutter, für die das alles pures Gift war.

»Könnte Frau Turgau sich irgendwo ausstrecken?« wollte der Arzt als erstes wissen.

»Gleich nebenan«, nickte Elke und half ihm, die schlaffe Gestalt in den Nebenraum zu schleifen. »Ich bleibe im Salon, auch wenn die letzte Kundin abgefertigt ist.«

»Danke.« Da lag Anja nun auf dem Bett und kniff die Augen

zu. Sie sah jetzt gar nicht mehr attraktiv aus, wie normalerweise stets. Ihr Haar schimmerte rötlich. Offenbar probierte sie an sich selber eine neue Farbe aus. Aber nicht mal die täuschte über ihren wahren Zustand hinweg.

Kaffee, Nikotin, Alkohol, faßte der Arzt zusammen, was er vorhin gehört hatte. Dazu eine gescheiterte Ehe und womöglich noch ganz andere Verlustängste. Vor wenigen Wochen noch war sie eine blühende Schönheit gewesen, jetzt ähnelte sie eher einer Ruine.

»Er kontrollierte ihren Blutdruck, den Puls, die Körpertemperatur. Er war absolut nicht zufrieden mit dem Ergebnis.

»So nicht, Frau Turgau«, sagte er halblaut und ganz dicht neben ihr. »Ihr Kind zu bekommen verlangt Verzicht, Vernunft, Verständnis. Ihr Organismus ist arg strapaziert. Kaffee und Kognak können das nicht ausgleichen.«

»Weiß ich alles...« murmelte Anja. »Wenn mir nur nicht immer übel wäre! Jeden Morgen muß ich erbrechen, und danach bin ich so schlapp, daß ich kaum auf den Beinen stehen kann. Warum denn nur, warum? Ich kenne -zig andere Frauen, die auch Kinder bekommen haben. Aber ganz ohne Probleme.«

»Gegen die Übelkeit gibt es hochwirksame Medikamente«, erklärte der Arzt.

»Ich will aber keine nehmen. Sie könnten dem Baby schaden. Was ist mit mir? Bin ich krank? Bin ich unfähig, ein Baby zu bekommen?«

»Nein, Frau Turgau. Krank sind Sie nicht. Unfähig, eine Schwangerschaft durchzustehen, auch nicht, nicht von der Konstitution her.«

»Sondern?« fragte Anja und schlug nun vollends die Augen auf.

»Nun, Sie sind eine Problempatientin. Sie haben seelischen Druck durch die Trennung von Ihrem Mann. Und obendrein haben Sie einen Beruf, der sehr viel Kraft verlangt.«

»Weiter!«

Ich würde gern eine Ultraschalluntersuchung durchführen lassen.«

»Lassen? Machen Sie sowas nicht selber?«

»In ganz normalen Fällen schon. In Ihrem aber bedarf es eines großen Ultraschallgerätes. Und Kollegen, die darauf spezialisiert sind.«

»Darauf? Worauf? wollte Anja wissen.

»Auf Problemfälle, zum Beispiel.«

»Wie bin ich ein Problemfall, nur weil ich mich vom Vater meines Kindes getrennt habe?« In ihrer Stimme schwang eine Menge Trotz mit.

»Nicht nur deswegen. Sie rauchen. Sie trinken Alkohol. Sie arbeiten zuviel. Das alles sind belastende Faktoren. Normalerweise würde man die erste Ultraschalluntersuchung in der zehnten Schwangerschaftswoche vornehmen, die zweite in der sechzehnten, die dritte in der zweiunddreißigsten. In der zehnten Woche schon kann man erkennen, ob sich der Embroy normal entwickelt – oder ob es Zwillinge werden.«

Anjas Oberkörper schnellte hoch. Dr. Frank drückte ihn rasch wieder runter. »Und ob genügend Fruchtwasser vorhanden ist. Man sieht schon den Ansatz von Kopf, Rumpf, Armen und Beinen. Wenn es Auffälligkeiten geben sollte, werden weitere Untersuchungen angesetzt.«

»Wollen Sie mir gerade beibringen, daß ich Zwillinge erwarte, daß mir deshalb ständig übel ist und ich mich so schwach, so elend fühle?«

Stefan Frank schüttelte den Kopf. »Nein, nein. Ich will Ihnen gar nichts beibringen, sondern nur aufzeigen, über welche Möglichkeiten heutzutage Spezialisten verfügen. Je früher man etwas unternimmt, um so besser sind die Aussichten, die Schwangerschaft ganz locker zu überstehen. Ich möchte Sie zu Doktor Melanie Lantz ins Perinatalzentrum für Frühgeburten schicken. Nirgendwo sonst kann mehr für Ihr Baby getan werden als dort, und zwar schon jetzt. Darf ich gleich von hier aus anrufen und einen Termin für Sie erbitten?«

»Gegenfrage, Dr. Frank...« murmelte Anja mühsam. »Sie wollen mich loswerden als Patientin, als Problemfall, nicht wahr?«

Die nun fehlende Jugendstilkommode setzte ihm mehr zu, als er wahrhaben wollte. Anja hatte sie irgendwann mal von einer Tante geerbt. Sie war das erste wirkliche Wertstück gewesen, das es in ihrer gemeinsamen Wohnung gegeben hatte. Viele andere waren im Laufe der Jahre dazugekommen. Die Kommode hatte aber bis zuletzt den obersten Stellenwert gehabt. Nun gab es sie nicht mehr. Es stand Anja natürlich zu, sie für sich zu beanspruchen. So wie etliche andere Einrichtungsgegenstände auch. Dennoch vermißte er sie schmerzlich. So, wie er auch seine Frau schmerzlich vermißte. Damit hatte er nie und nimmer gerechnet: Daß seine Ehe fehlschlagen könnte. Daß er als Ehemann genauso versagen würde wie viele andere auch. Nein, er hatte das nicht gewollt. Er hatte eigentlich auch keine anderen Frauen gewollt. Jene, die Anja ihm nachweisen konnte, nicht, und die übrigen erst recht nicht. Was war das denn schon? Gar nichts im Grunde. Nur flüchtige Abenteuer. Sie hatte es anders gesehen – und die Konzequenzen daraus gezogen. Na schön. Die Scheidung stand im Raum, ließ sich nicht mehr verhindern. Auch nicht durch das Baby, das Anja erwartete und mit dessen Zeugung er sie – zugegebenermaßen – überrumpelt hatte.

»Mist, elender!« knurrte er vor sich in. Niemand hörte es. Er war ja allein in der viel zu großen Etagenwohnung, die sie einst gemeinsam bewohnt hatten. Da, wo die Kommode gestanden hatte, war jetzt ein heller Fleck. Er würde ihn irgendwie ausfüllen müssen. Sonst starrte er noch am Sanktnimmerleinstag dorthin.

Montag war's, und Anjas Salon geschlossen. Wie jeden Montag. Friseurfeiertag. Sie selber pflegte Montags Besorgungen oder Besuche zu machen. Ob sich daran inzwischen was geändert hatte? Kaum vorstellbar.

Wolf Turgau ging zum Telefon und tippte die ihm so schmerzlich vertraute Nummer ein. Niemand meldete sich. Also war Anja unterwegs. Wo unterwegs? Bei ihrer Freundin Nadine vielleicht?

Er rief auch dort an.

Eine sanfte und doch bestimmte Frauenstimme antwortete: »Ja, hallo, Köhler hier...«

Im Hintergrund hüstelte jemand. Ach, wie gut er dieses Hüsteln kannte! Niemand hüstelte so wie Anja. Also war sie bei Nadine, wie vermutet, und er hatte freie Bahn. Die Schlüssel zum Salon besaß er nach wie vor. Niemand hatte sie zurückgefordert. Wie sorglos sie doch war! Unfähig, mit dem Leben zurechtzukommen als alleinstehende Frau. Wußte sie denn nicht, wie viele Gefahren überall lauerten? Naiv bis zum Gehtnichtmehr. Menschenskind, Anja! Und sowas wollte Mutter werden? Mutter eines vaterlosen Kindes? Das Baby nämlich beanspruchte sie ja ausschließlich für sich allein. Sodbrennen bekam er bei diesem Gedanken. Schwangerwerden ist eine Sache für sich. Ein Kind auszutragen, aufzuziehen, aufs Leben vorzubereiten eine ganz andere. Waisenhäuser und Kinderheime waren voll von solchen Kindern, die niemand wollte. Nicht noch mehr sollte man davon in diese Welt setzen. Aber Anja schien ja absolut davon überzeugt zu sein, daß sie mit allem bestens allein zurechtkam. Anja brauchte einen Mann höchstens für die Zeugung. Und er, er war dumm genug gewesen, ihr diesen Gefallen zu tun.

Oder war es gar keiner, sondern nur ein dämlicher Zufall?

Egal, ganz egal!

Um halb vier schloß er die Hintertür zum Salon auf. Das, was er mitgebracht hatte, trug er in einer Aktentasche bei sich. Ganz unauffällig und wenig Raum einnehmend. Wolf Turgau kannte sich gut aus in diesen Räumlichkeiten. Es hatte Zeiten gegeben, da war er ihr hier zur Hand gegangen. Nicht gerade bei der vorwiegend weiblichen Kundschaft oder nebenan in der Herrenabteilung. Wohl aber hinten im Lager, wo all das gestapelt war, was gebraucht wurde: Dauerwellflüssigkeit und Lockenwickler, Shampoo und Ersatzteile für die Trockenhauben. Nur die Dauerwellflüssigkeit nahm er sich vor. Behutsam gab er in die blauen Plastikflaschen eine andere Flüssigkeit, von der er genau wußte, was sie anzurichten imstande war.

»Nun mal los, geliebtes Weib...« nuschelte er vor sich hin. »Wirst schon sehen, wie weit du kommst als Single mit Brut.«

Er haßte sie dafür, daß sie ihn nicht teilhaben lassen wollte an ihrem Mutterglück – falls es eines sein würde und nicht nur arge Belastung. Sein Freund Bruno hatte eine behinderte Tochter, ein Riesenmädchen, unförmig und krummbeinig. Mit leerem Kopf und einem ausdruckslosen Gesicht. Gewaltige Beträge hatten die Eltern schon aufwenden müssen, um das Kind überhaupt so weit durchzubringen. Und wie sollte das weitergehen? Niemand wußte es, nicht mal die Ärzte, schon gar nicht die Eltern. Jedes erdenkliche Opfer brachten sie. Wer garantierte Anja dafür, daß ihr Kind das Licht der Welt völlig gesund erblicken würde?

Auf dem gleichen Weg, wie er hereingelangt war, verließ er den Salon auch wieder, schloß sorgfältig ab und trat auf die Straße hinaus. Eine grelle Herbstsonne empfing ihn, so daß er blinzeln mußte. Mitten in dieses Blinzeln hinein säuselte eine Stimme.

»Ach, wie nett, Sie gerade hier zu treffen, Herr Turgau. Ich hatte doch völlig vergessen, daß heute Montag ist und Friseure montags nicht arbeiten. Aber nun kann ich es Ihnen ja sagen.

Am Donnerstag um neun würde ich gerne zur Dauerwelle kommen. Ob das wohl geht?«

Die Neumann, natürlich! Eine von Anjas Stammkundinnen, und nicht gerade die angenehmste. Sichtbar schwanger war sie obendrein. Dabei hatte sie doch schon drei Töchter, wenn er sich nicht allzu sehr irrte.

»Geht bestimmt, Frau Neumann«, erwiderte er und hoffte, daß es höflich genug klang.

»Wissen Sie, länger möchte ich das nicht aufschieben. Ich erwarte nämlich wieder ein Baby«, verriet sie ihm sonnig und strich mit der linken Hand über ihren angeschwollenen Leib.

»Wie schön für Sie. Ich gratuliere.«

»Danke sehr. Diesmal wird es bestimmt ein Bub. Man könnte das ja jetzt schon feststellen. Aber wir wollen es gar nicht mit letzter Sicherheit wissen, mein Mann und ich. So bleibt halt immer was zum Träumen, gelt.«

»Vollkommen richtig. Donnerstag um neun also. Ich richte es aus. Wiedersehn, Frau Neumann.« Er hatte es nun eilig, wegzukommen. Noch einer von Anjas Kundinnen würde er jetzt und hier nicht sonderlich gerne begegnen.

Dr. Melanie Lantz stand gewissermaßen in den Startlöchern. Als Neonatologin, also Fachärztin für Frühgeburten, gehörte sie zum diensthabenden Team dieses Nachmittags. Genau wie ihr Kollege, der Gynäkologe Dr. Rüdiger Ansbach, der mit seiner Crew im benachbarten Kreißsaal beschäftigt war.

Dort lag die Patientin Marion Zeidlinger in Narkose und sorgte dafür, daß die Spannung immer weiter anstieg. Der Ehemann und werdende Vater hielt sich ebenfalls bereit, aber er machte nicht den Eindruck, als würde er noch sehr viel länger durchhalten. Im wurde offenbar gar zu viel abgefordert in dieser stressigen Stunde, in der seine kleine Tochter, viel zu früh und mit argen Problemen, geboren werden sollte. Unmittelbar nachdem das eingetreten war, würde das Frühchen von Dr. Lantz übernommen und auf seine Lebensfähigkeit geprüft werden. Keine einzige Minute durfte dabei ungenutzt verstreichen.

Die breite Schiebetür öffnete sich automatisch, und einen Moment später lag das schleimig-blutige Körperchen des winzigen Mädchens auf dem Reanimationstisch, an dem Melanie bereits Aufstellung genommen hatte. Das hoffnungslos unfertige Menschlein schnappte nach Luft und schien alle vorhandene Kraft auf einen dünnen Schrei zu konzentrieren. Es war nur sechsundzwanzig Wochen lang im Mutterleib herangewachsen und war somit dem Gesetz nach eigentlich nur ein Spätabort. Juristisch haben so früh Geborene mit einem Gewicht unter tausend Gramm weder das Recht auf einen Namen noch auf eine Beerdigung.

Dr. Lantz machte den weltweit noch immer gültigen und sehr aussagekräftigen Apgar-Test, mit dem die Vitalität Neugeborener auf einer Skala von eins bis zehn bewertet wird. Das kleine Zeidlinger-Mädchen bekam nur einen einzigen Punkt, was bedeutete: Nicht lebensfähig.

Melanie jedoch hatte zuvor lange mit den Eltern gesprochen, ihnen klargemacht, womit gerechnet werden mußte. Die Schwangerschaft hatte sich nicht länger halten lassen, allen getroffenen Maßnahmen zum Trotz. Wenn das Neugeborene dennoch überlebte, mochte es um den Preis schwerer Behinderungen sein, die sich womöglich erst später bemerkbar machen würden. Ganze zweiunddreißig Zentimeter lang war es. Die durchsichtige Haut viel zu weit für das Körperchen; das Gesicht wirkte greisenhaft!

Aber es lebte... Und es *wollte* leben. Seine ganze Haltung drückte es aus.

Die Ärztin schob einen dünnen Plastikschlauch durch die Nase bis in die Bronchien, um dadurch Luft in die wieder eingefallenen Lungen zu pressen. Und damit begann der zähe Kampf um ein junges Leben.

Es dauerte Stunden, bis das Frühchen wohlversorgt in einen Inkubator gelegt und dieser auf die Intensivstation gebracht werden konnte. Den Eltern war gestattet worden, dort zu bleiben, die ganze aggressive Therapie, ohne die es nun mal nicht ging, mitzuerleben. Sie hatten bereits zwei Kinder auf dramatische Weise verloren und wollten um keinen Preis der Welt auf dieses dritte verzichten.

Die Ärztin trank schnell einen Kaffee, wechselte den Kittel, strich sich übers Haar.

»Die Sprechstunde, Frau Doktor...«

»Bin schon unterwegs«, lächelte Melanie starr.

»Glücklicherweise sind es heute nur zwei Patientinnen. Frau Burgmüller kennen Sie ja schon. Die andere kommt zum erstenmal und heißt...«

»Turgau, ich weiß. Der Kollege Frank hat mich ihretwegen angerufen. Ist sie schon da?«

»Ja, sie sitzt im Wartezimmer.«

»Dann jetzt bitte gleich zu mir.«

»Gern, Frau Doktor.« Schwester Sofie eilte leichtfüßig hinaus. Melanie begab sich in ihr Sprechzimmer.

Eine Minute später lernte sie Anja Turgau kennen, reichte ihr die Hand, betrachtete sie genau und sagte mit ihrer leisen, sanften Stimme:

»Freut mich sehr, Sie kennenzulernen, Frau Turgau. Eigentlich gehören Sie ja überhaupt nicht hierher. Obschon mancherlei ausgeschaltet werden könnte, wenn werdende Mütter sich rechtzeitig an uns wenden würden. Ich weiß alles über Ihre Schwangerschaft, was es schon darüber zu wissen gibt. Mein Kollege Frank hat mich informiert. Nun liegt es an Ihnen, ob Sie sich uns anvertrauen wollen. Um es gleich vorwegzunehmen: Ich habe gerade ein Sechsundzwanzig-Wochen-Frühchen mit allem Lebensnotwendigem versorgt. Falls ich also ein wenig abgespannt aussehen sollte, liegt es halt daran. Die Winzlinge machen uns mitunter ganz schön Dampf.« Sie schaffte es auf diese Weise, die Lage zu entspannen und einen Kontakt herzustellen, der unverzichtbar war.

»Steht denn zu befürchten, daß mein Baby eine Frühgeburt werden wird?« fragte Anja prompt.

»Absolut nicht. Da Sie jedoch einem nicht unbeträchtlichem seelischen Druck ausgesetzt sind, gilt es gerade das zu verhindern. Wir werden eine große Ultraschalluntersuchung vornehmen, und falls uns das Ergebnis nicht befriedigen sollte, eine Fruchtwasseruntersuchung anberaumen. Danach werden wir beide viel klüger sein. Aber es bleibt einzig in Ihrem Ermessen, ob Sie weiteren Maßnahmen zustimmen oder alles den normalen Gang gehen lassen wollen. So unglaublich das auch klingen mag, Frau Turgau: Der Embryo spürt bereits in einer ganz frühen Phase, wie sein Umfeld beschaffen ist. Ob es gewollt ist oder nicht. Ob es auf Zuwendung treffen darf – oder nicht. Ob es in eine menschenwürdige Umgebung hineinwächst – oder nicht. Es sind ja beileibe nicht alles Wunschkinder, die gezeugt werden.«

Eine volle Stunde lang wurden Fragen gestellt, mal von der einen, mal von der anderen Seite. Danach wußte die Ärztin weit mehr, als ihre Patientin gesagt hatte. Anja Turgau, die so selbstsicher und zielstrebig wirkte, war im Grund eine verhuschte, desorientierte, vom Leben, von der Liebe klaftertief enttäuschte Frau.

Ganz zum Schluß der Konsultation bot sie an: »Möchten Sie sehen, wie unsere kleinen Patienten hier versorgt werden?«

»Gern, wenn ich darf...«

Sie wurde in einen sterilen blauen Kittel gehüllt, wie die Vorschrift es wollte, und auch die Ärztin kleidete sich so ein. Kreißsaal und OP waren jetzt unbenutzt. Von dort bis zur Intensivstation der Frühchen waren es nur ein paar Schritte. Es gab ferner Untersuchungs- und Laborräume im Zentrum, Sprechzimmer, Wartenischen, drei Küchen. Stolz erfüllte die junge Ärztin, ihr Reich zeigen zu dürfen.

»Und wo ist das Baby, das heute erst geboren wurde?« wollte Anja Turgau wissen.

Dr. Lantz deutete auf einen der durchsichtigen Inkubatoren. »Der dritte von rechts.«

Auf Zehenspitzen trat die werdende Mutter an den Brutkasten heran. Vor allem gab es dort Technik zu sehen – wie auf jeder anderen Intensivstation auch. Monitore, Computer, Sonden, Flaschen, Pflaster. Von dem winzigen Wesen im Inkubator sah man erst auf den dritten oder vierten Blick etwas. Der Anblick mußte erschreckend sein, es ging gar nicht anders.

»Erbarmen...«, hauchte die Friseurmeisterin Anja Turgau. »Und so etwas lebt?«

»Und wird überleben, wenn alles gut geht, ja.« Es piepste und schrillte. Aber man hörte keine menschlichen Schreie. »Unsere Frühchen schreien nicht«, sagte die Ärztin unaufgefordert. »Der Tubus, den sie in der Luftröhre haben, lähmt die Stimmbänder. Aber der Computer registriert alles. Der akustische Alarm, den er von sich gibt, bedeutet erhöhten Sauerstoffbedarf. Verursacht durch Streß. Auch das gibt es schon bei den Winzlingen.«

»Streß?«

»Ja. Beim Absaugen. Bei der Blutabnahme. Die Kinder bekommen Beruhigungsmittel, um den zwangsläufigen Streß zu lindern. Dadurch ruhiggestellt, nehmen ihre Körper leichter den Atem-Rhythmus an, den die Apparatur bestimmt.«

»Mein Gott! Wenn ich mir vorstelle, daß mein Baby auch mal...«

»Muß ja nicht sein«, sagte Dr. Lantz schnell. »Muß durchaus nicht sein. Aber das Wissen, daß es uns hier im Fall der Fälle gibt, wird Ihnen helfen, die nächsten Monate leichter zu überstehen. So, und nun gibt Ihnen Schwester Sofie einen Termin für die große Ultraschalluntersuchung, und danach können Sie schon mal einen hübschen Namen für Ihren Sprößling aussuchen.«

Roswitha half beim Wickeln der Dauerwelle. Zuvor hatte sie die der Kundin abgeschnittenen Haare beseitegelegt und auch sonst alles bereitgestellt. Träge reichte sie der Chefin die Wickler an. Zum Einschlafen langweilig war das!

Gerda Neumann war schwanger. Man sah es ganz deutlich. Eine stolze, eine glückliche Schwangere war sie, und diese sollte die letzte Dauerwelle vor der Niederkunft sein.

»Machen Sie's nur ordentlich stark, dann hält es auch eine Weile, Frau Turgau. Wenn das Baby erstmal da ist, werde ich ohnehin keine Zeit haben für Friseurbesuche und anderes. Aber ich bin ja ziemlich geschickt in solchen Dingen. Nur zum Schneiden muß ich halt kommen.«

Ein wenig kurzatmig war die Dame. Was kein Wunder war bei dem dicken Bauch, den sie mit sich rumschleppen mußte, dachte Roswitha einfühlsam und reichte der Chefin die Plastikflasche mit Dauerwellflüssigkeit an. Es roch streng. Es roch immer streng. Aber diesmal halt noch strenger, Igitt, Pfui Deibel!

Nun denn, die Chefin benetzte jeden einzelnen Wickel mit dem stinkigen Zeug. Dann stülpte sie der Kundin eine Plastikhaube über und setzte sie unter die Haube. Zwanzig – na, besser zweiundzwanzig Minuten. Sie hat ja ausdrücklich ›extrastark‹ verlangt.

Roswitha brachte Frau Neumann eine Illustrierte. Das gehörte ebenso zu ihren Aufgaben wie das Inordnungbringen des Zubehörs. Alles sollte, alles mußte bereitstehen für die nächste Kundin. Ach, könnten sie doch auf immer und ewig im

Herrensalon arbeiten! Da ließ sich gut flirten, und die Trinkgelder fielen auch entschieden reichlicher aus. Eigentlich wollte sie ja nur Herrenfriseuse werden. Alles andere war kaltes Muß.

Roswitha war ein uneheliches Kind, und sie lebte zusammen mit ihrer noch recht jugendlich-attraktiven Mutter. Die hatte einstmals auch Friseuse werden wollen, aber daraus war nichts geworden. Mami Lydia hatte überhaupt keinen Beruf erlernt, sondern sich als Callgirl betätigt. Das tat sie auch jetzt noch, wenn auch nicht gar so oft, denn ihr Jahrgang war nicht mehr so toll gefragt. Es reichte aber noch immer für beide, und so hatte Lydia entschieden, daß ihre Tochter einen ›anständigen‹ Beruf ergreifen sollte, damit es ihr nicht eines Tages erginge wie Mami.

Roswitha war ein üppiges, hübsches Mädchen mit stolzer Oberweite und schwingenden Hüften. Schon als Vierzehnjährige war sie für voll erwachsen durchgegangen, und jetzt, mit knapp sechzehn, wirkte sie ungeheuer erfahren und risikofreudig. Besonders reifere Männerjahrgänge fuhren auf sie ab. Auch oder erst recht der Angetraute ihrer Chefin, den sie unheimlich toll fand.

Ein paarmal hatte er sie zum Wochenende eingeladen. Immer dann, wenn seine Frau anderweitig beschäftigt war. Die hatte ja zum Glück noch eine auswärts lebende alte Mutter, und manchmal machte sie auch irgendein Sonntag-Montag-Seminar mit.

Roswitha fand es wunderbar und erregend, sich von Wolf Turgau ausführen zu lassen. Dann wurde sie überall ›gnädige Frau‹ genannt, und Champagner gab es natürlich auch zum Dinner. Sie trug jeweils die kürzesten Minis, die aufzutreiben waren. Dazu waffenscheinpflichtige Pullover, knalleng und in Schockfarben. Das alles konnte sie sich figürlich durchaus leisten. Spitzenstrümpfe inclusive. Aufregende Bodys und mindestens Zehnzentimeterabsätze. Herrje, das Leben konnte so herrlich sein!

Frau Neumann, schwanger und glücklich, blätterte eine Illustrierte durch. Die Chefin war bereits mit einer anderen Kundin beschäftigt. Es ging ziemlich rund an diesem Vormittag im Salon Anja. Sogar zwei Männer tauchten auf. Männer, keine Herrn. Dementsprechend wurden sie bedient. Roswitha sprach nicht mehr mit ihnen, als die Umstände erforderten. Sehr viel Trinkgeld war von denen sowieso nicht zu erwarten. Ihr machte das nicht allzuviel aus. Am Abend war sie mit Wolf Turgau verabredet. Und das bedeutete ein voluminöses Essen und anschließend – naja, Ende offen halt.

Die Haubenuhr war abgelaufen. Es bimmelte schrill. Roswitha befand sich noch im Herrensalon und hielt sich deshalb nicht für zuständig. So dauerte es noch weitere zwei Minuten, bis jemand sich um die Kundin kümmerte. Im Normalfall machte das überhaupt nichts aus. Nur war dies kein Normalfall – aber wer wußte das schon?

Als Elke die Plastikhaube entfernte, war es noch gar nicht dramatisch. Nun mußten ein paar Minuten dazugegeben werden, und dann erst war eine neue Chemikalie fällig. Alles wie immer, alles wie sonst. Frau Neumann lächelte glücklich vor sich hin. Ihre linke Hand auf dem beachtlichen Bauch. In der anderen die Illustrierte.

Nun war Roswitha wieder gefragt. Sie hielt sich schon mit einer rosa Plastikflasche bereit. Der Vorgang mußte sorgfältig und konzentriert ablaufen. Danach erst konnte man die Wickler entfernen. So weit, so gut. Als sie sich aber an den nächsten Arbeitsgang machte, hatte sie nicht nur die einzelnen Kunststoffwickler in den Händen, sondern obendrein die Neumann'schen Dauerwellkringel. Also, da mußte sie aber blinzeln!

»Chefin!« hauchte Roswitha. »Kommen S' doch und schauen S' amoal!«

Anja kam und schaute. Was sie sah, lähmte alle ihre Gefühle. Roswitha entfernte die Winkler mitsamt Haaren. Es ging gar nicht anders.

»Ist das normal?« wisperte die Auszubildende.

Nein. Normal war das nicht. Nie zuvor hatte Anja so etwas erlebt. Lag das vielleicht an ihrem eigenen Zustand, der ihr des öfteren schon Rätsel aufgegeben hatte? Je mehr Wickler entfernt wurden, um so kahler präsentierte sich die Kundin. Ganz ruhig blieb sie. Bis, ja, bis man nur noch Kopfhaut sah, rosig und glatt.

»Heiligemariaundjosef«, keuchte Frau Neumann. »Was machen S' denn mit mir?«

Das wußte nun wirklich niemand zu sagen. Roswitha zerrte auch noch die letzten Wickler vom Kopf. Dann saß die Neumann kahlköpfig vor ihnen. Ein Anblick nackten Entsetzens.

»Hilfe!« keuchte sie. Und dann, viel lauter: »Hiiiiilfe!!!«

Hilfe, dachte auch Anja und sehnte eine gnädige Ohnmacht herbei.

›Ja, Pustekuchen, Hilfe von wegen‹, formulierte Roswitha stumm. Irgendwas war bei dieser Dauerwelle schiefgelaufen. Aber was? Ein Lachen kam sie an, ließ sich nicht zurückdrängen. Wie, fragte sie sich stumm und amüsiert, würde wohl der Turgau-Wolf jetzt reagieren? Auch lachend? Oder zusammenfallend? Oder von allem ein bißchen? Sie wußte es nicht. Es war ihr auch ziemlich egal.

Die schwangere Frau Neumann stieß sich raus aus ihrem Stuhl. Stumm vor Schreck starrte sie in den Spiegel.

Roswitha hastete in die Vorratsecke, wo alles greifbar war, was man im Laufe eines Arbeitstages brauchte. Dort stand ein dreibeiniger Hocker, und auf dem ließ sie sich nieder. Dann kam sie nicht mehr dagegen an. Sie mußte lachen, lachen, lachen. Gar zu komisch war der Anblick der glatzköpfigen Neumann-Frau. Sie lachte so sehr, daß sie ihren Tränen nicht zu wehren vermochte. Lachend, weinend, mit überkreuzten Beinen, um nicht noch mehr von sich zu geben, kauerte sie auf dem weißen Plastikhocker. Und immer noch dachte sie dabei an Wolf Turgau, der sie schon zweimal in den ›Hirschen‹ eingeladen hatte – und wo sie behandelt worden war wie eine richtige Gnädige.

Als selbstständiger Programmierer verdiente Wolf Turgau zwar eine beachtliche Menge Geld. Aber dennoch kam es bisweilen zu Engpässen, die überbrückt werden wollten. Daran war er selber nicht ganz unschuldig. Kundenrechnungen wollten halt frühzeitig erstellt werden. Daran hatte ihn Anja stets pünktlich erinnert und auch dafür gesorgt, daß er die ihn unbefriedigende Arbeit nicht auf die lange Bank schob.

Jetzt gab es keine Anja mehr für ihn, die daran erinnerte. Jetzt mußte er begreifen, daß er selber für alles verantwortlich war. In seiner privaten Kasse herrschte totale Ebbe. Aber was machte das schon. Man hatte ja schließlich ein Girokonto bei der Bank.

Dorthin begab er sich, um den Bargeldmangel zu beheben. Er legte einen Barscheck über zweitausend Mark vor und wartete darauf, daß der Kassierer ihm den Betrag auszahlte. Statt dessen lächelte der bedauernd und sagte:

»Tut mir leid, Herr Turgau...«

»Was? Was tut Ihnen leid?«

»Ich kann den Scheck nicht einlösen.«

»Sie können – was nicht?«

»Ich kann den Scheck nicht einlösen«, sagte der Schaltermensch geduldig.

»Ach nein? Und warum können Sie das nicht?«

»Weil er nicht gedeckt ist. Das Konto weist einen Saldo von genau einer DM aus. Alles andere ist vorgestern abgehoben worden.«

Die Frage: Von wem? konnte er sich gerade noch verkneifen. Mit steifen Fingern nahm Wolf Turgau den eigenen Scheck wieder entgegen, steckte ihn achtlos in die Manteltasche und verließ den Schalter.

Anja natürlich. Das Konto lief zwar auf *seinen* Namen, aber sie hatte Vollmacht. So wie er auch Vollmacht hatte für *ihr* Konto.

Er stürmte zurück nach Hause, suchte nach einem passenden Formular und schrieb den Zweitausend-Mark-Scheck für *ihr* Konto aus. Glücklicherweise hatte sie dieses bei einer anderen Bank. Auf die wirklich letzte Minute erreichte er die Filiale, um den Scheck dort vorzulegen und den Gegenwert zu kassieren. Zweitausend Mark. Wo lag das Problem?

»Ihren Personalausweis, bitte.«

»Meinen – was?«

»Personalausweis«, wiederholte das junge Mädchen mit Brille und Bubikragen. Sehr brav sah es aus, sehr kompetent. Es dauerte eine knappe Minute, bis auch sie sagte:

»Tut mir leid. Diesen Scheck kann ich leider nicht einlösen.«

»Weil er nicht gedeckt ist?«

»Weil das Konto nicht mehr existiert. Wissen Sie als Bevollmächtigter das denn nicht?« Sie sprach, fand er, das Wort ›Bevollmächtigter‹ auf sehr seltsame Weise aus. Es trieb ihn zur Weißglut.

»Natürlich weiß ich das. Hab' nur gerade nicht daran gedacht. Wiedersehn.« Damit stürmte er ins Freie. Herrje, war er wütend! Und gedemütigt. Und böse. Wenn sie ihm jetzt in die Quere käme...

Sie tat es nicht. Er blieb mit seinem Zorn allein. Und mit leeren Taschen. Soweit also war es gekommen. Anja versuchte, ihm das Wasser abzugraben. Keinerlei Gemeinsamkeiten mehr, nicht mal finanzielle.

Nun denn – er hatte natürlich überall Kredit. Und Freunde,

die ihm jederzeit aus der Patsche helfen würden. Und ein Postsparbuch, an das nur er selber herankonnte. Allerdings wies es lediglich ein karges Guthaben von vierunddreißig Mark aus. Er benutzte es einfach zu selten, er brauchte es im Grunde überhaupt nicht. Postsparen – das war was für Kleinbürger, Rentner, Teenager. Aber selbst die spekulierten heutzutage ja schon an der Börse, wie es hieß. Na, und mit vierunddreißig Mark und sonst gar nichts war ja wirklich nichts anzufangen.

Wolf Turgau zwang seinen Verstand, ganz normal zu funktionieren. Zwischen eins und drei, wußte er, war der Salon Anja geschlossen. Mittagspause. Wenn auch nicht für ihn.

Es gelang ihm ein weiteres Mal, ungesehen hineinzukommen. Und wie die Kasse geöffnet wurde, wußte er natürlich auch. Wütend starrte er hinein. Sie enthielt achtzig Mark in Papiergeld und ein paar Münzen, die nicht weiter ins Gewicht fielen. Entweder liefen die Geschäfte schlecht, oder – ja, oder Anja hatte den Löwenanteil – aus welchen Gründen auch immer – bereits entnommen.

Mit achtzig Mark Bargeld in der Tasche fühlte er sich dennoch besser als zuvor. Das würde zumindest für ein paar dringende Einkäufe reichen. Er tätigte sie im Supermarkt. Butter, Käse, etwas Schinken, Eier, ein Sechserpack Bier und eine Flasche Steinhäger. Obst wäre sicher gesünder, aber danach stand ihm nicht der Sinn.

Solchermaßen ausgestattet, begab er sich nach Hause. Wieso nur fühlte er sich so deprimiert? Rühreier mit Schinken wären nicht schlecht, ein Bier dazu. Aber das Bier war noch warm, und bis es die richtige Temperatur erreicht, konnte eine gute Weile vergehen. Also öffnete er die Schnapsflasche. Der Inhalt war auch warm, aber das war ihm egal. Jetzt war ihm schon alles egal.

Er goß die hochprozentige Flüssigkeit wie Wasser in sich rein, und jeder einzelne Schluck machte ihn wütender, verbissener, aber auch mutiger. Na, der würde er es aber zeigen! Ihn so bloßzustellen! Und überhaupt – was war das noch für ein Leben! Die Wohnung nur noch zur Hälfte möbliert, die Bankkonten abgeräumt. Und Brot war auch keins im Haus. Was würde sich Anja denn noch einfallen lassen, um ihm zu schaden, um ihn zu demütigen oder gar zu vernichten.

Er sollte es bald erfahren. Zunächst aber labte er sich erneut am lauwarmen Steinhäger. Es schmeckte entsetzlich. Aber tief im Innern erwärmte, belebte ihn der Schnaps. Und nichts brauchte er jetzt mehr als Wärme und Leben.

Als unvermutet an der Wohnungstür geläutet wurde, war Wolf Turgau schon ziemlich betrunken. Das jedoch sah nur der Besucher, nicht er selber.

»Ja, was ist?« blaffte er, ohne den anderen zu erkennen.

»Grüß Gott, Herr Turgau. Ich komme doch hoffentlich nicht ungelegen?«

Dämliche Frage. Jeder käme jetzt und hier ungelegen. Wolf schwankte ein wenig und hielt sich am Türknauf fest.

»Kommt drauf an, was Sie wollen«, lallte er und sehnte sich nach einem weiteren Schluck.

»Nun ja... Es geht um – um das hier...« sagte der kleine Dicke freundlich und wedelte mit einem Papier herum, das Turgau nicht identifizieren konnte. »Aber wir sollten das wohl besser da drin besprechen. Hier auf der Treppe gibt es zu viele Mithörer, wissen Sie.«

Nun endlich begriff Wolf, mit wem er es zu tun hatte. Natürlich! Das war doch Herr Lehmbichler, sein Hauswirt! Komisch! Der kam doch sonst nie her. Der pflegte alles schriftlich zu erledigen, zumeist durch ein Verwaltungsbüro. Oder irrte er sich da? Nein, er irrte sich nicht. Es war tatsächlich der Hausbesitzer Richard Lehmbichler, der sich nun an ihm vorbeischob und anzüglich die Steinhägerflasche musterte.

»Ihre verehrte Frau Gemahlin hat mich wissen lassen, daß

sie ausgezogen ist. Damit hat der alte Mietvertrag seine Gültigkeit verloren, und ich bringe hier einen neuen, Herr Turgau. Sie müssen das verstehen. Heutzutage hat man als Immobilienbesitzer ausschließlich Pflichten, aber überhaupt keine Rechte. Nur wenn jemand auszieht, darf die Miete erhöht werden. Sehen Sie, und darüber will – muß ich nun mit Ihnen sprechen. Dort entlang?« Er deutete zu einer Tür.

Nein! wollte Wolf protestieren. Aber dafür war es schon zu spät. Er spazierte direkt in jenen Raum hinein, den sich Wolf vor Jahren schon als Arbeitszimmer eingerichtet hatte. Vollgepackt mit Technik. Wie sonst sollte er denn als selbständiger Programmierer zurechtkommen? Klar, daß er dafür keine schriftliche Genehmigung eingeholt hatte. Wieso denn auch? Niemand war gestört worden, keiner hatte sich beklagt.

»Was ist denn das?« wunderte sich der Herr Lehmbichler nun aber gewaltig.

»Na was schon – mein Arbeitszimmer«, muffelte Turgau.

»Soso. Ich hatte ja keine Ahnung, daß Sie aus dem Kinderzimmer so was ganz anderes gemacht haben. Das sieht ja aus wie eine – eine richtige Werkstatt. Haben Sie eine Genehmigung dafür?«

»Brauch ich nicht.«

»Brauchen Sie aber doch! Von mir, beispielsweise. Na, das läßt sich ja auch nachträglich noch erledigen. Meine Hausverwaltung wird auf Heller und Pfennig genau ausrechnen, wieviel das macht.«

»Wieviel was macht?«

»Die Differenz zu meinen Gunsten«, sagte Lehmbichler sonnig. »Gewerblich genutzte Räume werden immer gesondert bewertet.«

»Was bedeutet das im Klartext?« erkundigte Wolf Turgau sich schroff.

»Nun, so aus dem Stegreif würde ich sagen – pro Monat etwa hundertfünfzig Mark mehr.«

»Sind sie verrückt?«

»I glaub net, mein Lieber. Aber wie gesagt – den genauen Betrag laß i ausrechnen und Ihnen zugehen. Hier wäre nun der neue Vertrag. Aber da müssen wir eben auch gleich mit einer Korrektur beginnen. Er läuft auf Sie als alleinigen Mieter. Das wären jetzt also achtzehnhundert Mark Kaltmiete plus Zuschlag für gewerbliche Nutzung plus...«

»Mann!« brüllte Turgau los. »Bei Ihnen piept's wohl? Ich bin doch kein Millionär! Da kauf ich mir doch lieber gleich eine eigene Wohnung, und damit hat's sich!«

»Nur zu, lieber Herr Turgau, nur zu. Ich wollte Ihnen ja nur entgegenkommen mit dem neuen Vertrag. Weil Sie schon ein langjähriger Mieter sind. Und weil Ihre Frau meiner Gattin immer so entgegegenkommen ist im Salon Anja. Das hat man nun von seiner Gutmütigkeit. Aber wenn sie's net anders haben wollen... Auf meiner Warteliste stehen eine Menge Namen. Die werden sich alle freuen über eine freiwerdende Wohnung. Spätestens zum Jahresende kann ich wohl darüber verfügen, gelt? Habe die Ehre, verehrter Herr Turgau!« Sprach's und wieselte hinaus.

Wolf blieb, trunken und zornig, zurück.

Zunächst war Anja so gut wie sicher gewesen, daß nur Roswitha als Dieb in Frage kam. Den beiden anderen Angestellten, Elke und Beate, traute sie es einfach nicht zu, Geld aus der Kasse genommen zu haben. Ob sie zu Roswithas Mutter gehen, mit der darüber reden sollte?

Bevor sie jedoch zu einer Entscheidung kam, wurde ihr die Gewißheit zuteil, daß die Dinge ganz anders lagen. Nicht Roswitha hatte das Geld gestohlen, sondern Wolf, der ja noch immer die Schlüssel zum Salon hatte. Diese von ihm zurückzufordern, kam ihr ziemlich sinnlos vor. Das würde nur zu weiteren Auseinandersetzungen führen, und solchen fühlte sie sich gegenwärtig nicht gewachsen. Also ließ sie kurzerhand sämtliche Schlösser auswechseln. Das war zwar ein teurer Spaß, aber nun durfte sie sich entschieden sicherer fühlen. Beweisen konnte sie natürlich nichts. Aber es würde ihm bestimmt nicht gefallen, daß sie die Dinge einfach totschwieg.

Den Fall Neumann hatte sie ihrer Versicherung gemeldet. Die Dame war ihr zwar als Kundin verlorengegangen, aber das ließ sich verkraften, selbst wenn die Frau schlimme Gerüchte in Umlauf setzen sollte. Um dem vorzubeugen, diskutierte Anja mit etlichen Stammkundinnen darüber, ließ einflechten, wie machtlos man in gewissen Situationen dastand. Selbst wenn die eigene Unschuld erwiesen war und sich alles auf einen Fehler beim Hersteller zurückführen ließ.

Auch ihren Angestellten befahl sie, entsprechend zu antworten, falls jemand danach fragen würde. Elke und Beate wußten, wieviel ihnen ihre sicheren Arbeitsplätze wert waren. Roswitha aber bewies deutlich, wie unreif sie war.

»Die Chefin hat Mist gebaut«, erklärte sie kichernd ihrer Mutter. »Einer Kundin sind bei der Dauerwelle alle Haare ausgegangen. Aber wir dürfen nicht darüber reden. Vielleicht ist's ja wegen der Schwangerschaft passiert. Kann man's wissen? Ich hab' was darüber gelesen. Wenn nämlich eine Schwangere mit mancherlei Chemikalien, die sonst eigentlich harmlos sind, in Berührung kommt, dann wird daraus Gift, jawohl.«

»Blödes Zeug, blödes. Wo host denn dös aufgeschnappt?«

»Sagt i doch grad: Gelesen hab' is'. In einer Illustrierten oder so.«

Das Callgirl Lydia empörte sich der Tochter gegenüber zwar gewaltig, mit ihren Freundinnen und Kolleginnen jedoch hackte sie das Thema gründlich durch.

»Stellt euch das bloß mal vor. Ihr geht zum Friseur, laßt

Dauerwellen machen – und kommt als Glatzkopf wieder raus. Und das alles nur, weil die Friseuse schwanger war und die Kundinnen regelrecht verhext hat.«

»Schmarrn!«

»Meine Roswitha hat's aus nächster Nähe miterlebt. Dös muß a Anblick gewesen sein! Da geht doch koa Mensch nit mehr hin in diesen Salon.«

»Blödsinn! Wenn mir meine Schneiderin ein Kleid verdirbt, dann bezahl ich's halt nit und sag ihr, was i in Zukunft verlang. Aber wegbleiben? Mit der nächsten kannst du doch dasselbe erleben.«

Ein paar Wochen lang hatte Anja den Eindruck gehabt, daß der Geschäftverlauf ruhiger sei als gewohnt. Dann aber geriet die ganze Sache in Vergessenheit, und sie erreichte den normalen Umsatz. Hart genug kam es sie an, das zu erreichen. Die fortschreitende Schwangerschaft beeinträchtigte ihr Wohlbefinden, und abends waren ihre Füße hochgradig geschwollen. Sie wußte nun schon, daß sie einen Sohn erwartete. Und auch den Namen hatte sie bereits ausgesucht. Julian sollte er heißen.

Die morgendliche Übelkeit hatte sich dank der ihr verordneten Medikamente gelegt. Dennoch war sie alles andere als eine glückliche werdende Mutter. Die Suche nach einer neuen Wohnung hatte sie notgedrungen zurückstellen müssen. Vorerst würde sie sich also mit den beiden Räumen hinterm Salon zufrieden geben. So viele Kosten kamen auf sie zu, daß sie sich weiteren Luxus einfach nicht leisten konnte.

War das Wut, Empörung oder Resignation, die sie bei solchen Gedanken empfand? Wie jede andere Mutter auch, wollte sie ihrem Kind doch einen speziellen Rahmen bieten bei seinem Eintritt ins Leben. Aber es schien ein Faß ohne Boden zu sein. Ein Babykörbchen brauchte sie, einen Wagen, die ganze Erstausstattung vom Schnuller bis zur Ausfahrgarnitur. Jäckchen, Höschen, Tücher. Und sie fand nicht mal Zeit, das alles zu besorgen! Geld verdienen mußte sie, möglichst viel Geld. Nun, da sie alles allein bestreiten mußte, merkte sie erst, wie schwierig das war. Von ihrer Familie konnte sie absolut gar nichts erwarten. Der Vater war längst verstorben, die Mutter arbeitete als Hausdame in einem Seniorenheim, und Geschwister hatte Anja nie gehabt.

Sie kam sich sehr verlassen vor bei diesen Gedanken. Jedoch, sie hielten nicht lange an. Der Betrieb im Salon verlangte vollen Einsatz. Gerade betrat ihn ein Mann, nein – ein Herr in den besten Jahren, gepflegt, seriös und höflich.

Elke, die Empfangsdienst hatte, fragte sogleich:
»Was können wir für Sie tun, bitte?«
»Eine Maniküre, bitte. Aber ich möchte von Fräulein Roswitha bedient werden.«

Dagegen war absolut nichts einzuwenden. Dennoch versetzte es Anja eine Art Schlag. Es war die Art des Auftretens. Es war auch der Klang seiner Stimme, die das bewirkte. Vor allem aber war es Roswithas Reaktion, die sie so aus der Fassung brachte.

Schlangengleich kam sie durch den Vorhang, der den Salon vom Lager trennte. Hüftschwingend, alles auf Wirkung bedacht. Schlafzimmerblick. Kußmund.

»Schon zur Stelle...«, säuselte sie und sah dabei regelrecht verrucht aus. Das, dachte Anja gehässig, hatte sie offenbar von ihrem Fräulein Mutter gelernt. Aber damit zusammen stieg noch ein anderer Gedanke in ihr hoch.

Armer Wolf. Armer, armer Wolf! Wenn du sie in diesem Moment sehen könntest, würden dir die Treffs im ›Hirschen‹ mit ihr garantiert vergehen.

Der Kunde nahm Platz. Roswitha holte alles herbei, was sie nun gleich brauchen würde. Zuletzt das niedrige Höckerchen, auf dem sie sich niederlassen mußte. Sie tat es graziös und gekonnt. Anja spürte bei diesem Anblick die doppelte Last im eigenen Bauch. Sie haßte das Mädchen für seine üppig-schlanke Figur. Sie haßte Roswitha für die Unabhängigkeit ihrer Jugend. Und sie haßte es vor allem, sich eingestehen zu müssen, daß so eine ihr den Rang beim eigenen Mann, nämlich Wolf, abgelaufen hatte.

Plump, alt und unförmig fühlte sie sich. Ausgebeutet, belogen und betrogen. Jede Minute mußte sie auf der Hut sein, damit nicht wieder irgendwas passierte. Mit den neuen Schlössern allein, wußte sie, war es einfach nicht getan. Wolf war ihr auf allen Gebieten überlegen. Es sei denn, ihr fiel eine ganz besondere Gemeinheit ein, mit der sie ihn kaltstellen könnte.

Gab es die?

Natürlich gab es die! Warum war ihr das nicht schon früher eingefallen?

Sie kannte seinen Beruf. Sie wußte genau, wie wichtig, wie entscheidend da jede Einzelheit war. Als freiberuflicher Programmierer nahm er nicht nur eine Menge Geld ein. Erstmal mußte er auch eine Menge hineinstecken in die komplizierten technischen Anlagen, die im zweckentfremdeten Kinderzimmer der ehemals gemeinsamen Wohnung aufgebaut worden waren. Wenn man eingeweiht war in diese Hightec-Monster, bedurfte es nicht allzu viel, um Schaden, um totale Zerstörung anzurichten.

Roswitha ließ sich von ihrem gegenwärtigen Kunden gerade intensiv in den Ausschnitt schauen. Tief genug war er ja dafür! Als sie ihren Blick von dessen Fingerkuppen hob und auf sein markantes Verführergesicht richtete, brannte bei Anja eine Sicherung durch.

Und wegen eines solchen Mädchen zerbrach unsere Ehe – unter anderem! flammte es in ihr. Laut rief sie hinüber:

»Schau zu, daß du endlich fertig wirst, Roswitha. Du wirst noch an anderer Stelle gebraucht!

Natürlich hatten die beiden längst ihre Verabredung getroffen, mutmaßte sie zu Recht.

Und ebenso natürlich wußte sie selber jetzt, wie sie weiter vorgehen konnte.

Am folgenden Abend schloß sie leise, ganz leise die Tür zu Wolfs Wohnung auf. Ihn selber wußte sie in der Sauna. Er legte höchst ungern liebgewonnene Gewohnheiten ab. Überdies hatte sie sich durch einen fingierten Anruf davon überzeugt, daß er schwitzend in der Gemeinschaftskabine saß.

Nicht mal sein Arbeitszimmer hatte er abgeschlossen. Also rechnete er auch nicht damit, daß sie den Raum in seiner Abwesenheit betreten würde.

Anja tat, was getan werden mußte, um ein ganzes teures, höchst aufwendiges Programm zu zerstören. Sie tat es, ohne eine Spur zu hinterlassen. Nichts, aber auch wirklich gar nichts würde irgendwer ihr nachweisen können!

Als sie im Treppenhaus stand und ihren Mantel zuknöpfte, spürte sie nichts als Genugtuung. Haß, fand sie, konnte ein ungemein befriedigendes Gefühl sein.

Behutsam setzte sie einen Fuß vor den anderen, sorgfältig darauf bedacht, keinen Fehltritt zu tun. Für Schwangere konnte so etwas sehr gefährlich sein. Nun denn, ihr passierte nichts. Sie gelangte unangefochten nach unten. Vier oder fünf Stufen nur noch waren es bis zur Haustür. An der Ecke würde sie die Straße überqueren und nur noch eine von heimhastenden Gestalten sein, die es eilig hatten.

Schon streckte sie die Hand nach der Tür aus. Jemand kam ihr zuvor. Von außen wurde die Tür aufgestoßen, und eine verdutzte Stimme sagte:

»Hoppla!«

Anja wurde speiübel. Von allen Menschen auf der Welt ausgerechnet dieser – diese.

»Hamse sich wat jetan?« erkundigte sich die Arzthelferin

Martha Giesecke verdutzt. »Tut mir wirklich schade. Aber ick hab Sie einfach nich jesehn. Hat ja ooch keen Licht nich jebrannt.« Das schaltete sie gerade nach kurzen Druck auf einen schwarzen Knopf ein. »Ach, Sie sind det, Frau Turgau. Na, nischt für unjut. Wird schon nicht so schlimm jewesen sein, wa? Ick muß weiter. Hab'ne Bekannte hier wohnen, die mir erwartet...«

Alles, was Anja denken konnte, war dieses: Nein, das hätte nicht passieren dürfen, das nicht.

Die Schwester sagte leise: »Gehen Sie doch nach Hause, Frau Zeidlinger. Sie müssen sich endlich mal ausschlafen. Ihr Kindchen ist bei uns in den besten Händen.«

»Ich gehe erst, wenn mein Mann hier ist«, beharrte die Mutter. Keine Minute ließen sie ihr Baby allein. Entweder sie oder ihr Mann saßen neben dem Inkubator. Das winzige Frühchen sah noch nicht sehr viel anders aus als am Tage seiner Geburt. Aber die Mutter dichtete ihm täglich ein paar Gramm mehr Körpergewicht an. Sooft eine Blutprobe entnommen werden mußte, brach die Frau in Tränen aus. Mitunter waren zwanzig oder mehr Einstiche nötig, um auch nur zwei oder drei Tropfen Blut zu gewinnen, die der Computer dann analysierte und aufzeigte, woran es mangelte.

»Ich weiß, was Sie denken, Schwester Luise. Wir hätten es sterben lassen sollen. Und daß es ja nur eine Quälerei ist. Aber das stimmt nicht. Solange mein Baby atmet, werde ich die Hoffnung nicht aufgeben. Wer, wie ich, schon zwei Kinder verloren hat, der gibt einfach nicht auf. Die beiden Buben waren unser ein und alles. Als sie überfahren worden sind, wollte auch ich nicht mehr weiterleben. Aber mein Mann war soviel stärker. ›Du mußt für mich weiterleben. Und wir werden wieder ein Kind haben‹. Ja, und als ich dann zum drittenmal schwanger wurde, da glaubte ich sogar daran, daß unser Leben wieder schön werden wird. Im vierten Monat aber bekam ich eine böse Infektion und mußte von da an liegen. Können Sie sich vorstellen, was das bedeutet, Schwester Luise? Nein, können Sie bestimmt nicht. Es war die Hölle. Ich bekam ständig Infusionen, konnte mich nicht bewegen, nichts für meinen Mann tun. Eines Tages setzten die Wehen ein, und mir wurde gesagt: ›Nun ist es soweit‹. Dabei stimmte das gar nicht. Viel zu früh war es. Das Baby wurde geboren, und nun liegt es da. Wie können Sie von mir verlangen, daß ich heimgehe, schlafe, wieder aufstehe und herkomme? Wenn es nun inzwischen stirbt? Was dann?«

Luise lächelte sanft. »Es wird nicht sterben, Frau Zeidlinger. Sie müssen ganz, ganz fest daran glauben. Ihre kleine Celia wird leben. Das verspreche ich Ihnen. Wir hier tun alles, um sie über die Runden zu bringen. Sie ist noch so winzig, so zart und anfällig. Aber auch zäh, und das gibt den Ausschlag. Da kommt Ihr Mann! Jetzt müssen Sie aber heimgehen, sonst werden Sie noch selber zur Patientin. Wollen Sie das?«

»Gewiß nicht.« Schon wieder begann der Computer Alarm zu schlagen. Schwester Luise wußte, worauf es ankam. Das Signal war auf den Medikamentenbedarf eingestellt. Rasch spritzte sie eine ganz geringe Menge in den durchsichtigen Schlauch, der im rechten Nasenloch des Frühchens steckte. Das Signal erlosch. Fürs erste war jeglicher Bedarf gestillt. Armes kleines Dingelchen, dachte die routinierte Säuglingsschwester Luise. Wie hat man solche Winzlinge wohl vor dreißig und mehr Jahren durchgebracht? Überhaupt nicht, wußte sie. Damals wäre die kleine Celia ein Frühabort gewesen und weiter gar nichts. Sie weigerte sich, über die Frage nachzudenken, was besser war. Und wieviel so ein Kind mitbekam von den Torturen, die es durchzustehen hatte.

Wochen schon kämpfte man hier um das Leben des kleinen Mädchens. Niemand vermochte dafür zu garantieren, daß es den Kampf um sein Leben gewinnen würde. Alles, aber auch wirklich alles erdenklich Mögliche wurde getan. Aber ob das reichte? Und wie sehr litten die Eltern und deren ganz alltägliches Dasein unter dem Vorhandensein eines so unreifen, widerstandslosen Geschöpfes? Vermochte die Ehe standzuhalten? War so etwas überhaupt denkbar?

Da gewahrte sie den Blick, den die Eheleute Zeidlinger miteinander tauschten. Ein Blick der Sorge um das Kind, um den Partner. Ein Blick der Aufmunterung auch und des gegenseitigen Ermutigens. Es durfte doch nicht alles vergebens gewesen sein! Halte durch! Halte bitte, bitte durch!

»Geh jetzt endlich«, murmelte Walter Zeidlinger. »Ich hab' dir das Essen warmgestellt. Schmeckte wunderbar, deine Gemüsesuppe. Und nach dem Essen legst du dich hin, Marion. Versprichst du mir das?«

»Ich bin nicht müde«, behauptete sie und lächelte schwach dabei.

»Du bist nicht nur müde, sondern total erschöpft. Es genügt doch wirklich, wenn einer von uns hier ist. Ich paß schon auf, daß Celia nichts passiert.«

Schwester Luise wandte sich ab. Sie waren kaum mehr zu ertragen, die ewig gleichen Dialoge.

Marion Zeidlinger ging tatsächlich. Sie verließ das Medizinische Zentrum in aufrechter Haltung und ohne den Anflug eines Lächelns auf dem Gesicht. Mit der Tram fuhr sie ein paar Stationen, stieg dann aus und schritt auf den Zentralfriedhof zu. Gleich vorn am Eingang gab es einen Blumenstand. Zwei Asternsträuße kaufte sie, einen roten, einen gelben. Rote Astern hatte Björn so gern gehabt, und Gelb war Eriks Lieblingsfarbe gewesen. Sie lagen in einem Doppelgrab, die beiden toten Buben der Zeidlinger. Fünf und dreieinhalb waren sie damals gewesen, als der riesige Lastwagen sie überfahren und auf der Stelle getötet hatte. Verkraftet hatte Marion den Verlust ihrer Söhne noch längst nicht. Aber die neue, so frühzeitig geendete Schwangerschaft hatte den Schmerz erträglicher gemacht. Nun hatten sie zwar wieder ein Baby. Aber es war so winzig und kraftlos, daß man sich auf sein Überleben wahrlich nicht verlassen konnte.

Kalt war es auf dem Friedhof, windig und naß. Marion fror erbärmlich. Sie hatte seit Stunden nichts mehr zu sich genommen. Nun spürte sie die Erschöpfung bis in die Fingerkuppen hinein. Eine Weile hielt sie stumme Zwiesprache mit ihren toten Kindern. Zuvor hatte sie die Blumen geordnet und ein paar verwelkte entfernt. Die Gräber waren so gepflegt, wie Gräber nur sein können. Aber das beinhaltete keinerlei Trost für sie.

Als sie den Friedhof wieder verließ, geschah es schleppenden Schrittes und eingehüllt in düstere Gedanken. Warum ausgerechnet wir? Wieso gleich beide Buben auf einmal? Weshalb konnte ich diese dritte Schwangerschaft nicht bis zum errechneten Ende durchstehen? Wann wird man uns Klein-Celia endlich mit nach Hause geben? Vielleicht niemals? Wie, wenn nun einer der unentwegt tickenden, rasselnden, blinkenden Apparate versagt, an denen ihr so schwaches Leben hing?

Marion biß sich auf die Unterlippe und preßte ihre Fingernägel in die Handballen. Haltung! befahl sie sich. So viele fremde Menschen hasteten an ihr vorbei. An der Haltestelle ballten sie sich zusammen. Nur unter Gedränge konnte sie die Tram besteigen. Nach kurzer Zeit schon wurde ihr übel, schwindlig. Bloß raus hier! An der nächsten Haltestelle verließ sie die Bahn wieder, atmete tief die feucht-kalte Luft ein. Sie setzte ihren Weg nicht auf der Hauptstraße fort, sondern bog um eine Ecke und hunderte Meter weiter um eine andere.

Das Schicksal persönlich schien sie zu leiten, denn plötzlich entdeckte sie vor einer Bäckerei einen Kinderwagen, den jemand dort für ein paar Minuten abgestellt haben mochte. Ein vor Kraft strotzendes Baby lag darin, mit Pausbacken und Kulleraugen, mit schwarzen Locken unter dem weißen Mützchen.

Fröhlich sabberte es vor sich hin, fuchtelte mit den Ärmchen in der Luft herum und ließ bei alledem unglaubliche viel Lebensfreude erkennen.

Später hätte Marion Zeidlinger nicht mehr erklären können, wie es passiert war. Sie beugte sich über den Kinderwagen. Sie riß das Baby heraus und stürmte mit der lebendigen Last von dannen. Sie lief um ihr Leben, und irgendwo fand sie ein Taxi. Immerhin war sie noch geistesgegenwärtig genug, um dem Fahrer nicht die eigene Adresse zu nennen. Als sie ausstieg, und den Fahrpreis bezahlte, hatte sie sich so weit in der Gewalt, daß sie nur ein ganz normales Trinkgeld gab, um nicht aufzufallen. Das Baby verhielt sich mustergültig. Alles, was es gerade erlebt, schien ihm mächtig zu gefallen.

Marion gelangte nach kurzem Fußmarsch unangefochten in ihre Wohnung. Ihre Hand zitterte zwar gewaltig, als sie die Tür aufschloß, aber nichts und niemand hinderte sie daran.

Mit dem Kind auf dem Arm trat sie an den Kühlschrank heran, entnahm diesem eine Packung Milch und goß sich eine Tasse voll ein. Diese trank sie auf einen Zug leer, und sofort begann sie sich besser zu fühlen. Eben noch hatte sie die Zunge am wüstentrockenen Gaumen gespürt. Jetzt verlieh ihr das Getränk frische Kräfte und einen klaren Kopf.

Ich habe ein Kind gestohlen, wußte sie. Und ich werde es nie, nie mehr hergeben.

Vom Rest der Milch kochte sie einen schmackhaften Grießbrei, fütterte damit ihren Familiennachwuchs. Es schien in der Tat ein fröhliches, pflegeleichtes Baby zu sein. Ließ es sich doch protestlos drücken und kosen, küssen und streicheln. Es schluckte brav den süßen Brei und gluckste bei alledem vor Behagen.

Marion legte es schließlich ins Ehebett – und sich selber daneben. Sie war so erschöpft, daß sie augenblicklich einschlief.

Nach der Sauna war jeweils ein frischer Trunk im ›Biergarten‹ angesagt. Mehr als zwei Halbe trank Wolf Turgau so gut wie nie. Diesmal war das anders. Diesmal spendierte jemand eine zusätzliche Lage. Also wurden es drei, und danach war er so müde, daß er nur noch schnell heim wollte. Spät genug war es ohnehin geworden – schon zehn vorbei. Also verabschiedete sich Turgau von der fröhlichen Gesellschaft und machte sich auf den Heimweg. Nichts hielt ihn auf. Er war ohne Fahrzeug, wie immer, wenn er in die Sauna ging. Sie befand sich in erfreulicher Nähe seiner Wohnung, ließ sich also gut zu Fuß erreichen. Parkmöglichkeiten gab es weit und breit nicht. Außerdem tat die feucht-kühle Nachtluft ausgesprochen wohl.

Wolf steuerte geradewegs sein Schlafzimmer an und ging sofort zu Bett. So bemerkte er die eingetretene Katastrophe erst am folgenden Morgen nach dem einsamen Frühstück. Die Zerstörung seines Lebensmittelpunktes versetzte ihm einen Schlag, der ihn fast umwarf. Das, wußte er augenblicklich, war das Werk eines gemeingefährlichen Menschen, und von dieser Sorte kannte er nur einen einzigen, nämlich seine Frau.

Alles in ihm stand in Flammen. Der Magen, die Gedärme – sie schienen zu bluten. Im Kopf herrschte bleierne Leere. Aus sämtlichen Poren der Haut trat kalter Schweiß aus. Wut und Verzweiflung kämpften einen erbitterten Kampf gegen die Mächte der Logik und Vernunft. Er *wußte* zwar, daß all dies hier nur auf Anjas Konto gehen konnte. Aber was nützte das schon. Er konnte es ja nicht beweisen. Sie hatte ganze Arbeit geleistet, die Frau, mit der er noch immer verheiratet war. Die seinen Namen trug, die er einst sehr geliebt hatte. Die ihn als Erzeuger eines Kindes mißbraucht hatte und eben diesem Kind die elterliche Nestwärme verweigerte.

Wolf setzte sich auf eine Tischkante und weinte ganz unmännliche Tränen. Den angerichteten Schaden genau festzustellen, würde eine Weile in Anspruch nehmen. Falls er jemals dazu überhaupt in der Lage sein würde. Was aber sollte er seinen Kunden sagen? Leuten, die ihm vertraut hatten? Deren umfassende Geschäftsvorgänge hier gespeichert worden waren, jederzeit abrufbereit oder auch fertig zur Rückgabe. Er mochte sich gar nicht ausmalen, wie hoch die entstandenen Direktverluste waren. Niemals würde er imstande sein, dafür aufzukommen. Gewiß, vieles davon war versichert. Gegen Feuer, Wasser, Diebstahl. Aber nicht gegen Vandalismus durch die eigene Ehefrau. Was im übrigen erstmal nachgewiesen werden mußte.

»Anja, verdammt!!« wütete Wolf Turgau und hämmerte mit den geballten Fäusten an seine Schläfen. Um elf, fiel ihm jäh ein, war er bei einem wichtigen Kunden angesagt, den er nicht aufsitzen lassen durfte. Auch dann nicht, wenn dessen gesamtes Material nicht mehr vorhanden war. Dann schon mal gar nicht.

So jedoch, in diesem Zustand, konnte er sich dort unmöglich zeigen. Was er brauchte, war erstmal eine Dusche, eine Rasur. Und ein paar Pillen, die ihm das klare Denken ermöglichten. Die seinen Blutdruck senkten und das Hämmern im Kopf beseitigten. Ihm fiel nur einer ein, der das schaffen würde. Und zu diesem begab er sich dann. Ohne Anmeldung, ohne Terminabsprache – einfach so.

Da stand er nun in der Anmeldung der Praxis des Grünwalder Arztes Dr. Frank und sagte tonlos:

»Ich muß unbedingt den Doktor sprechen, bitte. Es ist sehr dringend.«

Die Helferin erwiderte, ohne auch nur den Kopf zu heben:

»Hier jibts's absolut keine Fälle, die nich' dringend sind. Unmögliches wird sofort erledijt. Nur Wunder dauern wat länger.«

Wolf Turgau stand da wie ein Denkmal.

»Dann warte ich eben auf ein Wunder.«

Das bewirkte, daß Schwester Marthas Unterkiefer herabfiel.

Eine solche Antwort hatte sie offenbar nicht erwartet. Das Warten entfiel für Turgau dennoch. Die Verbindungstür zum Sprechzimmer ging auf, der Arzt höchstpersönlich trat in Erscheinung. Er begleitete eine Patientin und verabschiedete sich auf die ihm eigene, sehr verbindliche Weise. »Auf Wiedersehen, Frau Beil. Gute Besserung. – Wer ist den der nächste, bitte?«

»Herr Turgau«, grollte Martha. »Bevor er mir hier noch den janzen Laden durcheinanderbringt.« Das sollte wohl eine Warnung sein. Sie wurde auch so empfunden.

»Kommen Sie doch bitte gleich mit, Herr Turgau.«

Wolf trottete hinter dem Arzt einher. Sein Kopf war noch immer von bleierner Leere gefüllt. Deshalb klang es auch ganz ehrlich und einleuchtend, als er zu erklären versuchte:

»Ich bin total down. Ich brauch' was für meinen Kreislauf und gegen die Kopfschmerzen. Mir ist so mies, daß ich am liebsten...«

Er kam nicht mehr dazu zu sagen, was er am liebsten tun oder nicht tun würde. Denn schon erschien die barsche Arzthelferin aufs neue und verkündete grinsend:

»Ick will ja nur hoffen, det Ihre Frau sich keene blauen Flecke jeholt hat jestern abend. Werde mir wohl anjewöhnen müssen, mit fremden Haustüren'n bißchen vorsichtjer umzujehn. Isse okay?«

Wolf schluckte schwer. »Meine Frau?«

»Wer sonst? Davon rede ick doch jrade. War janz schön uffjeregt, die Jute. War wohl direkt nach'nem Ehekrach, oda?«

Wolf, der sich gerade erst hingesetzt hatte, stand ganz langsam wieder auf. »Sie sind gestern abend meiner Frau begegnet?«

»Na und? Is det verboten?«

»Sicher nicht. Wo war das genau, bitte?«

»Sagte ick doch jrade: an Ihrer Haustür. Sie kam raus, und

ick wollte rin. Da wohnt nämlich'ne Freundin von mir, die ick besuchen mußte. Wat dajejen?«

»Nicht das geringste. Um welche Zeit?«

»So jejen achte. Warum?«

Er brachte ein klägliches Grinsen zustande.

»Gegen acht also. Verstehe.«

»So? Na, denn is ja jut.« Martha knallte irgendwas auf die Schreibtischplatte ihres Chefs, bevor sie wutschnaubend wieder hinausging.

»Wenn Sie mir jetzt vielleicht erklären würden, was ich für Sie tun kann, Herr Turgau. Sie haben also Kopfschmerzen und Kreislaufbeschwerden. Lassen die sich auf irgendwas Spezielles zurückführen?«

»Das kann man wohl sagen. Zum Beispiel auf das Erscheinen Ihrer Helferin an meiner Haustür.« Dann sagte er auch noch den Rest. »Jemand hat sich bei mir Einlaß verschafft und hat unerhörten Schaden angerichtet. Komplette Computerprogramme sind vernichtet worden. Für mich steht eindeutig fest, daß nur meine Frau dafür verantwortlich zeichnet. Sie will mich vernichten, Doktor. Dafür ist ihr jedes Mittel recht. Wir leben in Scheidung, befinden uns bereits im gesetzlich vorgeschriebenen Trennungsjahr, wie Sie sicher wissen. Aber soviel Gemeinheit ist einfach nicht zu verkraften. Gestern muß sie in meiner Wohnung gewesen sein und meine Computerprogramme vernichtet haben. Ihre Helferin ist ihr noch an der Haustür begegnet. Anja scheut vor rein gar nichts zurück.«

»Und Sie, Herr Turgau?« fragte der Arzt schnell.

»Ich? Ich doch nicht! Ich kann ihr ja gar nichts anhaben. Sie ist es, die geschieden werden will. Sie ist es, die unsere Ehe nicht mehr fortsetzen mag. Eines schönen Tages rückte sie damit heraus. Damit begann das Drama.«

»Ganz ohne Grund?« erkundigte sich der Arzt.

»Natürlich! Das heißt... ich meine... natürlich – also wirklich, Doktor! Sie wissen doch, wie das bisweilen geht. Man stolpert über ein hübsches Mädchen, man lädt es auf ein Glas Wein oder Sekt ein, und alles andere ergibt sich von selbst.«

»Ihre Frau ist irgendwann dahintergekommen, daß sie betrogen wurde, nicht?«

»Lieber Himmel – betrogen! Welch großes Wort. Anja hatte ja kaum mehr Zeit für mich in den letzten Jahren. Immer war das Geschäft wichtiger als ich. Stets war sie müde, abgespannt. Da hört man als Mann eben auf zu fragen, ob sie Lust hat auf einen Theaterbesuch oder einen Discoabend. Da stellt sich ganz plötzlich heraus, daß es andere Partnerinnen gibt für sowas.«

»Für sowas und einiges mehr obendrein«, fügte der Arzt ironisch hinzu.

»Na wennschon. Was der Mensch braucht, muß er haben. Und wenn er das daheim nicht bekommt, sucht er es sich auswärts.«

»Genau das mißfiel Ihrer Frau, nicht wahr?«

»Naja! So, wie es auch mir mißfällt, daß ihr die Kunden stets wichtiger sind als ich. Haben sie mal'ne Frau, die immer müde, immer mürrisch ist am Abend. Nur tagsüber im Salon, da verströmt sie Charme und Energie. Ich hab' schließlich auch einen Beruf, der mich sehr fordert. Ich weiß genau, wie man's anpacken muß, um alles miteinader verbinden zu können.«

»Was Ihnen offensichtlich ja auch gelungen ist. Ihre Frau erwartet ein Baby. Das läßt sich weder abstreiten noch übersehen.

»Ich streite es ja gar nicht ab. Es ist Anja, die auch das zum Problem macht. Sie will einerseits die Scheidung und andererseits das Kind. Sowas ist doch hirnrissig, finden Sie nicht? Heutzutage gibt es schon viel zu viele Kinder ohne ordentliches Elternhaus. Sie kann also nur das eine *oder* das andere haben. Kann es sein, daß gerade diese verrückte Schwangerschaft dafür verantwortlich ist, daß sie sich so benimmt, Doktor?«

»Wie unmöglich, Herr Turgau?«

»Sie denkt sich immer neue Gemeinheiten aus, die mir schaden sollen.«

»Ach ja! Umgekehrt ist es nicht so? Sie brauchen nicht zu antworten auf diese Frage. Ich bin Arzt, kein Rechtsanwalt, kein Familienrichter. Zudem ist Ihre Frau meine Patientin. Als solche habe ich sie unlängst in ein Zentrum überwiesen, wo ihrer Schwangerschaft weit besser kontrolliert werden kann als hier bei mir in der Praxis.«

»Natürlich setzte ich mich zur Wehr«, gab Wolf zu. »Ich kann doch nicht tatenlos zuschauen, wie sie mich vernichtet – Schritt für Schritt.«

»Tut sie das?«

»Es ist ihr fast schon komplett gelungen. Warum können wir nicht, wenn es schon sein muß, auseinandergehen wie ganz normale Menschen? Warum denkt sie sich immer neue Gemeinheiten aus?«

»Könnte es sein, daß dies nur Reaktionen sind?«

»Wieso?« fragte Turgau verblüfft.

»Wenn so etwa erstmal anläuft, potenziert es sich allzu leicht.«

»Sie hat angefangen!« schrie Wolf. »Kommt einfach so hereingeplatzt und sagt: ›Ich will nicht mehr.‹ Das geht doch nicht! Man kann doch nicht einfach so aus einer Ehe aussteigen nur weil...«

»Doch, kann man. Ihre Frau fühlte sich einmal zuviel betrogen, und das gab ihr den Anlaß und das Recht zum Aussteigen. Sie revanchierten sich dafür, und damit wurde eine Kette von Ereignissen ausgelöst, die sicherlich noch nicht zu Ende ist. Aber das müssen Sie mit ihr ausmachen, Herr Turgau. Ich bin bestenfalls für Ihren physischen Zustand zuständig. Legen Sie sich doch bitte mal dort rüber.«

»Wozu?«

»Blutdruckkontrolle«, sagte Dr. Frank lapidar.

Wolf gehorchte. Ein paar Minuten lang tat er alles, was der Arzt von ihm verlangte. Er blieb natürlich nicht bei der Blutdruckkontrolle. Er mußte sehr viel mehr über sich ergehen lassen. Dr. Frank bohrte ihm die geballte Faust in die Lebergegend und klopfte die Wirbelsäule ab. Er ließ ihn zunächst das linke, dann das rechte Bein hochheben und begutachtete so den Zustand der Gelenke.

»Treiben Sie Sport?«

»Wann denn?« antwortete Turgau gepreßt.

»Sollten Sie aber.«

»Treiben Sie denn Sport?«

»Nicht soviel, wie ich möchte und müßte, aber immerhin. – Wieviel Alkohol trinken Sie regelmäßig?«

»Weiß nicht«, erwiderte Wolf mürrisch. »Soll ich jetzt etwa unter die Bierzähler gehen?«

»Wär nicht schlecht. Aufschreiben noch besser. Damit man einen Überblick bekommt. Ihre Leber ist nicht gerade in bester Verfassung. Sie sollten völlig auf Alkohol verzichten, wenigstens für ein paar Monate, damit das Organ sich gründlich erholen kann.«

»Na herrlich!« höhnte Wolf. »Da kommt man wegen Kopfschmerzen zum Arzt und wird gleich zum Alkoholiker gemacht. Ich weiß selber, was ich zu tun und zu lassen habe, Doktor. Irgendwie muß ich dieses verflixte Trennungsjahr durchstehen, ohne daß Anja mich total zermürbt. Wird nicht ganz leicht sein, wie die Erfahrung lehrt. Sie verfügt über eine weitgesteckte Fantasie. Wie würde es beispielsweise Ihnen gefallen, wenn Ihre Frau hier hereinkäme und alles zerstörte, was für Sie und Ihren Beruf wichtig ist?«

»Geht gar nicht. Bin nicht verheiratet«, grinste Stefan Frank kameradschaftlich.«

»Sie Glücklicher«, ächzte Turgau und erhob sich. »Falls ich

Anzeige erstatten sollte, darf ich doch Ihre Helferin als Zeugin benennen, ja?«

»Was soll sie denn bezeugen?«

»Na, daß sie gestern abend meine Frau hat aus dem Haus gehen sehen, in dem sich meine Wohnung befindet und wo sie absolut gar nichts zu suchen hat.«

»Lassen Sie das lieber weg. Seien Sie ständig auf der Hut, aber fordern Sie Ihre Gattin nicht noch mehr heraus. Das führt zu nichts.«

»Wem sagen Sie das! Wir driften immer weiter voneinander weg. Wenn der Haß aufeinander groß genug geworden ist, bringen wir uns womöglich gegenseitig um. Auch gut. Mal sehen, wer übrig bleibt, Anja oder ich.«

Schwester Luise ließ ihn schlafen. Sie sah die dunklen Schatten der Erschöpfung unter seinen Augen und wünschte, man könnte ihm mehr zur Verfügung stellen als einen unbequemen Stuhl neben dem Inkubator, in dem sein winziges Töchterchen lag.

Walter Zeidlinger war über seiner vermeintlichen Pflicht, hier Wache zu halten zu müssen, eingeschlafen. Später würde ihm wahrscheinlich jeder Muskel wehtun vom unbequemen Sitzen. Aber jede Minute Schlaf war so überaus wichtig für ihn, daß Schwester Luise ihn gewähren ließ, obschon jeden Moment mit dem Erscheinen der Ärztin zu rechnen war. Na und? Dies war nun mal eine Station der Ausnahmefälle und die kleine Celia einer ihrer Mittelpunkte. Noch ließ sich nichts mit Bestimmtheit sagen. Es war jedoch die umfangreiche Erfahrung, die Luise immer wieder an den Zeidlinger-Inkubator herantreten und einen Blick auf das Baby werfen ließ. Irgendwas war anders geworden in den letzten Stunden. Sie spürte es bis in die Fingerspitzen hinein. Wenn es sich doch nur endlich bestätigen würde! Wenn die Kleine doch sichtbarer reagierte auf alle verabreichten Medikamente. Die Atmung war das größte der Probleme. Wenn das Baby nicht mehr künstlich beatmet werden müßte, sondern es spontan täte, dann, ja, dann wäre dies ein gewaltiger Schritt nach vorn.

Schritte wurden hörbar. Schnelle, aber keine überhasteten Schritte, wie sie hier so gefürchet waren. Dann stand Dr. Melanie Lantz auch schon im Raum.

»Hallo...« Ganz leise sagte sie es, ganz behutsam. Geradeso, als wollte sie keinen der Brutkasten-Insassen stören oder erschrecken.

»Tag, Frau Doktor. Wenn Sie vielleicht gleich mal nach Celia schauen würden... Mir kommt es vor, als hätten sich positive Veränderungen ergeben.«

»Ach ja?« Die junge Ärztin warf zunächst einen Blick auf den schlafenden Vater und lächelte sacht: »Ist er immer noch hier oder schon wieder?«

»Noch immer. Er wechselt sich ja ständig mit seiner Frau ab. Die ist nun zwar schon lange überfällig, aber das merkt er ja nicht.«

Dr. Lantz kontrollierte die Computer-Ausdrucke ebenso wie die anzeigenden Instrumente. Dann erst beugte sie sich über den Inkubator und betrachtete eingehend das Baby. Es lag auf dem Rücken wie stets. Aber irgendwie schien Luise recht zu haben – einiges hatte sich verändert. Aber was? Gerade als die Ärztin sich das fragte, geschah etwas Überwältigendes. Die kleine Celia öffnete das linke Auge und hielt damit Melanies Blick fest. In weniger als zwei Sekunden war es zwar wieder geschlossen. Aber die Wirkung hielt an.

»Sie hat mir eben zugeblinzelt, Schwester Luise! Das war keine Einbildung, sondern eine Tatsache, die ich beschwören kann. Möglicherweise ist es gar nicht das erstemal gewesen. Es hat nur niemand gemerkt.« Unwillkürlich war ihre Stimme lauter geworden. Als Folge dessen erwachte Walter Zeidlinger und murmelte:

»Oh, Verzeihung... Ich bin hier bestimmt allen nur im Wege...«

»Sind Sie nicht. Aber Ihr Töchterchen hat gerade einen Blick in die große weite Inkubatorwelt riskiert. Das ist ein mächtiger Fortschritt. Wenn sie so weitermacht, werden Sie die junge Dame schon bald auf dem Arm halten dürfen.«

»Ehrlich? Heißt das, Sie geben ihr eine Chance, Frau Doktor?«

»Wir geben jedem, der hier liegt, eine Chance, Herr Zeidlinger. Sonst würden wir uns doch nicht rund um die Uhr so plagen. Früher mal lagen diese Winzlinge bis zu fünfundsiebzig Stunden auf der Intensivstation. Dann waren sie entweder gerettet oder tot. Heutzutage haben wir schon Zahlen erreicht, die geradezu utopisch anmuten. Neunhundert Stunden! Ist das nicht ein stolzer Erfolg?«

»Erfolg?« stammelte der noch immer schlaftrunken wirkende Mann. »Sie meinen, wenn nach neunhundert Stunden einer Ihrer Schützlinge trotz aller Bemühungen stirbt, so ist das trotzdem ein Erfolg?«

»Ich meine...«, korrigierte Melanie Lantz sanft lächelnd, »daß es sogar ein Riesenerfolg ist, wenn man ein Frühchen nach so langer Zeit entweder auf eine ganze normale Station verlegen – oder sogar den Eltern mit nach Hause geben kann.«

»D-das ist möglich?«

»Dafür kämpfen wir«, nickte die Ärztin. »Mit allen uns zur Verfügung stehenden Mitteln. Warten Sie nur ab, bis wir Celia wenigstens für ein paar Minuten aus dem Inkubator nehmen können, damit sie den Hautkontakt mit Vater oder Mutter spürt. Das ist von ganz entscheidender Bedeutung für das Gedeihen. – Hat sie schon ihre Mahlzeit bekommen, Schwester Luise?«

»Noch nicht. In zehn Minuten ist sie fällig.«

Zeidlinger wußte, woraus sie bestand, diese Mahlzeit. Zwölfmal am Tag wurde sie verabreicht. Wenige Gramm verträglicher Nahrung, durch Sonden in den Magen gedrückt. Anders ging es nicht. Der Saugreflex war noch nicht ausgeprägt genug.

Jäh überfielen ihn Schwäche- und Elendsgefühle. Tränen stiegen in ihm hoch. Er konnte nicht unterscheiden, ob es Freuden- oder Trauertränen waren. Und er verspürte bei alledem noch etwas ganz anderes. Unruhe, Angst, Benommenheit. Sein Zeitgefühl war ihm verlorengegangen. Er fragte, damit der Ärztin ganz unhöflich ins Wort fallend:

»Wo bleibt denn man bloß meine Frau? Müßte sie nicht längst hier sein? Sie löst mich doch sonst immer ganz pünktlich und zuverlässig ab.«

»Das müßte sie in der Tat, Herr Zeidlinger. Aber es könnte gut sein, daß auch sie zu Hause eingeschlafen ist und darüber alles andere vergessen hat. Sie muten sich einfach viel zuviel zu. Sie wollen auch nicht wahrhaben, daß hier bestens für Ihre kleine Celia gesorgt wird. Wissen Sie was? Sie fahren jetzt auch heim und stehen Ihrer Frau bei. Die Ärmste ist ja völlig von der Rolle.«

»Wenn Sie meinen, daß ich hier entbehrlich bin…« Er ließ sich nur zu gern überreden!

»Sind Sie!« Schwester Luise hatte es nun sehr eilig, ihn loszuwerden. Also verließ Walter Zeidlinger die Station. Nicht, ohne seinem winzigen Töchterchen einen letzten Blick zugeworfen zu haben. »Bis bald wieder, mein Kleines. – Danke für alles, Frau Doktor – Schwester Luise…«

Sein Auto stand auf dem Parkplatz hinter dem Zentrum. Getrieben von einer merkwürdigen Unruhe nahm er den kürzesten Weg und fragte sich während der Fahrt immer wieder, ob Marion wohl halbwegs in Ordnung wäre. Ob sie vielleicht sogar eine Mahlzeit vorbereitet hatte. Die letzte lag schon arg weit zurück, und er sehnte sich so sehr nach Gemeinsamkeit. Wie, fragte er sich, als er an einer Ampel halten mußte, würde Marion wohl die Nachricht aufnehmen, daß Klein-Celia ein Auge geöffnet hatte? War das denn nicht sensationell, gar überwältigend? Ach, er konnte es gar nicht erwarten, nach Hause zu gelangen und ihr all das und einiges mehr zu erzählen.

Den Wagen ließ er gleich an der Ecke stehen, wo es eine freie Parklücke gab. Den Rest legte er zu Fuß zurück, nahm die Treppe in großen Sprüngen und schloß die Wohnungstür auf.

Tiefe Stille empfing ihn. In der Küche rührte sich nichts, im Wohnzimmer auch nicht. Also öffnete er leise, ganz leise die nächste Tür. Sie führte ins eheliche Schlafzimmer. Und dann sah er es endlich: Marion lag tief schlafend im Doppelbett. Und neben ihr – da lag noch jemand. Walter traute seinen Augen nicht. Was hatte das denn zu bedeuten? Narrte ihn vielleicht ein Spuk? War es Sehnsucht oder Wunschdenken? Oder stand er ganz einfach im Begriff überzuschnappen?

»Großer Gott im Himmel«, keuchte er. Es roch nach Baby und Bäuerchen, nach Leben und Behaglichkeit. Im Aufnehmen von Säuglingen hatte er ja so seine Erfahrungen. Auch wenn die nun schon etliche Jahre zurücklagen.

Walter schob seine Hände unter den warmen, weichen Körper. Er bohrte seine Nase in die Halsbeuge, es ging nicht anders. Das Baby gab grunzende Laute von sich. Es schien ungemein zufrieden zu sein.

Eine volle Minute lang redete er sich ein, es wäre *sein* Baby, sein kleines, heißersehntes Töchterchen. Dann überfiel ihn die Gewißheit, daß es nicht so war, gar nicht sein konnte.

Was aber sonst?

Behutsam legte er den Säugling zurück aufs Bett. Weit weniger behutsam rüttelte er seine Frau. »Was hat das zu bedeuten, Marion? Wem gehört dieses Kind?«

Sie erwachte nur mühsam. Sie schien seine Stimme gar nicht

zu verstehen. Sie blinzelte in völligem Unbegreifen und murmelte schließlich seinen Namen. »Walter? Bist du das?«

»Wer sonst? Woher stammt dieses Kind…?«

»Was denn für ein Kind…?«

»Reiß dich gefälligst zusammen!« zischte er ahnungsvoll.

Das hier konnte ja gar nicht mit rechten Dingen zugehen. Ganz allmählich begriff er, daß es tatsächlich so war. Es ging nicht mit rechten Dingen zu.

»Ich habe…«, hauchte Marion, »es einfach mitgenommen. Es lag da im Wagen, ganz allein. Als ich mich darüber beugte, lächelte es mich an. Es kann ganz wunderbar lächeln, Walter. Du weißt ja nicht, was das für mich alles bedeutet…«

»Ach nein? Na, dafür weiß ich, was es bedeutet, ein fremdes Kind zu stehlen. Und was man dafür bekommt. Wenigstens ungefähr.«

»Wieso? Ich will es doch nicht verkaufen. Ich würde niemals…«

»Strafe!« schrie er los. »Ich rede von der Strafe, die auf Kindesentführung steht. Und jetzt hör mir mal zu, liebe Marion – falls du dazu imstande sein solltest.«

Die liebe Marion hörte ihm ganz genau zu. Sie beantwortete auch Walters Fragen einigermaßen ordentlich. Schließlich wußte er, wo sie das Baby gestohlen hatte. Dieses Wissen war absolut notwendig. Er griff nach dem schlafenden Kind. Es war wirklich ein herziges Wesen. So ungemein zufrieden sah es aus. Und das, nahm er sich vor, sollte es auch bleiben.

Aus dem Wäscheschrank nahm er ein frisches weißes Laken. Damit umhüllte er das lebendige Paket.

»Was hast du vor?« stammelte Marion.

»Sag ich dir später«, erwiderte er und verließ mit großen Schritten das Zimmer. Er ging aus der Wohnung. Er schloß die Tür sorgfältig ab. Er ließ den Schlüssel zu den anderen in die rechte Hosentasche gleiten, denn vorsorglich hatte er

Marions Schlüssel auch mitgenommen. Ohne auch nur die mindeste Zeit zu verlieren, stampfte er auf sein Auto zu, legte das schlafende Baby auf den Rücksitz, schob sich selber hinters Lenkrad und fuhr los. Genau zwölf Minuten später erreichte er das Polizeipräsidium und fragte sich zur richtigen Stelle durch.

Als er das nüchterne Amtszimmer betrat, stand sein Plan ganz genau fest.

»Grüß Gott«, sagte er höflich und mit ruhiger Stimme. »Ich habe ein Baby gefunden. Es lag in einem Hauseingang und weinte. Kein Wunder, nicht? Ist ja nicht gerade Frühling draußen. Bin selber Vater eines Säuglings. Und wenn ich mir vorstelle, daß jemand mein Kind einfach mitnehmen und irgendwo ablegen könnte... also, bei dem Gedanken dreht sich mir der Magen um. Vielleicht wird es bereits von der Mutter gesucht? Heutzutage passieren ja die unglaublichsten Geschichten.«

Zwei Beamtenköpfe beugten sich über das schlummernde Baby.

»Wie niedlich!«

»Nicht wahr? Es sollte nun aber schleunigst der Mutter zurückgegeben werden. Das heißt...«

»Ja?«

»Naja, ich meine – falls die es nicht selbst ausgesetzt hat. So nennt man das ja wohl. Was mich betrifft – ich hab' mich damit wohl meiner staatsbürgerlichen Pflichten entledigt. Grüß Gott beisammen.«

»Halt! Moment noch! Wir brauchen Ihre Personalien!«

»Wozu? Ihr habt doch das Kind.«

»Reicht leider nicht. Ordnung muß sein. Vielleicht springt ja auch ein Finderlohn für Sie heraus.«

Walter hatte damit gerechnet und reichte dem Beamten seine Visitenkarte. Irgendein Risiko war wohl kaum damit verbunden. Er hatte das Kind ja tatsächlich gefunden, wenn auch im Bett seiner Frau.

Anja las die Annonce in der Zeitung. Darin wurde eine schicke Drei-Zimmer-Etagenwohnung in erfreulicher Nähe ihres Salons angeboten. Der Preis war gepfeffert; darin enthalten jedoch waren bereits eine moderne Einbauküche sowie eine stattliche Anzahl anderer Teile wie Schränke, Regale und Zubehör. Der gegenwärtige Besitzer hatte vor, nach Übersee zu gehen und wollte nur das transportable Gut mitnehmen.

Anja war begeistert. Weniger vom Preis als vielmehr von der Lage, von dem Gedanken als solchem, in naher Zukunft vielleicht Eigentümerin einer schicken Wohnung werden zu können. Bestimmt würde ihr die Bank ein Darlehen zur Verfügung stellen, groß genug, um auch noch Möbel und Hausrat zu kaufen, was sich mit dem bereits Vorhandenen ergänzen ließ. Doch selbst bei sehr günstiger Einschätzung kam ein Betrag zusammen, der sie schwindeln ließ. Mindestens drei Jahre würde sie hart arbeiten müssen, um von den Schulden wieder herunterzukommen.

Na und? fragte sie sich am Ende solcher Überlegungen. Was sind schon drei Jahre! Und was habe ich bisher doch schon alles geschafft. Anpacken hieß nun ihre Parole. Keine Mark mehr für überflüssiges Zeug ausgeben. Keine Aushilfe für den Weihnachtsmonat einstellen, sondern das eigene Pensum erhöhen. Morgens eine Stunde früher anfangen. Abends noch eine Stunde dranhängen. Überdies hatte sie ja noch ihre ›Privaten‹. Anspruchsvolle Kundinnen, die sich am liebsten daheim frisieren ließen, entweder sonntags oder montags, wenn der Salon geschlossen war.

Sie brauchte zwei Tage, um sich durchzuringen. Dann ging sie zu dem Vermittler, der die Wohnung anbot und sagte:

»Ich nehme sie. Wann kann ich einziehen?«

»Sobald die Finanzierung gesichert ist, Frau Turgau. Es liegt also allein an Ihnen. Mein Auftraggeber könnte praktisch sofort ausziehen.«

»Wir wollen nichts überstürzen«, sagte Anja, und fragte sich insgeheim, ob das Angst vor der eigenen Courage war, die sie dabei empfand. »Ich muß mich ohnehin erst mit meiner Bank in Verbindung setzen. Ganz wichtig ist mir vor allem, daß ich die Wohnung bestimmt bekomme. Vielleicht könnte das über eine entsprechende Anzahlung festgelegt werden?«

»Gewiß, natürlich. Ich werde sofort Kontakt aufnehmen mit meinem Auftraggeber und informiere Sie dann über alles weitere.«

Hochzufrieden einerseits, andererseits aber durchaus wissend, was sie sich aufgeladen hatte, ging Anja zurück in den Salon. Die Schwierigkeiten lasteten auf ihr wie ein Gebirge. Der schwangere Leib machte es nicht besser. Aber sie kannte ja ihre Energien, ihr Durchstehvermögen, und sie war wildentschlossen, diesen neuen Anfang so schnell wie möglich einzufädeln.

»Paßt mal auf, Mädchen…«, sagte sie zu ihren Angestellten, als sich gerade die beste Möglichkeit dafür ergab. Alle Kundinnen saßen unter Trockenhauben. Der nächste Rekordeinsatz würde wohl erst in etwa zehn Minuten anlaufen. »Wie ihr wißt, wollten wir ja für den Weihnachtsmonat eine Aushilfe einstellen. Aber erstens ist es schwierig, jemanden zu finden, der ins Team paßt. Zweitens verschlingt das immer eine Menge Geld. Und drittens könnten wir uns das eigentlich selber verdienen, indem wir alle ein bißchen fester anpacken. Natürlich bekommt ihr das extra bezahlt. Was haltet ihr davon?«

»Viel, Chefin«, sagte Elke spontan.

»Extrazahlung ist immer gut. Ich brauch eh noch so viel Zeug für den Wintersport. Wir wollen im Februar in die Dolomiten zum Skilaufen, mein Freund und ich.«

»Na fein. Was ist mir dir, Roswitha?«

»Ich hab' Extrageld nicht nötig. Und länger arbeiten als sonst will ich auf gar keinen Fall. Mit mir können Sie also nicht rechnen. Als Auszubildende muß ich auch keine Überstunden machen. Das wissen Sie doch, Frau Turgau.«

Heiß wallte es hoch in Anja. Dieses verdammte kleine Biest!

»Auch gut. Wir werden ohne dich zurechtkommen.«

»Wie mich das freut! Fangen Sie am besten gleich damit an. Ich wollte mir nämlich drei Tage Urlaub nehmen. Donnerstag, Freitag, Samstag.«

»Kommt überhaupt nicht in Frage. Kurzurlaub übers Wochenende gibt es nicht. Da wird hier jede Hand gebraucht. Und das wiederum weißt du ganz genau, denk ich mal.«

Roswithas Lächeln war eine glatte Herausforderung.

»Mein Freund braucht aber dringend Erholung. Ohne mich findet er die einfach nicht. Er hat eine Hütte oben in den Bergen, wissen Sie. Ganz abgelegen. Nicht mal Strom gibt es. Total romantisch. Nirgendwo, sagt er, kann man besser frische Kräfte schöpfen als dort. Waren Sie schon mal in so einer einsamen Berghütte, Frau Turgau?«

Anja hatte Mühe, sich auf den Beinen zu halten. Natürlich war sie schon so manches Mal in einer solchen Hütte gewesen. Genau in jener noch dazu. Sie gehörte einem Bekannten ihres Mannes, der sie ihnen oft und gern zur Verfügung gestellt hatte. Sehr glückliche Stunden hatten sie darin verlebt, Wolf und sie. Jetzt gedachte er das offenbar zu wiederholen, wenn auch nicht mit ihr, sondern mit dem Lehrmädchen Roswitha. Unglaublich! So eine Gemeinheit!

»Urlaubsbegehren abgelehnt«, sagte sie eiskalt und war dann heilfroh, daß ein Schrillen das Ende der Trockenzeit von Haube drei verkündete. Ihre Hände zitterten nur ganz sacht, als sie die Kundin von den Lockenwicklern befreite.

Am Abend erst, als sie allein in ihrer Notunterkunft saß und sich mit einem Glas Sekt labte, die Füße hochgelegt, die Augen geschlossen, machte sie sich klar, daß sie derartige und auch andere Nadelstiche in Zukunft noch des öfteren würde einstecken müssen. Sie wollte, sie durfte sich davon auf keinen Fall unterkriegen lassen. Im Gegenteil! Sie sollten ihre Kampfbereitschaft stärken.

An alledem war ja ohnehin nur Wolf schuld. Wolf, der sie mit Roswitha und ähnlichen Typen betrogen hatte. Wolf, der nicht treu sein konnte. Wolf, den sie allmählich so sehr haßte, wie sie ihn einstmals geliebt hatte. Ja, und während sie dies dachte, fiel ihr etwas ein. Und das war nun schon wieder eine gewaltige Erleichterung. Warum nur hatte sie früher nicht daran gedacht?

Da war doch ihr Schließfach bei der Bank. Vor fünf, sechs oder sieben Jahren schon hatten sie es gemeinsam gemietet. Damals, als Großmama gestorben war und ihr den altmodischen Hochzeitsschmuck hinterlassen hatte. Niemals würde sie so etwas tragen, nein, wirklich nicht. Aber es hatte einen beachtlichen Wert. Gerade deshalb wollte sie das Zeug ja auch nicht zu Hause aufbewahren. Zusammen mit wichtigen Papieren, Urkunden und – wie altmodisch! – jenen Liebesbriefen, die Wolf ihr einstmals geschrieben hatte, war der Schmuck also ins Banksafe gewandert. Nie hatte sie ihn dort abgeholt. Jetzt aber würde sie es tun – tun müssen. Alles Bargeld, was aufzutreiben war, gedachte sie in die neue Wohnung zu stecken. Vielleicht ließ sich ja der Schmuck sogar beleihen. Dann könnte sie ihn später irgendwann wieder auslösen. Falls sie daran interessiert war. Im Moment war sie es nicht. Antike Broschen, Ketten und Armbänder gehörten nicht unbedingt zu ihren Leidenschaften. Sonst hätte sie ihn dann und wann ja schon mal getragen.

Am folgenden Morgen nahm sie ihr Frühstück im Stehen ein und begab sich dann schleunigst in die vorderen Räume. Die erste Kundin war schon für acht Uhr angemeldet. Zwei andere folgten in wenigen Minuten Abstand. Es wurde ein sehr aktiver, arbeitsintensiver Vormittag. Um elf klammerte sich Anja aus, sagte zu Elke:

»Ich muß schnell mal weg. Schaut zu, daß ihr hier klarkommt.«

»Alles paletti, Chefin.«

Anja Turgau marschierte zur Bank, ließ sich von einem Angestellten in den Keller führen, wo die Schließfächer untergebracht waren. Sie kannte die Prozedur. Sie überspielte ihre Ungeduld.

»Klingeln Sie bitte, wenn Sie mich wieder brauchen, Frau Turgau...«

»Selbstverständlich. Danke.« Sie stellte die entnommene stählerne Kassette auf einen dafür vorgesehenen Tisch und öffnete sie. Da lagen die gebündelten Liebesbriefe, die Urkunden und Papiere. Nur die Schmuckschatulle fehlte.

Anja verspürte das Zittern, das durch ihren schwangeren Leib lief. Sie preßte die Zähne fest aufeinander, um nicht laut losschreien zu müssen. Da stand sie nun vor einer neuerlichen Niederlage und wußte nur das eine: Wolf hatte es getan! Niemand sonst hätte die Möglichkeiten dazu. Nur Wolf und sie besaßen die dafür nötigen Schlüssel und Ausweise, um bis hierher vorzudringen. Er hatte beides rechtzeitig genutzt. Sie war wieder mal zu spät gekommen.

»Schuft!« stieß Anja hervor. Und gleich noch einmal, lauter und lauter werdend:

»Schuft! Schuft!! Schuft!!!«

Es hallte von den gepanzerten Türen wider, es umgab sie wie eine unsichtbare Glocke. Dieser Mistkerl, dieser Schuft, dieser elende Dieb. Ihren Schmuck hatte er gestohlen.

Gestohlen? Unter Eheleuten, wußte sie seit langem, gibt es keinen Diebstahl. Und was nun? Nichts und nun. So tun, als wäre alles in schönster Ordnung. Und dann zurückgehen in den Salon und sich darauf einstellen, daß der dämliche Antikschmuck wegfiel, daß sie ihn nicht zu Geld machen konnte, daß eine weitere finanzielle Lücke klaffte.

»Na wennschon!« sagte Anja und richtete sich am Klang der eigenen Stimme auf. Ärmel hochkrempeln und ran an die Kundschaft. Welch ein Glück, so einen Beruf zu haben, der einem das ermöglichte!

Mit noch feuchten Augen, aber bereits entschlossen lächelnd schaute sie sich in der stählernen Kammer um.

»Worauf warten wir noch?« sagte sie zu sich selbst.

Es war Dr. Melanie Lantz, die mit großer, ruhiger Entschiedenheit eine Veränderung herbeiführte.

»Es tut mir leid, Frau Zeidlinger«, sagte sie, nachdem Marion im Stationszimmer Platz genommen hatte. »Aber wir können niemandem mehr gestatten, unentwegt hier zu bleiben. Wissen Sie, wir haben einen neuen ärztlichen Direktor bekommen, und der duldet sowas einfach nicht. Das klingt sehr autoritär und verständnislos. In Wirklichkeit aber sind dafür Erkenntnisse maßgebend, die ein Laie nicht versteht, gar nicht verstehen kann. Kurz und gut – ich muß Sie bitten, Ihre Besuche am Inkubator Ihres Töchterchens auf zwei Stunden täglich zu beschränken. Das ist im Interesse aller unserer kleinen Patienten unabdingbar notwendig, findet der neue Professor.«

Marion schluckte krampfhaft. »Und Sie, Frau Doktor?«

»Ich finde das auch, seit langem schon. Aber ich hab' halt immer wieder beide Augen zugedrückt. Außerdem ist es ja längst nicht in allen Fällen so.«

»Nein?«

»Nein«, lächelte die zierliche junge Ärztin. »Viele Eltern wollen gar nichts wissen von ihren Frühchen. Sie tauchen erst wieder auf, wenn die Kinder überm Berg sind.«

»Sowas gibt es?« hauchte Marion Zeidlinger tonlos.

»Es gibt noch ganz andere Dinge. Nicht nur hier bei uns. Auch drüben auf der ganz normalen Kinderstation. Sie wissen, was das heißt? So normal nun auch wieder nicht. Es handelt sich ausnahmslos um schwer behinderte Kinder.«

»Aber die brauchen doch erst recht elterliche Liebe und Zuwendung.«

»Richtig. Leider sind nur nicht alle Eltern bereit, das auch zu geben. Mitunter kann man es ihnen nicht mal verübeln. Welche Mutter erträgt schon das Wissen, ein zeitlebens verkrüppeltes, gehörloses, blindes, taubstummes Kind zu haben? Nicht viele, liebe Frau Zeidlinger. Und was die Väter anbelangt, die erst recht nicht. Jeder junge Vater wünscht sich einen strammen, gescheiten, kräftigen Sohn, nicht wahr? Oder ein reizendes, zierliches, niedliches Töchterchen. Kommt aber statt dessen Nachwuchs, der von Anfang an nichts Gutes verheißt... Wen will man dafür verurteilen, daß er damit nicht zurechtkommt? Es bedarf großer seelischer Kraft, die volle Verantwortung für das Wesen zu übernehmen. Oft genug sind die Eltern ganz junge Leute, die selber das Leben noch nicht richtig kennen. Mitunter aber auch Paare, die sich viel zu spät zu einem Kind bekannt haben und nun mitansehen müssen, daß es kein normales Kind ist, sondern ein Schwerbehindertes, das niemals imstande sein wird, für sich selber zu sorgen.«

Marion atmete tief ein, bevor sie fragte: »Warum erzählen Sie mir das alles, Frau Doktor?«

»Um Ihnen aufzuzeigen, daß Ihr Schicksal noch längst nicht das ärgste ist. Ihre kleine Celia erholt sich zusehends. Streckenweise braucht sie schon nicht mehr künstlich beatmet zu werden. Ihre Lungen kräftigen sich von Tag zu Tag mehr. Vor allem aber hat sie ein Herzchen, das total angepaßt ist. Es pumpt und pumpt und pumpt, daß es eine wahre Freude ist. Ich mache Ihnen nichts vor, Frau Zeidlinger. Es ist die reine Wahrheit. Ich glaube sogar, Ihnen versprechen zu können, daß Sie Ihr Baby innerhalb eines Monats nach Hause holen können.«

»Neiiiin!« japste Marion entzückt.

»Doch«, lächelte die Ärztin. »Immer vorausgesetzt, es kommt nichts dazwischen, die Entwicklung geht so weiter wie bisher – und Sie richten sich nach den Vorschriften. Einverstanden?«

»Das heißt, nur noch zwei Stunden täglich?«

»Nur noch zwei Stunden täglich!« nickte Melanie Lantz, und die Art, wie sie es tat, sprach Bände.

Als Walter kam, um sie abzulösen, warf Marion ihre Arme um den Hals des Mannes und schluchzte ihm alles entgegen, was sie an diesem Tag erfahren hatte.

Seltsamerweise sagte er lediglich auf seine ruhige, bestimmte Art: »Wie schön!«

Sie löste sich von ihm, schaute ihn an, enttäuscht bis erschrocken. »Mehr fällt dir dazu nicht ein?«

»Kaum. Vom Reden wird nichts besser.«

Sie wußte, was und wie er das meinte. Seit jenem ihr selber jetzt unbegreiflichen Zwischenfall mit dem fremden Baby hatte sich zwischen den Eheleuten Zeidlinger eine merkwürdige Fremdheit entwickelt. Marion empfand nichts als Dankbarkeit für Walter. Schließlich war er es gewesen, der alles wieder ins Lot gebracht hatte. Noch am selben Tag war der gestohlene Säugling seinen darüber mächtig aufgeregten Eltern zurückgegeben, die Umstände, welche dazu geführt hatten, gar nicht erst diskutiert geschweige denn aufgeklärt worden. Aber noch immer spürte sie die Vorwürfe, die Walter ihr machte. Berechtigte, tiefverwurzelte Vorwürfe, gegen die sie nicht ankam. Ihr selber fehlten die Worte, um ihm ihr Verhalten verständlich zu machen. Aber gerade darauf wartete er natürlich.

»Etwas ähnliches wird nie, nie mehr passieren. Nicht, was mich betrifft«, hob sie jetzt an.

»Man sollte niemals nie sagen.«

»Sicher. Aber man solle einem Menschen auch glauben,

wenn er schwört, bestimmte Dinge nicht erneut zu tun. Du hilfst mir ja dabei. Du bist fast ständig an meiner Seite. Überdies weiß ich jetzt... wissen wir beide, daß Celia uns erhalten bleiben wird. Wir *haben* also unser Baby. Mehr brauchen wir doch gar nicht. Versprichst du mir, daß wir ihm alle Liebe geben werden, deren wir fähig sind? Nicht nur in der Anfangszeit, sondern immer. Auch wenn sie mal böse sein, uns ärgern sollte. Später, wenn sie größer ist, laufen kann, draußen herumtoben will...«

Marions Augen hatten zu leuchten begonnen. Sie sah plötzlich ganz jung aus, und so strahlend.

Walter nahm sie in die Arme, ließ sie seine Nähe spüren. Sie hörte sein Herz pochen. Sie schnupperte den vertrauten Duft seines Körpers.

Alles, alles wurde plötzlich gut. Er verzieh ihr. Sie wußte, daß er ihr verzieh, daß er ihr glaubte, vertraute, wenn sie immer wieder versicherte: »Ich weiß nicht, was in mich gefahren war, als ich das fremde Baby an mich nahm. Ich weiß nur, daß ich so etwas nie wieder tun würde. In spätestens einem Monat werden wir unser Muckelchen heimholen können, Walter...«

»Wenn nichts dazwischenkommt«, schränkte er behutsam ein.

»Es wird nichts dazwischenkommen. Es darf nichts dazwischenkommen. Es kann gar nichts dazwischenkommen. Wir werden ihm die besten Eltern der Welt sein, Walter, nicht wahr?«

»Bestimmt«, nickte er und strich ihr liebevoll übers Haar. »So uns die Kraft dafür bleibt, ganz bestimmt, Marion, mein Schatz...«

Alle Köpfe wandten sich ihm zu, als der schneidige junge Offizier den ›Salon Anja‹ betrat. Er aber sah nur *sie* und schritt zielstrebig darauf zu.

»Hallo, Schwesterherz!«

»Eckart!« rief Anja aus und ließ alles fallen, was sie eben noch in den Händen gehalten hatte. Sie mußte sich auf die Fußspitzen stellen, um ihn auf die Wange küssen zu können. »Welch guter Wind treibt dich denn hierher? Sie entschuldigen bitte!« schrie sie der Kundin unter der Trockenhaube zu. »Das ist mein Bruder. Ich hab' ihn seit Ewigkeiten nicht mehr gesehen. Es muß doch fast ein Jahr her sein, Eckart, nicht wahr?«

»Stimmt ausnahmsweise mal. Und mein erster Weg führt mich natürlich zu dir. Bitte um Entschuldigung für die Störung, meine Damen...« Er schaute fröhlich in die Runde, traf auf interessierte bis anhimmelnde Blicke. Besonders Roswitha schmachtete regelrecht. Aber so junges Gemüse, wußte Anja genau, war nicht sein Fall.

»Ist gar keine Störung«, versicherte sie und rieb ihre Wange am Ärmel seiner Jacke.

»Ich freu mich so wahnsinnig, dich zu sehen!«

»Ich dich auch, Anjalein. Wenn du mir deinen Wohnungsschüssel anvertraust, gehe ich schon mal hin und leg mich ein halbes Stündchen aufs Ohr.«

»Schlafen ja«, seufzte sie leise. »Aber nicht mehr in meiner Wohung. Hab' gar keine mehr. Begnüge mich hier mit den beiden Hinterzimmern.«

»Dann stimmt es also, was man sich erzählt? Ihr habt euch getrennt, du und Wolf?«

«Ja«, nickte Anja und brachte ein kleines, tapferes Lächeln zustande. »Es stimmt. Und schwanger bin ich auch, falls dir das entgangen sein sollte. Den Rest erzähle ich dir nach Feierabend. Geh jetzt nach hinten und ruh dich aus. Im Kühlschrank findest du alles, was du brauchst. Milch, Limo, Bier. Ich komme nach, sobald ich hier entbehrlich bin. Seit wann bist du wieder in Deutschland?«

»Seit heute morgen. Nonstop aus Nevada und für genau zwanzig Tage. Dann geht's nochmal für ein halbes Jahr nach USA.«

»Beneidenswert. Du lernst die Welt kennen, Brüderchen.«

»Ja, aber nur in der Luft. Von Amerika selbst habe ich noch nicht allzuviel gesehen. Das wird nachgeholt, wenn meine Dienstzeit um ist. Dann häng' ich noch einen Monat dran und sause kreuz und quer durch die Staaten.«

»Gratuliere, Herr Oberleutnant.«

»Danke verbindlichst, große Schwester. So, und nun schieb ich ab. Die Zeitverschiebung nimmt einen ganz schön her, weißt du. Darf ich mich wirklich bei dir aufs Sofa hauen?«

»Nur zu.«

Ach, war das schön! Endlich jemand, mit dem sie reden, dem sie alles sagen konnte. Immer war ihr Kontakt zueinander ausgesprochen herzlich, wenn auch nicht sehr intensiv gewesen, seit Eckart bei der Luftwaffe diente. Das Amerika-Kommando hatte ihn fast ein Jahr lang ferngehalten von ihr. Um so mehr freute sie sich jetzt über seinen unverhofften Besuch.

Es wurde dennoch ziemlich spät, bis sie sich aus dem Salon zurückziehen und den Rest Elke überlassen konnte. Sie fand ihren Bruder in tiefem Schlaf vor, und es kam sie hart an, ihn da herausreißen zu müssen. Wenn sie aber wirklich etwas von ihm haben wollte, blieb gar nichts anderes übrig. Wußte sie doch nicht mal, wieviel Zeit er ihr zu opfern gedachte. Also kniff sie ihn ganz lieb und zärtlich in die Nase, wie sie es schon als Kind getan hatte.

Er reagierte prompt. Er wußte seltsamerweise sofort, wo er sich befand und was von ihm erwartet wurde. »Ich muß wohl doch richtig eingeschlafen sein...«

»Das war vor etwa zwei Stunden«, lachte Anja und schickte sich an, etwas Eßbares zusammenzustellen. Im Handumdrehen hatte sie eine delikate bunte Platte gezaubert. Ein Glück, daß sie immer entsprechende Vorräte zur Verfügung hatte. Die hartgekochten Eier waren ohnehin für ihr Abendessen bestimmt gewesen. Jetzt hatte sie diese mit Oliven gefüllt, mit Remoulade überzogen und in die Mitte der Platte gelegt. Drumherum gab es Schinkenröllchen, Käsedreiecke, Tomatenachtel und Wurstnester. Nicht nur Dauerwellen und komplizierte Steckfrisuren waren Anjas Spezialität. Sie hatte sich stets auch als fabelhafte Hausfrau erwiesen.

»Himmel, tut das gut!« stöhnte Eckart vor Behagen und schüttete ein kühles Bier in sich rein. Dann häufte er seinen Teller voll und begann zu futtern. »Wie in alten Zeiten. Weißt du noch. Damals, als...«

»Laß das lieber rückwärts abspulen, sonst verliert man sich womöglich noch in der Steinzeit. Du hast vorhin ganz richtig bemerkt, daß ich schwanger bin. Frag mal, von wem.«

Eckart verschluckte sich prompt, mußte husten, nahm einen weiteren Schluck Bier, konnte dann erst sagen: »Na, von deinem Mann, hoffentlich.«

»Eben. Leider. Es geschah total ungewollt. Aber es ist passiert. Und nun will ich das Kind.«

»Er nicht«

»Gott bewahre! Er natürlich nicht. Er sagt, es sei kein Platz dafür, wenn du verstehst, wie das gemeint ist. Wir hatten uns zum Zeitpunkt der Zeugung nämlich bereits getrennt. Wolf und ich. Ich wollte nicht mehr. Ich konnte – und kann sein ständiges Fremdgehen nicht ertragen. Und ein Kind ist für mich erst recht kein Grund, ihm Zugeständnisse zu machen. Kurzum also: Ich werde das alles allein auf mich nehmen, und in der Geburtsurkunde wird stehen: Vater unbekannt.«

»Wieso denn das, Anja?«

»Weil ich es so will!« schrie sie plötzlich los. »Weil es *mein* Kind ist, ausschließlich meins. Er braucht dafür weder zu zahlen, noch es sich auch nur ein einziges Mal anzusehen. Ich habe von diesem notorischen Fremdgeher kein Kind haben wollen. Aber da ich es nun mal bekomme, fordere ich es ganz für mich. Ist das so schwer zu begreifen?«

»Das nicht...«, murmelte Eckart. »Irgendwie kann ich dich schon verstehen. Nur...«

»Nur was?« drängte Anja schroff.

»Wird sie oder er das später auch tun?«

»Darauf kann ich keine Rücksicht nehmen. Ein Mensch wie Wolf ist es nicht wert, Vater zu werden. Sich als solcher anreden zu lassen. Na schön, er hat dieses Kind gezeugt. Weiß der Himmel, wie viele noch – mit anderen Frauen, versteht sich. Das ist mir auch egal. Jetzt ist es mir tatsächlich egal. Erziehen, aufs Leben vorbereiten aber werde ich mein Kind ganz allein. Und dafür sorgen, daß es nicht so wird wie sein Va – sein Erzeuger!«

»Menschenskind, Anja! So schlecht kann Wolf als Ehemann doch aber gar nicht gewesen sein. Sonst hättest du ihn doch schon viel früher verlassen!«

»Er ist sogar noch schlechter, noch viel, viel schlechter. Er belügt, betrügt und bestiehlt mich. Sogar Großmutters Antikschmuck hat er mir geklaut.«

»Ach ja? Na, so wie ich dich kenne, läßt du dir das bestimmt nicht gefallen.«

»Darauf kannst du Gift nehmen. Ich weiß mich zu wehren. Er will mich vernichten. Warum? Weil ich nichts mehr von ihm wissen will. Er scheut vor rein gar nichts zurück.«

»Und du?« Forschend sah Eckart sie an.

»Ich auch nicht«, sagte Anja ehrlicherweise. »Ich bin jetzt sogar wieder am Zug. Mir wird schon was einfallen. Ich brauche eine neue Wohnung, weißt du. Sowas kostet heutzutage ein Vermögen. Na schön. Mein Geschäft läuft gut. Jahrelang habe ich jede Mark da reingesteckt. Das reicht natürlich nicht für meine Pläne, aber es ist ein Anfang, ein Neubeginn ohne Wolf. Ich muß an mein Kind denken. Sie haben mich als Risikoschwangere eingestuft«, kicherte Anja. »Weil ich von meinem Ehemann getrennt lebe und deshalb einer starken seelischen Belastung unterliege, stell dir das vor. Ich und ein Risikofall. Da lachen ja die Hühner. Aber bitteschön, wenn es die Damen und Herren Ärzte beruhigt. Gehe ich halt ins Vorsorgezentrum und laß alles mögliche mit mir machen. Ultraschall und Fruchtwasserspiegelung und wie das alles heißt. Keiner will allein die Verantwortung übernehmen, du verstehst? Wenn's gut geht, halten sich alle für die berühmten Halbgötter in Weiß. Wenn aber nicht, dann war es halt die schicksalshafte Verkettung. Aber ehrlich, Bruderherz, da bekommt man Sachen zu sehen, die einem sonst nur in Alpträumen widerfahren. Neugeborene – so winzig, daß sie in deine Hand passen. Verschrumpelt, beinahe unkenntlich als kleiner Mensch. Eher wie Äffchen sehen sie aus. Oder Kinder mit offenen Rücken. Das ist eine Fehlbildung im Mutterleib, die nur schwerlich zu korrigieren ist. Oder Mongoloide. Ich bin für so eine Fruchtwasseruntersuchung vorgemerkt. Man macht sie heutzutage bereits in der sechzehnten Schwangerschaftswoche und kann dabei erkennen, ob die Chromosomen gestört sind und mit einer schweren Behinderung des Kindes zu rechnen ist. Hört sich schlimm an, wie?«

»Nicht unbedingt, Anja. So läßt man wenigstens die Entscheidung für eine Abtreibung offen, denk ich mir.«

»Abtreibung!« wiederholte Anja verächtlich. »So etwas käme für mich doch nie und nimmer in Frage!«

»Auch dann nicht, wenn sich herausstellte, daß dein Kind schwer behindert wäre?«

»An sowas denke ich besser gar nicht. Früher, als man derartige Untersuchungen überhaupt nicht kannte, ging es ja auch. Außerdem würde ich das spüren. Nein, nein, Eckart, sei ganz unbesorgt. Mein Baby wächst völlig gesund und normal heran. Wie könnte es denn anders sein? Ich bin ja auch gesund oder normal. Oder hast du etwa was anderes an deiner Schwester festgestellt? Na also! Weißt du was! Ich habe eine Flasche Champagner im Kühlschrank. Die köpfen wir jetzt und stoßen an auf das Wohl meines Kindes. Na, wie gefällt dir das, Onkel Ecki? Willst du mir nicht endlich gratulieren?«

»Hab' ich denn noch nicht? Dann also – herzlichen Glückwunsch.«

»Das klingt nicht sehr überzeugend, Brüderchen.«

»Ich wünsch dir wirklich alles Glück dieser Erde, Anja. Aber ich finde es trotzdem schade, daß deine Ehe mit Wolf gescheitert ist.«

»Bedank dich dafür bei ihm. Ich war es nicht, die ihren Mann betrogen hat. Das schwöre ich bei allem, was mir heilig ist. Er hingegen...«

»Kann es nicht sein, daß du das ein bißchen überbewertest? Es ist halt nicht dasselbe, ob ein Mann fremdgeht oder eine Frau.«

»Für mich schon. Ich will und muß mich auf meinen Partner verlassen können. Es ist ein elendes Gefühl, wenn du erfährst, daß er das jüngste Lehrmädchen im Salon der eigenen Frau vorgezogen hat, weißt du. Wie kann ein Mann so etwas tun? Wenn er schon Seitensprünge machen muß, dann doch bitte so, daß niemand darunter leiden muß. Ein bißchen Diskretion kann man doch wohl verlangen. Nein, nein, Eckart – an der ganzen Sache ist nichts mehr zu ändern. Das gesetzlich vorgeschriebene Trennungsjahr läuft. Sobald es abgelaufen ist, wird die Scheidung durchgeführt. Ich hoffe nur, daß Wolf endlich eine andere Wohnung findet, denn unsere alte ist natürlich viel zu groß für ihn. Und daß auch ich eine aufreiße, die mir gefällt – und die zu bezahlen ist. Wenn er mir Omas Schmuck nicht gestohlen hätte, besäße ich sie jetzt womöglich schon. Zwar würde ich gewaltige Schulden dafür machen müssen, aber letztendlich bin ich ja auch bereit und in der Lage, diese ganz schnell abzuarbeiten. Der Salon läuft wirklich prima, und in meinen persönlichen Ansprüchen bin ich sehr bescheiden.«

»Das warst du immer, Schwesterchen. Schade, daß gerade

solche Frauen wie du so oft Schiffbruch in der Ehe erleiden. Du bist einfach zu tüchtig, weißt du. Männer haben Angst vor so tüchtigen Frauen.«

»Du auch?«

»Irgendwie schon. Karriere machen will man doch selber. Deshalb muß man ja nicht gleich ein Macho sein. Nein, ich fände es nicht erträglich, wenn eine Frau mir überlegen wäre. Herr im Hause möchte ich sein, mit allen Konsequenzen.«

»Wie altmodisch! Gehen die Mädchen von heute denn noch ein auf so etwas?«

»Einige schon. Man muß halt suchen.«

»Suchst du?« Forschend sah sie ihn an.

»Vorerst noch nicht. Man amüsiert sich, wenn du verstehst, wie ich das meine. Die ›ernsten Absichten‹ heb' ich mir für später auf. Zumindest weiß ich bereits, was ich nicht will.«

»Nämlich?«

»Eine wie dich«, grinste der sympathische junge Fliegeroffizier. »So fleißig, so engagiert, so tüchtig, so überlegen. Ich glaube, an Wolfs Stelle wäre ich auch manchmal fremdgegangen. Mit einem ganz lieben, anschmiegsamen, zärtlichen Mädchen, das mich in nichts überflügeln will und von rein gar nichts mehr versteht als ich.«

»So richtig schön altmodisch, was?«

»Ja«, nickte Eckart. »So richtig schön altmodisch und hilflos...«

Vier Kunden hatte Wolf Turgau bereits verloren. An diesem Morgen verlor er den fünften. Das alles war auf den Komplettausfall der Anlage zurückzuführen, die er so schnell nicht hatte reparieren oder gar ersetzen lassen können. Der Ruin war perfekt und ließ sich nicht mehr aufhalten. Das alles war allein Anjas Schuld. Er würde es unverzüglich seinem Scheidungsanwalt mitteilen.

Zunächst aber brauchte er mal eine Stärkung, fand diese in der Whiskyflasche im Barfach des Wohnzimmerschrankes. Viel war ihm nicht geblieben. Dieser Tröster dennoch. Allerdings würde er sich künftig überlegen müssen, ob er sich derartige Tröstungen noch leisten konnte. Künftig. Demnächst. Morgen. Heute noch nicht. Für heute reichte der Vorrat noch. So ein Glück aber auch.

Er mixte sich einen ordentlichen Drink und fühlte das einsetzende Wohlbehagen. Danach kehrten seine Kräfte zurück. Trotz des weggelassenen Frühstücks, denn dafür hatte er nichts im Haus. Früher mal war es ihm vorgesetzt worden. Wie lange lag das zurück? Ewigkeiten. Frische Brötchen, Butter, Honig, Aufschnitt, dazu Kaffee oder Tee, alles hübsch angerichtet. Irgendein Obst noch dazu, und natürlich die Morgenzeitung. Nichts mehr war davon übriggeblieben. Wenn er frühstücken wollte, mußte er am Tag zuvor daran denken. Oder auf dem Weg zu einem Kunden ein paar Hefeteilchen erstehen, einen halben Liter Milch obendrein und kalt aus der Flasche trinken – was er von Herzen verabscheute.

Stationen einer Ehe.

Irgendwann hatte Anja aufgehört, sich Zeit zu nehmen für sein Frühstück. Eines Morgens war der Tisch leer geblieben. Nach den Gründen dafür hatte er vorsichtshalber erst gar nicht gefragt. Nur erinnerte er sich noch jetzt daran, daß sein Gewissen nicht gerade sauber gewesen war.

Ja, so hatte es angefangen. Und was war daraus geworden?

Getrennt lebende Eheleute, die sich einander zu vernichten suchten.

Das mit Omas Granatschmuck hatte ausgezeichnet funktioniert. Das Zeug mochte sogar eine ganze Menge wert sein, aber er hatte es nicht aus dem Banksafe geholt, um es zu Geld zu machen, sondern lediglich um Anja eins auszuwischen. Als Strafe, als Rache, was auch immer. Der Gedanke an seine Frau bewirkte, daß es ihn nach einer weiteren Stärkung verlangte. Also mixte er sich einen frischen Drink, diesmal bestehend aus sehr viel Whisky und sehr wenig Sodawasser. Beim Schlucken schon spürte er die herrliche Wärme – und hernach die angenehme Lähmung in den Gliedmaßen. Jetzt dachte er nicht mehr an das, was er dem Scheidungsanwalt mitteilen wollte. Er dachte auch nicht an die paar Kunden, die ihm noch geblieben waren – und schon mal gar nicht an all die unaufschiebbaren Erledigungen, die er sich für heute vorgenommen hatte.

»Nur ein paar Minuten...«, sagte er zu sich selber und fiel rückwärts auf die Couch, wo er sofort in einen herrlich besäuselten Schlummer fiel, der mit wirren Träumen einherging und ihn laut schnarchen ließ. Erst ein anhaltendes Läuten an der Wohnungstür riß ihn da heraus und ließ ihn wütend schreien: »Komm ja schon...« Auf recht unsicheren Beinen stolperte er zur Tür, war sich absolut nicht klar darüber, daß es ja eine wichtige Person sein könnte, die so heftig Einlaß begehrte. Sein Haar war verwuschelt, das Hemd hing streckenweise aus der Hose. Ordentlich rasiert war er auch noch nicht, und die Krawatte mußte irgendwo herumliegen. Sei's drum. Er fühlte sich gestört, und das war sein gutes Recht. Oder nicht?

Er zerrte die Sicherheitskette heraus und riß die Tür auf. Was er zu sehen bekam, bewirkte einen heftigen Schluckauf.

»D-du?«

»Warum nicht ich. Hallo, Schwager!« sagte der adrette Fliegeroberleutnant Eckart Menzig, Anjas Bruder. Seltsamerweise spürte Wolf den Kontrast, und das machte es nicht besser. Vor der Tür lächelte ihm ein frisches, gepflegtes, lebensbejahendes Männergesicht mit akkuratem Scheitel und makellosen Zähnen entgegen.

Auf der anderen Seite stand er, verknautscht und enttäuscht, abgerutscht und verlassen. Wie sehr, das wurde ihm in diesem Moment so richtig von Herzen bewußt.

»Schön, dich zu sehen. Hoffentlich störe ich nicht allzu sehr.« Nein, er fragte gar nicht erst, ob er willkommen wäre, ob er eintreten dürfte. Er tat es ganz einfach. Und Wolf hatte dem nichts entgegenzusetzen. Da er überdies wußte, wie es in der Wohnung aussah, sehnte er sich lediglich nach einem dritten Whisky und sonst gar nichts. Immerhin schaffte er es zu fragen:

»Was willst du also? Kommst du im – im Auftrag deiner Schwester?« Die Zunge gehorchte ihm gerade noch. Wenigstens bildete er sich das ein.

»Nein. Wieso? Dich will ich besuchen. Fragen, wie es dir geht. Anja weiß nichts davon. Es würde sie auch gar nicht interessieren.«

»Na hör mal! Wir sind schließlich immer noch miteinander verheiratet, sie und ich.«

»Auf dem Papier.«

»Richtig. Auf dem P-papier. Aber das ist oft wichtiger als Tatsachen. F-findest du nicht?« Verflixt, was war jetzt mit der Zunge?

»Mir tut das alles sehr leid, Wolf«, sagte Eckart und ließ sich aufs Sofa fallen. »Für dich, für Anja. Und erst recht für das Baby, das sie erwartet. Ich hätte mir wahrhaftig was anderes gewünscht. Du sicher auch. Ihr wart erstaunlich viele Jahre lang glücklich miteinander. Ich dachte immer, eure Ehe würde halten.«

»Was verstehst du denn von Ehe?« nuschelte Wolf Turgau.

»Ich versteh auch nichts vom Kuchenbacken und weiß doch genug davon, um Apfeltorte himmlisch zu finden«, schmunzelte Eckart. »Nimmst du noch 'nen Whisky?«

»Nur wenn du auch…«, lallte Turgau.

»Na klar.« Der junge Oberleutnant fand die Flasche. Allzu viel war nicht mehr darin. Aber es reichte für zwei Drinks, einen kleinen und einen großen. Den großen überließ er Wolf, der ihn hastig in sich reinstürzte. Den kleinen stellte er vor sich auf den Tisch, und dort blieb er auch – unberührt.

»Anja«, nahm er dann den Faden wieder auf, »ist eine tolle Frau, eine ebenso tolle Schwester. Und sie wird auch eine tolle Mutter sein, denkst du nicht?«

»Doch. B-stimmt s-sogar. Tolle Frau. Tolle Mutter. Tolle Geliebte. Tolle Friseuse. Alles ist echt t-toll an ihr.«

»Warum hast du sie dann immer wieder betrogen?«

Es dauerte eine Weile, bis Wolf Turgau antworten konnte. Zunächst mußte er mal kräftig schlucken. Mit dem ihm in die Stirn fallenden Haar und den glasigen Augen sah er nicht sehr attraktiv aus.

»B-betrogen? Ich? Meine Anja? D-das war kein Betrug. D-das war nie ein Betrug...«

»Sondern?«

»Verzweiflung, Verzweiflung pur«, rang Wolf sich ab. »S-sei du mal mit 'ner Frau verheiratet, die ihren L-laden mehr liebt als dich. Die von nichts anderem mehr reden kann und überhaupt k-keine Zeit mehr für d-dich hat. Dann wirst du nur noch wütend. Und w-wildentschlossen, es ihr heimzuzahlen. Dann pickst du dir eine auf, gehst mit der ins B-Bett und redest dir ein, wie toll das war. In W-Wirklichkeit denkst du immer nur an sie...« Tränen schwangen jetzt in seiner Stimme mit. Und Tränen rannen auch sehr bald über seine Wangen. Es sah ungemein lächerlich aus. Aber genau das hatte Eckart beabsichtigt. Geschickt vertauschte er die Gläser. Sein wenn auch wenig gefülltes gegen Wolfs leeres. Er fiel drauf rein. Er trank nun auch noch den Rest des Whiskys. Sein Kopf schwankte hin und her.

»Sag mir nur eins, Wolf«, bat Eckart beschwörend. »Liebst du meine Schwester noch?«

Der betrunkene Turgau sah aus, als wollte er zusammenklappen wie ein Taschenmesser. Was er dann sagte, klang sehr, sehr seltsam.

»M-mehr als m-mein Leben. M-mehr als irgendwas auf der Welt. Aber wer glaubt mir d-das denn schon?«

Eckart stand auf, lächelte auf den anderen hinunter.

»Ich, zum Beispiel«, sagte er und half Turgau in die Horizontale. »Entschuldige die Attacke, Schwager. Aber es ging nicht anders. Nur Betrunkene und kleine Kinder sagen bekanntlich die Wahrheit. Du liebst sie also, meine Anja-Schwester. Schön zu wissen. Halt daran fest. Alles wird gutwerden mit euch – irgendwie.« Dann ging er.

Wolf hörte die Tür ins Schloß schnappen und fiel endgültig in die alkoholisierten Nebel, die ihn umwogten.

Drei Tage vor Weihnachten sagte Schwester Martha ironisch:

»Eener von uns beeden muß mal wieder zum Friseur.« Sie blickte ihren Chef dabei herausfordernd an, und dieser reagierte erwartungsgemäß. Seine linke Hand tastete sich zum Nacken, und was sie dort fand, ließ keinen Protest zu.

»Könnte sein, daß Sie recht haben, Ikke. Könnte ferner sein, daß ich bereits seit einer Woche überfällig bin mit dem Haarschnitt.«

»Sagenwa lieber zwei. Ick hatte immer jehofft, Sie würden von alleene druff kommen. Aber denkste! Nu isset jesagt. Soll ich Sie anmelden?«

»Nicht nötig, ich fahre einfach vorbei und schau zu, daß Frau Turgau mich dazwischenschiebt. So ein normaler Männerhaarschnitt ist ja keine große Sache.«

»Dadruff würde ick mir an Ihrer Stelle aber nich verlassen.«

»Versuchen wir's halt mal.«

»Sie wollen ja ooch nich, det Leute ohne Termin unsere Sprechstunde durcheinander bringen. Wann hättense also Zeit?«

»Nie. Nicht mehr in diesem Jahr«, seufzte Stefan Frank. »Aber mit einer solchen Mähne kann ich auch nicht mehr länger herumlaufen, zumal morgen abend ja das festliche Essen im Waldhotel stattfindet...«

»Dann also noch heute, nämlich nachher. Halb vier. Denn sind Sie zum Sprechstundenbejinn wieder da – okay?«

»Okay, Sie Nervensäge.«

Martha marschierte mit sichtlichem Triumph davon und schickte ihm eine Minute später den nächsten Patienten herein. Leicht hinkend und in sehr schlechter Haltung durchquerte er das Sprechzimmer.

»Tag, Herr Doktor...«

»Grüß Gott, Herr Staller. Was führt Sie zu mir? Aber bitte – nehmen Sie doch erst mal Platz.« Während der Mann sich umständlich setzte, blieb dem Arzt Zeit, dessen Karteikarte zu überfliegen. Zuletzt war er im Frühsommer dagewesen, hatte sich wegen einer Pillenallergie behandeln lassen. Zweiundfünfzig Jahre alt war er, Verkäufer in einer Eisenwarenhandlung, verheiratet, zweifacher Familienvater, mittelstarker Raucher. Viel mehr gab es über ihn nicht zu sagen.

»Die Beine, Herr Doktor. Es wird immer schlimmer. Als wenn tausend Ameisen darauf herumliefen. Das kribbelt und krabbelt, das brennt und piekt. Manchmal ist es kaum mehr zu ertragen. Läßt sich denn gar nichts dagegen tun?«

Restless legs – unruhige Beine also, registrierte Stefan Frank still für sich. Etwa fünfzehn Prozent aller Deutschen, wußte die Statistik, leiden daran. Durchblutungsstörungen, vegetative Fehlsteuerungen als Folge einseitiger Belastung und anderer Faktoren.

»Oh doch, es läßt sich eine ganze Menge dagegen tun, Herr Staller. Sie müssen tagsüber viel stehen, nicht wahr?«

»Es reicht.«

»Sie haben keine Zeit, Sport zu treiben...«

»Wann denn?«

»Sie rauchen – wie viele Zigaretten pro Tag?«

»Hab'sie nicht gezählt«, kam es brummig.

»Ist auch nicht nötig. Ob zehn oder zwanzig – eine ist so schädlich wie die andere.«

»Muß ich schon mal wo gehört haben.«

»Nicht wahr!« Der Arzt ließ sich nicht beeindrucken vom abweisenden Gesicht seines Patienten. »Bevor ich Ihnen durchblutungsfördernde Medikamente verschreibe, möchte ich Ihnen ein paar andere Maßnahmen empfehlen.«

»Nämlich welche?«

»Kaltes Abduschen der Beine, zum Beispiel. Zuvor jedoch die Füße ordentlich massieren, damit sie sich erwärmen. Dann stellen Sie sich in die Badewanne und duschen die Beine von den Füßen bis zu den Oberschenkeln ab. Nicht länger als jeweils zehn Sekunden. Danach brausen Sie den umgekehrten Weg, also von oben nach unten. Gehen sie dann am besten mit noch leicht feuchter Haut zu Bett.«

»Du meine Güte! Wenn ich abends heimkomme, gegessen habe, ein paar Worte mit der Familie gesprochen, bin ich viel zu müde, um noch so ein Theater zu veranstalten. Dann will ich entspannen, Doktor!«

»Ich weiß. Vor dem Fernseher, mit einer Flasche Bier in der Hand und heroisch gegen die Müdigkeit ankämpfend.«

»Ist das ein Wunder?«

»Nein, aber eine Erklärung für den Zustand Ihrer Beine. Legen Sie sich lieber auf den Teppich, machen Sie eine Kerze und bleiben Sie etwa eine Minute in dieser Haltung. Das wiederholen Sie auch zehnmal. Haben Sie oft kalte Füße?«

»Immer.«

»Tauchen Sie ein paar Baumwollsocken in kaltes Wasser«, riet Dr. Frank. »Wringen Sie die Dinger vor dem Anziehen fest aus. Streifen Sie noch ein paar trockene Wollsocken darüber und gehen Sie so zu Bett. Stammt nicht von mir, dieses Rezept. Das hat schon der alte Pfarrer Kneipp empfohlen. Auf die Kälte nämlich reagiert der Organismus mit einer Blutumverteilung. Dadurch wird das vegetative Nervensystem beruhigt, das Unruhegefühl verschwindet.«

»Sonst noch was?« murrte Heinz Staller, der viel lieber ein paar Pillen geschluckt hätte.

»Ja. Essen Sie möglichst viel Getreideprodukte, die sind gut für die Nerven. Weizenkeime und Sojaprodukte, Bohnen, Nüsse und Schweinefleisch.«

»Was? Wir essen überhaupt kein Schweinefleisch mehr, seit das mit der Schweinepest bekannt geworden ist.«

»Es gibt für alles verschiedene Standpunkte, Herr Staller. Verzichten Sie nach Möglichkeit auf Nikotin und Kaffee, trinken Sie wenig Alkohol. Machen Sie vor dem Schlafengehen noch einen kleinen Spaziergang an der frischen Luft.«

Was denn noch alles vor dem Schlafengehen?« brauste der Mann auf. »Da müßte ich ja schon um sieben mit anfangen. Ich komme dann aber erst nach Hause. Nein, nein, auf solchen Firlefanz kann ich verzichten. Schreiben Sie mir ein Medikament auf, das die Ameisen aus meinen Beinen vertreibt. Deswegen bin ich ja nur hergekommen. Und überhaupt – wir haben keine Badewanne in der Wohnung, sondern nur eine Dusche. Meine Frau sagt immer, man muß sparsam mit dem Wasser umgehen. Es ist so irrsinnig teuer. Und die Umwelt wird davon auch belastet. Wissen Sie das denn nicht?«

Dr. Frank resignierte.

»Gewiß, Herr Staller.« Er schrieb ein Rezept aus. Er verabschiedete den Mann und hatte dann gewaltiges Verlangen nach einer Tasse Kaffee, die er natürlich auch bekam. Marie-Luise brachte sie ihm.

»Danke Ihnen. Wie viele sind es denn noch?

»Drei, Herr Doktor. Dann machen wir Mittagspause.«

»Also, dann mal los!« kommandierte er und schlürfte etwas von dem heißen, starken Kaffee.

Kurz nach eins begab er sich zur Wohnetage hinauf und freute sich auf den Gemüseeintopf, der für ihn bereitstand. Er führte gerade den dritten Löffel davon zu Munde, als das Telefon schrillte. Bloß jetzt kein Hausbesuch, wehrte er sich instinktiv, obschon er genau wußte, daß er sofort lossausen würde, wenn die Umstände dies erforderten.

Er ging zum Apparat, griff zum Hörer und meldete sich. »Frank!«

»Hier spricht Anja Turgau. Entschuldigen Sie bitte die Störung. Herr Doktor...«

»Ist gar keine«, erwiderte er lahm. »Kann ich irgendwas für Sie tun?«

»Im Gegenteil. Sie sind für halb vier zum Haareschneiden angemeldet, Herr Doktor, nicht wahr?«

»Das hat meine Helferin organisiert«, wich er aus.

»Stimmt. Ich könnte mir aber denken, daß der Zeitpunkt nicht sehr angenehm für Sie ist, denn anschließend müssen Sie doch gleich wieder in die Praxis, ja?«

»In der Tat, Frau Turgau.«

»Wenn Sie wollen, können Sie auch über Mittag kommen, falls Ihnen das lieber ist. Ich arbeite durch. In der Weihnachtswoche geht das halt nicht anders.«

Stefan sagte sofort zu. Für ein paar weitere Löffel Gemüsesuppe würde es gerade noch reichen, dann ab zum Friseur und gleich wieder zurück. Mit ein bißchen Glück bekäme er doch noch seine Siesta, und danach würde er frisch und ausgeruht an die Nachmittagssprechstunde gehen und anschließend die Hausbesuche absolvieren.

»Mit dem größten Vergnügen«, erwiderte er schnell. »Bin schon so gut wie unterwegs. Danke für Ihren Anruf. Bis gleich, Frau Turgau.«

Es klappte alles. Weder verbrannte er sich die Lippen an der heißen Suppe, noch bekleckerte er während des Schnellfutterns sein Hemd. Sogar eine Parklücke fand er wenige Meter vom ›Salon Anja‹ entfernt. Als er diesen betrat, lächelte ihm die schwangere Friseurmeisterin freundlich entgegen.

»Guten Tag, Doktor Frank. Sie können gleich dort drüben Platz nehmen. Wenn's recht ist, werde ich mich Ihrer annehmen. Fräulein Roswitha lehnt es nämlich ab, Überstunden zu machen. Somit muß die Chefin selber ran.«

»Wird das nicht ein bißchen viel für Sie, liebe Frau Turgau?«

»Ich brauche einfach das Geld, wissen Sie. Deshalb habe ich auf eine Aushilfe verzichtet und versuche, mich irgendwie über Wasser zu halten. Man kann ja auch niemanden im Stich lassen über die Feiertage. Damit würde ich meine Kundschaft nur verärgern. Solange die Kräfte reichen, bin ich ja auch zu fast allem bereit. Am allernötigsten ist eine richtige Wohnung. Für Baby und für mich.« Sie lächelte auf eine Weise, die er nur allzu gut von anderen werdenden Müttern kannte. Es war ein glückliches, zukunftsträchtiges, aber nicht ganz schattenfreies Lächeln.

»Ist alles in Ordnung mit dem Nachwuchs?«

»Oh ja«, sagte Anja Turgau schnell und legte ihm das Frisiercape um. »Ich habe bereits die zweite Ultraschalluntersuchung hinter mir und weiß nun auch, daß es ein Junge ist. Frau Doktor Lantz will unbedingt eine Fruchtwasserpunktion machen. Aber ich kann mich dazu einfach nicht durchringen. Was meinen Sie? Soll ich oder soll ich nicht? Schließlich handelt es sich ja in meinem Fall um eine Problem-Schwangerschaft, nicht? Muß mein Kind deswegen denn – behindert sein?«

»Wer sagt das?« fragte er alarmiert.

»Niemand. Aber die Gefahr besteht doch fast immer in solchen Fällen. Ich habe eine Menge darüber gelesen, wirklich. Einerseits ist so eine Untersuchung bestimmt von Nutzen, vor allem dann, wenn genetische Vorbelastungen einkalkuliert werden müssen. Das ist bei mir doch aber gar nicht der Fall. Ich bin weder zu alt für ein Baby, noch gibt es in meiner Familie irgendwo ein behindertes Kind. Andererseits heißt es, daß eine derartige Fruchtwasseruntersuchung eine Fehlgeburt einleiten kann. Das möchte ich unbedingt vermeiden. Ich will dieses Kind haben, Herr Doktor! Ganz ohne Vater. Ganz für mich allein. Sie verstehen das, nicht wahr? Sie wissen, warum ich so reagiere.«

»Gewiß, Frau Turgau, nur…«

»Nein! Nicht auch Sie! Bitte, versuchen Sie nicht, mich umzustimmen. Ich lebe in Scheidung. Ich erwarte ein Baby. Ich werde eine alleinerziehende Mutter sein. Na und? Es gibt so viele davon. Und alle schaffen es irgendwie. Ich werde es auch schaffen. Und vor allem werde ich an eine Wohnung für uns kommen. Ich will nicht länger in einer Kammer hinter dem Laden hausen. Und meinem Kind will ich das erst recht nicht zumuten. Also krempel ich die Ärmel hoch, solange es noch geht und beweise mir, wozu ich imstande bin.«

»Vor allem wollen Sie das doch Ihrem Mann beweisen, nicht wahr?« Er sah, wie sie errötete. Und er wußte, daß er den Nagel auf den Kopf getroffen hatte. »Ihm zeigen, wie hervorragend Sie ohne ihn zurechtkommen. Verständlich. Wenn auch nur bis zu einem gewissen Grade.«

»Wieso?«

»Solange es sich ausschließlich um Sie selbst handelt, ist das gut und richtig. Wenn es aber um zwei Personen geht, nämlich um Sie *und* das Kind – und das tut es ja nun, dann sollten Sie in allererster Linie an Ihr Kind denken. Wird es ohne Vater zurechtkommen im Leben?«

»Das müssen andere auch.«

»Sicher. Aber vielen möchte man ein solches Schicksal doch lieber ersparen, nicht wahr. Kinder brauchen Vater *und* Mutter, um gut zu gedeihen. Liebe, Fürsorge und Nestwärme sind die wichtigsten Voraussetzungen dafür.«

»Eben. Liebe für mein Baby habe ich im Überfluß. An Fürsorge wird es ihm bestimmt nicht mangeln. Und Nestwärme muß nicht unbedingt von zwei Menschen garantiert werden. Ein einziger, nämlich ich, schafft das auch. – Ist es recht so, Herr Doktor?«

Stefan betrachtete seinen Nacken in dem Spiegel, den Anja ihm hinhielt.

»Sehr recht, Frau Turgau. Ich danke Ihnen sehr. Lassen Sie mich Ihnen schon jetzt frohe Weihnachten und ein glückliches Neues Jahr wünschen.«

»Dasselbe für Sie, Herr Doktor. – Wie geht das eigentlich im einzelnen mit der Fruchtwasser-Punktion?«

»Nun, die Nadel wird durch die Bauchdecken und den Gebärmuttermuskel bis in die Fruchthöhle geführt, dann fünfzehn Milliliter herausgezogen. Das sind etwa zehn Prozent des Fruchtwassers. Darin schwimmen Zellen, die der Fötus aus Nieren und Blasen abgestoßen hat. Davon werden dann Kulturen angelegt, aus denen man erkennen kann, ob beispielsweise Chromosomenstörungen vorliegen. Man macht das ambulant, und ich kann Ihnen versichern, daß Sie keine Schmerzen dabei haben werden. Wenn meine Kollegin also rät, die Punktion durchzuführen, dann schließe ich mich dem Rat von Frau Dr. Lantz an. Schließlich ist sie eine hochqualifizierte Spezialistin.«

»Klingt alles gut und einleuchtend«, erwiderte Anja Turgau versonnen, »ich weiß trotzdem nicht, ob ich mich dazu durchringen werde oder nicht.«

Am letzten Tag des Jahres durften die Zeidlingers ihr Töchterchen mit nach Hause nehmen. Es sah noch immer winzig aus, vermochte jedoch aus eigener Kraft spontan zu atmen und wirkte darüber hinaus geradezu kämpferisch. Vor Tagen schon hatte man damit begonnen, die aufgeregten Eltern zu schulen. Beide wußten, worauf es ankam. Und beide waren viel zu glücklich, um das Risiko auch nur annähernd richtig einzuschätzen.

»Celia muß weiterhin strikt überwacht werden«, sagte die Ärztin Dr. Melanie Lantz eindringlich. »Sie darf vorerst nur Spezialkost bekommen. Man hat Ihnen genau gezeigt, wie das geht, und Sie wissen Bescheid, nicht wahr?«

»Selbstverständlich, Frau Doktor.«

»Sie wissen auch, daß es noch lange dauern wird, bis man das Ausmaß etwaiger bleibender Schäden erkennen kann, ja? Die viel zu frühe Geburt und die lange, sehr aggressive Therapie sind nicht wegzuleugnen. Ihre kleine Celia hat sich zwar durchgeboxt, aber allzuviel bedeutet das nicht. Ich muß Ihnen das so knallhart sagen, damit Sie sich darauf einstellen, daß der Kampf weitergehen wird. Verlieren Sie nicht den Mut. Wir haben es auch nicht getan.«

»Darf ich was fragen, Frau Doktor? Es mag sich vielleicht komisch anhören, aber mich beschäftigt das ungemein...«

»Was, bitte, Herr Zeidlinger?«

»Wie teuer ist sowas eigentlich? Ich meine, es muß doch eine ganze Menge Geld kosten, ein so schwaches Leben über die Runden zu bringen. Wissen Sie, ein Freund von mir meinte neulich, es sei ein Schande, für ein einziges Baby so einen Batzen auszugeben, wo doch täglich so und so viele Kinder in der Welt buchstäblich verhungern.«

»Das stimmt leider. Die Kosten, einem Neugeborenen mit weniger als tausend Gramm Gewicht das Leben zu erhalten, belaufen sich im Schnitt auf hunderttausend Mark. Damit könnte man etwa vierzigtausend jener Kinder retten, die tagtäglich in der Welt an Krankheit und Unterernährung sterben. Würde man hier im Zentrum aber so denken, hätte man kaum die Kraft, um jedes einzelne Frühchen zu kämpfen.«

Eine Schwester kam mit dem Transport-Inkubator, in dem die kleine Celia friedlich schlief. Sie sah noch immer winzig und unfertig aus, aber auch bereit für den Lebenskampf, trotz der Schläuche, die in die Nase führten, trotz aller Auflagen, die es mit heimbekam.

»Ich wünsche Ihnen ein glückliches Neues Jahr...«, lächelte die Ärztin weich. »Und vor allem Ihrem Töchterchen sehr viel Durchstehvermögen.«

Wie sehr Klein-Celia das nötig hatte, wußte Melanie Lantz wohl am besten.

Während das kleine Zeidlinger-Frühchen ins Leben hineinwuchs, bahnte sich bei Anja Turgau die Katastrophe an. Zwar hatte sie die Fruchtwasser-Untersuchung gut überstanden und war vom Resultat hoch befriedigt, aber das, was sie ihrem schwangeren Leib abverlangte, war dennoch zuviel. Ihr Eifer, genügend Geld zu verdienen, um sich endlich eine akzeptable Wohnung kaufen zu können, überstieg jedes vernünftige Maß.

Im Januar erkrankte Elke an Grippe, und Roswitha ließ sich davon nur allzu gerne anstecken und meldete sich prompt krank. Mit nur noch zwei Gesellinnen versuchte Anja, den lebhaften Salon durchzubringen. Abends waren ihre Beine so geschwollen, daß sie sich kaum mehr darauf halten konnte. Sie aß nur unregelmäßig und meistens das Falsche. Statt ausgewogener Mahlzeiten nur ein Brötchen oder Tortenstück, bisweilen etwas Obst, Eis, Schokolade. Verstand und Heißhunger führten in ihr erbitterte Kämpfe aus.

Für Mitte Februar war wieder ein Wohnungsangebot zu erhoffen. Allerdings befand es sich erst im Rohbau, die Fertigstellung war noch gar nicht abzusehen.

Im Zimmer hinter dem Salon stapelten sich Pakete und Päckchen, Anschaffungen und Geschenke. Ihr blieb kaum Zeit, sich einen Überblick zu verschaffen, was sie enthielten, was weiterhin gekauft werden mußte. Ach Himmel! Wenn doch nur der Rücken nicht so weh täte! In zwei Tagen war die nächste Schwangerschaftsuntersuchung fällig. Aber Anja wußte bereits jetzt, daß sie nicht hingehen würde, nicht hingehen könnte. Keine Zeit. Ausgeschlossen. Bloß nicht noch mehr Hektik, noch mehr Hetze.

Der Februar zog mit klirrender Kälte herauf, und schon waren die Faschingsvorbereitungen in vollem Gange. Die Liste der Voranmeldungen war lang, und ständig klingelte das Telefon.

»Salon Anja, guten Tag.«

»Hier spricht Frau Hutter. Geben Sie mir bitte einen Termin für morgen früh?«

»Tut mir leid, Frau Hutter. Aber morgen und übermorgen sind wir bereits voll ausgebucht«, sagte die rothaarige Renate erschöpft.

»Was heißt das – ausgebucht? Ich bin seit Jahren Kundin bei Ihnen. Zählt das überhaupt nicht mehr?«

»Gewiß, Frau Hutter. Aber wir können halt nicht mehr als arbeiten. Nächste Woche Dienstag wäre noch was frei. Soll ich Sie dafür vormerken?«

Anja seufzte in sich rein. Nein, so ging es nicht weiter, so nicht. Sie brauchte dringend eine, wenn nicht sogar zwei Aushilfen. Allen dadurch entstehenden Kosten zum Trotz. Just in dem Moment, als sie Renate einen Wink geben wollte, doch bitte ein bißchen verbindlicher zu sein, geschah etwas ganz anderes. Die Tür ging auf, ein Mann trat ein. Nicht irgendein Mann, sondern ihr Immernoch-Angetrauter Wolf. Sie hatte ihn seit geraumer Zeit nicht mehr gesehen, und sein Anblick ließ etwas in ihr zerplatzen. So wenigstens kam es ihr vor. Schlampig sah er aus, richtig verkommen in dem alten graugrünen Parka, den sie noch nie hatte ausstehen können und der längst schon in die Kleidersammlung oder Abfalltonne gehört hätte. Aber so waren sie nun mal, die Kerle. Von nichts, was sie mochten, wollten sie sich trennen. Unrasiert war er auch, denn als gewollten Dreitagebart konnte man das ja nun wahrhaftig nicht bezeichnen. Konnte es sein, daß er sie provozieren wollte?

»Was willst du hier?« zischte Anja böse.

»Ich brauch ein bißchen Kleingeld«, gab er zurück.

Das machte sie erst recht wütend. Ein bißchen Kleingeld. Wie weit war er denn schon gesunken? Früher, als selbständiger Programmierer, hatte er sehr ordentlich verdient. Jetzt bettelte er um ›ein bißchen Kleingeld‹. Und alle Kundinnen schauten zu, hörten mit. Sie schämte sich zutiefst. Ach, wäre sie doch bloß erst offiziell geschieden! Dann könnte sie es sich leisten, ihn vor die Tür zu setzen oder gar die Polizei zu rufen. So hingegen...

Anja sah rote Kreise vor ihren Augen, sie merkte, wie ihr abwechselnd heiß und kalt wurde. Dann wurde sie von einer Woge des Hasses überflutet.

Anja ballte die Hände zu Fäusten und verwünschte ihren schwangeren Leib, der sie daran hinderte, sich auf diesen Kerl zu stürzen und ihm ihre ganze Verachtung zu zeigen.

Plötzlich hatte sie überhaupt keine Empfindungen mehr. Oder nur diese eine: Daß sie mitten durchbrach, in zwei Teile gerissen wurde. Jemand schrie.

»Frau Turgau!!!«

Sie konnte nicht reagieren. Sie war vollauf damit beschäftigt, zu Boden zu gehen. Es kam ihr vor, als drehte sie sich immerfort im Kreis. Und dann hörte auch das auf. Eine gnädige Ohnmacht hielt sie umfangen. Sie erwachte daraus erst viel später. Nämlich, als eine warme, tiefe, vertraute Männerstimme sagte:

»Sie fühlen sich schon wieder viel besser, nicht wahr, Frau Turgau? Ich bin's, Doktor Frank. Ganz ruhig bleiben, bitte. Tief durchatmen. Die Ambulanz wird gleich da sein.«

Ambulanz! tickte es in ihr. Am-bu-lanz? Was war das – Ambulanz? Sie wußte es nicht. Es kam auch nicht mehr darauf an. Gerade ging ja alles zu Ende. Ihre Schwangerschaft. Ihre Vergangenheit. Ihr Leben. Der Salon.

Oder nicht?

Ach, es tat wohl, nichts sagen, nichts denken, nichts tun zu müssen. Sie war zu einem Klumpen Blei geworden und wußte nicht, wieso. Alles in ihr war Schmerz, ein gedämpfter, unterschwelliger Schmerz, der sich nirgendwo einordnen ließ. Ihre Energien waren gelähmt. Sie schien in einer Art Zwangsjacke zu stecken, die es nicht erlaubte, eine Bewegung zu machen, irgendeine Regung preiszugeben. Sie mußte es anderen überlassen, für sie zu denken, zu entscheiden.

Anderen? Welchen anderen?

Dr. Frank, mit dem sie doch gerade noch gesprochen hatte, war plötzlich nicht mehr da. Fremde Gestalten huschten herum. Sie wurde entkleidet, auf einen Tisch gehoben. Oder war es ein Bett? Sie vermochte es nicht es nicht zu unterscheiden. Ja, und dann kehrte er zurück, der überwältigende Schmerz, der ihren Körper in zwei Teile reißen wollte.

Anja öffnete den Mund und schrie, schrie, schrie.

Eine Hand streichelte ihren Arm. Eine Stimme sagte:

»Du mußt das durchstehen. Es geht bald vorbei. Bestimmt geht es bald vorbei.«

Wem gehörte sie bloß, diese Stimme? Sie wußte es nicht. Aber die streichelnde Hand tat ihr wohl, und das Geschehen um sie herum rückte weit ab. Es klapperte und klirrte, es rauschte und dröhnte.

Warum hatte ihr niemand gesagt, daß sie durch die Hölle wandern müßte? Anja schloß die Augen. Es wäre schön, so schön, jetzt zu sterben, nie mehr aufzuwachen. Frei von Schmerzen und Unerträglichkeiten zu sein, frei von Sorgen, Problemen und Lockenwicklern. Ihr war, als fiele sie langsam in einen schwarzsamtenen Schacht. Nicht mal das Untenankommen nahm sie noch wahr...

Das mit dem ›bißchen Kleingeld‹ war ganz wörtlich gemeint gewesen. Wolf Turgau hatte einem Freund geholfen, dessen Keller auszuräumen, um dort Platz zu schaffen für sperrige Dinge, die er selber unterstellen wollte. Diese herbeizuholen war sein Vorsatz gewesen. Aber der Wagen sprang nicht an, und so hatte er nach zehnminütigem Fluchen beschlossen, sich ein Taxi zu nehmen. Eben dafür hatte er kein Geld bei sich. Was also lag näher, bei Anja reinzuschauen und darum zu bitten.

Er sah, zugegebenermaßen, einigermaßen abenteuerlich aus. Aber kam es darauf an? Daß sie sein Anblick so gewaltig erschrecken würde, hatte er nicht erwartet. Aber genau das war geschehen.

Alles, was danach noch passierte, brachte auch ihn aus der Fassung. Das Auftauchen Dr. Franks, das Eintreffen eines Krankenwagens. Er wurde gar nicht gefragt, ob er mitfahren wollte. Man zwang ihn förmlich dazu.

Nun stand er dümmlich herum. Den schmuddeligen Parka hatte er ausgezogen, trug jetzt einen formlosen grünen Kittel, ohne den hier offenbar überhaupt nichts lief. In Plastikbotten mußte er schlüpfen, und eine Mundhaube bekam er zu allem Überfluß auch noch vorgebunden. Dann stand auf einmal ein anderer Grünvermummter vor ihm und fragte barsch: »Wollen Sie dieses Kind unter allen Umständen haben?«

»Ich?« japste Wolf. »Wieso denn ich?«

»Herrje! Nicht Sie persönlich. Sie müssen es ja nicht kriegen. Aber Ihre Frau. Kommt aufs selbe raus. Hören Sie, Herr Turgau! Sie ist in der sechsundzwanzigsten Schwangerschaftswoche. Die Geburt hat voll eingesetzt. Aufhalten läßt sich das nicht. So unreife Frühchen sind im Grunde gar nicht lebensfähig. Dennoch gibt es Eltern, die es unter allen Umständen riskieren wollen, trotz der zu erwartenden schweren Behinderungen. Immer ist es eine aggressive Therapie, die angewendet werden muß, denn sie soll ja das sanfte Heranwachsen im Mutterleib ersetzen, nicht wahr? Es ist weder für uns Ärzte noch für das Frühgeborene ein Vergnügen, wenn Plastikschläuche in Magen, Lunge, Blutkreislauf gelegt werden. Computer sind es, die alles regulieren, was in den noch so unfertigen Körper gepumpt wird. Ständig werden frische Blutproben notwendig. Um sie zu bekommen, muß das Frühchen unentwegt gestochen werden. In die Finger. In die Arterien am Fuß, am Kopf. Torturen sind das, echte Torturen. Extreme Frühgeburten sind später, falls sie überleben sollten, an den vielen Narben zu erkennen, die sie von eben diesen Sticheleien aufzuweisen haben.«

»Hören Sie auf!« keuchte Wolf Turgau. »Warum erzählen Sie mir das?«

»Damit Sie wissen, was auf Sie zukommt, wenn Sie dabei bleiben, daß Ihr Kind unter allen Umständen überlebt. Neulich hatten wir hier eine Sturzgeburt, dreizehn Wochen zu früh. Der ganze winzige Körper war von Blutergüssen gezeichnet, die Adern noch nicht stark genug, um dem Druck einer natürlichen Geburt standzuhalten. Man mußte davon ausgehen, daß auch im Kopf Gefäße geplatzt waren, daß große Teile des Gehirns dabei zerstört worden waren. Wir fragten uns alle, die dabei waren: Sollen wir es trotzdem versuchen?«

»W-was versuchen?« stammelte Wolf.

»Es über die allerersten Runden zu bringen. Wir stimmten ab. Unsere Antwort war ein glattes Nein. Man muß wissen, wo seine Grenzen liegen. Drei Minuten nach seiner Geburt starb das Frühchen. Es hätte sich niemals zu einem halbwegs normalen Menschen entwickeln können. Die moderne Medizin ist schon sehr, sehr weit gekommen. Aber so weit eben doch noch nicht. Zurück zu Ihnen. Ihr Kind wird schätzungsweise in Geburtsgewicht von sechshundertfünfzig bis sechshundertachtzig Gramm haben und möglicherweise fünfunddreißig Zentimeter groß sein. Können Sie sich auch nur andeutungsweise vorstellen, was das bedeutet? Und wie die nächsten Jahre für Sie und die Mutter aussehen würden? Wetten, Sie können es nicht. Auch mir fällt das immer wieder schwer. Ich verstehe, daß Eltern ihr Wunschkind unbedingt wollen. Daß sie zu jeden Opfer bereit sind. Und es mitunter ja auch schaffen. Ich weiß aber auch, wieviele Familien daran zerbrechen, daß sie sich einfach zuviel zugemutet haben. Wollen Sie also immer noch, daß Ihr Frühchen, egal wie winzig und schwach, unmittelbar nach der Geburt durch die Mangel gedreht wird? Soll ich Ihnen erzählen, wie das geht?«

»Nein, Doktor – ich...«

»Danke, Herr Turgau«, schnitt ihm der Grünvermummte das Wort ab. »Kommen Sie jetzt mit, es wird wohl gleich soweit sein.«

Wolf ahnte nicht, was er damit meinte. Er begriff gar nicht, daß er plötzlich dort stand, wo Anja sich anschickte, ihr Kind zur Welt zu bringen. Nicht sein Kind, oh nein! Er hatte von Anfang an nicht gewollt, daß ihre zu Bruch gehende Ehe solche Folgen zeitigte. Anja hingegen hatte darauf bestanden. Und nun lag sie da und schickte sich an, ihren nicht lebensfähigen Sohn zu gebären. Und er – er wurde gezwungen, Zeuge zu sein. Er hörte ihr Stöhnen, er sah das konzentrierte Schaffen von Ärzten und Schwestern, die alle beinahe gleich aussahen.

Er selber kämpfte um Haltung, um die Kraft, nicht einfach davonzustolpern und sich dadurch der Verantwortung zu entziehen. Aber selbst wenn er das gekonnt, gedurft hätte: Er war gar nicht fähig dazu, er schien am Boden festgewachsen zu sein.

Ja, und dann präsentierte man ihm das winzige Menschlein, das noch gar keins war. Wie ein aus dem Nest gefallenes Vögelchen sah es aus, ließ keinerlei Gefühle in ihm erstehen. Der Geburtshelfer nabelte es ab und reichte es weiter. Kein Ton, kein Atemzug wurde hörbar. Zwei der vermummten Gestalten kümmerten sich ausschließlich um Anja. Alle anderen im

Raum bemühten sich um das noch nicht ganz tote, aber schon mal gar nicht lebende Frühchen.

Wolf Turgau meinte, daß die Welt aufgehört hätte sich zu drehen. Daß sein eigenes Herz gar nicht mehr schlug. Daß er nie, nie mehr zu einer einzigen Bewegung fähig sein würde.

An allem, was sich hier gerade vollzog, wußte er mit überwältigender Deutlichkeit, war er schuld. Schließlich war er ja der Erzeuger dieses unreifen Kindes, das unter anderen Voraussetzungen vielleicht mal sein Sohn geworden wäre. Wenn schon nicht während der ersten glücklichen Ehejahre mit Anja, dann vielleicht später, wenn sie ihm verziehen gehabt hätte.

Wie, fragt er sich stumm, hatte es denn überhaupt zu dieser gräßlichen Entfremdung kommen können? Sie waren doch glücklich und zufrieden miteinander gewesen. Bis, ja, bis er angefangen hatte, jede sich bietende Chance zu nutzen. Bis er Spaß daran gefunden hatte, sich seine Unwiderstehlichkeit von anderen Frauen und Mädchen bestätigen zu lassen. Wieso nur hatte Anja so etwas ernst genommen? Darüber kann man doch reden. Eheleute müssen über einfach alles reden können! Wie unwichtig waren all jene anderen für ihn gewesen! Flüchtige Augenblickseroberungen, weiter nichts.

»Geliebt...«, murmelte Wolf Turgau vor sich hin, »habe ich immer nur sie.«

Irgendwann durfte er dicht herantreten an Anja. Es fiel ihm ganz leicht, sich über sie zu beugen, ihr einen Kuß auf die Stirn zu hauchen, in ihre sich träge öffnenden Augen zu schauen und zu flüstern:

»Es ist vorbei, Anjaliebes. Du hast es überstanden. War es sehr schlimm? Hast du große Schmerzen? Man wird dir bestimmt was dafür geben.« Dummes Gefasel. Aber was sonst sagt man in einer solchen Situation? Er nahm ihre Hand. Und sie ließ es geschehen. Sie war ihm so nahe, so vertraut. Anja, seine Frau, Gefährtin vieler Jahre.

»Wo ist – mein Kind? Ich hab' doch... oder hab' ich nicht? War es nur ein Traum, ein Alptraum?«

»Es war kein Alptraum, Anja. Du hast es geboren. Ein winziges Frühchen. Nicht lebensfähig. Es hat nicht sein sollen. Es hat wohl nicht hereinwachsen wollen in eine – eine vaterlose Welt. Sie haben es gar nicht erst gezwungen, uns zu akzeptieren. Gut so, Anja. Das Baby hätte diesen Kampf auch nicht bestehen können.«

Lange blieb es still. Ihre Augen waren bereits wieder geschlossen. Zwei helle Tränen liefen über ihre Wangen. Wolf hielt noch immer Anjas Hand. Es war so herrlich, so wundervoll, diese Hand spüren, sanft drücken zu dürfen. Es war ja eine so vertraute, zu ihm gehörende Hand. Ob Anja genauso oder doch ähnlich empfand?

Jäh wurde er herausgerissen aus solchen Fantastereien. Die Hand entzog sich ihm brüsk. Vielleicht hatte sie ja gerade erst begriffen, was vonstatten gegangen war.

»Geh!« zischte ihre Stimme. Es war nicht die der Kranken, auch nicht die der einstmals zärtlich Geliebten. Es war vielmehr die Emanzenstimme der unabhängigen Geschäftsfrau Anja Turgau geborene Menzig, der beliebten und geschickten Friseurmeisterin, der Inhaberin des ›Salon Anja‹. »Geh oder ich schreie das ganze Haus zusammen!« fauchte sie.

Er traute ihr das unbedingt zu. Offensichtlich hatte sie schon wieder genügend Kräfte gesammelt, um ihre Drohung wahrzumachen. Aber dazu ließ Wolf es nicht kommen. Nein, nicht auch noch das, resignierte er und stand auf. Die Linie seiner Schultern sprach Bände. Kraftlos fielen seine Arme an ihm herab. Aus. Schluß. Vorbei.

»Raus!!!« schrie Anja und ließ keinen Zweifel daran, daß sie es auch genauso meinte.

Anja brauchte drei Tage, um sich vom Geburtsstreß zu erholen und festzustellen, daß die zwangsläufigen Strapazen ihrer Figur nichts hatten antun können. Sie war wieder schlank wie ein Reh, ihre Taille so schmal, daß ihr der Rock des schicken Kostüms wieder paßte, das sie sich erst im vergangenen Herbst – ganz ahnungslos – zugelegt hatte.

Sie probierte eine neue Tönung für ihr Haar aus. Helle Strähnchen verliehen ihr einen frechen, unbekümmerten Touch. Weit weniger unbekümmert war ihr zumute. Aber das mußte man ihr ja nicht unbedingt ansehen. Schon mal gar nicht die Kundschaft und auch nicht das Personal. Elke hatte ihre Grippe überstanden. Roswitha fehlte noch immer. Also stellte sich Anja darauf ein, vorwiegend im Herrensalon tätig zu werden. Nur arbeiten wollte sie ganz schnell wieder. Abschalten.

Sie mistete das Hinterzimmer aus, verschenkte alles, was sie für das erwartete Baby angeschafft hatte. Ein bißchen wunderte sie sich darüber, daß sie so etwas tun konnte, ohne dabei vor Schmerz zu vergehen. Aber das war ja schon immer eine ihrer hervorragendsten Eigenschaften gewesen: Sich mit Unabänderlichem abfinden zu können, an das Heute, an das Morgen zu denken, ohne am Gestern zu hängen.

Am vierten Tag nach dem dramatischen Ereignissen also stand sie wieder im Salon. Höflich aber kühl, sorgfältig zurechtgemacht. In Jeans und Pullover, aber befreit von den fußgerechten Gesundheitslatschen, die sie wochenlang zu tragen gezwungen gewesen war. Jetzt waren es flotte gelbe Pantoletten, so gelb wie der Pulli. Gelb hatte sie schon immer gemocht, als Wohnfarbe ebenso wie als Kleidungsaufheller. Gelb – das war wie Sonne in ihrem Leben. In Gelb hatte sie auch die Babyausstattung zusammengekauft. Daran allerdings verbot sie sich jeglichen Gedanken. Von nun an würde Gelb nur noch zukunftsträchtig für sie eingeschaltet sein.

Als sich ihr erster neuer Arbeitstag dem Ende zu neigte und die Umstände es gerade zuließen, fragte sie in einem Anfall von Übermut:

»Was hat denn wer von euch heute abend vor?«

Elke schaute Renate an, diese die beiden anderen Kolleginnen. Dann wurde klar: Nichts weiter.

»Fein!« strahlte Anja. »Dann lade ich euch alle zum Abendessen ins Waldhotel ein. Ihr wart so lieb zu mir. Ich hab' euch viel zu verdanken. Beispielsweise den ungehinderten Geschäftsverlauf. Sowas verdient eine Belohnung. Ist jemand nicht einverstanden?«

Alle waren es.

»Prima!« strahlte Anja Turgau gleich noch einmal. »Dann rufe ich jetzt gleich an und laß einen Tisch für uns reservieren. Die Wildspezialitäten dort sind eine Klasse für sich. Aber wem muß ich das erst sagen? Ihr kennt euch ja alle aus.«

Es wurde ein herrlich gemütlicher Abend. Fünf Frauen ohne Männer, alle fest im Leben stehend und ihren Arbeitsplatz würdigend. Sie futterten sich durch Vorspeise und Hauptgericht. Sie sprachen dem süffigen Wein ebenso zu wie der köstlichen Nachspeise. Es wurde gelacht und gescherzt. Niemand überschritt jene unsichtbare Grenze, die Anja zwischen sich und ihren Angestellten zu ziehen wußte. Als sie Kaffee und Liköre für alle orderte, trat jemand in ihr Blickfeld, dem sie sich eng verbunden fühlte.

Also stand sie rasch auf.

»Guten Abend. Dr. Frank! Möchten Sie sich nicht einen Moment zu uns gesellen? Ich warte schon seit Tagen auf eine Gelegenheit, mich bei Ihnen zu bedanken!«

»Oh nein, das geht leider nicht«, erwiderte der Grünwalder Arzt. Er tat es jedoch mit sichtbarem Übermut in den Augen, und deshalb nahm Anja es gar nicht erst zur Kenntnis. »Fünf Damen und ein einsamer Junggeselle!« seufzter er. »Wohin soll das denn führen?«

»Lassen wir es doch darauf ankommen«, lachte Anja und rückte auf der hölzernen, kissenbedeckten Sitzbank ein Stück beiseite. »Was darf ich für Sie bestellen? Wir sind gerade beim Amaretto angelangt.«

»Himmlisch! Für mich bitte auch einen.«

Seine unkomplizierte Reaktion machte es ihnen ganz leicht. Als er sich fünf Minuten später zurückzog, hatte er den köstlichen Mandellikör genossen und Anja und ihre Crew die höchst männliche Aufmerksamkeit.

»Ein toller Kerl, der Doktor«, meinte die rothaarige Renate.

»Ist er. Ich wüßte gar nicht, wie ich die letzten Monate ohne ihn hätte überstehen sollen«, nickte Anja. »Ohne ihn wäre wohl manches völlig anders gelaufen. Trinken wir also auf sein Wohl. Herr Ober! Noch eine Runde Amaretto – und dann bitte die Rechnung.«

Die animierte Crew löste sich auf. Ihr persönlich blieb es überlassen, noch etliche Grüße auszutauschen. Auch die Besitzerin des Waldhotels ließ es sich nicht nehmen, ihr mit netten Worten zu zeigen, wie beliebt sie war.

»Wenn der Faschingsrummel erst vorbei ist, werde ich mir von Ihnen einen neuen Haarschnitt verpassen lassen, Frau Turgau.«

»Fein! Nichts munzelt so auf wie ein frisches Outfit.«

»Das sieht man an Ihnen«, sagte unerwartet eine Stimme hinter Anja. Sie drehte sich um, bemerkte Dr. Frank und wußte, daß er sie absichtlich hier noch einmal gestellt hatte.

»Danke!« erwiderte Anja strahlend. »Sie verstehen es, Komplimente zu machen.« Mehr zu sagen hütete sie sich allerdings, wußte sie doch genau, daß die Hotelbesitzerin und der Arzt seit langem ein Paar waren. Es war *er*, der nicht von ihr abließ. Sie zum Ausgang geleitend, fragte er leise:

»Fühlen Sie sich wirklich so gut, wie Sie aussehen, Frau Turgau? Meine Frage ist berechtigt. Schließlich bin ich Ihr Hausarzt.«

Anja trug an diesem Abend ein bezauberndes Winterdirndl

mit passsendem Umhang. In diesen hüllte sie sich jetzt, empfand wohlig die schützende Wärme vor der eisigen Nachtluft. Ihre Mädchen hatten sich samt und sonders verabschiedet. Sie allein war zurückgeblieben, stand nun am Rande des hoteleigenen Parkplatzes und in Gegenwart Dr. Franks, der sich gerade noch als ihr behandelnder Arzt bezeichnet hatte. Das machte die Situation völlig unverfänglich.

»Doch, ja, ich fühle mich gut«, erwiderte sie nach kurzem Zögern. »Physisch bin ich wieder topfit. Die Geburt war ja auch insofern relativ leicht und kurz, als mein Kind noch winzig war und mir allein deswegen keine sonderlichen Probleme auferlegt hat. War es das, was Sie wissen wollten, Doktor?«

»Nicht nur.«

»Dachte ich mir schon. Seelisch bin ich ein Wrack. Aber nicht wegen der zu Bruch gegangenen Mutterschaft. Die war ja ohnehin mehr eine Trotzreaktion als wirkliches Begehren...«

»Sondern?«

»Sondern weil ich vor den Trümmern meiner Ehe stehe und offenbar unfähig bin, daraus einen Neuanfang zu schaffen.«

»Wollen Sie das denn?«

»Ich weiß es nicht«, antwortete Anja ehrlicherweise und starrte traurig ins Leere. »Ich weiß nur, daß ich auf so vielen Gebieten versagt habe.«

»Woraus schließen Sie das?«

»Aus dem Verhalten meines Mannes, zum Beispiel. Wenn ich das für ihn gewesen wäre, was er braucht, hätte er nicht fremdgehen müssen, nein? War ich aber nicht. Viel zu wenig Zeit hatte ich für ihn. Und noch weniger Verständnis. Immer stand meine eigene Arbeit im Vordergrund. Ich wollte den Salon hochbringen, wollte damit viel Geld verdienen...«

»Tun Sie doch auch. Oder nicht?«

»Gewiß. Aber um welchen Preis! Meine Ehe ist daran zerbrochen. Ist es das wert? Wenn ich es nochmal zu tun hätte, würde ich vieles ganz anders machen...«

»Zum Beispiel?«

»Weniger arbeiten. Mir stets vor Augen halten, daß es noch andere Lebensinhalte gibt. Meine Ehe, meinen Mann, eine richtige Familie mit Häuschen im Grünen, mit Kindern, mit Garten, mit Hund.«

»Was hindert Sie daran, es noch einmal zu versuchen?«

»Wir leben getrennt, Dr. Frank. Wir werden schon bald geschieden sein, Wolf und ich. Na, und ob man noch einmal den halbwegs passenden Partner findet, das wage ich zu bezweifeln. Nach Wolf kommt rein gar nichts mehr. Er war schon der Richtige für mich. Nur habe ich das nicht erkannt, habe ihn schlecht behandelt. So eine richtige fiese Emanze war ich geworden. Sie wissen, wie ich das meine? Eine, die ihrem Mann immer und überall zeigt, wie wenig sie ihn braucht, wie hervorragend sie ohne ihn zurechtkommt.«

»Stimmt das denn nicht?« fragte Stefan Frank sanft.

»Es stimmt überhaupt nicht!« begehrte Anja Turgau da auf. »Wie amputiert fühle ich mich ohne ihn. Was man jedoch nicht zeigen kann, nein? Also mimt man die Heldin. So eine richtige Walküre, vor der sich alle Männer fürchten. In Wirklichkeit braucht man nichts so sehr wie eine Schulter, an die man sich schmiegen, an der man sich ausweinen kann. Das alles ist nun vorbei. Ich wünschte so sehr, ich könnte einiges ungeschehen machen. Vernichten wollte ich meinen Mann. Beruflich, finanziell vernichten. Was mir ja anscheinend auch gelungen ist. Nur – er wollte dasselbe, wissen Sie. Er hat damit angefangen. Wenn ich daran zurückdenke, wie meine Kundin Frau Neumann... nein, lieber nicht. Wir haben uns gegenseitig das Leben zur Hölle gemacht. Und nun muß jeder für sich dafür büßen. Eigentlich bin ich froh, das Kind verloren zu haben. Sie verstehen das, nicht wahr? Ich bin froh, daß es meine Haßgefühle nicht miterleben muß. Ich bin froh, ihm nicht erklären zu müssen, daß es keinen Vater hat. Mir ist ja der Salon geblieben, in dem ich mich austoben und meine Kräfte einsetzen kann. Braucht man denn mehr als Frau?«

»Ich fürchte, sehr viel mehr, liebe Frau Turgau. Warum überlassen Sie das alles nicht der Zeit? Darf ich Sie zu Ihrem Wagen begleiten? Es ist schon recht spät geworden...«

»Ja«, seufzte Anja. »Viel zu spät, wenn man bedenkt, daß morgen ein neuer Arbeitstag beginnt. Er steht da drüben.« Sie ging auf das Fahrzeug zu. Stefan Frank nahm ihr den gezückten Schlüssel ab und schloß damit die Tür auf. Galant half er ihr beim Einsteigen, lächelte freundschaftlich und wünschte eine gute Nacht.

Anja wollte gerade den Gurt befestigen und hernach den Motor starten. Aber dazu kam sie nicht mehr. Zwei stürmische Arme umschlangen sie von hinten. Ein heißer Mund preßte sich auf ihren Hals.

»Für mich...«, sagte die Stimme ihres Mannes, »warst du nie eine kommandierende Walküre. Und wie amputiert mußt du dich schon mal gar nicht fühlen. Darf ich dir zeigen, daß noch alles, aber auch wirklich alles dran ist an dir? Du warst auch immer die einzig richtige Partnerin für mich, Anjaliebes. Als fiese Emanze habe ich dich nie gesehen. Nach dir kommt überhaupt nichts mehr. Aber wieso denn *nach* dir? Du bist doch da, und wir haben einander. Es gab ein paar Abzweigungen für den einen, den anderen. Aber das ist doch kein Dauerzustand. Laß uns nochmal ganz von vorn beginnen, ja? Nur du und ich und ganz egal, was sonst noch kommt. Du hast mich nicht schlechter behandelt als ich dich, Anjaliebes. Das war gemein, bösartig und unverzeihlich. Im Grunde aber hatte es nichts mir unserer Liebe zu tun. Die ist doch noch immer da. Die hat sich davon nicht unterkriegen lassen. Das Häuschen im Grünen finden wir bestimmt. Mit Garten, einem Hund und – vielleicht sogar mit Kindern. Immer vorausgesetzt, wir nehmen uns genügend Zeit füreinander. Glaubst du, das wird zu schaffen sein, trotz des Salons, trotz meines eigenen Arbeitsgebietes? Ich fange gerade wieder an, meine einstigen Kunden aufzupicken...«

»Die ich dir kaputtgemacht habe.«

»So ist es.«

»Woher kennst du meine Worte, Wolf? Woher weißt du, was ich zu Dr. Frank gesagt habe?«

»Nun ja, wir sind halt beide Technikfreaks – gewissermaßen«, schmunzelte Wolf. »Und die Möglichkeiten heutzutage sind schon recht weit fortgeschritten. Er ist überdies ein guter Freund, um es mal so zu nennen. Er wollte unbedingt, daß wir wieder zueinanderfinden. Könnte es sein, daß es gelungen ist?«

Die einstmals geerbte Jugendstilkommode stand nun wieder auf ihrem Platz, wie so viele andere Dinge auch. Die ganze hübsche Etagenwohnung wirkte wieder wie das Heim eines glücklichen Paares. Summende, brummende Technik gab es nur in Wolfs Arbeitszimmer. Der Rest bestand aus heller Behaglichkeit. Dreimal wöchentlich kam eine Zugehfrau aus der Nachbarschaft. Ansonsten sorgte Anja dafür, daß es an nichts mangelte.

Am Mittwochmorgen sagte Wolf beim gemeinsamen Frühstück.

»Ich würde am Wochenende so gern mit dir nach London fliegen. Dort findet eine Ausstellung statt, die ich mir nicht entgehen lassen möchte. Aber gerade an Wochenenden bist du ja immer unabkömmlich...«

»Das war einmal...«, lächelte sie weich und strich etwas Butter auf ihr Brötchen. »Ich werde Elke zur Geschäftsführerin ernennen, ihr Gehalt entsprechend aufbessern und die gesamte Verantwortung ihr überlassen. Mal sehen, ob es klappt.«

»Und wenn nicht?«

»Wenn nicht, starte ich den gleichen Versuch mit Renate. Aber du wirst sehen, Elke wird mich schon nicht enttäuschen. Morgen fängt im Herrensalon übrigens ein neuer Mitarbeiter an. Er ist Spanier, so ein richtiger glutäugiger Figaro.«

»Wo hast du den denn her?«

»Vom Arbeitsamt. Er ist schon etliche Jahre in Deutschland, hat eine wahnsinnig eifersüchtige Frau und vier kleine Kinder. Keiner meiner Kunden wird ihm in den Ausschnitt schauen oder ihn zum Abendessen einladen wollen, wie das bei Roswitha so oft der Fall war.«

Wolf rührte Zucker in seinen Kaffee. Der Anblick nahm ihn völlig gefangen.

Anja lachte leise.

»Auch das gehört nun der Vergangenheit an. Roswitha hat ihre Prüfung geschafft und wird sicherlich sehr bald heiraten. Beruflichen Ehrgeiz kennt sie nicht, und verliebte Anwärter gibt es in Hülle und Fülle für sie. Du warst nicht der einzige, der ihren Reizen unterlag. Und was nun unser Wochenende in London betrifft – darauf freue ich mich schon heute.«

»Sag das nochmal, Anjaliebes!«

Sie sagte es gleich nochmal. »Darauf freue ich mich schon heute. London im Mai muß himmlisch sein. Was steht alles auf deinem Plan? Soll ich ein Cocktailkleid mitnehmen? Für dich den Smoking einpacken oder fliegen wir als Rucksacktouristen mit Kamera und Stadtplan?«

»Kamera und Stadtplan sind okay. Auf den Rucksack würde ich allerdings lieber verzichten. Smoking wird nicht unbedingt nötig sein, ein dunkler Anzug tut es sicherlich auch. Danke, daß du einverstanden bist, Anja.«

»Danke, daß du mich mitnehmen willst«, gab sie lächelnd zurück. »So – so habe ich mir unser gemeinsames Leben eigentlich immer vorgestellt, weißt du. Eine Woche lang konzentriert arbeiten. Hernach die Früchte eben dieser Arbeit genießen. Nicht jeder für sich und ohne den anderen daran teilhaben zu lassen. Vielmehr vereint und in dem Wissen, daß man mehr oder weniger das Gleiche will. Warum mußten wir bloß erst durch so dunkle Tiefen gehen, um das herauszufinden, Wolf?«

»Wer weiß«, sagte er und schaute ihr tief in die Augen dabei. »Vielleicht, um zu begreifen, wieviel man beinahe verloren hätte. Du sollst künftig nie wieder Grund haben, an meiner Liebe zu dir zu zweifeln, Anja.«

»Und du…«, gab sie nach einer kleinen Weile flüsternd zurück, »brauchst in Zukunft nicht mehr zu befürchten, daß mein Unabhängigkeitsfimmel Blüten treibt. Ich weiß genau, was ich an dir habe, Wolf – und wo meine eigenen Grenzen verlaufen. Verzeihst du mir?«

»Alles«, sagte er schnell. »Immer. Was es auch sei. Ich liebe dich nämlich. So, wie du bist, du – du Möchtegernemanze. Wie wär's denn jetzt mit einem Kuß als Vorschuß aufs Wochenende?«

»Hol ihn dir nur.« Anja schloß die Augen und hob ihm ihr Gesicht sehnsüchtig entgegen. Als sie seine warmen Lippen auf ihrem Mund spürte, schlang sie ihre Arme um Wolfs Nacken und war nur noch glücklich.

Dr. STEFAN FRANK

Liebe, die meine Angst besiegt

»Ich lasse mich nicht immer herumscheuchen!«

Dr. Frank glaubte, nicht recht zu hören. Marie-Luise Flanitzer war noch nie laut geworden. Anscheinend setzte sie sich gerade gegen ihre doppelt so alte Kollegin, Martha Giesecke, die Stütze seiner Praxis zur Wehr. Martha hatte manchmal einen sehr forschen Ton. Doch wenn Marie-Luise Flanitzer so reagierte, mußte schon einiges vorgefallen sein.

Er überlegte ziemlich unentschlossen, ob er eingreifen sollte. Viel Lust hatte er dazu nicht. Es war bisher ein eher ruhiger Vormittag gewesen, und den wollte er sich nur ungern kaputtmachen lassen.

Gespannt spitzte er die Ohren. Wo blieb Marthas Erwiderung? Die Berlinerin, die es vor Jahren nach München verschlagen hatte, war nie auf den Mund gefallen.

Jetzt hörte er sie nur etwas murmeln, dann öffnete sich auch schon die Tür seines Behandlungszimmer.

»Hier, die Karte von Herrn Schröder«, brummte die grauhaarige Sprechstundenhilfe und legte sie ihm auf den Tisch.

Stefan sah sie prüfend an. Ihr Gesicht war leicht gerötet, doch sonst ließ sie sich nichts anmerken. Aufatmend konstatierte er, daß die kleine Krise wohl beendet war.

Herr Schröder kam herein und setzte sich schnaufend auf den Stuhl, der dem Schreibtisch des Arztes gegenüberstand.

»Na, Herr Schröder? Haben Sie sich an die Diät gehalten? Dann wollen wir mal sehen, wieviel Sie schon abgenommen haben.«

Herr Schröder, ein beleibter Gastwirt mit hohem Blutdruck und beginnendem Diabetes, schüttelte resigniert den Kopf.

»Das ist nicht viel. So eine Waage haben Sie gar nicht, die das anzeigt. Aber ab jetzt fange ich wirklich an.«

»Heißt das, Sie sind sich über den Ernst der Lage immer noch nicht im klaren? Sie wollen doch noch ein paar Jahre arbeiten, oder nicht?«

»Ja, ja, ist ja schon gut. Aber wir hatten ein paar Familienfeiern, und da können Sie doch nicht erwarten, daß ich an Salatblättern kaue wie ein Kaninchen!«

»Das müssen Sie ja auch gar nicht. Die Diät ist wohlschmeckend und gar nicht so knapp gehalten. Wenn Sie allerdings nicht ernsthaft darangehen, werde ich noch ein paar Broteinheiten streichen müssen. Und dann wird es wirklich mager.«

»Na gut, ich fange heute an. Ehrlich gesagt, sehr wohl fühle ich mich auch nicht!«

»Lassen Sie Schwester Martha noch einmal einen Test machen. Wir müssen sehen, wie der Zuckergehalt ist. Vorher messe ich aber noch Ihren Blutdruck.«

Er war natürlich immer noch zu hoch. Dr. Frank brauchte gar nicht zu fragen, die Gymnastik hatte sein Patient bestimmt auch nicht gemacht. Von ihm wurde dann erwartet, daß er zauberte, wenn ›das Kind in den Brunnen gefallen war‹. Die Leute waren manchmal wirklich zu unvernünftig!

Nach seinem widerspenstigen Patienten kam eine junge Frau herein, die einen fast ebenso großen Bauch vor sich hertrug wie Herr Schröder. Bei ihr waren die Gründe jedoch weitaus erfreulicher.

»Guten Tag, Herr Dr. Frank. Mein Baby will, glaube ich, nicht mehr lange warten.«

»Na, vier Wochen muß es noch aushalten. Und Sie auch«, antwortete er lächelnd.

Mit der eigenartig schlängelnden Bewegung aller Hochschwangeren setzte sie sich auf den Stuhl gegenüber.

»Es ist ganz schön mühsam mit so einem Bauch. Ich bin froh, wenn ich wieder schlank bin.«

»Das glaube ich Ihnen gern. Aber es lohnt die Mühe ja auch, oder?«

Sonja Dürrkop war ursprünglich gar nicht begeistert gewesen, als sie feststellen mußte, daß sie schwanger war. Sie hatte gerade das zweite Lehrjahr als Friseurin begonnen und sich von ihrem Freund getrennt. Zwei Wochen hatte sie mit sich gerungen, ob sie eine Abtreibung vornehmen lassen sollte, sich dann aber dank des Verständnisses ihrer Mutter und der Gespräche mit Dr. Frank dagegen entschieden und erst einmal an die Freigabe des Kindes zur Adoption gedacht. Im vierten Monat war sie strahlend zu Stefan gekommen und hatte ihm erklärt, daß sie einen alten Freund wiedergetroffen habe, der sie trotz des Babys von einem anderen liebe.

Inzwischen hatten sie geheiratet. Hannes Dürrkop war ein ruhiger junger Mann, nicht so schillernd wie der Vater des Kindes, aber dafür zuverlässig und treu. Die beiden verstanden sich gut und würden dem Kind sicher gute Eltern sein.

Dr. Frank untersuchte Sonja Dürrkop und konnte ihr bestätigen, daß alles in Ordnung war. Erleichtert zog sie sich wieder an, während er die Angaben in den Mutterpaß eintrug.

»Ich habe da noch eine Frage…«

»Ja, Frau Dürrkop? Nur heraus damit.«

»Mein Mann meinte, daß wir jetzt nicht mehr… dürften. Sie wissen schon…« Sie wurde sogar rot.

Dr. Frank lächelte. »Naja, wenn Sie vorsichtig sind, geht es schon noch vierzehn Tage. Allerdings nur, wenn Sie es auch möchten. Sie merken dann schon, wenn es der Geburt zugeht. Die Frauen haben da wohl so eine Art eingebautes Schutzsystem.«

»Wirklich? Uns fällt es nämlich ziemlich schwer, darauf schon zu verzichten. Wir sind ja noch nicht lange zusammen. Und Hannes findet mich sogar mit dem Bauch schön.«

»Warum auch nicht? Es ist doch etwas ganz Natürliches.«

Zufrieden ging sie hinaus. Stefan Frank schmunzelte. Sie sollten ruhig noch ein bißchen ›vorarbeiten‹, wenn das Baby erst da war, würden sie nicht mehr viel Ruhe haben.

Der Tag ging zu Ende mit einem Patienten, der Dr. Frank schon seit geraumer Zeit Sorgen machte. Holger Hartmann war Mitte dreißig, sah aber gut zehn Jahre älter aus. Er schleppte sich in die Praxis wie ein alter Mann. Seine Beschwerden waren immer umfangreicher geworden in der letzten Zeit. Langsam begannen sich Symptome zu manifestieren, die klinisch nachzuweisen waren, doch Dr. Frank wußte, daß die Ursachen psychischer Natur waren. Holger Hartmann kam mit seinem Leben nicht mehr klar, das hieß, genaugenommen mit seiner Frau. Sie hatte ihn betrogen, und zwar eine lange Zeit. Und das noch mit seinem besten Freund. Nach außen hin hatten sie sich wieder versöhnt, aber innerlich fraß ihre Untreue – und wohl noch mehr der Vertrauensbruch – den ruhigen Mann auf.

Diesmal war es der Magen, der ihn schmerzte. Dr. Frank untersuchte seinen Patienten gründlich. Für ein Geschwür lagen noch keine Anzeichen vor, aber lange würde es sicher nicht dauern, wenn es so weiterging.

»Herr Hartmann, Sie müssen mal raus aus Ihrem Alltag. Ich habe Ihnen das ja schon ein paarmal gesagt.«

»Aber ich muß mich doch um die Kinder kümmern, wenn meine Frau arbeitet!«

»Kann das nicht Ihre Schwiegermutter machen? Sie könnte doch für eine Weile zu Ihnen ziehen, während Sie eine Kur machen.«

»Die will mit Sandra nichts zu tun haben. Sie verstehen sich nicht sonderlich. Noch nie.«

»Dann soll sie es für die Kinder tun. Es darf nicht Ihr Problem sein, ob Ihre Frau und deren Mutter nun gut oder weniger gut miteinander auskommen.«

»Aber die Kleine hängt so an mir...«

»Herr Hartmann, es geht Ihnen doch viel zu schlecht, um sich richtig um alles kümmern zu können. Sie waren einmal ein tatkräftiger Mann mit viel Humor. Sie müssen sich den Dingen, die Sie belasten, stellen. Das können Sie am besten, wenn Sie dabei Hilfe haben. In so einer Kur wird man eine Gesprächstherapie machen, Sie haben viel Ruhe und kommen zu sich. Und dann werden Sie sicher auch wieder besser mit allem fertig. So kann es nicht weitergehen.«

Holger Hartmann nickte deprimiert. Dr. Frank bedauerte wieder einmal, daß noch niemand eine Glückspille erfunden hatte, die man einem so verzweifelten Patienten verordnen könnte – und alles wäre wieder gut.

»Na gut, ich spreche mit Sandra.«

»Nein, entscheiden Sie das und leiten Sie es in die Wege. Rufen Sie Ihre Schwiegermutter an und sagen Sie ihr, daß ich diese Kur für absolut notwendig halte. Ich beantrage sie auch gleich.«

Endlich schien Holger Hartmann überzeugt zu sein. Er nickte müde, und Dr. Frank beglückwünschte ihn zu seinem Entschluß.

»In acht Wochen sieht die Welt für Sie schon wieder anders aus, darauf bin ich bereit zu wetten.«

Ein schwaches Lächeln huschte über das Gesicht seines Patienten.

»Sie geben wohl nie auf, was, Herr Dr. Frank? Sie können einen richtig mitreißen.«

»Ich wäre ein schlechter Arzt, wenn ich das nicht zumindest immer wieder versuchen würde.«

»Das sind Sie wahrhaftig nicht. Ich glaube, wenn Sie nicht gewesen wären... naja, ich muß an die Kinder denken.«

Dr. Frank wußte, was dieses Eingeständnis bedeutete. Noch jetzt fuhr ihm eine Gänsehaut über den Rücken. War es eine so schlechte Partnerschaft wert, sich deshalb das Leben zu nehmen?

Er dachte an Solveig Abel, seine Lebenspartnerin. Sie hatte ihren Mann verloren und allein mit dem Hotel dagestanden. Es war sicher sehr schwer für sie gewesen, genug Mut zu finden, den Betrieb weiterzuführen und außerdem noch einen geliebten Menschen verloren zu haben. Aber sie hatte es geschafft, und heute waren sie beide sehr glücklich. Es gab immer einen Neubeginn.

Nachdem auch Herr Hartmann gegangen war, machte Dr. Frank die letzten Eintragungen in seine Karteikarten und ging dann nach vorn in die Anmeldung, um seinen Damen einen schönen Feierabend zu wünschen. Er mußte nur eine Treppe hochgehen, um zu Hause zu sein. Praxis und Wohnung lagen in seinem Haus in der Gartenstraße.

Martha Giesecke und Marie-Luise Flanitzer standen sich wie zwei Kampfhähne gegenüber. War der Streit etwa nur auf den Abend verschoben worden? Dann sollte er sich beeilen, die Praxis zu verlassen, um nicht noch in die Schußlinie zu geraten...

»Herr Dr. Frank, ich möchte einmal etwas klären!«

Zu spät. Wenn Marie-Luise Flanitzer soviel Mut aufbrachte, ihn anzusprechen, konnte er wohl kaum kneifen.

»Was gibt es?«

»Schwester Martha gibt mir immer nur Aufgaben, die weit unter meinem Können liegen. Alles will sie immer selbst machen! Ich kann so nicht arbeiten!«

»Also, det is doch...« Martha holte tief Luft. Sie war schon wieder ganz rot im Gesicht, ihre grauen Löckchen saßen wie kleine, widerborstige Antennen auf ihrem Kopf und vibrierten leicht.

»Moment, Martha. Also, wenn Frau Flanitzer so eine Beschwerde vorbringt, wollen wir in Ruhe darüber sprechen. Ich weiß ja, daß Sie eine ungeheure Arbeitsleistung bringen, Martha, die einen schon manchmal atemlos macht. Aber Frau Flanitzer versteht ihre Arbeit auch sehr gut, wie wir beide wissen. Wir sollten also vielleicht einmal überlegen, ob wir die Arbeit nicht genau aufteilen könnten. Das gibt Ihnen doch auch mehr Möglichkeiten, mal eine Verschnaufpause zu machen. Es wäre jedenfalls nicht vorstellbar, wenn Marie-Luise uns verlassen würde. Sie wüßten nicht, was Sie dann für eine Kollegin bekämen, und ich kann es mir ohne Sie beide hier überhaupt nicht vorstellen.«

Hatte er die richtigen Worte getroffen, um die beiden milde zu stimmen? Bei der Jüngeren schien es so zu sein. Martha kämpfte noch mit sich. Wahrscheinlich erwog sie Wort für Wort, ob es auch keinen Haken oder Ösen enthielt.

»Naja, ick hab' sie ja ooch ausjebildet...«, murmelte die Berlinerin dann. Das entsprach zwar nicht ganz der Wahrheit, aber niemand widersprach.

»Sehen Sie, das soll doch wohl nicht einem anderen Arzt zugute kommen, oder?« sagte Stefan Frank statt dessen. »Wir sind hier doch eine verschworene Einheit. Also, setzen Sie sich beide zusammen und klären Sie das in Ruhe. Es ist doch schön, wenn Marie-Luise Sie entlasten möchte.«

Dr. Frank war richtig stolz auf sich. Vielleicht hätte er im diplomatischen Dienst Karriere machen können...

»Na schön. Also nischt für unjut, Marie-Luise. Wir reden morjen darüber. Aber meine Karteikarten führe ich weiter!«

»Natürlich. Ich arbeite dafür ja auch lieber mit dem Computer«, antwortete Frau Flanitzer und lächelte Dr. Frank zu.

»Dann kann ich jetzt hinaufgehen? Oder fliegen hier noch irgendwelche schweren Gegenstände durch die Gegend, wenn ich den Rücken kehre?«

»Also, Chef, det is nu aber wirklich nicht nett! Schließlich bin ick keen Unmensch.«

Fast hätte er seinen Erfolg selbst gefährdet. Damit er nicht noch mehr Unsinn redete, verabschiedete sich Dr. Frank schnell und verließ den Kampfplatz.

»Du kannst doch nicht schon wieder zu Hause bleiben, Carina!«

»Ich habe aber wirklich keine Lust, auf diese Party zu gehen!«

»Mein Gott, man könnte meinen, du bist schon vierzig. Alle sind da, wovor hast du eigentlich Angst?«

»Ich habe keine Angst, Susanne. Ich habe nur keine Lust auf diese Partys, das weißt du doch. Außerdem muß ich für meine Semesterarbeit lernen.«

»Immer nur die Bücher vor der Nase! Das hält doch kein Mensch aus! Oder willst du Till nicht treffen?«

»Habt ihr euch denn wirklich so einvernehmlich getrennt? Mir erschien er ziemlich sauer.«

»Das ist schon in Ordnung. Nun geh endlich, ich komme nicht mit. Grüße alle schön von mir.«

Susanne Velbert sah ihre Kommilitonin genervt an, gab aber schließlich nach. Seit einem halben Jahr teilten sie sich die kleine Drei-Zimmer-Wohnung und verstanden sich eigentlich recht gut. Nur die Abneigung Carinas, Partys zu besuchen, fand Susanne nervig. Sie kam sich direkt vergnügungssüchtig vor, wenn sie ständig ausging und Carina statt dessen immer lernte. Dabei war sie das wirklich nicht.

Naja, dann war Carina eben nicht zu helfen. Wahrscheinlich tat es ihr spätestens dann leid, wenn Susanne ihr morgen von der Party erzählte.

Sie zupfte vor dem Spiegel den schmalen Minirock zurecht, der ihre langen Beine wunderbar zur Geltung brachte. Das Oberteil saß auch schön knapp, bestimmt würde Chris heute endlich anbeißen. Sie war schon lange hinter ihm her, schon aus Jagdtrieb, weil er als unbezwingbar galt. Hoffentlich war er nicht mehr an Männern interessiert, das wußte man heute nie so genau.

»Bis dann. Es wird wohl spät werden.«

»Vergiß den Schlüssel aber nicht. Ich werde nicht wach, wenn ich einmal eingeschlafen bin. Das weißt du ja.«

»Du kommst mir allmählich vor wie meine Mutter!« gab Susanne ärgerlich zurück.

In diesem Fall hatte Carina allerdings recht: Susanne vergaß tatsächlich dauernd den Schlüssel. Vorsichtshalber schaute sie noch einmal in ihre winzige Handtasche. Da war er, alles okay. Dafür hatte sie allerdings den Lippenstift vergessen, wie Susanne feststellte, und das war in ihren Augen noch viel schlimmer.

Carina atmete erleichtert auf. Sie klappte ihre Bücher zu, schaltete die Schreibtischlampe aus und legte sich auf das alte, etwas durchhängende Sofa, das Susannes Mutter spendiert hatte. Beide liebten es, auch wenn es schon bessere Tage gesehen hatte. Mit dem Foulard allerdings konnte es vom Anblick her – das hieß, wenn man sich nicht darauf setzte – durchaus als sehr schön gelten.

Carina ruckelte sich zurecht, so daß die Kuhle genau mit ihrem Po übereintraf, und schloß die Augen.

Claus... was er jetzt wohl machte? Sicher mußte er mit seiner Frau eine ihrer endlosen Diskussionen führen. Irene Jäger war Soziologin, und von Kommilitonen wußte Carina, daß sie für ihr Leben gern ihre Thesen verbreitete, um anschließend hitzige Diskussionen darüber zu entfachen, in denen sie alle niederredete.

Professor Claus Jäger dagegen... Er war wirklich ein besonderer Mensch, dazu mußte man nicht Psychologie studieren, um das festzustellen. Seine langen schlanken Finger unterstrichen die Worte, die wohlgesetzt von seinen Lippen kamen, er verstand es wie kein anderer, die Studenten mitzureißen und den hochinteressanten Unterichtsstoff spannend darzubieten wie einen Krimi.

Carina hatte sich für Psychologie entschieden, weil sie ihm

nahe sein wollte. Inzwischen faszinierte sie dieses Fach allerdings auch. Sie sah sich bereits später mit ihm zusammen forschen, die menschliche Seele bis in ihre tiefsten Tiefen ausloten...

Carina hatte Claus Jäger auf einem Studentenball kennengelernt – als sie ihm ein Glas Sekt über den Anzug geschüttet hatte, genauer gesagt. Das war vor drei Jahren gewesen. Damals hatte sie eine Cousine begleitet, die hier an der Uni studierte. Bei seinem Blick war ihr ein Schauer über den Rücken gelaufen. Vergessen hatte sie ihn nie, und das Glück, ihn nun Tag für Tag zu sehen, war unglaublich. Natürlich durfte niemand etwas von ihrer Verliebtheit wissen, wahrscheinlich würden sie sie auslachen. Es war nicht unüblich, sich in einen Prof zu verlieben, aber niemand nahm es wohl so ernst wie sie.

Carina war überzeugt, daß sie beide zusammengehörten. Und seit einiger Zeit betrachtete auch er sie mit einem besonderen Blick, wie es ihr schien. Es konnte nicht mehr lange dauern, bis er sie ansprechen würde...

Die Wohnungstür ging auf, und plötzlich stand Susanne im Zimmer. »Aha, so ist das! Du lernst gar nicht, du pennst! Das ist ja noch unmöglicher!«

»Susanne! Was ist denn nun wieder los?«

Susanne war das wandelnde Chaos. Ihre Mitbewohnerinnen hielten es nie lange mit ihr aus. Irgend etwas passierte ständig, man mußte mit allem rechnen.

»Ich habe mir diesen dämlichen Absatz abgebrochen, als ich ins Auto steigen wollte. Bin an der Straßenkante abgerutscht. Sag mal, kann ich deine goldenen Sandaletten haben? Du brauchst sie ja nicht.«

»Ja, nimm sie dir«, antwortete Carina uninteressiert. Sie wollte nur schnell wieder allein sein.

»Danke, du bist ein Schatz!«

»Siehst du, ist wohl doch ganz gut, daß ich nicht mitgehe.«
»Ich sag nie wieder etwas. Wo sind sie?«
»Im Kühlschrank nicht, liebe Susanne.«
»Ja, ich weiß. In deinem Schrank, schön auf einem Spanner, stimmt's? Die Frage hätte ich mir ersparen können.«
»Eben«, antwortete Carina lächelnd.

Fünf Minuten später war Susanne wieder weg. Carina hatte jedoch den Spaß an ihrer Träumerei verloren. Vielleicht hätte sie doch mitgehen sollen. So geriet sie immer wieder in Versuchung, die vertraute Telefonnummer zu wählen, nur um seine Stimme zu hören...

Hatte sie vielleicht eine Frage, die sie ihm stellen könnte? Zweimal hatte Carina auf diese Weise schon versucht, mit ihm außerhalb der Uni in Kontakt zu kommen, aber sie wollte ihm auf keinen Fall lästig werden. Das mußte also vorsichtig dosiert werden. Außerdem war es möglich, daß seine Frau ans Telefon ginge, und diese herrschsüchtige Stimme könnte Carina den ganzen Abend verderben. Der Gedanke, daß Irene Jäger mit ihm zusammensitzen konnte und nicht sie, war nur schwer zu ertragen. Ob die beiden noch miteinander schliefen? Sie waren schon mindestens zehn Jahre miteinander verheiratet. Das wußte sie von anderen Studenten. Wahrscheinlich langweilte sich Claus zu Tode neben seiner Frau. Sie war so gar nicht reizvoll mit den straßenköterfarbenen Haaren und der Brille. Wahrscheinlich hatte sie ihn mit ihrer Intelligenz geködert und nicht mit Sexappeal. Unschlüssig umkreiste Carina das Telefon. Eigentlich könnte sie ihre Eltern anrufen, die warteten bestimmt schon wieder seit zwei Wochen auf eine Nachricht. Es war immer so mühsam, den Fragenkatalog abzuhaken, mit dem ihre Mutter sie bombardierte. Marion von Freesen konnte sich nicht daran gewöhnen, daß ihr Nesthäkchen jetzt auch aus dem Haus war. Die zwei Brüder von Carina lebten schon lange ihr eigenes Leben.

Tapfer wählte sie. Ihre Mutter mußte neben dem Telefon gestanden haben.

»Carina, mein Schätzchen! Das ist aber lieb, daß du anrufst. Geht es dir auch gut? Hast du genug Geld? Ißt du auch immer ordentlich?«

»Ja, Mama, alles ja. Wie geht es denn bei euch zu Hause? Alles paletti?«

»Natürlich, meine Süße. Papa arbeitet wie immer zuviel, deine Brüder rufen nie an, und ich war heute shopping. Ich habe dir ein hübsches Nachthemd mitgebracht, es gefiel mir so gut. Soll ich es dir schicken, oder kommst du bald mal wieder vorbei?«

»Ich komme nächsten Monat, Mama. Für ein Wochenende, okay?«

Carina wollte verhindern, daß schon wieder ein Paket von ihrer Mutter eintraf. Susanne kringelte sich jedesmal vor Lachen, wenn der Inhalt sichtbar wurde. Ihre Mutter vergaß nie, selbstgebackenen Kuchen und einen guten Weißwein einzupacken.

»Wie Rotkäppchen! Ich würde sagen, sie soll auch mal ein besticktes Käppchen mitschicken!« kreischte Susanne stets, was sie aber nicht daran hinderte, sich über den Kuchen herzumachen. Auch den Wein verachtete sie keineswegs.

»Das ist eine gute Nachricht, Carina! Ich werde es gleich deinem Vater sagen. Hast du heute noch etwas vor? Es ist doch Sonnabend. Gehst du denn gar nicht aus?«

»Ich muß noch lernen.«

»Verdirb dir nur nicht die Augen bei dem vielen Lesen! Frische Luft ist auch wichtig. Was?... Ach, dein Vater sagt gerade, ich soll dich nicht immer nerven. Aber ich meine es ja nur gut, das weißt du, nicht wahr?«

»Ja, Mama, das weiß ich. Das ist schon in Ordnung.«

»Fein, mein Kleines. Dann paß schön auf dich auf. Und lauf

im Dunkeln nicht allein herum. Es passiert so viel. Nimm dir ein Taxi. Soll Papa dir noch Geld überweisen?«

»Nein, Mama, danke, ich habe wirklich genug.«

»Na gut. Wie du meinst. Grüße Susanne von uns. Vertragt ihr euch noch?«

»Ja, sehr gut. Sie ist gerade ausgegangen, aber ich mache mir einen gemütlichen Abend zu Hause.«

»Hast du denn schon wieder einen neuen Freund?«

Jetzt kamen also die indiskreten Fragen! Carina seufzte leise.

»Nein, Mama, im Moment möchte ich auch keinen. Ich fühle mich so wohler.«

»Ja, ja, bis die Liebe zuschlägt. Aber such dir nur den Richtigen aus. Einer, der Verantwortung tragen kann und dich ein bißchen verwöhnt, wie Papa das bei mir tut.«

»Du verwöhnst ihn ja auch nach Strich und Faden.«

»Naja, wir lieben uns eben. Und so soll es ja auch sein. Gut, meine Kleine, dann wünsche ich dir noch viel Spaß. Wir bekommen gleich Besuch. Die Tanners kommen zum Kartenspielen.«

»Grüße sie schön. Und gib Papa einen Kuß von mir.«

Ihre Mutter versprach, das zu tun und legte auf. Carina war erleichtert. Sonst hätte das Gespräch nämlich noch gut eine Viertelstunde so weitergehen können.

Sie legte sich wieder auf das Sofa und begann von neuem ihre Traumfäden zu spinnen. Diesmal wurde sie nicht gestört, und als sie soweit gekommen war, wie Claus ihr seine große Liebe erklärte, schlief sie ein.

»Mein Gott, alles hustet und schnupft. Dabei will ich am Wochenende auf eine Party zu Sven gehen. Chris ist auch da, das habe ich schon herausgefunden.«

Anderthalb Wochen später. Carina glaubte manchmal, daß Susannes Zeitrechnung nur von Party zu Party ging. Aber vermutlich wäre sie nicht viel anders, wenn es Claus nicht gäbe.

»Ich habe auch eine Erkältung in den Knochen. Also geh mir lieber aus dem Weg.«

»Tu mir das bloß nicht an! Chris hat mich neulich wirklich echt angelächelt. Ich dachte, mein Herz bleibt stehen! Er ist so unheimlich süß! Die anderen werden vor Neid grün werden, wenn wir erst zusammen sind.«

»Manchmal denke ich, du bist erst siebzehn, Susanne. Es gibt doch noch mehr Männer außer Chris. Ich glaube, er macht sich einen Spaß mit dir, das ist irgendeine abgefahrene Masche.«

»Du hast es nötig! So, wie du Claus Jäger immer anstarrst!«

Carina zuckte zusammen. Soviel Beobachtungsgabe hätte sie Susanne gar nicht zugetraut. Offenbar hatte sie sie unterschätzt.

»Ich starre ihn nicht an, ich finde ihn nur sympathisch.«

»Wenn du es so nennen willst... Mit dem wird das sicher nichts, der schwärmt für dunkelhaarige Mädchen.«

Carina wäre Susanne am liebsten an die Gurgel gegangen. Fing sie nun auch mit diesen dummen Gerüchten an, daß er schon einmal eine Freundin gehabt haben sollte?

Sie tat so, als interessiere es sie nicht, aber innerlich fühlte sie sich ziemlich durcheinander. Wahrscheinlich lag es auch an der Erkältung, die sie ohne Zweifel ausbrütete, daß ihr so jämmerlich zumute war. Heute hatte Claus keinen einzigen Blick für sie gehabt...

»Nun mach doch nicht so ein Gesicht, Carina. Ich habe es nicht so gemeint. Wenn er Geschmack hat, wird er sich in dich verlieben, falls er so etwas überhaupt tut. Immerhin ist er mit der scharfzüngigen Irene verheiratet. Ich glaube, die kann mit Worten töten, du nicht?«

»Wahrscheinlich. Aber das ist ja auch sein Problem. Du bist heute mit Kochen dran, Susanne.«

»Oh Mist! Ich wußte doch, daß ich etwas vergessen habe!«
»Sag nicht, du hast nicht eingekauft!«
»Genau. Guck nicht so sauer, ich bestelle uns eine Pizza.«
Pizza! Carina drehte sich bei dem Gedanken fast der Magen um. Am liebsten wäre sie jetzt zu Hause. Ihre Mutter würde ihr eine Suppe kochen und an ihrem Bett sitzen… Das konnte sie von Susanne natürlich nicht erwarten. Oder diese würde ihr die heiße Suppe über die Decke gießen. Da gab es genug Möglichkeiten. Susanne passierten Dinge, an die man nicht einmal dachte.

»Nee, laß mal. Ich mache mir eine Tütensuppe und leg' mich hin.«

»Bist du wirklich krank? Du hast auch so komisch glänzende Augen.« Susanne wirkte jetzt ehrlich besorgt und sah ihre Freundin prüfend an.

»Kann sein, daß ich ein bißchen Fieber habe. Wird schon nicht so schlimm sein«, wiegelte Carina ab.

»Wenn du willst, mache ich dir eine Wärmflasche.«
»Hast du das letzte Mal vergessen?«
Susanne grinste. Sie hatte den Verschluß nicht richtig zugeschraubt, das heiße Wasser hätte fast ihre Füße verbrannt.

»Ich passe schon auf. So etwas passiert immer nur einmal.«

Carina bedankte sich und wurde umgehend ins Bett geschickt. Eine halbe Stunde später hatte sie nicht nur Tütensuppe serviert bekommen, sondern auch eine dicht verschlossene Wärmflasche an den Füßen.

Sie schaffte es nicht, am nächsten Tag in die Universität zu gehen. Ihr war so hundeelend und klapperig zumute, daß sie im Bett bleiben mußte. Susanne versprach, mittags mit einem vollgepackten Einkaufskorb zurückzusein.

»Ich koche dir Hühnersuppe, du wirst sehen, bald bist du wieder auf den Beinen. Soll ich etwas aus der Apotheke mitbringen?«

»Vielleicht Heilpflanzenöl.«
»Ich dachte mehr an Grippemittel.«
»Du weißt doch, daß ich nichts einnehme.«

Carina hatte eine Abneigung gegen Tabletten. Sie versuchte immer so, mit den zum Glück seltenen Erkrankungen fertigzuwerden. Diesmal hatte es sie allerdings schlimmer erwischt. Aber wenn sie sich schonte – etwas anderes war ihr sowieso nicht möglich –, würde sie schon bald wieder auf den Beinen sein, davon war sie überzeugt.

Die nächsten beiden Tage ging es Carina so schlecht, daß sie nicht einmal von Claus Jäger träumen mochte. Sie hatte genug damit zu tun, sich hin und wieder ins Badezimmer zu schleppen, um sich feuchte Tücher für die Wadenwickel zu holen. Dann wankte sie zurück ins Bett, wo sie fast eine halbe Stunde brauchte, um sich von der Anstrengung wieder zu erholen.

Susanne machte sich inzwischen ernsthafte Sorgen, doch Carina beruhigte sie.

»So ein richtiger Infekt dauert eben eine Woche...«, krächzte sie.

»Aber ich kann doch mal einen Arzt anrufen! Dr. Frank ist wahnsinnig nett, er ist unser alter Hausarzt. Ich meine, alt im Sinne von lange. Er ist nicht alt.«

»Lieb von dir, aber das ist sicher nicht nötig. Das Fieber ist ja schon gefallen.«

»Aber du bist heute morgen auch gefallen.«

»Ach, das war nur eine kleine Schwäche. Ich habe ja nichts Richtiges gegessen. Ein paar Tage warten wir noch. Dann bin ich bestimmt wieder gesund.«

Susanne sah sie skeptisch an. Ihre Freundin sah zum Gotterbarmen aus. Dunkle Schatten lagen unter den eingesunkenen Augen, die noch immer unnatürlich glänzten. Ansonsten war sie furchtbar blaß, die Lippen wirkten fast farblos.

»Na gut, aber du stellst dir jetzt das Telefon ans Bett und rufst

Frau Reiter an, wenn du etwas brauchst. Sie macht das bestimmt gern.«

Die Nachbarin war nicht gerade Susannes Freundin, so daß Carina an dem Vorschlag erkannte, wie besorgt Susanne war.

»Na gut, aber es wird nicht nötig sein. Du bist ja bald wieder da.«

»Ganz bestimmt. Zwei, drei Stunden, länger brauche ich nicht.«

Carina schloß erschöpft die Augen. Sogar das Sprechen war anstrengend.

Eine Stunde später klingelte das Telefon und riß sie aus einem unruhigen, leichten Schlaf. Sie angelte nach dem Hörer.

»Hier Carina von Freesen.«

»Hier Claus Jäger. Ich mache mir Sorgen um Sie, Carina. Sind Sie krank?«

»Hat man Ihnen das denn nicht ausgerichtet?« fragte sie zurück, nachdem sie wieder zu Atem gekommen war.

Seine Stimme hatte ihr fast die Luft geraubt. Ihr Herz klopfte heftig, und ihre Hand, die den Hörer umklammert hielt, wurde schweißnaß.

»Nein, aber ich dachte mir, daß es so sein muß. Sie versäumen doch nicht ohne handfesten Grund die Vorlesungen. Kann ich etwas für Sie tun? Haben Sie alles, was Sie brauchen?«

Er bot ihr Hilfe an! Wenn das nicht ein Beweis seiner Zuneigung war. Carina war überglücklich, aber natürlich durfte er sie nicht in diesem Zustand sehen. Sie sah grauenhaft aus mit den strähnigen, glanzlosen Haaren und der fahlen Haut.

»Das ist sehr lieb von Ihnen, Herr Professor. Aber meine Freundin kümmert sich um mich. Ich kann bestimmt nächste Woche wieder kommen.«

»Schonen Sie sich, nehmen Sie sich genug Zeit für die Erholung. Im Moment grassiert ein ziemlich hartnäckiger Infekt. Ich werde Ihnen ein paar Dinge zusammenstellen, die

Sie lesen können, falls Sie dazu Lust haben – und vor allem Kraft.«

»Das ist sehr nett...«

Mein Gott, fiel ihr denn nichts Gescheiteres ein? Sie stotterte herum wie ein Teenager! Was sollte er von ihr glauben?

»Tja, dann wünsche ich Ihnen gute Besserung, Carina. Ich freue mich, wenn ich Sie wieder hierhabe.«

›Oh, bitte, noch nicht auflegen‹, flehte sie innerlich, doch es gab keinen Grund für ihn, noch weiter mit ihr zu sprechen. Und ihr fiel absolut nichts ein, was sie fragen könnte. Verdammtes Fieber!

Lange dachte sie über den Anruf nach, wägte die Worte und den Tonfall ab und kam zu dem erfreulichen Ergebnis, daß er wirklich ein persönliches Interesse an ihr haben mußte.

Am Abend klingelte es an der Tür. Als Susanne öffnete, hörte Carina sie mit jemandem sprechen. Dann kam Susanne zurück und hielt einen Umschlag in der Hand.

»Ich bin der Postillion d'amour«, zwitscherte sie albern. »Hier, das hat einer von Professor Jäger für dich abgegeben!«

Sie schwenkte den Umschlag vor Carinas Nase hin und her. Carina wurde fast böse, weil sie ihn gar nicht schnell genug in den Händen halten konnte.

»Nun gib schon her, Susanne! Laß das doch!«

»Entschuldige, ich wollte dich nicht ärgern. Mann, du bist wirklich ganz schön fertig, so empfindlich! Soll ich dich damit alleinlassen?«

Das wäre nun wohl doch ziemlich übertrieben. Außerdem kam sich Carina ein bißchen undankbar vor, denn Susanne bemühte sich nach Kräften, sie zu versorgen und dabei so wenig Chaos wie möglich anzurichten.

»Unsinn. Er schickt mir nur Unterlagen zum Lernen.«

»Hast du ihn angerufen?«

»Nein, er mich.«

»Donnerwetter...«

Carina ging nicht darauf ein. Sie hatte den Umschlag geöffnet. Ein Brief kam zum Vorschein, der um die DIN A4-Seiten gefaltet war.

›*Liebe Carina, ich hoffe, Sie machen sich keine Sorgen um irgendwelche Wissenslücken, die Ihre Krankheit Ihnen bescheren könnte. Wenn Sie es jetzt nicht schaffen, sich mit dem Material zu beschäftigen, setze ich mich gern später mit Ihnen zusammen, um alles aufzuarbeiten. Sie sind eine meiner besten Studentinnen. Ihr Fehlen ist mir sofort aufgefallen, weil ich mich immer freue, Sie zu sehen und Ihr Interesse an meinem Unterrichtsstoff zu erleben. Also, nochmals gute Besserung und hoffentlich bis bald, Ihr Claus Jäger.*‹

Carinas Herz jubelte. Selbst wenn es nur freundlich gemeint war, bot er ihr doch an, mit ihm allein zusammenzusein, um das Versäumte nachzuholen! Und genau davon würde sie Gebrauch machen – und diese Chance sicher zu nutzen wissen.

»Das muß ja ein richtiger Liebesbrief sein, so wie du strahlst«, konstatierte Susanne grinsend. »Du hast direkt wieder Farbe bekommen!«

»Nein, der Brief ist nur einfach nett. Ich gehöre zu seinen besten Studentinnen schreibt er.«

»Der Gott steigt vom Olymp, na sowas! Schon gut, nun erdolche mich nicht gleich mit deinen Blicken! Ich freue mich ja für dich!«

Carina war froh, als Susanne sie wieder alleinließ. Wieder und wieder las sie den Brief, bis sie jedes Wort auswendig kannte.

Sie fühlte sich schon wieder viel besser.

Dr. Frank hatte gerade den kleinen Sohn von Sonja Dürrkop untersucht, der jetzt zwei Wochen alt war. Es gab nichts an ihm auszusetzen, er war kräftig und gesund. Sie freute sich sehr über die Einschätzung des Arztes und zog den Kleinen geschickt wieder an.

»Sagen Sie, Herr Dr. Frank, ist es eigentlich normal, daß ich manchmal ein bißchen traurig bin? Ich meine, es steht in den Schwangerschaftsbüchern, aber eigentlich müßte man doch rundherum glücklich sein!«

»Das ist völlig normal. Ihre Hormone müssen sich erst wieder umstellen, das kann eine ganze Weile dauern, mehrere Wochen bis Monate sogar. Ihr Körper und natürlich auch die Psyche haben Schwerstarbeit geleistet. Das geht nicht vorbei wie ein Schnupfen.«

»Gott sei Dank. Ich dachte schon, ich sei irgendwie unnormal. Vielleicht bekommen wir auch zu wenig Schlaf. Mein Mann kommt damit allerdings besser klar.«

»Sie schaffen das auch. Wenn es zu schlimm wird, kann ich Ihnen etwas aufschreiben. Es sollte nicht erst zu einer richtigen Wochenbettdepression kommen. Wenn Sie also etwa merken, daß Sie gar nicht mehr auf die Füße kommen und nur noch erschöpft und traurig sind oder Ängste entstehen, dann kommen Sie gleich zu mir.«

»Das klingt ja grauslich.«

»Es kommt vor. Aber ich denke nicht, daß Sie darunter leiden.«

»Danke, Herr Dr. Frank. Bis zum nächsten Mal.«

Die nächste Patientin war Susanne Velbert. Dr. Frank hatte sie schon lange nicht mehr gesehen und begrüßte sie herzlich. Er kannte sie schon, seit sie mit fünf Jahren an der Hand ihrer Mutter zu ihm gekommen war.

»Susanne! Wie geht es dir denn? Du studierst Jura, nicht wahr? Ich habe vor einiger Zeit deine Mutter getroffen.«

»Ja, und das ist allein schon ein Grund, um Kopfschmerzen zu bekommen. So einen schwierigen Stoff konnte auch nur ich mir aussuchen!«

»Du warst doch immer eine sehr gute Schülerin. Bestimmt wirst du auch eine glänzende Anwältin!«

»Na, wenigstens einer, der an mich glaubt«, flachste sie.

»Bist du krank, oder hast du einen anderen Grund, mich aufzusuchen?«

»Ja, ich... ich habe da ein kleines Problem. Und da ich weiß, daß Sie auch so einen netten Stuhl nebenan haben, wollte ich lieber zu Ihnen kommen als zu einem Fremden. Ich habe ziemlich juckenden Ausfluß.«

»Da, dann wollen wir uns das einmal ansehen. Gehst du schon hinüber und legst ab?«

»Ja, klar.«

Kurz darauf konnte er unter dem Mikroskop sehen, daß es sich wahrscheinlich um eine Pilzinfektion handelte. Er würde es noch genauer untersuchen lassen, gab aber auf jeden Fall schon einmal Scheidenzäpfchen und eine Creme für ihren Partner.«

»Die brauche ich nicht, leider«, gestand sie schmunzelnd.

»Nimm sie vorsichtshalber mit. Man weiß ja nie.«

»Nee, im Moment spielt sich da nichts ab. Der, den ich will, ist so spröde wie eine viktorianische Jungfrau. Ich bin schon ganz verzweifelt. Meine Freundin ist im Moment so glücklich verliebt, daß ich ganz neidisch werden könnte. Wir teilen uns nämlich die Wohnung, deshalb bekomme ich es ja mit, wenn sie mit ihm am Telefon turtelt.«

»Ja, das kann ziemlich lästig sein. Aber so, wie du aussiehst, wird es doch nicht nur einen geben, der sich dermaßen anstellt. Sicher ist er es gar nicht wert.«

»Süß, daß Sie das sagen. Ich weiß, daß ich stur bin. Aber jetzt will ich ihn, damit ich ihn dann wieder observieren kann. Ich weiß, typisch Frau.«

»Das habe ich nicht gesagt«, gab Dr. Frank amüsiert zurück.

»Nein, aber bestimmt gedacht. Ach, ich habe noch eine

Frage: Meine Freundin hatte vor ungefähr fünf Wochen eine schwere Grippe – oder so einen Infekt, besser gesagt. Ist es normal, daß sie immer noch klapperig ist?«

»Das kann ich so nicht sagen, Susanne. Dazu müßte sie zu einem Arzt gehen und sich untersuchen lassen. Bei dem einen kann es normal sein, daß er länger braucht, um sich zu erholen, zum Beispiel bei anfälligen Menschen, bei dem anderen kann sich dahinter natürlich schon wieder eine Erkrankung verbergen.«

»Na, Sie machen mir Mut! Ich kriege Carina einfach nicht zum Arzt. Nicht mal, als sie so krank war, wollte sie, daß ich Sie anrufe. Keine Ahnung, wovor sie Angst hat. Aber ich versuche sie noch einmal zu überreden.«

»Tu das, wenn du dir weiterhin Sorgen machst. So, du nimmst also jeden Abend ein Zäpfchen, bis die Packung zu Ende ist. Aber wirklich bis zum Schluß. Und Montag kannst du mich noch einmal anrufen, damit ich dir sagen kann, welcher Pilz es ist.«

»Danke, Herr Dr. Frank. Ich bin froh, daß es nichts Schlimmeres ist. Aber höllisch unangenehm ist es trotzdem.«

»Ja, durch den starken Juckreiz. Aber das geht schnell vorüber, wenn du dich an die Anweisung hältst.«

Susanne verabschiedete sich. Einen Moment dachte er über ihre Freundin nach. Doch wenn sie nicht bereit war, einen Arzt aufzusuchen, ging es ihr vermutlich auch nicht so schlecht, wie Susanne glaubte.

Bis zum Abend hatte Dr. Frank noch eine Menge weiterer Patienten behandelt und dachte gar nicht mehr an Susanne. Um acht war er mit Solveig bei seinem Freund Uli Waldner eingeladen, der eine Klinik am Englischen Garten leitete, die auch seinen Namen trug. Stefan Frank hatte dort Belegbetten und assistierte auf Wunsch der Patienten auch hin und wieder bei Operationen.

Er freute sich auf den Abend. Erstens, weil er mit Solveig zusammensein würde, zweitens, weil er seinen Freund und dessen Frau schon wieder viel zu lange nicht mehr privat gesehen hatte.

Als Solveig eintraf, hatte er sich gerade umgezogen und aß noch die letzte Scheibe Brot, die Frau Quandt, seine Haushälterin, ihm hergerichtet hatte. Solveig stibitzte sich die Gewürzgurke von seinem Teller und kaute genüßlich.

»Hmm, ich liebe Hausmannskost. Seit ich den französischen Koch habe, muß ich immer Wahnsinns-Creationen essen. Ist der Mensch nicht undankbar?«

»Du bist nicht undankbar, sondern wunderbar, Liebling. Möchtest du noch ein Leberwurstbrot?«

»Führe mich nicht in Versuchung!«

»Früher hast du das anders gemeint.«

»Ach, Schatz, nimm das nicht wörtlich. Ich werde gern in Versuchung geführt von dir, in jeder Hinsicht. Aber jetzt müssen wir ja leider los.«

»Ich glaube nicht, daß es die beiden stört, wenn wir etwas später kommen«, versuchte Stefan Frank sein Verführungstalent.

Sie lächelte versonnen.

»Ich habe eine bessere Idee. Wenn wir zurückfahren, bleibe ich hier und fahre morgen früh ins Hotel.«

»Wirklich? Das ist ja wunderbar!«

»Aber nun drängel nicht schon ab halb zehn zum Aufbruch«, gab Solveig amüsiert zurück.

Er lachte, schob sich den letzten Bissen in den Mund und brachte den Teller in die Küche. Frau Quandt schätzte solche Aufmerksamkeiten.

Ulrich Waldner und seine Frau Ruth begrüßten sie sehr herzlich. Es kam so selten vor, daß sie alle vier genug Zeit zu diesen Treffen fanden. Der von Ruth Waldner gutgemeinte Versuch, sie zu einem Opern-Abonnement zu überreden, war kläglich gescheitert. Ulrich war zweimal mitgegangen und hatte danach unerklärlicherweise gerade an diesen Abenden immer Notfälle zu behandeln, Stefan Frank hatte sich einmal überreden lassen und prompt einer hochschwangeren Opernbesucherin helfen müssen, als die Wehen plötzlich einsetzten. Seitdem war keine Rede mehr von festen Terminen.

»Kommt herein, ihr beiden! Wie schön, euch zu sehen«, begrüßte Ruth die Freunde.

Dr. Frank überreichte ihr galant einen wunderschönen Blumenstrauß, den Solveig besorgt hatte. Ruth bedankte sich und führte sie ins Wohnzimmer.

Ulrich wirkte ein wenig erschöpft, wie Stefan Frank sofort sah.

»Grüß dich, Uli. Schwerer Tag?«

»Ja, aber reden wir nicht drüber. Guten Abend, Solveig. Du siehst blendend wie immer aus.«

»Danke, du Schmeichler. Aber tut euch keinen Zwang an, sprecht ruhig über eure Probleme. Ich gehe zu Ruth hinaus.«

Solveig wußte inzwischen ganz genau, daß es besser war, die Männer gleich zu Beginn ein wenig fachsimpeln zu lassen. Wenn sie es unterdrücken mußten, dauerte es später um so länger.

Ruth schnitt in der Küche die Blumen an. Sie lächelte, als Solveig hereinkam.

»Die beiden können es nicht lassen, oder?«

»Dein Mann wirkt etwas erschöpft.«

»Er hat heute einen Todesfall gehabt, der ihn sehr mitgenommen hat. Sie hatten den Patienten schon fast über den Berg. Aber damit will ich dich nicht belasten, sonst könnten wir jetzt ebenso drinnen sitzen.«

»Da du ja auch Ärztin bist, kannst du Uli bestimmt helfen.

Ich komme mir manchmal etwas hilflos vor, wenn Stefan etwas bedrückt.«

»Oh nein, das solltest du nicht, Solveig. Im Gegenteil, es ist viel gefährlicher, wenn zwei den gleichen Beruf ausüben. Manchmal muß ich dann energisch auf ein anderes Thema umleiten, sonst würden wir bis nachts fachsimpeln. Sicher ist Stefan froh, daß er mit dir andere Dinge besprechen kann.«

»Kann schon sein. Vielleicht genügt es ihm ja auch, wenn er es sich einfach nur von der Seele reden kann, auch ohne daß ich viel davon verstehe.«

Sie plauderten noch ein wenig über verschiedene Dinge, bis Ruth es für angebracht hielt, die Männer zu unterbrechen. Stefan Frank grinste, als sie hereinkamen.

»Ihr könntet ein Handbuch schreiben: ›Wie führe ich eine verständnisvolle Ehe‹. Danke.«

»Würdet ihr es dann auch lesen?« konterte Ruth lachend.

»Zumindest das erste und letzte Kapitel. Komm her, Ruth, du beste aller Ehefrauen«, forderte Uli sie auf und deutete neben sich auf die Couch.

»Erst sollten wir aber die Getränke servieren. Wein für euch, Stefan und Solveig?«

»Ja, aber für mich nur ein Glas. Ich fahre nachher.«

Solveig blinzelte Stefan zu. Er wußte, was das bedeutete. Solveig wurde müde, wenn sie mehr trank. Und müde wollte sie später nicht sein.

»Ich komme heute später, Susanne.«

»Triffst du deinen Liebsten wieder?«

»Ja, aber du sollst ihn nicht immer so nennen.«

»Will er sich eigentlich scheiden lassen?«

Carina verzog das Gesicht. Sie mochte diese Fragerei nicht. Susanne beherrschte es fast so gut wie ihre Mutter. Die wußte allerdings noch nichts von Claus, und das war auch gut so. Bei aller Liberalität hätte ihr ein verheirateter Mann für ihre Tochter nicht gefallen. Ihren Eltern wollte sie erst reinen Wein einschenken, wenn Claus die magischen Worte ausgesprochen hätte. Im Moment waren sie so verliebt, daß Carina die Harmonie auf keinen Fall trüben wollte, indem sie ihn drängte.

»Ich verstehe schon. Ich betrete schon wieder eine Tabu-Zone. Naja, dann viel Spaß. Ach, übrigens, du solltest mal zu Dr. Frank gehen. Ich habe ihn wegen deiner Müdigkeit gefragt. Er sagt, das könne man nur über eine Blutuntersuchung klären.«

»Susanne, ich bin dir zwar dankbar, daß du dich so um mich sorgst, aber noch lieber wäre es mir, du würdest es mir überlassen. So schlimm ist es schließlich auch nicht.«

»Aber als du vorhin die Treppen hinaufgekommen bist, hast du gekeucht wie eine Lokomotive und mußtest dich erst einmal hinsetzen. Glaub nicht, daß ich das nicht bemerkt hätte. Das ist doch nicht normal.«

»Ich bin eben noch ein bißchen klapprig. Die Grippe war ja auch ganz schön schlimm.«

»Naja, bitte. Aber schieb es nicht zu lange hinaus.«

Carina zog es vor, darauf nicht mehr zu antworten. Sie war selbst ein bißchen besorgt, doch diese Dinge hatten im Moment keinen Platz in ihrem Kopf. Er war ausgefüllt vom Sehnen nach den wenigen Stunden, die Claus für sie herausschlagen konnte. Seine Frau war allgegenwärtig.

Dienstags hatte sie allerdings immer ihre Diskussionsgruppe. Da sie bei ihnen zu Hause stattfand, hatte Claus an diesen Tagen stets das Weite gesucht. Diese Abende gehörten also ihnen. Er konnte die kleine Apartment-Wohnung eines Freundes benutzen, in die sie auch heute fahren wollte. Das Dumme war nur, daß sie im fünften Stock eines Altbaus ohne Fahrstuhl lag.

Am Vormittag sah sie Claus im Seminar. Er vermied es, sie

öfter als die anderen anzuschauen, doch die elektrischen Ströme gingen zwischen ihnen hin und her, so daß sich Carina manchmal fragte, ob die anderen alle gefühllos waren, es nicht zu merken. Sie hätte gar nichts dagegen gehabt. Wenn sie darüber reden würden, könnte es Claus eher zwingen, mit seiner Frau zu sprechen.

In der Mittagspause saß sie mit anderen Studenten in der Mensa. Thomas, einer ihrer Kommilitonen, kam mit einem Tablett an ihren Tisch.

»Darf ich?«

»Ich habe nichts dagegen.«

Er schaute auf ihr Tablett, auf dem nur ein leerer Joghurtbecher und eine Bananenschale lagen.«

»Sag mal, du lebst wohl nur von Luft und Liebe, was?«

»Wie meinst du das?«

»Na, weil du so wenig ißt.«

»Ich habe keinen Hunger. Ist das ein Problem für dich?«

»Nein, aber ich finde, du bist ziemlich spitz geworden im Gesicht. Möchtest du meinen Nachtisch essen?«

Carina lächelte. Es war lieb von ihm, sich Sorgen zu machen, aber davon gab es allmählich zu viele Menschen.

»Nein, danke. Den iß man selbst.«

»Hast du Lust, mit mir ins Kino zu kommen? Sie machen eine Chabrol-Retrospektive.«

»Nein, keine Zeit, tut mir leid.«

Er schwieg einen Moment. Carina hatte schon gemerkt, daß er sich für sie interessierte. Wenn Claus nicht wäre, hätte sie sich wohl darauf eingelassen, aber so kam es natürlich nicht in Frage.

»Schade. Ich mag dich.«

Diese so einfach vorgebrachten Worte ließen Carina rot werden. Er schien ein Mann zu sein, der seine Gefühle ausdrückte. Erstaunlich, die meisten würden sich scheuen, so etwas zu sagen, zumal sie sich eigentlich ausrechnen konnten, daß sie einen Korb bekommen würden.

»Das ist nett von dir. Ich mag dich auch – als Freund.«

»Schon verstanden. Gegen den Prof kann ich auch nicht anstinken.«

»Wie meinst... du das?«

Jetzt, wo es jemand aussprach, war es ihr doch nicht recht, zumal es irgendwie abfällig klang. Dabei war ihre Liebe etwas ganz Besonderes, Einmaliges.

»Naja, er ist eben ein richtiger Macho-Mann. So etwas mögen junge Frauen doch alle. Aber laß dich nicht ausnutzen, bitte.«

Carina wollte schon auffahren, doch sein Blick war so besorgt und offen, daß sie es nicht fertigbrachte. Also lächelte sie etwas mühsam.

»Er ist nicht so. Außerdem kann ich auf mich aufpassen.«

»Wenn du mal Hilfe brauchst, dann sag's mir. Ich bin da.«

»Mensch, Thomas, das klingt so... komisch. Ich bin wirklich glücklich, es gibt keinen Grund, sich Sorgen zu machen. Aber ich möchte das auch nicht mit dir besprechen, nimm es mir nicht übel.«

»Schon gut. Ich glaube ja nur nicht, daß er es ernst meint. Seine Frau würde er nicht verlassen. Und ich will nicht, daß dir jemand wehtut.«

Jetzt reichte es Carina. Sie sprang auf und schnappte sich ihr Tablett. Leider bescherte ihr die hastige Bewegung einen Schwindel, so daß sie das Tablett wieder abstellen und sich am Tisch festhalten mußte.

»Carina... was ist denn?«

»Nichts. Nur ein bißchen der Kreislauf«, antwortete sie schnell und holte tief Luft.

Der kurze Schwindelanfall war glücklicherweise schnell wieder vorbei. Carina verließ die Mensa und ging hinaus in den kleinen Park. Das Wetter war nicht gerade einladend, aber die frische Luft tat ihr gut.

Der Nachmittag verging im Schneckentempo. Doch Carina bemühte sich, nicht dauernd auf die Uhr zu schauen, sondern zu arbeiten. Sie saß in der Bibliothek und bemühte sich, Freuds Gedankengängen zu folgen.

Um halb sechs stand sie vor dem Haus, in dem ihr Liebesnest lag. Claus hatte es so getauft. Sicher hatte er auch wieder eine Flasche Champagner mitgebracht, den Carina eigentlich gar nicht mochte. Doch er freute sich immer so, wenn er sie ein wenig verwöhnen konnte...

Ob er an den Schlüssel denken würde, den er ihr eigentlich schon das letzte Mal hatte geben wollen? Irgendwie sah sie ihn als Beweis der Ernsthaftigkeit ihrer Beziehung, obwohl es Carina doch ein wenig störte, in einem fremden Bett Liebe zu machen. Zwar zogen sie die Bettwäsche jedesmal sorgfältig ab, aber die Vorstellung, daß ein anderer sie wusch und genau wußte, wer darin gelegen hatte, war ihr gräßlich.

Naja, es würde sicher nicht mehr lange so bleiben. Vielleicht konnte Claus sie einmal in ihrer Wohnung besuchen, falls sie es fertigbrachte, Susanne darum zu bitten, sie alleinzulassen. Claus war einmal dort gewesen, und auch nur, weil Carina ihn so inständig darum gebeten hatte. Er hatte einige Fachbücher mitgebracht, so, als brauchte er ein Alibi.

Als Carina endlich die vielen Treppen erklommen hatte – zweimal war sie stehengeblieben, und mußte mühsam nach Luft ringen –, öffnete er nicht auf ihr Klingeln. Claus war also noch gar nicht da!

Das gab Carina Gelegenheit, sich ein bißchen frisch zu machen. Ihr Gesicht war von einem feinen Schweißfilm bedeckt, die Lippen schimmerten bläulich. Sicher lag das aber nur an der schmummrigen Beleuchtung.

Sie tupfte ihr Gesicht mit einem Papiertaschentuch ab und

legte noch ein wenig Lippenstift auf. Claus bevorzugte sehr rote Lippen, also waren ihre rosafarbenen Lippenstifte in die Schublade gewandert. Das Rot stand ihr auch viel besser.

Als Claus auch nach zehn Minuten immer noch nicht da war, begann sich Carina Sorgen zu machen. Konnte ihm etwas passiert sein? Immerhin kam er mit dem Auto. Es passierte so viel...

Ihr Herz klopfte unregelmäßig, der Brustkorb wurde ihr eng. Es durfte nicht sein, daß ihr junges Glück durch irgend etwas Schreckliches schon zu Ende ging! Nein, so grausam konnte das Schicksal einfach nicht sein!

Zwanzig Minuten später mußte sie einsehen, daß er nicht mehr kommen würde. Carina begann, die Treppen langsam wieder hinunterzugehen. Sie kam sich vor wie in einem Film. Wie oft hatte sie solche Szenen schon gesehen und sich immer gefragt, was die Frauen sich noch alles bieten lassen würden? Aber da war natürlich nie so eine Liebe im Spiel gewesen, wie sie Claus und sie verband. Sicher hatte er schon bei ihr zu Hause angerufen und auf Band den Grund seiner Verhinderung genannt. Es gab viele Möglichkeiten, und bestimmt tat es ihm genauso leid wie ihr.

Zu Hause war kein Anruf verzeichnet. Susanne war aber glücklicherweise auch nicht da. Sie würde Carina jetzt sicher wieder mit Fragen löchern...

Carina zog sich aus und schlüpfte in ihren bequemen Nickianzug. Sie fühlte sich tatsächlich ziemlich schwach. Vielleicht sollte sie doch einmal zu diesem Dr. Frank gehen. Allerdings nagte auch die Enttäuschung an ihr und verschlimmerte die Symptome bestimmt. Gerade sie als angehende Psychologin wußte ja, wie sehr die Psyche auf den Körper wirkte.

Im Nu war sie eingeschlafen, ohne daß sie es vorgehabt hatte. Erst als jemand sie an der Schulter rüttelte, schlug Carina erschrocken die Augen auf.

»Wieso bist du denn hier, Carina? Ist dir nicht gut?«
Susanne. Sie sah irritiert aus.
»Natürlich ist mir gut! Nun sieh mich nicht so an!«
»Du solltest dich mal ansehen! Blaß wie eine Wand, und unter deinen Augen bist du ganz verschwollen.«
»Was? Aber ich habe doch gar nicht...«
...geweint, hatte sie sagen wollen. Aber sie sprach es nicht aus, sondern stand vorsichtig auf, damit ihr nicht wieder schwindelig wurde.
»Mensch, Carina, ich würde dich am liebsten eigenhändig zu Dr. Frank bringen!«
Zum Glück klingelte in diesem Moment das Telefon und enthob sie einer Antwort. Als Carina den Hörer abnahm, hörte sie Claus' Stimme.
»Tut mir leid, Kätzchen. Ich konnte nicht eher. Wollen wir uns jetzt noch treffen?«
»Aber es ist doch schon neun. Um zehn mußt du doch zu Hause sein, denke ich.«
»Ja, aber immerhin haben wir dann noch mindestens eine halbe Stunde für uns.«
Eine halbe Stunde. Nicht viel für ausgiebige Zärtlichkeiten und Gespräche, die Carina so liebte, weil sie jedes Wort von Claus aufsog.
»Ja, ich komme. Ich beeile mich.«
»Bis dann, Kleines.«
Carina zog sich rasch wieder um. Susanne enthielt sich jeden Kommentars, aber ihr Blick war nicht gerade freundlich. Carina war froh, als sie die Tür hinter sich zuschlagen konnte.
Claus ließ sie sofort herein. Er nahm sie in die Arme, und Carina preßte ihr Gesicht an seine Schulter, damit er nicht sah, wie übermäßig das Treppensteigen sie angestrengt hatte. Am liebsten hätte sie sich jetzt erst einmal einen Moment hingelegt, um ihr rasendes hämmerndes Herz wieder zu beruhigen.

Doch er begann bereits, die Knöpfe ihrer Seidenbluse zu öffnen. Dabei ging er ein bißchen hastig vor, so daß ein Knopf absprang und auf den Boden kollerte.

»Ich muß...«

»Laß ihn doch liegen. Komm jetzt, ich bin so verrückt nach dir...«, flüsterte er rauh und zog sie an der Hand mit sich auf die bereits ausgeklappte Schlafcouch. Der Champagner fehlte heute.

Ihr Zusammensein war kurz und heftig. Gleich darauf stand Claus auf und ging ins Badezimmer hinüber. Carina zog sich unbehaglich die Decke über die nackte Brust. Sie fühlte sich wund und war völlig außer Atem. Um ihre Brust schien ein Eisenring zu liegen. Heute war es nicht so schön gewesen...

»Willst du nicht aufstehen? Es ist schon Viertel vor zehn«, ermahnte Claus sie, als er aus dem Bad zurückkam.

»Claus, so mag ich es nicht...«

Sie hatte Angst, daß er böse sein würde, doch es mußte ausgesprochen werden. Bisher war er ein unglaublich zärtlicher Liebhaber gewesen. Sicher hatte ihn die Leidenschaft übermannt, doch dann hätte er das auch irgendwie artikulieren müssen.

»Ach, mein Kleines, entschuldige. Ich... ich hatte solche Sehnsucht nach dir. Wir sehen uns doch erst nächste Woche wieder, ich meine, so...«

»Können wir nicht öfter...«

»Bitte, Liebling, du weißt doch, daß es im Moment wahnsinnig schwierig ist. Irene steckt mitten in einer Krise, ich kann sie da unmöglich belasten. Du verstehst das doch, oder? Es ist doch einmalig mit uns...«

»Hast du den Schlüssel?«

»Welchen Schlüssel?«

»Na hier, für die Wohnung. Du wolltest ihn mir geben.«

Auf einmal war ihr das ungeheuer wichtig. Als sei es der ultimative Liebesbeweis.

»Ach, verdammt, den habe ich in der Eile schon wieder vergessen.«

Er machte ein ganz zerknirschtes Gesicht, doch Carina war plötzlich zornig. Sie konnte sich nicht beherrschen, obwohl sie gleichzeitig davor zitterte, ihn zu verärgern.

»Ich fühle mich wie eine x-beliebige Geliebte, Claus! Gib ihn mir doch morgen in der Uni!«

»Das wird vielleicht gar nicht mehr nötig sein. Ich plane nämlich eine Überraschung.«

Mißtrauisch sah sie ihn an, während er schon sein Hemd zuknöpfte und geheimnisvoll lächelte.

»Nun sieh mich nicht so an. Ich möchte es noch nicht verraten, dann ist es ja keine Überraschung mehr!«

»Lügst du mich auch nicht an?«

»Natürlich nicht! Carina, warum sagst du so etwas?«

Konnten diese Augen lügen? Nein, entschied Carina, sicher hatte sie ihm jetzt wirklich Unrecht getan. Es war schließlich wichtig, Vertrauen zueinander zu haben. Sonst könnten sie sich gleich trennen.

»Entschuldige. Wartest du auf mich? Ich beeile mich.«

Er gab ihr einen Klaps auf den Po. Carina drehte sich um und küßte ihn, aber Claus war deutlich in Eile. Der Kuß fiel ziemlich einseitig aus.

Unten vor der Tür strich er ihr noch einmal über die Wange.

»Du siehst irgendwie ein bißchen krank aus. Ist alles in Ordnung?«

»Ja, sicher.«

»Du nimmst doch die Pille, oder?«

Diese Frage traf sie wie eine Faust in den Magen. Sofort sammelten sich Tränen in ihren Augen. Nicht nur, daß die Frage sie kränkte, noch schlimmer war es, daß sie ihm nicht ehrlichen

Herzens mit ›Ja‹ antworten konnte. Carina fiel ein, daß sie sie vor zwei Tagen zuletzt genommen hatte. Gestern war so ein hektischer Tag gewesen, daß sie nicht daran gedacht hatte, und heute morgen... ja, da hatte sie sie dann ebenfalls vergessen. Eigentlich mochte sie sie nämlich nicht nehmen, weil sie Medikamenten in jeder Form mißtraute.

»Was ist? Du hast mir doch gesagt, du...«
»Ja, ich nehme sie ja.«
»Du kannst einen erschrecken! Wir können vielleicht später mal ein Kind haben, aber im Moment wäre es eine Katastrophe. Bis morgen, Liebling. Komm gut nach Hause.«

Er stieg in sein Auto und fuhr davon.

Carina nahm die Pille am Abend noch nach, doch in der Anleitung stand ganz eindeutig, daß die Sicherheit nicht mehr gewährleistet war. Und wenn sie nun schwanger geworden wäre?

Sie bemühte sich, das Problem erst einmal ganz vom Kopf her zu betrachten. Es gab ja nun wirklich Schlimmeres als ein Kind. Ihre Eltern wären zwar sicher nicht gerade glücklich, aber letztendlich würden sie ihr doch helfen. Sie liebten sie viel zu sehr, um sich ablehnend zu verhalten.

Claus? Nun, er würde vermutlich erst einmal ziemlich böse sein, wie sie bereits an seiner Reaktion gemerkt hatte. Doch wenn sie ihm verspräche zu schweigen, bis seine Frau ihre Krise überwunden hatte – immerhin waren neun Monate eine lange Zeit –, würde er sich sicher auch allmählich an den Gedanken gewöhnen und sich freuen. Außerdem wußte Carina schon genug von Psychologie, um das ›Vergessen‹ nicht für einen Zufall zu halten. Wollte sie ihn unbewußt dazu zwingen, sich zu ihr zu bekennen? Sicher wäre das kein guter Weg, aber absichtlich hatte sie es schließlich wirklich nicht getan.

Leider konnte Carina mit niemandem darüber sprechen. Sie weigerte sich außerdem, sich jetzt schon aufzuregen, ohne zu wissen, ob sie dafür überhaupt einen Grund hatte. Zunächst einmal sollte sie wohl gespannt darauf sein, was Claus sich für eine Überraschung ausgedacht hatte.

Am nächsten Dienstag lud er sie wieder in die Wohnung ein. Carina machte natürlich keine Einwände, dazu vermißte sie ihn an sechs Tagen viel zu sehr. Die Stunden in der Uni zählten ja nicht.

»Und?« fragte sie gespannt, nachdem sie zuerst im Badezimmer verschwunden war, um sich ein wenig zu verschnaufen.

Er sollte nicht merken, daß sie wirklich äußerste Mühe hatte, noch genug Luft zu bekommen, wenn sie die Wohnung erreicht hatte.

»Nun? Was nun, Liebling? Ich freue mich, daß wir uns haben. Komm her, du kleine Schnecke...«

»Ach, Claus, nenn mich nicht immer so. Ich komme mir vor wie ein Kind, aber nicht wie deine Frau...«

Er runzelte leicht die Stirn, lächelte aber gleich wieder.

»Na schön, Liebling. Aber herkommen sollst du trotzdem.«

Er lag bereits auf der Bettcouch und streckte ihr die Hand entgegen. Das Licht schien auf seine Brust. Die Haare wurden bereits grau.

Carina setzte sich neben ihn.

»Wo ist die Überraschung?«

»Ach so! Ja, das hat leider noch nicht geklappt. Aber nächstes Mal vielleicht.«

»Dann sag mir jetzt, was es ist. Bitte!«

»Na schön. Ich werde uns eine kleine Wohnung mieten. Dann können wir uns auch mittags manchmal treffen. Na, was sagst du?«

»Oh, Claus! Wirklich?« fragte sie überwältigt.

»Ja, wirklich. Leider ist die, die ich im Auge hatte, schon weggegangen, aber der Makler meint, er hätte noch eine an der Hand. Es entscheidet sich in den nächsten Tagen.«

»Könnten wir dort auch bald zusammen wohnen?«

»Sei doch nicht immer so ungeduldig, Liebes! Im Moment wäre es mir lieber, wenn du noch nicht darüber sprichst. Du weißt, die Uni ist wie ein Dorf. Jeder glaubt, über jeden Bescheid zu wissen. Ich möchte nicht, daß meine Frau sich kränken muß.«

»Weißt du, ich finde es ja schön, daß du soviel Rücksicht auf deine Frau nimmst, aber ein bißchen davon könnte ich auch gebrauchen.«

Carina wußte nicht, warum sie die Verbundenheit immer wieder durch solche Einwürfe gefährdete.

Claus reagierte auch sofort mit Rückzug. Er ließ seine Hand, die eben noch ihre Brust gestreichelt hatte, sinken und sah sie verletzt an.

»Willst du damit sagen, daß ich mich nicht genügend um dich kümmere? Du weißt doch, daß ich verheiratet bin! Irene hat mir keinen Grund gegeben, sie schlecht zu behandeln! Das würde dir sicher auch nicht gefallen, oder? Ich meine, wenn ich rücksichtslos wäre. Also laß es mich in meinem Tempo machen.«

»Entschuldige, du hast ja recht. Aber du hast noch nie gesagt, daß du…«

Carina brach ab. Nein, sie benahm sich wirklich wie eine typische Geliebte! Aber die wollte sie um nichts in der Welt sein. Es machte alles so… unwürdig.

»Daß ich dich liebe? Aber Schneckchen, das weißt du doch!«

Er zog sie in die Arme und ließ sie für eine Weile alles vergessen, was sie stören könnte.

In der nächsten Woche blieb ihre Periode aus. Carina war außer sich. Sie war immer ganz pünktlich. Also hatte sie doch Grund sich Sorgen zu machen…

Sie mußte den Test heimlich machen, denn wenn Susanne es mitbekommen würde, wäre der Teufel los, das wußte sie. In letzter Zeit war Susanne nicht gut auf Claus zu sprechen. Sie behauptete, er habe Carina völlig umgekrempelt und zu einem Mäuschen gemacht. So ein Quatsch! Nur weil sie glücklich war und keinen Streit wollte!

Susanne war auf einer ihrer endlosen Partys. Inzwischen hatte sie es aufgegeben, hinter Chris herzurennen und sich in einen anderen verliebt, der ihre Gefühle anscheinend erwiderte.

Carina wartete nervös ab, was der Test ergeben würde. Immer wieder stand sie an der Tür zum Badezimmer, ohne die Klinke hinunterzudrücken. Sie mußte warten, bis die Zeit um war...

Und dann war es amtlich. Der Test war so positiv, wie er nur sein konnte.

Carina sank auf den Rand der Badewanne. Sie konnte ihre Gefühle gar nicht sortieren, so durcheinander war sie. Freute sie sich? War sie entsetzt? In Panik? Glücklich? Nichts von dem und alles gleichzeitig.

Plötzlich kamen die Tränen. Sie weinte eine Weile und hielt dabei eine Hand auf den Bauch gepreßt. Darin wuchs nun das Kind von Claus und ihr... Es war einfach unvorstellbar! Wie und wann sollte sie es ihm sagen? Wie würde er reagieren? Würde er sie in die Arme nehmen, ihr versichern, daß sie es schon schaffen würden, sie sich keine Sorgen machen solle? Oder würde er richtig böse werden, sich vielleicht von ihr trennen wollen? Nein, das bitte nicht... Sie würde es nicht ertragen.

Susanne fand Carina im Wohnzimmer. Sie war auf der Couch eingeschlafen, ihre Wimperntusche hatte schwarze Streifen auf das Kissen gemalt.

»Was ist passiert? Ist es aus?«

»Wie kommst du darauf? Nein, natürlich nicht!«

»Sei doch nicht gleich so sauer! Schließlich sehe ich ja, daß du geweint hast!«

»Das hat nichts zu sagen«, entgegnete Carina kämpferisch.

»Carina, ich finde, wir sollten mal in Ruhe miteinander reden. Irgendwie geht es so nicht mehr. Seit du mit dem Professor zusammen bist, hast du dich sehr verändert. Findest du nicht, daß wir kaum noch Gemeinsamkeiten haben?«

Carina war sofort klar, was das heißen sollte. Susanne überlegte, ob sie sich nicht eine neue Mitbewohnerin suchen sollte.

Und weil sie genug Probleme hatte und dieses noch dazu kam, brach sie einfach in Tränen aus. Etwas anderes fiel ihr nicht mehr ein.

Susanne setzte sich erschrocken neben sie und legte ihr den Arm um die Schultern.

»Willst du mir nicht endlich sagen, was dich bedrückt? Du bist doch nicht glücklich!«

»Es ist ja nur... ich bin schwanger«, platzte Carina heraus und traute sich nicht, ihre Freundin anzusehen, die neben ihr scharf die Luft einsog.

»Ach du Scheiße«, sagte Susanne dann kurz und treffend.

»Eigentlich freue ich mich ja«, beeilte sich Carina zu versichern, »aber ich weiß nicht, wie Claus darauf reagieren wird. Und überhaupt... ich fühle mich ziemlich mies.«

»Endlich gibst du es mal zu! Jetzt überlaß alles mir. Ich mache dir einen Termin bei meinem Hausarzt. Dr. Frank ist zufällig auch Geburtshelfer. Er kann dich also auch in dieser Hinsicht beraten. Mach dir keine Sorgen, wir wuppten das schon. Ach, nun hör doch auf zu weinen, Carina, sonst heule ich gleich mit!«

»Ist das nicht furchtbar? Eigentlich sollte man sich doch freuen und glücklich sein. Das Baby kann ja nichts dafür«, schniefte Carina und weinte weiter.

Susanne gewann ihre Zuversicht und ihren Humor schon wieder. Sie umarmte Carina noch einmal fest und schob sie dann ein Stück von sich, um ihr in die Augen zu schauen.

»Hör zu! Du hörst jetzt sofort auf zu weinen und denkst jetzt mal nur an dich. Möchtest du das Baby haben?«

»Ja. Wieso fragst du?«

»Weil sich dann schon Lösungen finden werden. Und wenn dieser Typ sauer ist, ist das sein Problem. Es gibt noch mehr Babys, die von zwei Frauen aufgezogen werden.«

»Heißt das... daß du mir helfen wirst?«

»Na, was hast du denn gedacht? Ich setze doch keine schwangere Frau vor die Tür«, antwortete Susanne grinsend.

Carina hatte Angst vor dem Termin beim Arzt. Ihr war längst klar, daß sie nicht gesund sein konnte. Wie würde das die Schwangerschaft beeinflussen?

Susanne hatte ihr am nächsten Morgen gleich einen Termin bei Dr. Frank ausgemacht. In zwei Tagen sollte Carina zu ihm gehen. Aber vorher wollte sie noch mit Claus sprechen.

Er hatte sie gebeten, in der Uni nicht erkennen zu lassen, was sie verband. Bisher hatte sich Carina daran gehalten, doch jetzt war die Situation eine andere. Er konnte nicht verlangen, daß sie bis zum nächsten Dienstag das Geheimnis mit sich allein herumtrug, zumal es ihn ja genauso betraf. Jetzt würde er handeln müssen.

Carina hatte Irene Jäger auf einem der langen Gänge getroffen. War es Einbildung, oder hatte seine Ehefrau sie durchdringend gemustert? Auf jeden Fall war Carina aufgefallen, daß die andere keineswegs irgendwie belastet oder krank gewirkt hatte. Sie ging genauso aufrecht wie immer, mit dem leicht provozierenden Blick und der etwas arroganten Kopfhaltung. Nein, sie würde sicher nicht zusammenbrechen, wenn sie die Wahrheit erführe. Eher konnte es sein, daß sie einen Riesenputz veranstaltete. War es das, was er fürchtete?

Carina klopfte an die Tür von Claus Jägers Büro. Seine Sekretärin war zur Mittagspause, aber er ging mittags selten essen.

Er antwortete nicht. Carina drückte vorsichtig die Klinke nieder. Abgeschlossen. Also war er wohl doch nicht da. Sie wollte sich gerade umdrehen, als sie ein Kichern hinter der Tür hörte. Wie erstarrt blieb sie stehen. Es war jemand bei ihm, eine Frau. Und er hatte die Tür abgeschlossen...

Das mußte ja nicht gleich das Schlimmste bedeuten, versuchte sie sich zu beruhigen. Aber warum sollte er die Tür sonst verschließen, wenn nicht aus dem Grund, daß er dort etwas tat, wobei ihn niemand überraschen sollte?

Carina überlegte voller Panik, was sie tun konnte. Weggehen? Dann würde sie nie erfahren, wer bei ihm gewesen war, und das Mißtrauen würde immer bleiben. Nein, sie mußte hierbleiben und warten, bis die Unbekannte herauskäme.

Sie fühlte sich hundeelend. Ihr Herz schlug schon wieder so merkwürdig hüpfend, wobei es manchmal aussetzte und sie das Gefühl hatte, in einem Fahrstuhl zu stehen, der plötzlich ein Stück absackte. Hohl fühlte sie sich, so, als sei sie mit Luft gefüllt und zu schwach, um aus eigener Kraft zu stehen. Der Schweiß brach aus und bedeckte unangenehm kalt ihr Gesicht.

Carina setzte sich schnell auf einen Stuhl und preßte die Hände an die Brust. Was konnten diese Anfälle nur bedeuten? War es vielleicht eine Neurose, über die sie gerade sprachen? Einige Studenten, das traf natürlich besonders auf die Mediziner zu, entwickelten im Laufe des Studiums sämtliche Symptome der Erkrankungen, die sie erlernen sollten. Warum sollte das bei Psychologen nicht auch so sein? Es kam häufig vor, daß die Seele körperliche Symptome vorgaukelte, so daß der Betreffende sich todkrank fühlte. Und in ihrer wenig beneidenswerten Situation wäre es kein Wunder...

Aber nein, es hatte ja schon angefangen, bevor sie mit Claus das erste Mal... Kurz nach der ersten Privatstunde bei ihm hatte er sie zum Essen eingeladen. Als sie das zweite Mal allein gewesen waren, schien er unabsichtlich mehrmals ihre Hand zu berühren, und zum Schluß hatte er ihr tief in die Augen geschaut. Und dann hatten sie sich geküßt...

»Was wollen sie denn hi... Um Gottes Willen, sie sind ja weiß wie eine Wand!«

Die Sekräterin war hereingekommen und starrte Carina entsetzt an. Die junge Frau stand auf und sank dann sofort auf den Stuhl zurück. Ihr war plötzlich sehr übel, das Gesicht der anderen drehte sich vor ihren Augen.

»Herr Professor«, rief Regine Hartmann.

Die Tür wurde aufgeschlossen, Irene und Claus Jäger kamen heraus. Der Sekretärin entging nicht, daß die Frau des Professors ein gerötetes Gesicht und sehr glänzende Augen hatte.

»Die junge Dame ist eben hier zusammengebrochen. Was soll ich machen?«

Claus Jäger war ziemlich heftig zusammengezuckt, als er Carina erkannte, erwies sich aber gleich darauf als Herr der Situation.

»Legen wir sie erst einmal hin. Und dann rufen Sie Professor Deters.«

Zusammen schleppten sie die halb bewußtlose Carina in sein Arbeitszimmer hinüber. Auf der Ledercouch lag eine ziemlich zerknüllte Decke, die Irene Jäger jetzt schnell glattstrich. Sie half Carina, sich hinzulegen. Die Sekretärin bettete die Füße höher als den Kopf und lief dann in ihr Büro zurück, um den Anruf zu erledigen.

Irene gab ihrem Mann Anweisung, ein Glas Wasser zu bringen. Sie stützte Carina, damit sie trinken konnte. Die junge Frau wirkte völlig verwirrt und sah aus, als wolle sie auf der Stelle in Tränen ausbrechen.

»Geht es Ihnen schon besser? Haben Sie Probleme mit dem Kreislauf?« fragte Irene freundlich.

»Nein... ja, ich...« stotterte Carina und verstummte dann

wieder. Ihre Augen suchten Claus, der sich jedoch an seinem Schreibtisch zu schaffen machte und sie nicht ansah.

Professor Deters von der medizinischen Fakultät erschien und prüfte Carinas Puls. Sein Gesicht nahm einen alarmierten Ausdruck an.

»Leiden Sie unter Kurzatmigkeit und Müdigkeit? Schwäche?«

»Ja, aber...«

»Nun, keine Sorge, das wird man schon wieder hinbekommen. Sie müssen sofort ins Krankenhaus.«

»Ich? Nein, nein, nicht ins Krankenhaus! Ich habe morgen einen Termin bei Dr. Frank in Grünwald, solange kann ich doch warten!«

»Nein, junge Dame. Warten werden Sie nicht. Aber Dr. Frank ist mir bekannt. Er hat Betten in der Waldner-Klinik am Englischen Garten. Dort sind Sie in besten Händen und können Dr. Frank hinzuziehen.«

»Was ist denn mit mir? Was vermuten Sie denn so Schlimmes?«

»Da ist eine kleine Arrhythmie, die untersucht werden muß.«

»Kann das passieren, wenn man... schwanger ist?«

So hatte Carina es Claus nicht wissen lassen wollen, doch die Aussicht, in ein Krankenhaus eingeliefert werden zu müssen, hatte sie in wilde Panik versetzt. Sie konnte nicht klar denken.

»Nein, das wohl nicht. Doch das wird man dort alles feststellen. Machen Sie sich keine Sorgen, junge Dame. Man wird Ihnen ein Medikament geben, und dann wird es Ihnen bald bessergehen.«

Carina mußte sich fügen. Professor Deters hätte sowieso keinen Widerspruch zugelassen, er galt als ausgesprochen autoritär, allerdings auch als ausgezeichneter Mediziner.

Carina fühlte sich jetzt müde und total erschöpft. Sie hatte nicht einmal mehr die Kraft, Claus' Reaktion zu prüfen. Ihr Geliebter hielt sich ganz im Hintergrund.

Zehn Minuten später traf der Krankenwagen ein. Unter den neugierigen Blicken von vielen Kommilitonen wurde Carina hineingetragen und weggefahren.

»Sie ist sehr krank, wenn ich mich nicht täusche. Das Herz...«, erklärte der Professor seinem Kollegen, der seltsam unbeteiligt neben ihm stand.

»Hast du gehört, Claus? Sie ist doch eine deiner Studentinnen, oder? Und dann noch schwanger...«

Irene Jäger neigte nicht zu besonderer Bosheit. Die junge Frau tat ihr ehrlich leid. Sie war offenbar eine der vielen, die auf Claus' Charme hereingefallen waren. Davon gab es in jedem Semester reichlich. Sie hatte sich daran gewöhnt und ging ihrer eigenen Wege. Trennen würde er sich niemals von ihr, das wußte sie. Aber jetzt war er doch ein wenig zu weit gegangen, denn ihr war durchaus klar, das das Kind, das die Studentin erwartete, vermutlich von ihrem Mann war.

»Sie... kann einem leid tun«, murmelte er an seinen Kollegen gewandt und ging, ohne seine Frau zu beachten, in das Gebäude zurück. Richtig alt wirkte er jetzt, mit den hängenden Schultern.

»Sie wird doch wohl wieder gesund?« fragte Irene Jäger den Professor.

»Ich weiß es nicht. Das kommt darauf an, was mit ihrem Herzen los ist. Auf jeden Fall war's das wohl erst einmal für sie. Ob sie eine Schwangerschaft durchhält, wage ich zu bezweifeln.«

Es wäre besser für sie, wenn sie das Kind nicht bekäme, konstatierte Irene Jäger für sich. Sie würde nämlich keinen Vater dazu haben, falls sie darauf hoffte.

Sie bat die Sekretärin, sich nach irgendwelchen Freunden oder Verwandten zu erkundigen und diese zu informieren. Dann ging sie zu ihren Studenten, um mit dem Seminar fortzufahren. Ihre kleine Liebesstunde hatte ein unverhofft dramatisches Ende gefunden. Aber so war das Leben eben, sie nahm es, wie es kam. Für ein paar Tage würde Claus jetzt ziemlich zerknirscht sein und ihr alles mögliche versprechen, bis er wieder zum Alltag überginge und sich eine neue Geliebte auswählen würde. Er brauchte das für sein Ego, der arme Mann.

Claus Jäger saß derweil an seinem Schreibtisch und kämpfte mit seinen Gefühlen. Carina hatte ausgesehen, als würde sie jeden Moment sterben.

Es hatte ihm einen ungeheuren Schock versetzt, sie in seinem Vorzimmer anzutreffen. Das Geständnis, daß sie schwanger sei, hatte er im ersten Moment gar nicht richtig registriert. Jetzt aber überfiel es ihn mit Macht. Sie hatte ihn ganz eindeutig gelinkt. Das war allein ihr Problem. Warum sollte er sich deswegen Sorgen machen? Er könnte abstreiten, der Vater zu sein... Irene würde ihm das aber vermutlich nicht glauben. Vielleicht verlor Carina das Kind aber auch, wenn sie wirklich so krank war, wie sein Kollege vermutete. Das wäre sicher für alle Beteiligten das Beste.

Trotzdem hatte er das Gefühl, als würde eine unsichtbare Hand ihm langsam die Luft abdrücken.

»Stefan, hier Ulrich. ich habe vor einer Stunde eine Patientin eingeliefert bekommen, die angibt, einen Termin bei dir zu haben.«

»Wie heißt sie denn?«

»Carina von Freesen.«

»Ja, das ist richtig. Sie sollte übermorgen kommen. Was ist passiert? Auto-Unfall?«

»Nein, sie hatte einen Zusammenbruch. Es sieht sehr ernst aus.«

»Kreislauf? Drück dich doch nicht so geheimnisvoll aus, Uli.«

»Entschuldige, das war nicht meine Absicht. Es ist das Herz. Wir machen morgen nähere Untersuchungen, heute muß sie erst mal zur Ruhe kommen. Es scheint so, als ob das Herz nicht mehr genug Leistung bringt. Dabei ist sie erst zweiundzwanzig.«

»Ich komme vorbei. Kann ich mit ihr sprechen?«

»Aber natürlich. Sie liegt im Moment noch auf der Intensiv. Aber ich hoffe, wir können sie später auf Station verlegen. Melde dich am besten bei mir. Ach ja, fast hätte ich es vergessen: Sie ist obendrein noch schwanger, gibt sie an. Sie hatte einen Test gemacht.«

»Kann die Schwäche nicht damit zusammenhängen?«

»Das würdest du dir wünschen, nicht wahr? Aber ich fürchte, dahinter steckt etwas sehr viel Ernsteres. Wir sehen uns.«

»Danke für deinen Anruf, Uli.«

Dr. Frank legte den Hörer auf. Er kannte Carina, die Freundin von Susanne, ja noch nicht persönlich, doch der Anruf hatte ihn alarmiert. Wenn er nämlich Susannes Sorgen um die Freundin dazuzählte, mußte es sich wirklich um eine eklatante Schwäche handeln. Susanne wäre es sonst sicher nicht einmal aufgefallen.

Ob sie es schon wußte? Sicher hätte sie ihn dann auch angerufen, um nach seiner Meinung zu fragen. Nun, er war nicht der Überbringer schlechter Nachrichten, darum sollte sich Uli Waldner kümmern.

Er rief den nächsten Patienten herein.

Die Dame, die das Sprechzimmer betrat, kannte er nicht. Fragend sah er ihr entgegen. Schwester Martha hatte auch noch gar keine Karte hereingebracht.

»Ich bin Gesine Möller, Herr Dr. Frank, die Schwiegermutter von Holger Hartmann.«

»Oh, ja, ich verstehe. Nehmen Sie doch Platz, Frau Möller. Was kann ich für Sie tun?«

Die Frau machte einen sympathischen Eindruck auf ihn, weitaus mehr als ihre Tochter Sandra.

»Ich bin nicht krank, aber ich mußte dringend mit Ihnen sprechen, weil ich mir Sorgen um Holger mache.«

»Gefällt es ihm in der Kur nicht?«

»Doch, das ist ja das Problem. Ach, es ist eine schwierige Position, die ich hier einnehmen muß, immerhin ist Sandra, seine Frau, ja meine Tochter. Aber ich habe das Gefühl, weil ihm die Kur so gut gefällt, ist sie wütend. Sie hat ihm gedroht, wieder mit ihrem Freund anzubändeln, wenn er nicht zurückkommt.«

Sie wurde rot, wahrscheinlich schämte sie sich für das Verhalten ihrer Tochter. Dr. Frank verstand sie sehr gut und bewunderte ihren Mut um so mehr.

»Das ist natürlich übel. Und wie reagiert er?«

»Er hat mich gestern angerufen, als Sandra zur Arbeit war. Er… hat geweint. Ich denke, die beiden sollten sich scheiden lassen, Herr Dr. Frank, sie quälen sich doch nur noch. Die Kinder leiden auch darunter.«

»Ich glaube, Ihr Schwiegersohn hat Angst, daß er die Kinder dann nicht mehr sieht.«

»Dafür gibt es doch Regelungen. Ich glaube nicht, daß sie es ihm auf Dauer verbieten würde.«

»Man kann als Außenstehender so schlecht in eine Partnerschaft hineinsehen…«

»Ich verstehe meine Tochter oft nicht, Herr Dr. Frank. Sie ist so launisch und wankelmütig, als mache es ihr Spaß, andere zu quälen. Holger ist ein so guter Vater und sicher auch ein netter Ehemann. Warum ist sie nicht zufrieden? Warum mußte sie unbedingt seinen besten Freund verführen und…«

Sie brach ab und suchte ein Taschentuch, das sie dann an die Augen preßte. Dr. Frank wußte nicht so recht, wie er ihr helfen sollte. Am liebsten würde er Sandra Hartmann einmal ordentlich die Meinung sagen, obwohl das sicher auch nichts bewirkte.

»Ich will Sie nicht lange aufhalten, Herr Dr. Frank. Es geht mir nur um Holger, mit Sandra werde ich schon fertig. Er soll nur die Kur nicht abbrechen, ich glaube nämlich, daß sie ihm sehr guttut.«

»Sie meinen, ich sollte einmal mit ihm sprechen?«

»Würden Sie das tun?«

»Natürlich, wenn Sie mich darum bitten. Darf ich ihm von dem Gespräch erzählen?«

»Ja, von mir aus gern. Vielen Dank für Ihre Geduld. Hoffentlich wird noch alles gut.«

»Ich finde es sehr bemerkenswert, wie Sie sich einsetzen.«

»Holger ist ein netter Mann. Er hat Besseres verdient, mehr Ruhe, meine ich.«

Dr. Frank machte sich eine Notiz, er wollte heute noch in der Kurklinik anrufen. Er wußte nicht, was er sagen würde, doch er hoffte auf seine Intuition.

Am Abend fühlte Dr. Frank sich erschöpft. Er hätte viel darum gegeben, jetzt nicht noch in die Waldner-Klinik fahren zu müssen, denn er ahnte, daß ihn Schlimmes erwartete.

Doch zunächst erledigte er den Anruf bei Herrn Hartmann. Sein Patient war auf dem Zimmer und meldete sich sofort, als Stefan Frank durchgestellt worden war.

»Herr Dr. Frank! Ist zu Hause etwas passiert?«

»Nein, nein, keine Sorge. Ich rufe an, weil Ihre Schwiegermutter mich darum gebeten hat. Sie bittet Sie, die Kur auf keinen Fall abzubrechen. Und da kann ich sie nur unterstützen.«

»Ach so, Sie meinen, weil meine Frau mir damit droht, daß sie… nun ja, das wissen Sie vermutlich. Nein, ich werde die Kur nicht abbrechen. Es ist mir schon vieles klargeworden, und ich werde von mir aus die Scheidung beantragen, wenn ich zurückkomme.«

»Oh…«, sagte Dr. Frank überrascht. Hatte Holger Hartmann das auch seiner Schwiegermutter erzählt?

»Sie sind der erste, der es erfährt. Ich lasse mich nicht mehr hin- und herschubsen. Die Kinder leiden auf diese Weise noch mehr, als wenn wir uns trennen. Das habe ich begriffen. Frau Werner – das ist eine Dame, die ich hier kennengelernt habe – hat das auch alles durchgemacht. Sie sagt, ihre Kinder und sie sind förmlich aufgeblüht, als endlich alles durchgestanden war.«

Steckte also eine andere Frau hinter seinem Sinneswandel? Dr. Frank wünschte ihm zwar Glück, aber die Kur-Romanzen wurden oft überschätzt. Man befand sich in einer Ausnahmesituation, in der vieles rosiger aussah als später im täglichen Leben. Gleichwohl hatte er schon Paare erlebt, die dann auch im Alltag zusammengeblieben waren. Zu welcher Kategorie würde Herr Hartmann gehören?

»Im Prinzip denke ich auch, daß es so besser ist. Sprechen Sie das am besten mit Ihrem Therapeuten durch, Herr Hartmann.«

»Das werde ich auch tun. Ich glaube nicht, daß Sandra mir die Kinder wirklich entziehen kann. Sie wird vielleicht froh sein, wenn sie sie manchmal los wird.«

Das könnte schon so sein, doch Dr. Frank hütete sich, darüber eine Prognose abzugeben.

Nach einem schnell eingenommenen Abendessen fuhr er zur Waldner-Klinik und meldete sich bei seinem Freund.

»Gut, daß du da bist, Stefan. Also, einen kleinen Überblick haben wir schon. Frau von Freesen leidet mit Sicherheit unter einer schweren Herzinsuffizienz. Sie gab an, daß sie vor einiger Zeit eine Art Grippe hatte, hohes Fieber, Schüttelfrost und so weiter. Vielleicht hat sich da etwas am Herzen festgesetzt. Allerdings wäre es doch etwas erstaunlich, wenn es so schnell zu einem derart massiven Beschwerdebild kommt. Ich vermute eine Vorschädigung des Herzens, die ja bisher verhältnismäßig unerkannt geblieben sein kann. Du weißt, was das hieße.«

»Mein Gott, sie ist doch noch so jung...«

»Ja, aber darauf brauche ich dir nicht zu antworten, oder? Seit wann macht Krankheit vor Jugend halt?«

»Schon gut. Weiß sie es schon?«

»Ich habe versucht, es ihr vorsichtig beizubringen. Sie denkt nur an das Baby. Obwohl sie eine Schwangerschaft niemals durchhält, wenn sich meine Prognose bestätigt. Sie wird Glück haben, wenn sie überhaupt noch ein einigermaßen lebenswertes Leben führen kann.«

»So schlimm ist es?«

»Ja, so schlimm ist es.«

Dr. Frank schwieg einen Moment. Die Alternative wäre eine Herztransplantation. Nieren waren schon schwer zu bekommen, aber ein Herz? Und wenn dann noch die Zeit drängte...

Aber vielleicht war es ja gar nicht so schlimm... Wenn morgen die näheren Untersuchungen gemacht werden würden, konnte sich auch noch ein anderes Bild ergeben.

»Keine falschen Hoffnungen, Stefan«, mahnte Dr. Waldner, der seinen Freund nur zu gut kannte und in seinem Gesicht lesen konnte.

Sie gingen zu Carina Freesen hinüber. Sie lag noch immer auf der Intensiv-Station, weil ihr Zustand zu labil war, als daß man ein Risiko eingehen könnte.

»Frau von Freesen? Das ist mein Kollege Dr. Stefan Frank, zu dem Sie gehen wollten«, stellte Ulrich Waldner vor.

»Guten Abend, Herr Doktor.«

Dr. Frank sah sofort, wie hinfällig die Patientin wirkte. Sogar das Sprechen strengte sie an.

»Ich will Sie nicht lange stören, Frau von Freesen. Aber da mir Susanne schon erzählt hatte, daß Sie sich bereits länger nicht wohlfühlen, würde ich gern noch ein paar Fragen stellen.«

»Bitte...«

»Waren Sie als Kind einmal länger krank? Irgendein Infekt, der lange andauerte?«

Carina von Freesen runzelte die Stirn. Sie überlegte.

»Ja, ich hatte ein paarmal Angina. So mit zwölf, dreizehn.«

»Wurden Ihnen Antibiotika verabreicht? Wissen Sie das?«

Sie schien mit dieser Frage unangenehme Erinnerungen zu verbinden, jedenfalls wich sie seinem Blick aus.

»Bitte, Frau von Freesen, es wäre wichtig zu wissen.«

»Naja, ich habe wohl welche bekommen, aber sie nach ein paar Tagen nicht mehr genommen. Ich konnte sie nicht schlucken, die Tabletten waren zu groß...«

»Und Ihr Arzt hat das zugelassen?«

»Das wußte doch niemand! Ich hab' sie immer in die Toilette geworfen, wenn meine Mutter hinausgegangen war. Aber... was hat das mit meiner Krankheit heute zu tun?«

»Das kann ich noch nicht genau sagen. Es scheint so, als sei Ihr Herz in Mitleidenschaft gezogen.«

»Ja, das sagte Dr. Waldner schon. Aber das wird doch wieder? Ich bekomme ein Baby...«

Ihre Augen füllten sich mit Tränen. Dr. Frank nahm beruhigend ihre Hand.

»Bitte, ganz ruhig. In welchem Monat sind Sie denn?«

»Ich habe den Test gemacht, und der war positiv.«

»Dann sind Sie also noch ganz am Anfang.«

»Ja...«

Er wollte das Thema im Moment nicht vertiefen, weil es sie so aufregte. Bevor nicht sicher war, woran sie litt, konnte er sowieso nichts Abschließendes sagen.

»Soll ich jemanden benachrichtigen? Ihre Eltern vielleicht oder Susanne?«

»Ja, Susanne. Meine Eltern nicht, sie würden sich zu sehr ängstigen. Ich kann es ihnen ja erzählen, wenn ich wieder zu Hause bin.«

Dr. Frank wollte auch dazu nichts sagen. Es hätte sie viel zu sehr aufgeregt.

»Gut, dann rufe ich Susanne an. Bitte, haben Sie Mut, Frau von Freesen. Sie sind hier in den allerbesten Händen.«

»Danke, Herr Dr. Frank...«

»Dann lasse ich Sie jetzt erst einmal allein. Morgen abend, vielleicht sogar schon mittags, schaue ich wieder herein. Einverstanden? Wenn Sie Fragen haben oder ich Ihnen irgendwie helfen kann, sagen Sie es. Sie können sich aber auch an jeden anderen hier in der Klinik wenden. Man ist hier sehr bemüht um die Patienten.«

»Das habe ich schon gemerkt...«

Sie schlief schon halb. Sicher bekam sie Beruhigungsmittel, damit sie nicht noch einmal in eine Krise geriet. Dr. Frank drückte ihre Hand und ging leise hinaus.

»Na, wie ist dein Eindruck?« Ulrich Waldner hatte auf ihn gewartet und sah ihn forschend an.

»Es sieht wohl wirklich nicht allzu gut aus. Wenn sich damals schon eine leichte Insuffizienz gebildet hat, könnte die Erkrankung neulich dem Herzen sehr zugesetzt haben. Sie hätte normalerweise sofort Antibiotika nehmen müssen.«

»Morgen wissen wir mehr. Willst du noch mit zu uns hinaufkommen?«

»Nein, danke, Uli. Ich möchte nach Hause. Heute war mal wieder einer jener Tage... Ach, man müßte sie aus dem Kalender streichen können.«

»Du brauchst mir nichts zu erklären. Dann fahre schnell, bevor dich noch ein Patient von dir erwischt. Liegen ja genug hier herum.«

Dr. Frank lächelte leicht resigniert. Im Moment war es tatsächlich wieder einmal etwas heftig. Aber niemand brauchte seinen besonderen Zuspruch, das wurde hier hervorragend erledigt. Allerdings hatte er das unbestimmte Gefühl, daß sich der ›Fall‹ Carina von Freesen wieder einmal zu einer speziellen Aufgabe für ihn auswachsen würde.

Susanne fiel aus allen Wolken. Sie hatte sich schon Sorgen gemacht, weil Carina abends immer noch nicht zu Hause gewesen war. Zwar hatte sie am Rande gehört, daß eine Studentin heute ins Krankenhaus gebracht worden war, aber daß es sich dabei um Carina handelte, hatte ihr niemand gesagt.

»Danke, daß Sie mich angerufen haben, Dr. Frank. Aber was fehlt Carina denn nun? Sie ist schwanger, hängt es damit zusammen?«

»Nein, das nicht. Sie hat einige Beschwerden mit dem Herzen, nähere Untersuchungen stehen noch aus.«

»Mit dem Herzen? Mein Gott, das kann doch nicht sein!«

»Leider doch. Aber warten wir erst einmal ab. Du mußt entscheiden, ob du jemanden davon unterrichten willst. Frau von Freesen darf allerdings auf keinen Fall irgendwelche Aufregungen haben.«

»So schlimm ist es?«

»Sie liegt noch auf der Intensiv-Station.«

»Ist sie in Lebensgefahr? flüsterte Susanne entsetzt.

»Nein, nein, das nicht«, log Dr. Frank, weil er sie nicht noch zusätzlich aufregen wollte. »Aber vielleicht sollte der werdende Vater Bescheid wissen.«

»Ich glaube nicht, daß es ihn sonderlich interessieren wird!« Ihre junge Stimme klang plötzlich ungewöhnlich hart.

Dr. Frank spitzte die Ohren. Normalerweise würde es ihn nichts angehen, doch in diesem besonderen Fall war das anders. Wenn der Freund seiner Patientin einen unguten Einfluß auf sie hatte, durfte er sie natürlich nicht besuchen...

»Wie meinst du das?«

»Ach, das ist so eine Sache, die mir echt Sorgen macht. Aber Sie dürfen nichts davon sagen, Carina glaubt nämlich an die große, einmalige Liebe. Dabei ist dieser Typ ein richtiger Schürzenjäger, wie ich inzwischen weiß. Ich glaube nicht, daß er zu ihr stehen wird, egal ob krank oder gesund.«

»Bist du sicher, daß du dich nicht irrst?«

»Na, erstens ist er ja verheiratet und viel älter als sie. Und zweitens sah Carina alles andere als glücklich aus in der letzten Zeit. Er hält sie doch nur hin!«

»Das wäre natürlich übel. Nun, dann sollte er sie wohl besser nicht besuchen. Vielleicht spricht Frau von Freesen ja mit mir darüber. Aber rege sie bitte nicht auf«, mahnte er noch einmal.

»Nein, tue ich nicht. Darf ich sie denn morgen besuchen?«

»Ja, aber erst ab spätem Nachmittag. Die Untersuchungen werden sie erschöpfen.«

»Sie tut mir so leid...«

»Mir auch, Susanne. Aber sie braucht jetzt Menschen um sich, die ihr Ruhe und Kraft vermitteln.«

»Ich werde mich bemühen. Danke für Ihren Anruf.«

Susanne heulte erst einmal eine ganze Weile, bis sie versuchte, sich einen Plan zu machen. Warum sollte Professor Jäger eigentlich geschont werden? Er sollte wenigstens wissen, was er angerichtet hatte! Sie würde ihm nicht sagen, in welchem Krankenhaus Carina lag, so daß er sie nicht besuchen konnte, bevor der Arzt es erlaubte.

Sofort suchte sie die Nummer aus dem Telefonbuch heraus und wählte. Es meldete sich der Professor persönlich.

»Hier spricht Susanne Velbert, die Freundin von Carina von Freesen.«

»Ja?« fragte er vorsichtig zurück.

Wahrscheinlich saß seine Frau im Zimmer und spitzte bereits die Ohren...

»Carina ist im Krankenhaus. Sie liegt auf der Intensivstation. Ich dachte, das sollten Sie wissen.«

»Oh... äh, das tut mir leid. Aber was kann ich tun?«

Na, der Mann hatte Nerven! Susanne merkte, daß sie zu kochen begann.

»Vielleicht endlich einmal klären, wie Sie zu ihr stehen! Sie braucht jetzt nämlich jeden Freund, den sie haben kann. Und Sie haben ihr ja wohl den Eindruck vermittelt, daß Sie da in der allerersten Reihe stünden, oder?«

»Ich glaube nicht, daß dieser Ton angebracht oder hilfreich ist«, gab er frostig zurück.

Er schien sich nicht im mindesten zu sorgen.

»Wissen Sie eigentlich, daß Carina ein Baby erwartet? Glauben Sie ja nicht, daß Sie jetzt kneifen können! Sie werden sich gefälligst anständig benehmen, sonst könnte es auch mal ein paar Leute geben, die nicht immer die Augen zumachen vor Ihren... Eskapaden!«

Es knackte im Hörer. Er hatte aufgelegt.

Susanne wußte, daß sie einen Fehler gemacht hatte. So bekam sie ihn bestimmt nicht dazu, sich anständig zu benehmen.

Hoffentlich hatte sie Carina durch ihren Anruf nicht noch geschadet. Aber sie war einfach so wütend gewesen!

Kurz darauf klingelte das Telefon. Rief der Professor noch einmal zurück, weil er jetzt vielleicht allein war und sich für sein Verhalten entschuldigen wollte? Nun, dann war er möglicherweise nicht ganz so mies, wie Susanne glaubte...

Es war nicht der Professor, sondern Thomas Stölter, den Susanne flüchtig kannte.

»Susanne? Entschuldige, daß ich anrufe. Ich habe vorhin gehört, daß Carina heute im Zimmer des Professors zusammengebrochen ist. Weißt du, wie es ihr geht?«

»Wo ist sie zusammengebrochen?« fragte Susanne zurück.

»Na, bei Professor Jäger im Zimmer. Er und seine Frau haben ja noch Professor Deter gerufen, und der hat dafür gesorgt, daß sie ins Krankenhaus kam. Wie geht es ihr? Du weißt doch schon davon, oder?«

»Ja, ich weiß davon, aber ich hatte keine Ahnung, daß sie... mein Gott, dieser miese Kerl!«

»Wieso, was ist denn nun? Sag mir, ob ich irgend etwas tun kann, ja? Ich mag Carina nämlich ziemlich gern.«

»Du weißt, daß der Professor und sie...«

Manchmal war Susannes Zunge wirklich flinker als ihr Verstand. Sie merkte es in diesem Moment auch und schluckte den Rest des Satzes herunter.

»Daß sie ein Verhältnis haben? Ja, das weiß ich. Ich habe Geduld. Irgendwann wird sie schon merken, was er für eine Null ist.«

»Noch hat sie es nicht gemerkt.«

Susanne biß sich fast auf die Zunge, damit ihr ja nichts von dem Baby herausrutschte. Vielleicht wäre Thomas dann nicht mehr so selbstlos bereit, sich zu kümmern. Aber ihr wäre es lieber, wenn sie nicht die ganze Verantwortung allein tragen müßte.

»Also, Carina hat irgend etwas mit dem Herzen. Es sieht wohl ziemlich übel aus. Sie liegt auf der Intensiv-Station. Aber nur zur Vorsicht, wie Dr. Frank sagte.«

»Oh Gott, wie schrecklich! Warst du schon bei ihr?«

»Nein. Ich gehe morgen nachmittag hin.«

»Kannst du mir dann Bescheid sagen, Susanne? Wenn ich etwas tun kann, zögere nicht, es mir zu sagen.«

»Danke, das mache ich. Gib mir mal deine Nummer.«

Nach diesem Anruf fühlte sich Susanne schon ein wenig besser. Thomas machte einen ziemlich praktischen Eindruck. Vielleicht konnte er ihr morgen auch sagen, ob sie nun Carinas Eltern anrufen sollte oder nicht. Die Entscheidung drückte sie sehr.

Am nächsten Tag war Professor Jäger nicht in der Universität. Susanne hatte sich extra erkundigt, weil sie ihn noch einmal persönlich sprechen wollte. Er sollte bloß nicht glauben, daß er feige kneifen könnte.

Seine Frau absolvierte ihren Unterricht ganz normal.

Susanne ging sogar einmal an ihr vorbei. Irene wirkte genauso kühl wie immer. Entweder hatte sie Nerven wie Drahtseile, oder sie wußte noch gar nichts von dem Verhältnis. Auf keinen Fall war sie zu beneiden.

Alle möglichen Leute sprachen Susanne an und fragten nach Carina. Sie antwortete meistens ausweichend, weil sie nicht wollte, daß die anderen sich über Carina das Maul zerrissen. Nur als Thomas in der Mensa zu ihr an den Tisch kam, rückte sie sofort zur Seite, um ihm Platz zu machen.

»Hast du schon etwas Neues gehört?«

Sie schüttelte den Kopf. »Keine Nachricht ist gute Nachricht, hat meine Mutter immer gesagt. Ich bin auch schon ganz kribbelig. Und der Profi hat sich heute wohl krank gemeldet.«

»Dieser Feigling! Ich verstehe gar nicht, was ihr Mädchen an ihm findet.«

»Was heißt ›ihr Mädchen‹? Ich doch nicht!«

»Na schön, du nicht. Aber viele reißen sich förmlich ein Bein aus, damit er sie einmal anlächelt.«

»Das steht ja jetzt nicht zur Diskussion. Carina ist nicht blöd. Wenn sie merkt, daß er sie nur ausnützt, wird sie schon wieder zu Verstand kommen.«

›Allerdings bleibt da noch immer das Kind‹, dachte sie bei sich.

»Darauf hoffe ich. Ich bin heute nachmittag zu Hause. Rufst du mich an, wenn du zurück bist, ja? Oder treffen wir uns?«

Susanne musterte ihn einen Moment.

»Scheint dir ziemlich ernst zu sein mit Carina, oder?«

»Ja«, antwortete er schlicht, ohne ihrem Blick auszuweichen.

»Na schön. Schreib mir deine Adresse auf. Ich komme vorbei.«

Als Susanne dann endlich in der Klinik eintraf, hieß es, daß Carina noch immer auf der Intensiv-Station läge und keinen Besuch empfangen dürfe.

»Aber das ist unmöglich! Dr. Frank hat mir extra gesagt, daß ich sie heute nachmittag besuchen soll!« schimpfte Susanne sofort aufgeregt.

Die Auskunft war wie ein Schlag in die Magengrube. Sie mußte zu Carina, sie mußte sie sehen und sprechen und sich überzeugen, daß sie alles hatte, was sie brauchte.

»Was meinen Sie, wenn erst ihre Eltern hier aufkreuzen! Dr. Frank hat mich gebeten, mit ihr zu sprechen, ob sie informiert werden sollen«, betonte sie dann noch ihr gutes Verhältnis zu dem angesehenen Arzt.

»Die Eltern sind informiert. Sie treffen noch heute abend hier ein«, teilte ihr die Empfangsschwester mit.

»Was? Ist es so… schlimm?«

Ihre Augen liefen über. Sie konnte es nicht verhindern, aber es bewirkte, daß die Schwester weniger streng guckte.

»Kleinen Moment, ich frage noch einmal den Chef.«

Sie telefonierte und sprach dabei so leise, daß Susanne nichts verstand.

»Herr Dr. Waldner wird kurz mit Ihnen sprechen. Fahren Sie bitte in den fünften Stock hinauf. Seine Sekretärin nimmt Sie in Empfang.«

Susanne war klar, daß Dr. Waldner sich die Mühe sicher nicht machen würde, wenn es sich um eine harmlose Erkrankung handelte. Sie fühlte sich selbst ganz elend, als sie im fünften Stockwerk ankam und von einer gutaussehenden, sehr gepflegten Frau in Empfang genommen wurde.

»Frau Velbert? Herr Dr. Waldner erwartet Sie.«

Sie kam sich vor wie ein Kind, das zum Schuldirektor geführt wurde, weil es etwas angestellt hatte. Aber sie durfte jetzt nicht kneifen. Und vor allem durfte sie nicht in Tränen ausbrechen oder umfallen. Sie mußte stark und kompetent wirken, damit sie Carina besuchen konnte.

»Bitte setzen Sie sich doch, Frau Velbert. Von Dr. Frank weiß ich, daß Sie mit Carina von Freesen sehr eng befreundet sind. Aber leider müssen wir wirklich sehr streng sein mit Besuchen. Frau von Freesen hat eine Reihe sehr anstrengender Untersuchungen hinter sich. Heute abend kommen ihre Eltern. Mir wäre es wirklich lieber, Sie würden auf Ihren Besuch verzichten. Es könnte auch für Sie zuviel sein.«

»Herr Dr. Waldner, ich weiß Ihre Fürsorge zu schätzen, aber ich kneife nicht, wenn eine Freundin mich braucht. Und Carina ist meine beste Freundin!« betonte sie mit zitternder Stimme.

Ulrich Waldner schaute sie einen Moment ruhig an. Dann schien er sich einen Ruck zu geben.

»Frau Velbert, Ihre Freundin ist sehr, sehr krank. Ich möchte, daß Sie das wissen. Trauen Sie sich zu, sich nichts anmerken zu lassen und gelassen und ruhig mit ihr zu sprechen? Sie braucht Ermunterung und keine Tränen.«

»Was ist denn mit dem Baby, wenn sie so krank ist?«

»Ich darf Ihnen nichts sagen. Sie sind keine Angehörige, Frau Velbert, aber…«

»Darf sie es bekommen?«

Sie kannte die Antwort schon, ohne daß er etwas sagte. Jetzt war es um ihre Haltung geschehen. Dr. Waldner ließ sie einen Moment weinen, dann reichte er ihr einige Papiertaschentücher, wel sie keine in ihrer Tasche fand, und erhob sich.

»Kommen Sie morgen oder übermorgen wieder. Ich werde Frau von Freesen von Ihnen grüßen und ihr sagen, daß wir den Besuch nicht erlaubt haben. Einverstanden? Bis dahin haben Sie sich etwas gefangen.«

»Aber sie muß doch nicht sterben?« wagte Susanne noch zu fragen, obwohl sie vor der Antwort Angst hatte.

»Soweit wollen wir jetzt nicht einmal denken.«

Was war denn das für eine Antwort? Sehr schwammig…

Dr. Waldner schob sie mit sanftem Druck zur Tür. Susanne fügte sich.

»Lassen Sie bloß Professor Jäger nicht herein, falls er überhaupt den Mut hat, hierherzukommen. Der ist doch schuld an dem ganzen Elend!« stieß sie noch hervor.

»Wie meinen Sie das?«

»Na, das fragen Sie am besten Dr. Frank. Dem habe ich es erzählt. Aber wenn Sie glauben, ich könnte Carina aufregen, müssen Sie es bei ihm noch mehr befürchten.«

»Schon gut. Im Moment dürfen nur die Eltern zu ihr. Versuchen Sie, sich zu beruhigen.«

Das war leichter gesagt als getan. Susanne fuhr ziemlich chaotisch bis zu Thomas Stölters Wohnung. Um nichts in der Welt hätte sie jetzt alleinsein können.

Er riß sofort die Tür auf, als sie klingelte. »Was ist?«

»Oh Mann, das ist vielleicht ein Mist«, weinte sie sofort wieder los.

Thomas führte sie in sein kleines Wohnzimmer, das bemerkenswert aufgeräumt war. Susanne warf sich ohne Aufforderung auf die Couch und rollte sich zusammen wie ein Kind, bevor sie zu erzählen begann…

In den nächsten Tagen zeigte sich, wie krank Carina tatsächlich war. Durch eine vermutlich virusbedingte Entzündung des Herzmuskels hatte sich immer mehr Bindegewebe gebildet. Die Pumpleistung ließ ständig nach. Der Prozeß war nicht mehr umkehrbar und würde sich weiter fortsetzen. Carina brauchte ein neues Herz, wenn sie weiterleben wollte. Es war nicht brandeilig, im Moment konnte man ihr krankes Organ durch Medikamente unterstützen, aber was für ein Leben wäre es für eine junge Frau, wenn sogar das Gehen zu einer ungeheuren Belastung wurde und sie atemlos und schwach machen würde?

Dr. Waldner ließ sie auf die Dringlichkeitsliste für Herztransplantationen setzen. Jetzt hieß es warten… und hoffen, daß irgendwo ein anderer Mensch starb, dessen Gewebe zu dem von Carina von Freesen so paßte, daß eine Abstoßung nicht zu befürchten wäre. Ein unerträglicher, fast makabrer Gedanke für ihre Eltern.

Carina wußte noch nicht, wie schlimm es um sie stand. Mit Rücksicht auf ihren schlechten Allgemeinzustand hatte man ihr die Wahrheit verschwiegen. Sie glaubte noch daran, daß ein paar Wochen Ruhe im Krankenhaus sie wieder gesund machen würde. Sie kämpfte einen ganz anderen Kampf, nämlich den um ihr Kind.

Für die Ärzte war es klar, daß sie es nicht austragen durfte. Niemals würde sie es in ihrem jetzigen Zustand überleben. Doch auch das war noch nicht ausgesprochen worden, weil ihre Eltern Angst vor ihrer Reaktion hatten.

Beide saßen Tag für Tag an ihrem Krankenbett und standen in engem Kontakt zu Dr. Waldner, Dr. Büttner, dem Herzspezialisten der Klinik, und Dr. Frank, der sich ebenfalls unermüdlich um Carina kümmerte. Sie hatte inzwischen auf die normale Station verlegt werden können, weil jede Aufregung von ihr ferngehalten wurde.

Auch Susanne besuchte ihre Freundin. Sie wußte nicht, wo sie die Kraft dazu hernahm, doch eine große Hilfe war Thomas, der ständig mit ihr in Verbindung stand. Beide kannten allerdings nicht die ganze Wahrheit.

An diesem Nachmittag wagte Susanne endlich den Vorstoß, den sie Thomas versprochen hatte.

»Sag mal, Carina, willst du nicht auch mal mit Thomas sprechen? Er fragt mich jeden Tag nach dir.«

»Thomas?«

»Ja, Thomas Stölter. Du kennst ihn doch!«

»Ach ja. Aber warum sollte er kommen wollen?«

»Mensch, Mädchen, dir kann doch nicht entgangen sein, wie verliebt er in dich ist! Und ich finde ihn wirklich unheimlich nett. Das wäre doch eine Abwechslung für dich. Du mußt uns doch schon alle ganz überhaben!«

»Ich weiß nicht... Was soll ich mit ihm reden? Ich wünsche mir nur, daß einer kommt...«

Susanne hatte schon eine scharfe Antwort auf der Zunge, unterdrückte sie aber schnell. Sie durfte Carina nicht aufregen.

»Er weiß ja, daß du hier bist. Wahrscheinlich hat er zuviel Schi... Angst.«

»Das glaube ich nicht. Sicher steckt seine Frau dahinter.«

Das konnte Susanne nicht unwidersprochen lassen, so sehr sie Carina auch wünschte, daß sie glücklich würde. Aber an Illusionen konnte sie doch unmöglich festhalten! Irgendwann würden sie zusammenbrechen, und dann wäre es um so schlimmer.

»Carina, ich kann mir nicht vorstellen, daß er sich davon abhalten lassen würde, wenn er wirklich kommen wollte.«

Carina preßte die Lippen zusammen und wandte den Kopf ab.

»Er weiß doch von dem Baby?« fragte Susanne vorsichtig weiter.

»Ja.«

»Na, siehst du. Dann wird er schon noch kommen«, machte sie einen Rückzieher, weil sie Carinas Ausdruck nicht ertragen konnte.

Carina schämte sich vor sich selbst. Sie war nicht dumm, aber sie ertrug es einfach nicht, an etwas anderes zu glauben, als daß letztendlich doch noch alles gut werden würde. Claus konnte sie nicht so verraten! Bestimmt hatte er handfeste Gründe für sein Verhalten, von denen sie nichts ahnte. Sobald sie wieder zu Hause wäre, würde sich alles aufklären. Hatte er nicht sogar davon gesprochen, eine kleine Wohnung für sie beide zu mieten? Das hätte er sicher nicht gesagt, wenn er sie nicht wirklich liebte. Bestimmt war er nur böse auf sie, weil sie schwanger geworden war. Das hatte ihm einen Schock versetzt, den er erst einmal überwinden mußte. Und dann würde alles wieder gut...

»Na gut, wenn er unbedingt will«, gab Carina nach.

»Prima. Er wird sich riesig freuen. Sei nett zu ihm.«

»Versuch nicht, uns zu verkuppeln, Susanne.«

»Ich? Woher denn«, gab sie mit ehrlichem Augenaufschlag zurück, den Carina ihr natürlich nicht abnahm. Aber wenigstens brachte es sie zum Lächeln.

Thomas freute sich sehr, als Susanne ihm die gute Nachricht übermittelte.

»Endlich. Ich hatte die Hoffnung schon fast aufgegeben.«

»Am besten gehst du gleich heute abend hin. Ab sieben sind ihre Eltern weg. Dann habt ihr Zeit.«

»Ist sie da nicht schon zu erschöpft?« wollte er wissen.

»Das ist sie sowieso ständig. Mein Gott, ich kann es manchmal immer noch nicht fassen. Erst gesund und dann – bumm, so krank, daß man sie kaum anschauen mag.«

»Ist es denn noch kein bißchen besser geworden?«

»Nein, ich finde, daß fast das Gegenteil zutrifft. Sie ist so blaß und schmal und wirkte so... jenseitig... laß dir bloß nichts anmerken, wenn du sie siehst.«

»Du hast mich ja genügend vorgewarnt. Ich möchte ihr auf keinen Fall schaden.«

»Ich drücke dir die Daumen. Gib nicht gleich auf, wenn sie nicht so nett ist, wie du hoffst. Sie muß erst diesen Jäger aus den Knochen kriegen. Oh, wie ich diesen Kerl hasse! Wie kann man nur so feige sein!«

»Wenn ich Carinas Vater wäre, würde ich mir den Typen vorknöpfen! Am liebsten würde ich das sogar tun! Jedesmal, wenn ich ihn in der Uni sehe, juckt es mir in den Fingern.«

»Mach keinen Mist. Es ist schon alles kompliziert genug. Außerdem könnte es Carina nur noch mehr an ihn schmieden, wenn ihn alle anderen ablehnen.«

»Ich verstehe einfach nicht, daß sie nicht sieht, wie er sie ausnutzt.«

»Sie will es nicht sehen. So einfach ist das.«

Beide seufzten und schauten sich resigniert an. Wie sollte es bloß weitergehen?

Thomas kaufte einen Blumenstrauß, nahm ein Buch mit Gedichten von verschiedenen Autoren mit, von dem er hoffte, daß es Carina gefiele, und machte sich auf den Weg. Er hatte ein wenig Angst, daß man ihn nicht vorlassen würde, doch niemand hielt ihn auf, nachdem die Oberschwester auf der Station seinen Namen notiert hatte.

Er zuckte doch zusammen, als er Carina sah. Sie wirkte so durchsichtig zart! Und ihr Lächeln... es hatte seinen Glanz verloren, fiel unsicher und kraftlos aus.

Sein Herz zog sich vor lauter Liebe schmerzhaft zusammen. Er würde kämpfen, so lange, bis sie wieder lachen konnte! Selbst um den Preis, daß er sie trotzdem an den anderen verlöre, würde er alles tun, was in seiner Macht stand. Das schwor er sich in diesem Moment.

»Hallo, Thomas...«

»Hallo, Carina. Danke, daß ich kommen durfte. Hier, ich hoffe, du magst Gedichte.«

Er legte ihr das Büchlein etwas unbeholfen auf die Bettdecke. Plötzlich fühlte er sich ziemlich verlegen.

»Oh danke. Ja, ich lese gern Gedichte. Und die schönen Blumen... stellst du sie in eine Vase? Die sind dort im Bad.«

Thomas erfüllte ihre Bitte nur zu gern, gab sie ihm doch Gelegenheit, noch einmal tief durchzuatmen und den Schock zu verarbeiten, den ihr Anblick bedeutet hatte.

Er war nicht so naiv wie Susanne. Zum ersten Mal kamen ihm Zweifel, ob Carina wirklich wieder gesund werden würde. Dieser Gedanke war fast nicht zu ertragen.

»Wie geht es mit deinem Studium voran?« fragte sie, als er zurückgekommen war und sich auf den Stuhl neben ihrem Bett setzte.

Sie wollte also Konversation machen.

»Es geht ganz gut. Aber jetzt erzähl erst einmal, wie es dir geht, Carina. Ich war sehr erschrocken, als ich hörte, daß du ins Krankenhaus gekommen bist.«

»Mir geht es einigermaßen. Wenn ich mich nicht anstrengen muß, sogar ganz gut. Mein Herz ist irgendwie durch diese Grippe angegriffen. Das wird sicher bald besser.«

Er sah die Hoffnung in ihren Augen – und dahinter die Angst. Wie gern hätte Thomas sie in die Arme genommen und ihr versprochen, daß alles wieder gut werden würde...

»Bestimmt. Die Klinik hier scheint mir ziemlich gut zu sein. Behandelt man dich auch nett?«

Sie lächelte. »Ja, ich werde behandelt wie ein VIP. Als wäre ich ein Filmstar oder so etwas. Ständig sind irgendwelche Ärzte hier, und auch die Schwestern fragen dauernd, ob ich etwas brauche. Man kann sich direkt daran gewöhnen.«

»Bloß nicht! Wir brauchen dich doch!«

Das war ihm so herausgefahren. Carina schaute ihn prüfend an und wandte dann den Blick ab. Es war ihr sichtlich unangenehm, seine Gefühle zu spüren.

Thomas hoffte, daß er sich durch seine Spontaneität nicht den weiteren Zutritt zu ihrem Krankenzimmer verscherzt hatte. Doch gleich darauf sprachen sie über andere Themen, bis er deutlich merkte, daß sie immer rascher ermüdete.

»Ich gehe jetzt, Carina. Darf ich wiederkommen?«

»Ja, wenn du willst...«

Er dankte dem Himmel für diese Antwort. Ihr Händedruck war so kraftlos, daß er jedoch sogleich wieder ganz deprimiert war. Was war nur los mit ihr? Was steckte in Wahrheit hinter ihrer Krankheit?

Im Flur kam ihm eine Frau entgegen, die eindeutig Carinas Mutter war. Sie hatte große Ähnlichkeit mit ihr. Thomas faßte sich ein Herz und sprach sie an.

»Entschuldigen Sie... Frau von Freesen?«

»Ja.«

»Ich bin Thomas Stölter. Ich war gerade bei Carina. Ich bin... ein Kommilitone, aber ich komme auch aus persönlichen Gründen...«

Sie beendete seine Verlegenheit.

»Lieben Sie Carina?« fragte sie schlicht.

Thomas wurde rot, nickte dann aber.

»Carina wird viele Freunde brauchen. Menschen, die ihr wirklich nahestehen, so wie Susanne. Sie ist sehr krank, wissen Sie das?«

»Ich habe es mir gedacht. Es ist nicht nur einfach eine normale Erkrankung, oder?«

Frau von Freesen hakte sich bei ihm ein und zog ihn mit sich zum Fahrstuhl. Thomas fand es völlig normal, daß sie ihm zu vertrauen schien. Sie war eine starke Frau, wie er sofort gespürt hatte. Offenbar hatte sie beschlossen, daß es nicht die Zeit für Geplänkel war.

»Kommen Sie, trinken wir einen Kaffee in der Kantine. Sie gefallen mir. Es kann sein, daß ich jetzt einen großen Fehler mache, aber ich glaube, daß wir Unterstützung brauchen, mein Mann und ich. Bisher weiß Carina nämlich noch gar nicht, was wirklich mit ihr los ist. Wenn sie es erfährt, muß sie unbedingt Menschen um sich haben, die mit ihr sprechen können, die ihr helfen können, das alles zu verkraften. Susanne ist ein sehr liebes Ding, aber noch ein wenig unreif. Ich fürchte, sie könnte die volle Wahrheit nicht ertragen. Sie dagegen scheinen mir trotz Ihrer Jugend schon sehr reif zu sein.«

»Ich werde mich bemühen, Sie nicht zu enttäuschen.«

Die Antwort schien ihr zu gefallen. Sie wählten einen kleinen Fenstertisch. Um diese Zeit herrschte hier kaum Betrieb. Thomas holte zwei Tassen Kaffee und setzte sich dann Carinas Mutter gegenüber.

»Wie empfindet meine Tochter für Sie?«
»Ich weiß nicht... sie mag mich, aber mehr wohl leider nicht.«
»Das ist bei Carina schon einiges. Sie ist zwar freundlich zu jedermann, aber sie hätte Ihnen nicht erlaubt herzukommen, wenn Sie sie nicht wirklich als Freund betrachten würde. Ich kenne sie so gut...«

Ihre Augen verschleierten sich. Thomas ahnte, was sie durchmachte und legte ihr seine Hand auf den Arm, um sie zu trösten.

»Danke, Thomas. Sie sind wirklich sehr nett. Wissen Sie von Carinas Verhältnis zu diesem Professor?«

Er nickte.

»Ich sehe, Sie beurteilen es genauso wie wir und Susanne. Mein Mann will morgen mit ihm sprechen. Er muß wenigstens ihm gegenüber den Mut aufbringen, seine Pläne aufzudecken. Ich glaube, er hat sich mit unserer Tochter lediglich amüsieren wollen. Sein Ruf ist wohl nicht der beste, wie mir Susanne sagte.«

»Nein, in der Tat. Er hat schon öfter etwas mit Studentinnen angefangen, dabei arbeitet seine Frau auch an der Uni.«

»Dann führen die beiden wohl eine von diesen modernen Ehen, nicht wahr? Aber jetzt ist er zu weit gegangen. Er wird zu Carina stehen – oder ihr klarmachen müssen, daß er sich in seinen Gefühlen getäuscht hat. Es geht nicht an, daß sie Tag für Tag auf ein Zeichen von ihm wartet. Das ist nicht gut für sie.«

»Aber wird sie denn mit der Wahrheit umgehen können?«

»Ich weiß es nicht. Carinas Herz ist kaum noch in der Lage, das Blut durch den Körper zu pumpen. Ich sage Ihnen das in dem Vertrauen, daß Sie es für sich behalten. Sie wurde bereits für eine Transplantation angemeldet.«

Die Worte fielen in die Stille wie Kanonenschüsse. Thomas hätte sich nicht gewundert, wenn er getroffen zu Boden gesunken wäre, so erschütterte ihn dieses Geständnis.

Er konnte nicht gleich antworten. Vor seinen Augen tanzten rote Pünktchen, ihm schwindelte. Er fühlte, wie Frau von Freesen ihm auf die Hand klopfte.

»Atmen Sie tief ein, Thomas... so ist es gut. Sie können nicht umkippen, dazu ist keine Zeit. Was glauben Sie, wie wir als Eltern es ertragen? Ich komme mir vor wie in einem immerwährenden Alptraum. Aber es nützt nichts. Carina braucht uns jetzt. Wie gern würde ich ihr mein Herz geben...«

Thomas hörte die Tränen in ihrer Stimme. Er atmete tief ein und sah wieder klar.

»Schon gut. Ich... es geht schon wieder.«

»Ja, nun kennen Sie also die Fakten. Carina weiß es noch nicht. Sie darf auch nur mit äußerster Vorsicht über die Schwere ihrer Erkrankung aufgeklärt werden. Dr. Frank wird uns helfen, wenn es soweit ist. Aber nun können Sie ermessen, wie es steht. Wollen Sie uns helfen?«

»Ich werde alles, alles tun, was in meiner Macht steht. Sie können auf mich zählen, wann immer Sie mich brauchen«, sagte er fest.

Sie lächelte zum ersten Mal und drückte seine Hand. Thomas fühlte sich sehr zu dieser mütterlichen Frau hingezogen, die Carina so ähnlich sah. Sie verstand es zu trösten, aber gleichzeitig machte sie auch keinen Hehl daraus, daß sie viel erwartete.

»Gut. Geben Sie mir Ihre Telefonnummer, Thomas. Ich komme auf Sie zurück. Und ich hoffe, daß Sie und Carina... eines Tages... ach, das ist noch viel zu früh, davon zu sprechen. Es wäre ein schöner Traum...«

»Wie können Sie so sicher sein, daß ich der Richtige bin?« mußte er trotz allem fragen.

»Weil ich so etwas fühle. Sie meinen es ehrlich. Und in Ihren Augen erkenne ich, wie sehr Sie unsere Carina lieben. Das habe ich nämlich gleich gesehen, als Sie mich ansprachen. Der Schmerz...«

»Ja, ich habe irgendwie gefühlt, daß mehr dahinterstecken muß. Sie sieht sehr elend aus.«

»Zusammen müssen wir es schaffen. Liebe hat doch eine gute Heilkraft, nicht wahr? Was, wenn nicht die Liebe es schafft?«

Jetzt zeigte sie zum ersten Mal, daß sie auch nur Nerven hatte. Thomas war sofort bereit, auch sie zu schützen.

»Ich glaube fest daran, Frau von Freesen!«

»Gut, dann werde ich jetzt noch einmal zu ihr gehen und ihr gute Nacht wünschen. Danke, mein Junge. Wir hören voneinander.«

Thomas fuhr völlig verwirrt nach Hause. Er hatte jetzt keine Lust mehr, mit Susanne zu telefonieren. Morgen in der Uni würde er ihr von seinem Besuch erzählen, allerdings nur in einer harmlosen Fassung. Er teilte die Einschätzung von Frau von Freesen, daß Susanne für die Wahrheit nicht stark genug war.

Peter von Freesen hatte sich bis zu der Sekretärin von Professor Jäger durchgefragt und wurde nun neugierig von ihr gemustert.

»Ich glaube nicht, daß der Herr Professor jetzt Zeit für Sie hat.«

»Sagen Sie ihm, daß Herr von Freesen ihn zu sprechen wünscht. Er wird sicher Zeit haben.«

Er sah nicht so aus, als würde er freiwillig und kampflos das Feld träumen. Sie stand auf und ging zu ihrem Chef ins Büro. Gleich darauf konnte Peter von Freesen mit dem Professor sprechen.

Er sah sofort, daß Claus Jäger höchst nervös wirkte. Und er war entsetzt, daß sich seine Tochter in einen Mann verliebt haben konnte, der ihm im Alter näher war als ihr.

»Sie... wollen mich sprechen?«

»Ja, allerdings. Und ich bin nicht dafür, daß wir erst ein langes Palaver machen. Vermutlich würden Sie als Psychologe alle möglichen Register ziehen. Aber ich bin zäh, unterschätzen Sie mich nicht.«

»Aber bitte, wir wollen doch in Ruhe...«

»Danke, das ist auch in meinem Sinne«, fiel er ihm ins Wort. »Wir verstehen uns also. Was gedenken Sie zu tun?«

Professor Jäger nahm einen Kugelschreiber zur Hand und ließ die Mine ein paarmal heraus- und wieder zurückspringen. Da ihm das offenbar keine Antwort signalisierte, legte er ihn wieder beiseite und nahm einen Radiergummi auf. Er suchte nach Worten.

»Also... Carina und ich... das war schon aus, als das... äh... passierte.«

Eine Ader schwoll an der Stirn von Peter von Freesen an. Er fühlte es und kannte die Bedeutung. Nur Ruhe, redete er sich zu.

»Meinen Sie mit ›das‹ die Schwangerschaft oder den Zusammenbruch meiner Tochter?« erkundigte er sich dann fast liebenswürdig.

»Äh... ich denke, beides. Es passierte ja gleichzeitig. Für mich jedenfalls. Ich meine, ich erfuhr in dem Moment davon.«

Der Professor traute sich nicht, seine Zweifel an der Vaterschaft zu artikulieren, wie er es seiner Frau gegenüber mühelos gemacht hatte. Allerdings hatte sie ihn nur spöttisch gemustert. Der Mann vor ihm sah aus, als könnte er ihn mühelos zerquetschen. Wie kam ein solcher Mann zu so einer Tochter?

»Und? Hat Sie das vielleicht bewogen, mit Carina zu sprechen? Ich meine, Sie müssen doch eine Vorstellung davon haben, was weiter geschehen soll.«

»Naja... äh, ich würde natürlich für die Alimente aufkommen, aber meine Frau und ich... Nun, wir hatten gewisse Schwierigkeiten, die jetzt wieder behoben sind.«

»Wie passend. Wissen Sie, was Sie mir hier erzählen, ist in meinen Augen alles bullshit. Sie verstehen? Ich bin nicht Carina, nicht so naiv, Ihnen so einen Schwachsinn zu glauben. Entweder Sie bekennen sich zu ihr und sagen ihr, daß Sie ihre Liebe erwidern und sie nach angemessener Zeit heiraten werden, oder Sie raffen den Rest von Anständigkeit, den ich jedem Menschen zubilligen will, zusammen und schreiben ihr, was ich Ihnen diktiere.«

»Was Sie mir diktieren?« echote der Professor fassungslos.

»Richtig. Carina ist schwer krank. Sie darf keinerlei Aufregung haben. Deshalb werde ich nicht zulassen, daß Sie ihr noch mehr Lügen auftischen und sie weiter hoffen lassen, wenn es Ihnen nicht verdammt ernst ist. Also…«

»Ja, gut, ich schreibe, was Sie mir sagen…«

Peter von Freesen verzog angewidert die Mundwinkel. Dieser Kerl hatte seine schöne, zarte Tochter berührt… er durfte gar nicht daran denken!

»Gut, dann schreiben Sie. Aber ich warne Sie, bleiben Sie bei dem, was ich Ihnen sage. Alles andere könnte für Carina tödlich sein.«

Der andere wurde blaß. Auf seiner Oberlippe sammelte sich Schweiß. »Tödlich… ?« fragte er dann fast unhörbar.

»Ja, Sie haben richtig verstanden. Carina ist sterbenskrank.«

Jetzt schwankte sogar seine Stimme einen Moment. Er hatte sich jedoch gleich wieder in der Gewalt und diktierte dem Geliebten seiner Tochter die wenigen Worte, die er sich zurechtgelegt hatte.

Seine Frau erwartete ihn im Hotel. Als er das elegante Doppelzimmer betrat, stürzte sie gleich auf ihn zu.

»Was hat er gesagt?«

»Er ist ein elender Feigling.«

»Oh…«

»Liebling, du hast doch nicht erwartet, daß wir uns in ihm

getäuscht haben? Ein Mann, der zusieht, wie seine Geliebte umfällt und ins Krankenhaus muß, und der sich dann nicht einmal dort blicken läßt oder anruft oder Blumen schickt – was erwartest du von ihm?«

»Nichts – eigentlich.«

»Na also. Ich habe ihm gesagt, was er schreiben soll, und ich erwarte, daß er sich daran hält, weil ich ihm auch die Konsequenzen klargemacht habe.«

»Ach, Peter, ohne dich wüßte ich gar nicht weiter...«

»Doch, Liebes, ich fürchte nur, du hättest kurzen Prozeß mit ihm gemacht«, sagte er lächelnd und nahm sie in die Arme.

»Wollen wir jetzt zu Carina gehen? Dr. Waldner und Dr. Frank wollten auch noch einmal mit uns sprechen. Es scheint so, als hätte Dr. Frank eine Idee.«

»Eine Idee? Das klingt gut. Ich traue ihm viel zu. Er ist ein Mann, der nicht nur die klinische Seite eines Falles sieht, sondern auch menschlich ist. Das trifft aber wohl auf Dr. Walter auch zu.«

»Ja, sie sind beide wunderbare Menschen. Und dieser Herzspezialist ist auch nett. Meinst du nicht, daß sie alle zusammen Carina heilen können?«

»Doch, mein Schatz, das meine ich. Unsere Carina wird nicht sterben.«

Er sagte es mit soviel Überzeugungskraft, daß es Marion von Freesen wieder mehr Zuversicht gab. So stärkte einer den anderen, denn sie durften jetzt nicht schwach werden.

Dr. Frank und Dr. Waldner saßen in seinem Büro zusammen, als die Eltern eintrafen. Beide Ärzte wirkten aufgeregt, soweit man das so bezeichnen konnte. Natürlich war es nur unterdrückt zu spüren.

»Was gibt es Neues? Haben Sie vielleicht gute Nachrichten?« fragte Peter von Freesen gleich nach der Begrüßung.

»Ich weiß nicht, ob man so sagen kann. Mein Freund Stefan

Frank hat da von einer aufsehenerregenden Herzoperation in Berlin gelesen und sich mit dem dortigen Klinikleiter in Verbindung gesetzt. Aber ich will ihn selbst erzählen lassen.«

Die Blicke aller wandten sich Dr. Frank zu. Er nahm ein Notizblatt aus seiner Tasche und begann zu berichten.

»Das, was ich Ihnen jetzt erzähle, wird Sie vielleicht im ersten Moment schocken, aber bitte hören Sie mir erst bis zu Ende zu. Diese Operation, die im Berliner Herzzentrum gelungen ist, ist bisher einmalig in Deutschland. Ein Patient dort, der an einer fast gleichartigen Erkrankung litt und nur schon viel schwächer als Carina war, hat dort von dem Kollegen eine sogenannte Linksherzpumpe eingesetzt bekommen. Sie wurde in Amerika entwickelt und ist nun zum ersten Mal auch bei uns verpflanzt worden.«

Peter von Freesen konnte nicht länger schweigen.

»Heißt das, sie soll ein Plastikherz eingepflanzt bekommen? Das ist ja... wie bei Frankenstein! Ich lasse sie doch nicht als Versuchskaninchen...«

»Natürlich nicht, Herr von Freesen. Das wollen wir auch nicht. Wir können immer warten, bis ein Transplantat zur Verfügung steht. Carina ist nicht in unmittelbarer Lebensgefahr, solange sie sich an die Anweisungen hält. Aber was ist das für ein Leben für eine junge Frau? Also, lassen Sie mich weiter berichten. In die Bauchhöhle werden eine elektrische Herzpumpe, ein Steuerungselement und Batterien eingepflanzt. Das Ganze wiegt knapp tausend Gramm. Die Pumpe ist durch einen Schlauch mit dem Herzen verbunden und entlastet es. Alle acht Stunden müßte Carina durch einen Verbindungsschlauch in der Bauchdecke die Batterien aufladen. Ansonsten könnte sie sich völlig frei bewegen. Bei dem Patienten ist übrigens keine Transplantation mehr vorgesehen.«

Die Eltern schweigen. Sie mußten das Gehörte erst einmal verarbeiten. Es klang ungeheuerlich.

»Wir kennen inzwischen schon seit langem die in die Bauchdecke eingepflanzte künstliche Nierenwäsche. Das hat vielen Menschen geholfen, von der Dialyse wegzukommen. Die Medizin macht ständig Fortschritte.«

»Und dieser Professor wäre bereit, die Operation durchzuführen?« wollte Carinas Mutter wissen.

»Das ist der Haken. Sie kostet ca. 150 000 DM, einschließlich Kunstherz. Das muß erst genehmigt werden. Die Kassen... nun ja.«

»Ich zahle es selbst.«

Peter von Freesen mußte gar nicht überlegen. Das Haus war schuldenfrei, er könnte jederzeit eine Hypothek aufnehmen. Sein Betrieb war ebenfalls gesund. Am Geld sollte es nicht scheitern – falls er sich überhaupt entschließen konnte, seine Zustimmung zu diesem ungewöhnlichen Eingriff zu geben.

»Also, wenn der Professor Carina annehmen würde – er müßte natürlich erst einmal ihre Akten einsehen –, dann wäre das geklärt. Aber sonst müßte man vielleicht nach Amerika ausweichen. Allerdings wäre der Flug nicht ganz ohne Risiko.«

»Versuchen Sie, den Professor zu überzeugen, wenn Sie davon selbst überzeugt sind. Würden Sie Ihre Kinder auf diese Weise operieren lassen, meine Herren?«

Die beiden Ärzte sahen sich an und nickten. Dr. Waldner übernahm das Wort.

»Diese Operation hat einige Vorteile. Der wichtigste – sie könnte rasch vorgenommen werden. Das heißt, wir müssen nicht auf ein Transplantat warten. Es besteht nur ein geringes Infektionsrisiko, und es müssen keine Medikamente gegeben werden, die eine Abstoßung unterdrücken und die leider alle Nebenwirkungen haben. Außerdem besteht laut Berliner Herzzentrum sogar die Chance, daß sich das eigene Herz erholt und das Kunstherz wieder entfernt werden kann.«

»Und wieso ist das noch nicht bekannter?«

»Es ist bekannt. Aber Gott sei Dank noch nicht so weitläufig, daß er gar keine Patienten mehr annimmt. Über kurz oder lang wird diese Operation auch an anderen Kliniken durchgeführt werden. Unser Dr. Büttner hat sich bereits angemeldet, um sich die Technik anzueignen. Natürlich geht das nicht von heute auf morgen.«

»Das wäre für uns natürlich beruhigender, wenn die Operation hier gemacht werden könnte. Wo liegen denn nun die Risiken? Ich meine, der Eingriff kann doch nicht nur Vorteile haben?«

»Zunächst einmal gibt es das normale Operationsrisiko. Darüber wird Ihre Tochter, und Sie natürlich mit ihr, genau aufgeklärt. Und sonst? Tja, eigentlich gibt es keine.«

»Wie lange hält so eine Pumpe?«

Das war eine Frage, die Dr. Waldner und Dr. Frank ehrlicherweise nicht genau beantworten konnten, weil es noch keine Erfahrungen bei Menschen gab.

»Das wissen wir nicht. Aber im Tierversuch hält sie bereits Jahre.«

»Würde Carina dann auf der Liste zu Transplantationen bleiben?« wollte Marion von Freesen wissen.

»Das käme darauf an, wie sie mit dem Verfahren zurechtkäme. Wenn es sich auch bei ihr gut bewährt, gibt es eigentlich keinen Grund, noch eine Transplantation zu riskieren. Das Risiko ist ja ungleich größer.«

»Worauf warten wir dann?«

»Sie wären also einverstanden? Dann sollten wir jetzt gemeinsam mit Ihrer Tochter sprechen.«

»Äh… können wir damit noch zwei, drei Tage warten? Ich würde es gern sehen, daß erst noch eine Sache geklärt wäre.«

»Sprechen Sie von der Schwangerschaft, Herr von Freesen?«

»Nein, Herr Dr. Frank, jedenfalls nicht direkt. Es geht mehr um den sogenannten Vater des Kindes.«

»Es gibt keinen Grund, nicht noch zwei, drei Tage zu warten, wenn Sie das wünschen. Wir können ja schon einmal alles in die Wege leiten. Noch hat der Berliner Kollege nicht zugestimmt. Und wir werden natürlich versuchen, der Kasse die Notwendigkeit einer solchen Operation plausibel zu machen.«

So entschieden sie. Carinas Eltern verabschiedeten sich, um zu ihrer Tochter zu gehen.

»Bleiben Sie ruhig hier, Thomas. Wenn Sie noch Zeit haben, gehen wir erst einkaufen. Guten Tag, Kleines.«

»Tag, Mama... Papa.«

Sie lächelte leicht. Marion von Freesen hoffte, daß sie sich wohl fühlte, weil der junge Mann bei ihr war. Aber vielleicht war das doch noch ein wenig zu optimistisch gedacht.

»Ich habe Zeit, solange Carina mich erträgt.«

»Na fein. Brauchst du irgend etwas, Carina?« fragte ihr Vater.

»Nein, ihr überschüttet mich ja förmlich mit Geschenken.«

»Das ist doch normal. Du sollst auf nichts verzichten. Wenn wir dir einen Wunsch erfüllen können, sag es nur.«

Nein, sie hatte keinen Wunsch, oder wenigstens keinen, auf den die Eltern irgendeinen Einfluß gehabt hätten.

Thomas blieb noch eine weitere Stunde bei ihr. Dann kamen ihre Eltern zurück und er machte sich auf den Heimweg. Heute hatte er das Gefühl, daß sie sich wirklich gefreut hatte, ihn zu sehen. Ob er sich nun doch Hoffnungen machen durfte? Sie mußte doch begreifen, daß ihr ein Mann, der sich gar nicht um sie kümmerte, nichts nützen konnte. Und was wäre, wenn sie von der Schwere ihrer Krankheit erführe? Auch dann brauchte sie jemanden, der ihr beistand und Kraft gab. Wie gern wäre er das – außer ihren Eltern natürlich.

Carina dachte am Abend lange über Thomas nach. Ihre Eltern waren vor einer Stunde gegangen, es war die ruhigste Zeit des Tages. Das Abendessen war serviert worden, sie hatte sogar mit etwas mehr Appetit gegessen als gewöhnlich, und dann eine Weile in dem Gedichtband gelesen, den Thomas ihr geschenkt hatte. Er war so lieb zu ihr... warum konnte Claus nicht wenigstens etwas von ihm haben?

Wie würde es weitergehen? Inzwischen hatte sie begriffen, daß er sich nicht mehr melden würde. Sie könnte ihn natürlich anrufen und ihn zu einer Stellungnahme zwingen, doch mittlerweile war ihr Stolz wieder erwacht. Sie ließ sogar ansatzweise den Gedanken zu, daß er nur mit ihr gespielt haben könnte. War sie deshalb in letzter Zeit immer wieder so aufmüpfig ihm gegenüber gewesen, womit sie jedesmal seinen Zorn riskiert hatte?

Carina war immer der Meinung gewesen, daß eine Liebe aus Geben und Nehmen bestehen sollte. Wer hatte hier wohl mehr gegeben? Doch eindeutig sie. Dafür bekam sie nun ein Kind...

Wie würde es aufwachsen ohne den Vater? Was würde sie ihm sagen, wenn es später einmal nach ihm fragte? Einfach würde es sicher nicht werden.

Thomas dagegen war sehr liebevoll und aufmerksam. Sie mußte wieder daran denken, wie er sie damals ins Kino einladen wollte, bevor es mit Claus begonnen hatte. Hätte sie seine Einladung doch nur angenommen! Dann wäre sie jetzt sicher nicht so unglücklich. Wann durfte sie endlich nach Hause?

Am nächsten Vormittag wurden wieder einige Untersuchungen durchgeführt. Carina war inzwischen schon Profi. Sie ließ alles ruhig über sich ergehen und wurde von Dr. Büttner gelobt, weil sie so schön stillhielt.

»Ich kann wohl kaum weglaufen, wenn ich an all diesen Strippen liege.«

»Sie haben ja schon wieder Humor! Das ist doch ein gutes Zeichen!«

»Können Sie denn auch ein paar gute Zeichen von Ihren Apparaten ablesen?«

»Genauso ungeduldig wie meine Tochter! Nein, so schnell

geht das nicht. Das muß alles sorgfältig ausgewertet werden«, wich er aus.

Carina war froh, als sie wieder in ihrem Zimmer war. Sie merkte oft erst hinterher, wie sehr sie diese Untersuchungen erschöpften.

Die Schwester kam herein, in der Hand zwei Briefe.

»Post für Sie, Frau von Freesen.«

»Oh, danke.«

Da war ein Brief von Claus. Sie erkannte die steile, etwas nach links geneigte Handschrift sofort.

Durch die starken Medikamente, die sie bekam, konnte ihr Herz nicht so klopfen, wie es das normalerweise wohl getan hätte. In diesem Moment war Carina dankbar dafür.

›*Liebe Carina, ich entschuldige mich, daß ich mich jetzt erst melde, aber ich hatte genau zu überlegen, was ich Dir schreiben möchte. Leider muß ich Dir mitteilen, daß ich mich nach reiflicher Überlegung doch für meine Frau entschieden habe. Wir kennen uns schon so lange, und irgendwo liebe ich sie wohl doch noch. Es tut mir sehr leid, daß ich Dich enttäusche. Du bist jedoch jung genug, um eines Tages den passenden Partner zu finden. Ich wünsche Dir gute Besserung und hoffe, daß Du meine Entscheidung akzeptierst. Claus.*‹

Sie ließ den Brief sinken und merkte überrascht, daß sie nichts anderes erwartet hatte. Im Grunde wußte sie wohl schon lange, daß es so zu Ende gehen würde. Was sie aber wirklich kränkte, war die Tatsache, daß er sich mit keinem Wort zu dem Baby äußerte. Es war ja so, als existiere es für ihn gar nicht.

›Was ist er nur für ein elender Feigling‹, schoß es ihr ungewollt durch den Kopf. Damit lag sie nun auf einer Linie mit Susanne. Ihre Freundin wäre begeistert, wenn sie es wüßte. Aber eine Traurigkeit blieb doch zurück, die sie wohl noch lange empfinden würde.

Erst mitten in der Nacht, als sie wieder einmal wachlag, fiel

Carina auf, daß sie keinen Moment daran gedacht hatte, ihn sich zurückerobern zu wollen. Es war definitiv aus. Sollte er bei seiner Frau bleiben, die er wohl wirklich liebte, wenn diese Liebe sich auch auf ungewöhnliche Art ausdrückte. Wie konnte man sie dann betrügen wollen?

Carina legte die Hände auf den flachen Bauch und sprach zu ihrem Baby. Sie war ganz sicher, es auch allein schaffen zu können.

Dr. Frank hielt es für angebracht, die Entscheidung nicht mehr länger hinauszuzögern. Der Berliner Kollege hatte sich bereits dahingehend geäußert, daß er Carina für eine Operation in Betracht zöge, sobald ihr Allgemeinzustand das zuließe. Sobald Carina erführe, was ihr bevorstand, könnte sich eine Verschlechterung ihres Zustandes einstellen, die dann erst verarbeitet werden mußte. Sie hatten also keine Zeit zu verlieren.

Ihre Eltern waren einverstanden, denn sie hatten nur abwarten wollen, bis sie den Brief von Claus Jäger in Händen hielt. Über Carinas Reaktion waren sie allerdings wirklich erstaunt gewesen. Beide hatten erwartet, daß sie ihre Tochter in Tränen aufgelöst vorfinden würden.

»Ich muß euch etwas sagen«, hatte sie sie jedoch begrüßt. »Mein Professor hat mir mitgeteilt, daß es aus ist. Und ich wußte es innerlich irgendwie schon, deshalb war ich gar nicht so entsetzt. Aber das Kind möchte ich trotzdem haben.«

»Mein Liebes! Wir sind einmal sehr glücklich, daß du nicht verzweifelt bist! Du mußt jetzt nur an dich denken, damit du wieder gesund wirst.«

Dann hatten sie von anderen Dingen gesprochen. Und jetzt stand die Stunde der Wahrheit bevor, und diesmal erwartete Carina sicher ein Schock. Dr. Frank hatte angeboten, allein mit ihr zu sprechen, doch das lehnten die Eltern ab. Sie würden an der Seite ihrer Tochter sein, komme, was wolle. Am liebsten hätte Marion von Freesen auch noch Thomas dabeigehabt, der ihr wirklich ans Herz gewachsen war, doch sie sah ein, daß es einen etwas seltsamen Eindruck gemacht hätte.

Doktor Frank hatte sich mittags um eins eingefunden. Er ging erst in Carinas Zimmer, nachdem die Eltern bereits dort waren. Auch Dr. Waldner hielt sich für den Notfall bereit.

»Oh, Herr Dr. Frank! Ich wußte gar nicht, daß Sie heute auch kommen.«

»Ich muß doch nach meiner Lieblingspatientin sehen«, antwortet er auf seine übliche liebenswürdige Art, auch wenn ihm ziemlich mulmig zumute war.

»Danke. Setzen Sie sich doch zu uns!«

Die Eltern warfen ihm einen unbehaglichen Blick zu. Dr. Frank strich seine Bügelfalten nach und suchte die richtigen Worte, um sein Anliegen so schonend wie möglich vorzubringen.

»Was ist los, Herr Dr. Frank?« fragte Carina unverblümt und griff nach der Hand ihrer Mutter.

»Ich möchte gern mit Ihnen über Ihre Erkrankung sprechen, Carina.«

»Ja…?«

Er begann so schonend wie möglich zu erklären, was notwendig war, weil ihr Herz die Leistung, die es bringen sollte, nicht mehr ohne Unterstützung schaffen konnte. Sie hörte mit leicht geöffneten Lippen zu. Ihr Atem ging schneller, die Hand, die die ihrer Mutter umklammert hielt, war ganz kalt geworden.

»Ja, so sieht es also aus. Die Operation ist in Deutschland neu, aber es gibt bereits einen Patienten, der damit sehr gut zurechtkommt. Und bei Ihnen habe ich sogar noch größere Hoffnungen, weil Sie viel jünger sind und daher auch widerstandsfähiger.«

»Und sonst? Würde ich sterben?« fragte sie mit tonloser Stimme.

»Solange Sie sich äußerst schonen, nicht. Aber eine weitere Infektion, eine andere Erkrankung wären jedesmal äußerst gefährlich. Es käme dann nur noch eine Herztransplantation in Frage.«

»Oh Gott, nein... Das Herz eines anderen Menschen, der gestorben ist... das könnte ich nicht ertragen...«

»Bitte, Liebes, rege dich jetzt nicht so auf. Dr. Waldner und Dr. Frank haben uns genau aufgeklärt. Es ist sicher gut, wenn du dich für diese Operation entscheiden könntest. Ich weiß, daß alles gut wird.«

»Ach, Papa, du mit deinem Optimismus... Vielleicht ist meine Zeit gekommen, und ich muß einfach akzeptieren, daß es zu Ende ist...«

Tränen liefen Carina lautlos über die Wangen bei ihren Worten. Ihre Mutter begann ebenfalls zu weinen, obwohl sie sich fest vorgenommen hatte, das nicht und unter keinen Umständen zu tun.

»So sollten Sie nicht denken, Carina. Wenn Gott nicht wollte, daß solche Operationen gemacht werden, warum hat er uns dann die Fähigkeit verliehen, so etwas zu entwickeln? Sie haben noch soviel Schönes vor sich, wenn es im Moment auch so aussieht, als sei das anders. Aber es ist doch nur eine Zäsur, ein Einschnitt, der sicher im nachhinein seine Bedeutung für Ihr Leben hat, es aber nicht weniger lebenswert macht.«

Dr. Frank hoffte, daß seine Worte sie erreichten, wenn sie im Moment vielleicht auch nicht in der Lage war, sie aufzunehmen.

»Kann ich jetzt bitte allein sein?« bat sie mit zitternder Stimme.

»Aber Kind, wir...«

»Bitte, Mama. Ich muß das erst alles überdenken. Ich muß mich doch nicht sofort entscheiden?«

»Es wäre gut, wenn Sie nicht zu lange warteten.«

»Nein, Herr Dr. Frank. Aber was wird mit meinem Baby? Oh, ich weiß schon... wenn mein Herz so schwach ist, kann ich es auf keinen Fall bekommen, nicht wahr?«

Niemand traute sich, etwas zu sagen. Carina erwartete auch keine Antwort. Sie preßte die Hand vor den Mund. In ihren Augen stand Entsetzen.

»Ich kann doch mein Kind nicht töten«, hauchte sie dann.

»Sonst wird es dich töten, Carina«, antwortete ihr Vater erstickt und griff nach ihrer Hand. »Carina, wir werden manchmal im Leben vor eine Wahl gestellt, die uns unerträglich erscheint. Aber das sind Prüfungen, die wir durchstehen müssen. Auf jedes Tief folgt wieder ein Hoch. Ich weiß, wie banal das klingt, aber es ist eine einfache Lebenserfahrung. Auch wenn dir jetzt alles schrecklich ausweglos erscheint, du hast sicher noch eine Aufgabe im Leben, für die diese scheinbar so grausame Erfahrung wichtig sein wird. Wenn du als Psychologin arbeitest, hast du deinen Patienten viel zu geben.«

»Werde ich denn überhaupt arbeiten können?«

Dr. Frank war glücklich, ihr endlich einmal eine positive Antwort geben zu können.

»Aber sicher können Sie das, Carina. Es gibt keinen Grund, der dagegen sprechen wird, wenn die Operation erfolgreich abgeschlossen ist.«

»Dann laßt mich jetzt bitte allein. Ich muß alleinsein, bitte...«

Marion von Freesen zögerte etwas, aber ihr Mann zog sie mit sich. Er respektierte den Wunsch seiner Tochter und war froh, daß sie die Frage nach der Arbeit gestellt hatte. Auch wenn es ihr vielleicht nicht bewußt war, zeigte es ihm aber doch, daß sie auf dem Weg war, die unabänderlichen Tatsachen zu akzeptieren. Er war sehr stolz auf sie.

In dieser Nacht verlor Carina ihr Kind. Die ganze Aufregung, die sie zwar gedämpft erlebte, weil sie Medikamente erhielt, löste einen Abortus aus.

Gabriele Beyer-Horn, die die Gynäkologie leitete, war mit der Patientin bereits vertraut und half ihr, mit dem Schmerz fertigzuwerden, so gut sie konnte. Carina würde es später eine Erleichterung sein zu wissen, daß sie keine Entscheidung hatte treffen müssen. Sie war ihr abgenommen worden. Die Frage, ob sie je ein Kind bekommen dürfe, konnte die Ärztin allerdings nicht beantworten. Das würde die Zukunft zeigen.

Thomas durfte erst drei Tage später wieder zu Carina. Er war über alles informiert und insofern nicht geschockt, daß sie noch schmaler und blasser wirkte als vorher.

»Thomas...«

»Ja, Carina, ich weiß Bescheid. Deine Mutter hat mit mir gesprochen. Ich kann mir vorstellen, wie es in dir aussieht. Aber ich möchte dir gern helfen. Du kannst mit mir über alles sprechen. Ich weiß, daß du wieder gesund werden wirst.«

Es gelang ihm, so überzeugend zu sprechen, daß sie schwach lächelte.

»Ach, Thomas, woher nimmst du nur deine Zuversicht? Ich glaube, ich weiß gar nicht mehr, wie es weitergeht. Wenn ich nun sterbe...«

»Du stirbst nicht, Carina. Sonst hätte man so eine aufsehenerregende Operation noch gar nicht erfunden. Sie ist extra für dich entdeckt worden. Du wirst gesund.«

»Du bist richtig lieb...«

»Ich liebe dich, Carina. Entschuldige, wenn ich das jetzt einfach so sage, aber du sollst wissen, daß ich immer für dich dasein werde, auch wenn du meine Gefühle nicht erwiderst. Ich werde immer dein Freund sein, egal, was passiert.«

Carina begann zu weinen. Thomas machte sich sofort Vorwürfe, daß er sie so überrannt hatte. Wie konnte er jetzt an seine Gefühle denken und sie damit erschrecken?

»Nun mach nicht so ein Gesicht, Thomas! Ich freue mich

doch«, sagte sie, wobei sich kleine Schluchzer wie ein Schluckauf anhörten.

»Heißt das, du... findest mich nicht lästig?« mußte er noch hoffnungsfroh nachfragen.

»Aber nein! Ich hätte damals mit dir ins Kino gehen sollen. Dann wäre das alles vielleicht nie passiert.«

»Ich glaube, deine Krankheit hat nichts damit zu tun, Carina. Und auf den Professor...«

»Sprich ruhig weiter.«

»Auf den sind schon andere hereingefallen. Ich muß zugeben, daß er vielleicht ganz charmant auf Frauen wirken kann. Das bin ich sicher nicht.«

»Nein, aber du bist unglaublich liebevoll und zuverlässig. Das ist viel, viel mehr wert.«

Für Sekunden war er ein wenig beleidigt, daß sie ihm Charme absprach. Doch als er sah, wie lieb sie ihn anschaute, nannte er sich selbst undankbar und ganz schön größenwahnsinnig. Carina war im Grunde ihres Herzens ein ernsthafter Mensch. Sie wußte inzwischen sicher, daß sie mit Professor Jäger auf Dauer nie glücklich geworden wäre.

»Wann gehst du denn nach Berlin? Weißt du es schon?«

»Nein, sie warten noch auf die Entscheidung. Aber lange darf es nicht mehr dauern. Ich habe nämlich Angst davor. Stell dir vor, ich muß dann immer die Batterie aufladen... Wenn ich es nun mal vergesse...«

»Es wird dir so in Fleisch und Blut übergehen, daß du es ganz automatisch machst, wie Zähneputzen.«

»Aber es wird sicher häßlich aussehen...«

»Oh, Carina, du wirst leben! Wie könnte auch nur ein einziger Mensch es häßlich finden, wenn er dafür in deine Augen schauen kann?«

Carina hob ihre Hand und zog an seinem Hemd, bis sein Kopf ganz dicht über ihrem Gesicht schwebte.

»Nun küß mich doch mal, Thomas. Ich kann mich nicht so anstrengen...«

Wie gern machte er von diesem Angebot Gebrauch! Sein Herz klopfte so stürmisch, daß er sicher war, es würde sich augenblicklich überschlagen. Doch das geschah natürlich nicht. Aber der Kuß war so süß, daß er gar nicht mehr aufhören mochte, bis sich eine Stimme bemerkbar machte.

»Wie mir scheint, störe ich gerade. Aber ich muß etwas mitteilen!«

»Herr Dr. Waldner! Oh, ich hoffe, es schadet Carina nicht, wenn...« haspelte Thomas verlegen hervor.

»Sicher nicht. Liebe besiegt jede Angst. Ich habe eben ein Fax vom Herzzentrum Berlin erhalten. Nächsten Dienstag wird die Operation durchgeführt. Und die Kasse hat sich bereiterklärt, für die Hälfte der Kosten aufzukommen. Doch darüber ist das letzte Wort noch nicht gesprochen. Man wird sich in Berlin darum kümmern.«

»Das ist ja wunderbar, Carina!«

»Kommst du mit, Thomas? Wirst du bei mir sein, wenn ich aufwache?«

Thomas schluckte, doch es war zu spät. Jetzt liefen auch ihm die Tränen über die Wangen. Dr. Waldner war diskret und ließ die beiden wieder allein. Carina bekam soviel Beruhigungsmittel, daß ihr ein wenig Aufregung nicht schaden konnte. Außerdem hatte ihn sein Freund Stefan Frank bereits angesteckt mit seinem positiven Denken. Liebe war wahrscheinlich wirklich besser als alle Medikamente.

Natürlich rief er auch ihn gleich an. Stefan Frank war begeistert, genau wie Ulrich Waldner es erwartet hatte.

»Mensch, das ist die beste Nachricht seit langem, Uli. Weiß sie es schon?«

»Ja, ich habe es ihr und diesem jungen Mann gerade mitgeteilt.«

»Und?«

»In Ordnung. Sie küßten sich gerade. Wahrscheinlich haben sie an der Stelle weitergemacht.«

»Uli, das meine ich doch nicht! Freut sie sich?«

»Stefan, sie hat Angst. Was glaubst du denn? Daß sie um ihr Bett gehüpft ist vor Begeisterung?«

»Ja, ich weiß, ich erwarte immer zuviel. Aber ich kann eine gute Nachricht wirklich gebrauchen. Ich hatte eben einen sehr deprimierenden Besuch.«

»Leider kann ich mir das jetzt nicht anhören, Stefan. Ich muß weitermachen.«

»Ich auch. Bis heute abend, Uli. Ich komme vorbei.«

Dr. Frank legte auf und genoß für ein paar Sekunden die gute Nachricht, bevor seine Gedanken wieder zu Sandra Hartmann zurückwanderten, die vorhin überraschend bei ihm aufgetaucht war. Ihr Mann befand sich nicht mehr in der Kur – aber auch nicht zu Hause.

Sandra Hartmann hatte vor ihm gesessen und geweint. Sie war sich offenbar gar nicht darüber klar gewesen, daß ihr Verhalten auf Dauer Folgen haben würde. Jetzt bereute sie es und wollte ihren Mann zurückhaben. Dr. Frank hatte alle Beredsamkeit gebraucht, um sie einigermaßen wieder aufzurichten.

»Frau Hartmann, ich weiß nicht, ob Ihre Ehe noch Chancen hat. Ich kenne ja nur eine Seite, die Ihres Mannes. Und er war wirklich sehr mitgenommen. Jetzt muß er versuchen, einen neuen Weg zu finden, bei dem er sich wieder stabilisieren kann. Ich kann Ihnen nur empfehlen, offen mit ihm zu sprechen. Sagen Sie ihm, daß es Ihnen leidtut. Sicher hat auch er Fehler gemacht, einer allein ist nie Schuld. Vielleicht ergibt sich mit der Zeit eine neue Chance für Sie beide.«

»Meinen Sie wirklich?«

Sie hatte ihm tatsächlich leid getan. Eine junge Frau, die sich von ihrem Leben vielleicht anderes erwartet hatte und nun damit konfrontiert wurde, als Mutter und berufstätige Frau ihren Alltag leben zu müssen, ohne daß ständig aufregende Dinge passierten. Holger Hartmann war vielleicht ein wenig zu temperamentlos für sie. Doch das ging ihn als Arzt nichts an. Die beiden mußten selbst entscheiden, wohin ihr Weg sie führen würde.

Trotzdem belasteten ihn solche Schwierigkeiten bei seinen Patienten. Sie machten es sich oft unnötig schwer, wei sie nicht genügend Abstand zu den Problemen gewinnen konnten. Und die Folgen waren dann mitunter unabsehbar. Hoffentlich würde es in diesem Fall zu einem – wie immer gearteten – guten Ende kommen.

Wenigstens sah es schon einmal für Carina von Freesen so aus, als könne das gelingen. Schon am Donnerstag, in zwei Tagen, würde sie nach Berlin gefahren werden – in einem Krankentransport. Das Fliegen ginge zwar schneller, doch dieses Risiko wollten die Ärzte nicht eingehen.

Dr. Frank rief Solveig an, um ihr davon zu erzählen. Sie hatte wie immer großen Anteil genommen und freute sich nun mit ihm.

»Es scheint ja so, als hätte sie nun auch ihre unglückliche Liebe überwunden, nicht wahr?«

»Hoffentlich. Mir ging das fast ein wenig zu schnell«, unkte Dr. Frank.

»Du meinst, wenn sie den Professor wiedersieht, könnte sie wieder auf ihn hereinfallen?«

»Ich weiß es nicht, Solveig. Bis dahin vergeht ja noch eine Menge Zeit. Jetzt steht erst einmal die Operation bevor. Und das ist hoffentlich alles, womit sie sich beschäftigt.«

»Ich drücke die Daumen. Sehen wir uns am Wochenende?«

»Äh... eigentlich wollte ich...« begann er zögernd.

»Nach Berlin fliegen? Stefan, du bist so leicht zu durchschauen! Warum sagst du es nicht einfach? Das verstehe ich doch.«

»Solveig, du bist die Beste. Danke für dein Verständnis.«

»Warum machst du nicht Nägel mit Köpfen und bleibst gleich dort, um dir die Operation anzusehen? Das müßte doch sehr interessant für dich sein.«

»Ich glaube, ich kann meine Patienten nicht so kurzfristig im Stich lassen. Eine bekommt in den nächsten Tagen ihr Baby und...«

»Stefan! Wenn du krank wärest, müßte es doch auch gehen! Du hast doch wirklich genügend Kollegen, die dich vertreten können. Und eine Entbindung bekommt Gabriele Beyer-Horn sicher auch noch hin.«

Er war schon überredet. Es interessierte ihn wirklich brennend, die Operation mitzuerleben. Immerhin war sie so etwas wie Neuland in der Medizin. Außerdem mochte es seine Patientin und deren Eltern beruhigen, wenn er auch vor Ort wäre.

Martha Giesecke sah überhaupt keinen Grund, warum sie das nicht möglich machen sollten. Sie griff bereits zum Telefon, um die Patienten umzubestellen, als er noch nicht ganz ausgeredet hatte. Auf sie war eben immer Verlaß. Marie-Luise Flanitzer war auch wieder zufrieden, seit sie die Labor-Arbeit nun in eigener Regie machen konnte. Es herrschten wieder Ruhe und Frieden in seiner Praxis.

Die zweite Operation dieser Art erregte fast noch mehr Aufsehen in der Öffentlichkeit als die erste. Die Journalisten schrieben sich die Finger wund, und obwohl die Identität der Patientin geheim blieb, wußten sie eine Menge ›Fakten‹ zu berichten.

Carinas Eltern war das egal. Solange nicht der Name ihrer Tochter preisgegeben wurde, konnten die Reporter schreiben, was sie wollten. Kaum einer über die engsten Angehörigen und Thomas und Susanne hinaus wußte, wer sich hinter ›der jungen

Frau mit dem batteriebetriebenen Herzklopfen‹, wie eine Zeitung titelte, verbarg.

Die Tage vor der großen Operation waren höchst aufregend gewesen. Carina hatte darauf bestanden, noch an jeden Menschen, der ihr etwas bedeutete, einen Brief zu schreiben, der im Falle ihres Todes abgeschickt werden sollte. Ihre Eltern und Thomas mußten das respektieren, obwohl sie gar nicht an einen unglücklichen Ausgang der mehrstündigen Operation denken wollten. Carina war die einzige, die ruhig und gefaßt schien. Dr. Frank hatte dieses Phänomen bei schwer Erkrankten, die vor einem entscheidenden Eingriff standen, schon oft erlebt. Er versuchte es ihren Eltern zu erklären.

»Wenn der Entschluß erst einmal getroffen ist, reagiert der Körper mitunter und segensreicherweise, wie ich sagen muß, auf diese Weise. Es ist, als wären alle Spannung, alle Ängste weg. Die Patienten haben sich auf beide Möglichkeiten innerlich eingerichtet, und die Seele gibt das Zeichen an den Körper, nun ruhig zu werden. Manchmal ist es dann kurz vor der Operation noch einmal anders, doch ich denke, daß Ihre Tochter so eine große seelische Kraft hat, daß sie auch dann ruhig bleibt.«

»Wir können alle von ihr lernen«, sagte Marion von Freesen unter Tränen.

»Ja, sie ist ein wunderbarer Mensch. Ich bin sicher, daß sie wieder gesund wird.«

»Und Sie sagen uns sofort Bescheid, wenn die Operation beendet ist?« wollte Carinas Vater noch einmal wissen.

»Sofort. Am besten wäre es, wenn Sie im Hotel bleiben und sich etwas hinle…«

»Wo denken Sie hin? Wir werden natürlich im Krankenhaus warten!«

Dr. Frank lächelte. Er hatte nicht im Ernst geglaubt, daß er sie davon abbringen könnte.

Und dann war es soweit. Carina hatte sich noch einmal von allen verabschiedet. Besonders Thomas hatte sie lange angesehen, bevor sie sprach.

»Thomas, du hast mir so sehr geholfen. Ich hoffe, ich kann dir meine Dankbarkeit darüber später zeigen. Ich habe dich sehr lieb.«

»Du wirst gesund, ich weiß es, Liebling. Wir werden ein langes, glückliches Leben haben.«

Seine Stimme klang ganz erstickt, so sehr bemühte er sich, seine Tränen zurückzuhalten. Wie sie da vor ihm lag, so zart, so durchsichtig blaß, und doch mit diesen unglaublichen klaren Augen... sie durfte nicht sterben!

Dann wurde sie hinausgerollt, und das lange Warten begann. Carinas Eltern und Thomas versuchten zu lesen, miteinander zu sprechen, sich abzulenken, doch schließlich saßen sie stumm in dem gemütlich eingerichteten Warteraum und schwiegen. Nur hin und wieder begegneten sich ihre Blicke, oder Carinas Vater legte den Arm um seine Frau und drückte sie kurz an sich. Thomas stand auf, trat zum Fenster und schaute hinaus. Der Herbst gewann mit Macht an Boden. Es war ungemütlich kalt draußen.

Um fünf brach der graue Himmel auf. Ein Sonnenstrahl fiel durch die Wolken und genau in die Mitte des Raumes. Alle drei sahen ihn und schauten sich dann an. Es war wie ein Zeichen. Aber was bedeutete es?

Die Tür ging auf. Sie zuckten zusammen und sprangen auf, als Dr. Frank hereinkam. Er sah müde und angestrengt aus, als hätte er selbst an der Operation teilgenommen und nicht nur in einem anderen Raum an einem Monitor zugeschaut. Aber er lächelte.

»Alles in Ordnung. Die Operation ist völlig reibungslos verlaufen. Carina geht es den Umständen entsprechend gut. Sie muß jetzt aber erst einmal ihre Narkose ausschlafen.«

»Oh mein Gott... ich danke dir«, flüsterte Marion von Freesen.

Ihr Mann nahm sie in die Arme und drückte sie fest an sich. Dann umarmten sie Thomas und schließlich Dr. Frank, der sich das gern gefallen ließ. Er war genauso froh und dankbar wie Carinas Eltern und ihr Freund.

Erst am nächsten Tag durften sie Carina kurz sehen. Noch war nichts davon zu bemerken, daß sie auf dem Wege der Besserung war. Überall an ihrem Körper waren Schläuche und Kabel angebracht, die zu furchterregend aussehenden Apparaturen führten.

Doch sie waren vorgewarnt worden und schafften es, sich das alles wegzudenken und nur Carinas Gesicht anzuschauen. Lag da nicht ein rosiger Schimmer auf ihrer Haut? Sie öffnete kurz die Augen und versuchte beruhigend zu lächeln, bevor sie wieder in ihren Dämmerschlaf zurückfiel.

Dann aber ging es aufwärts. Carina bekam immer wieder alles erklärt, was man mit ihr tat. Sie lernte alles kennen, was sie wissen mußte, ebenso ihre Eltern und Thomas. Natürlich war sie noch furchtbar schwach, solange das Narkosemittel von der Leber nicht abgebaut war. Aber kleine Fortschritte waren doch zu sehen, und sie waren es, die ihnen allen Mut und Kraft gaben.

Thomas hatte sich entschlossen, so lange bei Carina zu bleiben, bis sie entlassen werden und ihre Rehabilitationskur antreten konnte.

Ihre Eltern und ihre Brüder, die am Tag nach der Operation ebenfalls angereist waren, verabschiedeten sich nun. Sie wußten Carina in den besten Händen. Auch Susanne, die es sich nicht nehmen lassen wollte, Carina wenigstens kurz zu sehen, mußte wieder nach München zurück. Sie war froh, daß Carina sie mit keinem Wort nach Professor Jäger gefragt hatte. Die neueste Entwicklung wäre vermutlich zuviel für sie gewesen. Sie würde die Neuigkeit noch schnell genug erfahren.

Nur Thomas erzählte Susanne, was sie an der Uni gehört hatte, denn dort kursierten soviel Gerüchte, daß man sich aussuchen konnte, was man glauben wollte.

»Stell dir vor, der Professor ist zu Hause ausgezogen. Es heißt, seine Frau hätte endlich genug von seinen Amouren. Sie hat angeblich ein Verhältnis mit Professor Meier. Kannst du dir das vorstellen? Naja, warum eigentlich nicht. Jedenfalls schleicht unser guter Jäger jetzt wie ein geprügeltes Hündchen durch die Gänge und strahlt gar nicht mehr. Ich glaube, daß die Tatsache, daß Carina schwanger war, ihr den Rest gegeben hat. Oder seine eiskalte Reaktion darauf.«

»Er tut dir doch nicht etwa leid?«

»Mir? Bist du wahnsinnig? Er hat doch nur gekriegt, was er schon lange verdient hat. Ich fahre morgen zurück, mal sehen, wieweit die Sache gediehen ist. Nur gut, daß er nicht weiß, wo Carina ist. Stell dir vor, er würde hier aufkreuzen!«

»Das kann er ja mal versuchen«, knurrte Thomas. Aber er fühlte sich nicht besonders wohl bei dem, was Susanne ihm erzählt hatte, denn er traute es dem Mann wirklich zu, daß ihm der Spatz in der Hand jetzt ganz lieb wäre, wenn die Taube auf dem Dach weggeflogen war.

Trotzdem sprach er mit Carina natürlich nicht darüber. Sie hatte ihn lieb, aber die große Liebe war es vielleicht von ihrer Seite aus noch nicht. Auf keinen Fall wollte er sie verlieren. Allein schon der Gedanke machte ihn ganz krank.

Als er schließlich nach München zurückkehren mußte, nachdem er Carina in einem bereits erfreulich stabilen Zustand in der Kurklinik abgeliefert hatte, war es amtlich: Professor Jäger und seine Frau hatten sich getrennt. Er war zu Hause ausgezogen und bewohnte jetzt eine Penthousewohnung in der Nähe der Uni. Am Hungertuch schien er nicht zu nagen.

Inzwischen schien er sich auch von dem Schock erholt zu haben, denn man sah ihn oft mit einer rothaarigen jungen Frau, die als Angestellte an der Universität arbeitete. Sein Auftreten war bereits wieder selbstbewußt wie eh und je. Thomas überfiel jedesmal, wenn er ihn sah, ein ungeheurer Zorn auf diesen Mann, der Carina so weh getan hatte.

»Sei ihm doch dankbar! Wenn er sich anständiger verhalten hätte, wären du und Carina nicht zusammengekommen«, versuchte Susanne ihn ein wenig zu entkrampfen.

Sie befürchtete offensichtlich, daß es noch zu einer Auseinandersetzung kommen könnte, bei der Thomas als Student sicher den Kürzeren ziehen würde.

»Ja, stimmt schon. Trotzdem, wenn Carina zurückkommt und ihn sieht...«

»Du glaubst doch nicht im Ernst, daß sie noch einmal auf ihn hereinfällt?« fragte Susanne entgeistert.

»Nein, eigentlich nicht, aber... wer weiß, was er ihr erzählt...«

»Thomas, du hast aber nicht viel Selbstbewußtsein! Schließlich bist du ja auch jemand! Ich würde dich nie wieder hergeben!«

Er mußte lächeln. Susanne war wirklich ein Unikum. Und sie suchte sich auch immer völlig unmögliche Freunde aus. Der jetzige fiel vor allem durch sein schulterlanges Haar auf, das er meistens zu einem Pferdeschwanz gebunden trug. Angeblich hatte er eine Spur indianisches Blut in den Adern, obwohl Thomas nicht an blondgelockte Indianer glauben konnte. Susanne schien sich als seine Squaw jedoch wohlzufühlen, und das war ja wohl die Hauptsache.

Sie besuchten Carina zusammen, nachdem die Hälfte der Kurzeit vergangen war. Sie kam ihnen lachend entgegen. Ihr Gesicht war rosig, die Augen strahlten.

»Ich freue mich so, euch zu sehen!«

»Na, und wir erst! Du siehst ja fabelhaft aus, Carina! Ich fasse es nicht!«

»Mir geht es auch gut. Ich muß meine Kraft zwar noch einteilen, aber der Arzt hier meint, das wird noch viel besser. Mein Herz kommt gut klar.«

»Und wie ist das so, wenn du dich an die Steckdose anschließt?« fragte Susanne unverblümt.

Carina lachte. »Susanne, du bist herrlich. Das ist für mich inzwischen ganz normal. Aber dich lasse ich da lieber nicht ran, sonst gibt es noch einen Kurzschluß!«

Susanne war begeistert, daß sie mit ihrer Freundin schon wieder lachen konnte. Ein Wermutstropfen fiel jedoch bald darauf in ihre Freude, als Carina ihnen mitteilte, daß ihre Eltern sie gern in ihrer Nähe haben wollten.

»Ich ziehe nach Köln um. Es tut mir leid, Susanne, aber vielleicht kannst du ja auch wechseln. Dann sehen wir uns jeden Tag.«

Thomas hatte es die Sprache verschlagen. Er sah Carina ungläubig an, während Susanne schon mit den Tränen kämpfte.

»Susanne, ich muß das tun. Meine Eltern haben soviel durchgemacht. Sie haben es verdient, daß ich mich nach ihnen richte. Unser Haus ist riesig, ich bekomme eine eigene Wohnung dort. Sie bauen bereits um.«

»Und... was ist mit mir?« wagte Thomas schließlich zu fragen.

»Was glaubst du? Ich will mich nicht von dir trennen, also bitte ich dich, mitzukommen. Tut mir leid, daß ich dich so überfalle, aber es hat sich gerade erst vor zwei Tagen entschieden. Ich brauche noch einige Hilfe, und meine Eltern tun doch alles für mich. Für uns, wenn du willst. In zwei, drei Jahren können wir sicher umziehen, wenn sich dieses Verfahren bei mir bewährt hat. Verstehst du das? Du bist doch mit deinem Studium auch bald fertig. Sonst besuchst du mich immer, wenn du nicht wechseln willst.«

»Ich müßte ja erst einmal einen Platz bekommen.«

»Darum würde sich mein Vater kümmern. Er kennt einige Leute an der Uni, weil er für sie gebaut hat. Ach, bitte, Thomas, sei nicht traurig. Ich glaube, ich fühle mich einfach sicherer, wenn ich in der Nähe meiner Eltern bin. Aber noch schöne wäre es, wenn du auch da bist.«

»Vielleicht ist es doch gar nicht mal so schlecht«, schwenkte Susanne um und sah Thomas bedeutungsvoll an.

Er begriff sofort. Trotzdem konnte er Susannes Meinung nicht ganz teilen, denn wenn Carina nur bei ihm bliebe, weil sie den Professor nicht mehr täglich sah, war es nicht ausreichend. Sie mußte die Konfrontation erleben und dann wissen, daß sie über ihre Liebe hinweg war. Nur so würde er sich sicher fühlen – wenn man das überhaupt je konnte.

Aber sie trauten sich immer noch nicht, Carina von den Entwicklungen zu erzählen. Sie fragte zwar nach der Uni, aber erwähnte mit keinem Wort Professor Jäger.

Als Thomas und Susanne wieder abreisten, galt es für Carina als beschlossen, daß er ebenfalls nach Köln ziehen würde. Thomas widersprach ihr nicht. Eine längere Trennung konnte er sich nicht vorstellen.

Susanne war schon wieder ganz optimistisch.

»Vielleicht komme ich ja tatsächlich nach Köln. Warum nicht? Ist sicher auch ganz interessant dort. In München kenne ich ja auch schon alles.«

Thomas antwortete nicht. Sie stieß ihn an.

»Sag mal, was ist denn mit dir los? Magst du nicht umziehen? Bist du sauer auf Carina?«

»Nein, das nicht. Aber wenn sie in drei Wochen nach München kommt, dann wird sie es ja doch erfahren.«

»Mensch, hast du immer noch Angst? Sie liebt dich doch! Das habe ich genau gesehen, an ihren Blicken. Ich glaube, sie war ein bißchen enttäuscht, weil du sie nicht sofort verstehen konntest wegen ihrer Eltern. Die sind doch aber echt nett.«

»Ja, das ist kein Problem für mich. Meinst du wirklich, daß sie mich liebt?«

»Männer! Was soll sie denn tun, um es dir zu beweisen? Kopfstand machen?«

»Mir würde es schon genügen, wenn sie dem Professor einen Knockout verpaßte«, antwortete er grinsend.

Wie gut, daß niemand ahnte, was Carina sich vorgenommen hatte. Sie wollte, wenn sie in München ihre Sachen holen würde, noch einmal mit Claus Jäger sprechen. Das war sie sich schuldig, fand sie. Ihre Vergangenheit sollte mit einem klaren Schlußstrich abgeschlossen werden, bevor sie sich ganz der neuen Zukunft zuwenden wollte.

Sie wußte auch schon, was sie ihm sagen wollte. Er mußte wissen, daß sein Weg sicher nicht der richtige war. Einmal sollte er es von ihr hören, denn die anderen jungen Frauen, denen er sicher ebenso viele Lügen aufgetischt hatte, waren vermutlich viel zu sehr mit ihrem Unglücklichsein beschäftigt gewesen, um das zu tun. Carina fühlte sich stark und gefestigt genug. Er konnte ihr nicht mehr gefährlich werden, davon war sie überzeugt.

Ihre Mutter holte sie aus der Kurklinik ab und brachte sie nach München. Sie wollte zwei Tage im Hotel bleiben, damit sich Carina in Ruhe von ihren Freunden verabschieden konnte. Für Thomas wartete im neuen Semester ein Studienplatz in Köln, wenn er ihn wollte, doch davon ging Carina aus.

»Ich fahre jetzt zu Susanne, Mama.«

»Soll ich dich auch wirklich nicht begleiten?«

»Nein, Mama. Du hast doch gehört, was der Arzt gesagt hat! Ich soll ein möglichst normales Leben führen. Und das heißt, daß ich nicht überall mit meiner Mutter auftauche«, antwortete Carina geduldig.

Sie hatte jetzt viel mehr Verständnis für ihre Mutter. Was

mußte sie durchgemacht haben! Es war irgendwie leichter, der Patient zu sein als jemand, der diesen liebte und ständig in Angst leben mußte, ob auch alles gut ausging.

»Na gut, mein Kleines. Dann bestell' ich dir jetzt ein Taxi.«

Susanne war zu Hause. Sie hatte die Uni geschwänzt, weil Carina ihr Kommen für diesen Tag angekündigt hatte.

»Carina! Wie schön, dich noch einmal hierzuhaben! Ich habe sogar einen Kuchen gebacken zu deinem Empfang!«

»Toll. Hast du auch nicht wieder Salz und Zucker verwechselt?«

»Mensch, diese alten Geschichten hängen mir wohl immer nach, was? Nein, er schmeckt prima. Wollen wir gleich Kaffee trinken?«

»Tee für mich, bitte. Du, ich habe vorher noch etwas zu erledigen. Ich will kurz zur Uni und mich von den Leuten verabschieden.«

»Dann komme ich mit.«

»Nein, das tust du nicht. Ich will nicht auf Schritt und Tritt begleitet werden. In zwei Stunden bin ich wieder hier.«

Susanne sah aus, als wolle sie noch weitere Einwände erheben, doch Carina drehte sich bereits um und ging wieder zur Tür.

»Bis nachher! Und nasche nicht vorher von dem Kuchen!«

Sie war fast versucht, zu Fuß zu gehen, doch schließlich verzichtete sie darauf, um nicht vielleicht erschöpft zu sein, wenn sie Claus gegenübertrat. Sofern sich sein Stundenplan nicht verändert hatte, müßte sie ihn jetzt in seinem Büro antreffen. Und genau dort wollte sie hin.

Seine Sekretärin riß verblüfft die Augen auf, als sie Carina sah.

»Sie? Mein Gott, ich hätte Sie fast nicht wiedererkannt! Sie sehen ja umwerfend gesund aus!«

»Ja, danke, das bin ich auch. Ist er da?«

»Ja, aber... ich muß Sie anmelden.«
»Nicht nötig, ich will mich nur verabschieden.«
Schon hatte sie die Tür geöffnet. Claus saß an seinem Schreibtisch und notierte etwas. Als er hochsah, erstarrte er mitten in der Bewegung.
»Du?«
»Ja, ich. Entschuldige, daß ich hier so hereinplatze, aber ich habe nicht viel Zeit.«
Plötzlich kam Bewegung in ihn. Er sprang auf und rückte ihr den Stuhl zurecht. Carina setzte sich. Sie war im Moment damit beschäftigt, ihre Gefühle zu überprüfen.
Bedeutete er ihr noch etwas? Ja, eine Erfahrung, mehr nicht. Sein Gesicht wirkte ein bißchen schlaff und verlebt. War das vorher auch schon so gewesen? Hatte sie es nur mit den Augen der Liebe übersehen? Und wo war der Zauber, den sie immer empfunden hatte, wenn sie mit ihm zusammen war? Nichts mehr davon vorhanden. Sie war frei...
»Carina, du hast ja keine Ahnung, wie ich gelitten habe, weil ich dich nicht besuchen durfte! Ich bin überglücklich, daß es dir wieder so gutgeht.«
»Ich auch. Claus, ich möchte...«
»Warte, laß mich erst. Ich muß es dir sofort sagen. Ich habe mich von meiner Frau getrennt. Ich wohne schon gar nicht mehr zu Hause. Ich habe jetzt eine Wohnung direkt unter dem Himmel, Liebling! Ach, bitte, du mußt vorbeikommen und sie dir ansehen! Sie wird dir gefallen. Und dann, vielleicht...«
»Oh, Claus, du bist wirklich unmöglich.«
Es waren viel weniger ihre Worte, die ihn so fassungslos machten, sondern vielmehr ihr ausgesprochen fröhliches Lachen.
»Entschuldige, aber ich hatte mir eine Menge gesetzter Worte zurechtgelegt, die ich dir sagen wollte. Aber jetzt mache ich es einfacher. Du solltest endlich versuchen, dein Leben in

den Griff zu bekommen. Sonst wirst du eines Tages aufwachen und immer noch glauben, daß du unwiderstehlich auf junge Mädchen wirkst, doch sie werden dich auslachen. Willst du das? Du bist doch eigentlich ein sehr guter Psychologe. Wende dein Wissen zur Abwechslung einmal auf dich an. Unter Narzißmus leiden doch überwiegend Frauen, dachte ich. Leb wohl, ich wünsche dir alles Gute. Du hättest deine Frau nicht gehenlassen dürfen.«

»Aber du kannst doch jetzt nicht einfach so... Carina, ich liebe dich doch! Ich habe immer nur dich geliebt...«

»Mach dich nicht so klein, Claus. Steh wenigstens dazu, daß du gern ein Playboy wärst.«

Sie fand, daß sie nun genug gesagt hatte. Bestimmt würde er eine Weile brauchen, um sich davon zu erholen, daß sie ihm heute wirklich widerstanden hatte, und zwar mit Leichtigkeit. Carina fühlte sich wie eine erwachsene Frau, als sie den Raum verließ.

Im Gang wartete Thomas auf sie. Er war ganz weiß im Gesicht.

»Also doch! Ich konnte es nicht glauben, als Susanne mir sagte, du wärest allein in die Uni gefahren. Dein erster Weg führte also zu ihm!«

»Thomas, sei nicht albern.«

»Schon gut, ich habe verstanden. Nun gut, ich kann es nicht ändern, aber du hättest mir die Wahrheit sagen sollen. Bist du schon wieder länger mit ihm in Verbindung? Ich war ja so dumm...«

»Das bist du jetzt, Thomas. Ich werde dir gern erklären, was ich hier wollte, wenn du mich ausreden lassen würdest. Aber bitte nicht hier vor der Tür.«

»Gut, gehen wir in die Mensa. Aber bitte erzähle mir keine Geschichten, Carina.«

Seine Stimme zitterte vor Enttäuschung – oder Wut? Carina

konnte es nicht genau sagen, doch hätte sie ihm so einen Temperamentsausbruch gar nicht zugetraut. Es gefiel ihr, wenn es auch ein bißchen wehtat, daß er ihr zutraute, wieder zu Claus zurückzugehen. Doch mit Eifersucht kannte sie sich aus. Sie hatte die ganze Zeit Claus' Ehefrau falsch eingeschätzt, einfach, weil sie sie in der Rolle ›der Bösen‹ sehen wollte.

In der Mensa saßen um diese Zeit nicht viele Studenten herum. Die meisten waren entweder schon zu Hause oder bei ihren Nebenjobs, oder sie hatten Vorlesung.

Automatisch steuerte Carina ihren Lieblingsplatz am Fenster an. Thomas folgte ihr. E hatte die Hände in die Taschen seiner Jeans vergraben und war noch immer ziemlich blaß.

»Willst du etwas trinken?«

»Ja, wenn du mir einen Tee holst?«

Er drehte sich um und kam ein paar Minuten später mit einem Tablett zurück. Offenbar mußte er sich beherrschen, um es nicht auf den Tisch zu knallen.

»Also?«

»Thomas, entspann dich doch. Ich wollte nur mit Claus sprechen, um ihm zu sagen, was ich von ihm halte. Ich bin wirklich fertig mit ihm! Hältst du mich für so dumm, daß ich jemals wieder auf seine schönen Sprüche hereinfallen würde? Ich war schon in der letzten Zeit, als wir zusammen waren, ziemlich aufmüpfig, ohne daß mir richtig klar war, was das bedeutete. Es wäre auch so über kurz oder lang aus gewesen.«

»Und das Kind?«

»Das hätte ich bekommen. Es konnte ja nichts dafür«, antwortete Carina.

Ein Schatten legte sich über ihr Gesicht. An das Baby, das sie verloren hatte, konnte sie noch immer nicht ohne Schmerzen denken. Es würde sicher noch einige Zeit dauern, bis auch der verflogen war.

»Entschuldige, das hätte ich nicht fragen sollen. Aber...«

»Schon gut, Thomas. Wir wollen immer über alles reden. Ich schaffe das schon.«

»Weißt du eigentlich, daß seine Frau sich von ihm getrennt hat?« Seine Stimme klang gepreßt. Zu lange hatte er mit der Angst gelebt, daß dies Carinas Meinung ändern könnte.

»Das dachte ich mir. Nein, mir hat er erzählt, *er* hätte sich von ihr getrennt und sei nun gewissermaßen endlich frei für mich.«

Ihre Stimme kickste. Thomas starrte Carina an. Weinte sie etwa gleich?

Nein sie lachte. Sie lachte tatsächlich!

»Carina... du bist wirklich darüber hinweg!«

»Das sage ich doch die ganze Zeit. Wie wäre es, wenn du mich jetzt noch einmal fragst, ob ich mit dir ins Kino gehe? Wir können die Zeit zwar nicht zurückdrehen, und ich wüßte nicht einmal, ob ich das wirklich wollte, aber wir haben noch eine ganze Menge nachzuholen, findest du nicht?«

»Oh, Carina, ich bin so glücklich!«

»Ich auch, du Dummer.«

Er nahm sie mitten in der Mensa in die Arme und küßte sie.

Thomas spürte ihren Herzschlag an seiner Brust und fragte sich einen Moment besorgt, ob sie Leidenschaft überhaupt aushalten würde.

Carina erwiderte seinen Kuß sehr intensiv. Es war so gut, das alles wieder spüren zu können! Und dabei zu wissen, daß dieser Mann sie wirklich liebte, ihr nichts vorspielte oder falsche Versprechungen machte.

Thomas brachte sie zu Susanne zurück und ließ die beiden schweren Herzens allein. Am Abend wollten sie alle zusammen mit Carinas Mutter essen gehen.

Susanne und Carina saßen wie zu Anfang ihrer Freundschaft zusammen und sprachen über lauter weltbewegende Dinge wie Männer, Liebe und Klamotten. Sie kicherten und lachten, bis Susanne urplötzlich in Tränen ausbrach.

»Was ist denn nun los?« fragte Carina erschrocken.

»Ich will nicht, daß du weggehst! Es ist so schön mit dir zusammen!«

»Ach, Susanne, du kannst doch jetzt mit deinem Indianer zusammenziehen! Und ich würde sowieso mit Thomas leben wollen. Du kommst einfach in allen Semesterferien nach Köln. Wir haben Platz genug.«

»Wirklich? Wirst du mich auch nicht vergessen?«

»Du bist meine beste Freundin, Susanne. Seit meiner Krankheit weiß ich noch besser, was das bedeutet. Frage beantwortet?«

»Ja, gut... Sag mal, kann ich heute abend deine goldenen Sandaletten anziehen?«

»Ich schenke sie dir zum Abschied.«

Susanne fiel Carina um den Hals. Carina freute sich, daß ihre Freundin schon wieder ganz banale Sorgen wie goldene Sandaletten hatte. Bei ihr würde es damit noch eine Weile dauern.

Nach dem sehr festlichen Essen im Hotel stellte Carina ihre Mutter vor ein neues Problem. Doch sie war eisern entschlossen, sich durchzusetzen. Die Ärzte hatten ihr genau gesagt, was sie durfte und was nicht. Den Freiraum, den sie hatte, wollte sie bis zum Anschlag genießen. Sie war gesund, wenn auch mit Hilfe einer Pumpe und einer Batterie, die zuverlässig in ihrem Körper ihre Arbeit taten.

»Ich glaube, ich bin jetzt müde. Macht es dir etwas aus, wenn wir aufbrechen, Mama?«

»Wohin willst du denn? Ich denke, du schläfst hier bei mir?«

»Nein, Mama, heute schlafe ich bei Thomas.«

Die Gesichter der anderen waren sehenswert. Susanne grinste wie ein Honigkuchenpferd, ihre Mutter sah entsetzt aus und Thomas fast erschrocken.

»Aber, Kind, du kannst doch nicht... ich meine, das geht doch nicht!«

»Das geht. Ich werde sicher keinen Stromschlag bekommen. Mama, das gehört doch dazu, zum Leben, meine ich. Thomas war so lange an meiner Seite. Ich will und werde mitgehen – wenn er mich will, heißt das.«

»Ob ich dich will? Carina, du kannst Fragen stellen«, gab er leicht verlegen zurück.

Ihre Mutter war noch immer nicht überzeugt. Doch Carina beruhigte sie, bevor sie von neuem Einwände machte.

»Mama, ich habe mit den Ärzten doch alles besprochen. Es ist absolut in Ordnung, glaub mir. Ich darf das.«

»Ach, Liebes, am liebsten würde ich dich bitten, mich… hinterher anzurufen. Aber das kann ich wohl nicht verlangen, oder?«

Carina prustete los, und auch Susanne, die sich sowieso kaum noch beherrschen konnte, lachte laut. Schließlich fielen Thomas und Marion von Freesen ein.

»Seht ihr, das Leben wird wieder ganz normal für mich verlaufen. Das wolltet ihr doch alle, oder? Morgen vormittag kommen wir ins Hotel, Mama. Dann fahren wir los, Thomas wird sicher mitkommen, oder?«

»Ich lasse dich nicht mehr aus den Augen, mein Schatz. Wer weiß, was dir noch alles einfällt.«

»Warte es doch einfach ab«, meinte sie geheimnisvoll lächelnd und verflocht ihre Finger mit den seinen. Ihre Hand war warm, und der Druck gab ihm ein Versprechen, bei dem ihm ganz wackelig wurde. Er fürchtete nicht irgendwelche Narben oder Schläuche, denn ihre Augen hielten ihn in Bann. Seine erste Liebesnacht mit Carina würde sicher zu einem unvergeßlichen Erlebnis werden.

»Gehen wir?« fragte er zärtlich.

»Ja, gehen wir. Gute Nacht, Mama. Bis morgen. Und mach dir keine Sorgen, ich bin sehr glücklich. Die Liebe hat meine Angst besiegt, und jetzt wird sie mich ganz gesund machen.«

Marion von Freesen sah ihrer Tochter, ihrem Nesthäckchen, mit vor Rührung feuchten Augen nach. Ja, sie würde es schaffen, mit diesem jungen Mann an der Seite war sie in guter Obhut.

Sie ging nach oben in ihr Zimmer und rief ihren Mann an, den sie in diesem Moment ganz besonders vermißte. Er lachte, als sie ihm erzählte, wo Carina jetzt war.

»Das ist ja wunderbar, Liebling. Gibt es einen besseren Beweis, daß es Carina wieder gutgeht? Laß sie lieben, und denk dran, was wir in dieser Hinsicht schon alles angestellt haben, ohne daß unsere Herzen stehenblieben.«

»Aber, Peter!«

»Kommt nur schnell nach Hause. Ich erinnere mich da gerade an...«

Marion von Freesen kicherte, als er weitersprach. Sie hatte keinen Grund, ihre Tochter zu beneiden, denn zum Glück machte die Liebe nicht vor dem Alter Halt. Es gab keinen Grund, nicht sehr zuversichtlich in die Zukunft zu schauen.